# SÜVARİNİN DÖNÜŞÜ

FETHULLAH GÜLEN'İN HAYAT HİKÂYESİ

**Prof. Dr. Ferid el-ENSÂRÎ**

# SÜVARİNİN DÖNÜŞÜ
# FETHULLAH GÜLEN'İN HAYAT HİKÂYESİ

**Prof. Dr. Ferid el-ENSÂRÎ**

**SÜVARİNİN DÖNÜŞÜ**

FETHULLAH GÜLEN'İN HAYAT HİKÂYESİ



ISBN
978-1-68236-838-1

Şubat 2020

Süreyya Yayınları
http//www.sureyyayayinlari.com

İçindekiler

BEŞİNCİ FASIL

ASKERLİK HAYATI

ALTINCI FASIL

YENİDEN TRAKYA YOLLARINDA



YEDİNCİ FASIL

FETİH SÜVARİLERİNİN YENİ MENZİLİ: İZMİR

SEKİZİNCİ FASIL

ÜLKELERİN FETHİ VE ALLAH'IN YARDIMI

## *İTHAF*

Bu sayfaları size,

Evet, size hediye ediyorum gençler..

Umulur ki, ümmetimize rehberlik edecek gerçek lideri görür,

Gerçek bir teveccühle ona yönelir

Ve yitirdiğimiz "ruhu" yeniden kazanırız...

Sizi gönülden seven:

Ferîd el-Ensârî

## *Prof. Dr. Ferid el-Ensârî*

Aslen Faslı olup, ülkesinin önde gelen âlimlerinden. İlâhiyatçı ve edebiyatçı kimliğiyle eserler telif etti, uluslararası sempozyumlarda tebliğler sundu. Miknes'te (Fas) âlimler meclisi başkanlığı, aynı zamanda Mevlâyâ İsmail Üniversitesi'nde öğretim üyeliği yaptı. İlmî şahsiyeti ve gönül ehli kişiliğinin yanısıra güçlü bir hatip olan el-Ensârî'nin hutbe ve vaazlarına binlerce kişi katıldı, vaaz ve sohbetleri kaydedilerek daha geniş kitlelere ulaştı. 2009 yılında, tedavi için geldiği İstanbul'da vefat etti.

Cenab-ı Allah'tan niyazımız, merhum Ferid el-Ensârî Hoca'yı Firdevsi ile sevindirmesi ve bu kıymetli eserini, Müslüman dünyanın istifadesine medar kılmasıdır.

## *TAKDİM*

Bugün okuyuculara takdim edeceğim bu metin belki bir roman, belki bir hayat serencâmesi, belki bir şiir, belki de bir tarih kitabı.. tam olarak kestiremeyeceğim.

Ancak kesin olarak bildiğim bir şey var ki, o da bu eserin; ızdıraplı bir ruhun hafakanları, engin bir vicdanın tecrübesi, ümmetin kanayan yarası, hürriyete kavuşma adına akıp giden duru, hâlis bir şevk şelalesi ki, nurları Anadolu topraklarında yaşayan bir babayiğidin gönlünden kaynayıp bütün bir âlemi aydınlatan bir şelalenin hikâyesi olduğudur.

Bir de bu kitabın vücuda geliş serüveni adına şu kaydı düşmek isterim: Eserin temelini ve kabaca anahatlarını, İstanbul'da -Rabbim bu şehri hep mamur kılsın ve muhafaza buyursun- bulunan Sema Hastanesi'nde 2008 yılında kaleme aldım. Daha sonra Miknes şehrindeki evimde devam ettim. Nihayet tam bir sene sonra, yine İstanbul'da Sema Hastanesi'nde bu eseri tamamlamak nasip oldu.

Kitabın mukaddimesine son vermeden önce, bu esere emeği geçen Türkiye'deki kardeşlerime teşekkürü bir borç bilirim. Zira bu esere temel teşkil eden ve Fethullah Gülen Hocaefendi'nin kendi hayatından birçok kesitler aktardığı *Küçük Dünyam* röportajını Arapça'ya çevirmek için ellerinden gelen gayreti gösterdiler. Aynı şekilde, bu konuda bana yardımcı olacak başka metinleri de tercüme ettiler ki, onlara bu konuda müteşekkirim. Daha sonraki birkaç yıl boyunca da, sürekli irtibatlarıyla beni önemli tarihi hakikatler ve iman hizmetlerinin Türkiye'deki durumu ile ilgili hiçbir kitap veya ansiklopedide bulamayacağım değerli bilgilerle beslemeye devam ettiler. Evet, bütün bunlar, elinizde tuttuğunuz bu çalışmanın vücuda gelmesinde bigâne kalamayacağımız ana kaynaklardandı.

Ferîd el-Ensârî

İstanbul-23 Eylül 2009

## *Yeryüzü Mirasçıları*

*"Dünya döne döne asıl yörüngesine doğru kayıyor.. ama; acaba, yeryüzünün hakiki mirasçıları, bir zamanlar başkalarına kaptırdıkları miraslarını geriye almaya ve istirdat etmeye hazırlar mı?*

*İlk hak başka, temsil ile gelen hak başkadır. Eğer hak, kendi değerleri ölçüsünde temsil edilmiyorsa, başta bir millet ve bir kadroya verilmiş olsa bile her zaman geriye alınabilir.. alınır ve hakiki temsilciler yetişeceği âna kadar da nisbî iyiliği önde olanlar arasında dolaşır durur."*

*(M. Fethullah Gülen,*

*"Yeryüzü Mirasçıları" makalesinden..*

*Ruhumuzun Heykelini Dikerken, s.16;*

*Yeni Ümit, Ocak 1993, c:3, Sayı:19)*

# BİRİNCİ FASIL

# RUHUN DOĞDUĞU YERLERE YOLCULUK

## *SIRLARIN ADAMI*

O.. bir sırra mâlik; hiç kimseye sezdirmez!

O.. bir sırra aşina; bütün dünya o sırra muhtaç ve hasretle onu bekler... Ancak o, hiç kimseye sırrını açmaz.

O.. bir sır taşır kalbinde, takatinin fevkinde.. bu yüzden hiç durmadan ağlar.. o kadar ki, gözyaşı, onun mâtemi karşısında hayret murakabesi yaşar.

O.. kutlu bir sırrın vârisi; bu sırrı ulu bir dağ yüklenseydi, zirvesindeki kayalar şâk şâk olur dağılıverir, üzerinde durduğu direkleri haşyetten devrilir giderdi.

O.. fütur nedir bilmeyen, asla gevşemeyen ve sürekli metafizik gerilim içinde bir süvaridir. Güneş batıp gideceği âna kadar gün boyu mücadele eder durur. Gecelerin halvet koylarında hüznüyle başbaşa kaldığında da kendini ağlamaya salar ve gözyaşlarını ceyhun eder.

Sağlam hamleleri ve atılganlığı yönüyle tıpkı bir arslan, sinelere heybet salan sessizliğiyle âdeta bir umman, keskin bakış ve firaseti itibariyle sanki bir kartaldır. Sükûtuyla en beliğ hutbeler irad eder, konuştuğunda ise alev alev yanar, pâr pâr olur, etrafını aydınlatır ve muhataplarını coşturur... Eline kalemi alıp yazmaya başlayınca da, tıpkı bir kristal gibi, içinin nuruyla etrafı aydınlatır.

Evet.. herkes Hocaefendi'yi kendince bildiğini zanneder, herkes Hocaefendi'yi kendi zaviyesinden duyar. Ancak hiç kimse onun ne istediğine akıl erdiremez ve künhünü hakikatine uygun olarak idrak edemez.. bu yüzden de onun taşıdığı "sır", hâlâ gönlünün derinliklerinde, sadef içinde saklı bir inci gibi pâr pâr yanıp durmakta... Kim bilir, belki de o, henüz zuhur edeceği ânı bekleyen bir süvari.. vakit ve şartlar henüz onun için hazır değil. Bir insan için, zamanından önce yaşamaktan ve anlayacak kimselere hasret gitmekten daha çetin bir imtihan gösterilebilir mi?

Hocaefendi, durmadan mâzinin çehresini geleceğin tabloları üzerine çizmekte ve ona sürekli ruh ufkundan diriltici soluklar üfleyip durmakta. Bir de bakıyorsunuz, Allah'ın izniyle çizip eyledikleri vukû bulmuş ve hayata hayat olmuş. Ne zaman bir makale yazsa yahut bir sohbet irad etse, her bir sözü, sahaabe-i kiram topluluklarını ve Fatih Sultan Mehmet'in ordusunu resmeden bir tabloya dönüşür. Sanki bulutların ardında sâf sâf dizilirler de, *'Anadolu ufku*'ndan dünyanın dört bir yanına hayat kaynağı bir yağmur misali bardaktan boşanırcasına süzülürler.

O.. dünya malı namına, sadece yıllardır giydiği birkaç parça elbiseye sahip.. bir de, göçüp konduğu her yerde ona eşlik eden hüzün yumağı küçük bir sandukçaya. Bu sandukçada eski mi eski, tarihî mi tarihî üç anahtar taşır: İlki; İstanbul'daki "Bâb-ı Âlî" (Topkapı)'nın anahtarı, ikincisi Mescid-i Aksa'nın "Bâbü'l-Hitta" kapısının anahtarı, üçüncüsü ise mahzun ve mükedder Endülüs'teki Kurtuba Camii'nin anahtarı.

Tek bir insan duyar kadim surların iniltisini, Tanca ve Cakarta arasında gidip gelen rüzgârın iç çekişlerini ve hıçkırıklarını, nice zaman evvel ayrılmış ve geri döneceklerine dair henüz hiçbir emare belirmemiş dostlar gemisinin ayrıldığı kıyılardaki martıların ağlamalarını ve âh u efgânlarını.. Evet, tâ içinde duyar ve kendini ağlamaya salar!

Bulutların ötesinden gelen atların kişnemelerini ve perdelerin arkasındaki gaybî nidaları yalnız başına duyan adam. Zira onların fısıltıları bir tek onun bağrına düşer.. düşer de, minberden var gücüyle şöyle haykırır:

*"Ey Allah'ın küheylanları, şahlanın*

*Ey süvariler, binin atlarınıza*

*Ve ey yıldırım kılıçlar, karanlıkları aydınlatırcasına çakın gecenin semalarında bir şimşek gibi!"*

Ve... hiç kimsenin göremediği ve göremeyeceği neler neler görür de ağlar... ağlar... ağlar!.

Hocaefendi, ağlamanın biyografisi.. Onun soyadı *"Gülen"*.. ne var ki, hayatı serâpâ bir gözyaşı bestesi.. bu durum, en garip zıtlıklardan biri olduğu kadar en nadir tevafuklardan biridir de.. o, bu asrın sâlihlerinin en çok ağlayanı ve en fazla gözyaşı dökeni.. fakat onun ağlaması, başka değil, sadece yarınların gülmesi, çocukların bahçelerinde baharların arz-ı endâm etmesi içindir.. hayatımda ondan daha fazla gözyaşı dökeni ve ondan daha bağrı yanık olanını görmedim.. sanki bütün bir tarihin biriken gözyaşları onun iki göz pınarından kaynıyor gibi.

Onun bir zaaftan yahut zayıflıktan ağladığını zanneden büyük bir yanılgı içindedir.. aksine o, tıpkı taşları şâk şâk olan, derken bu taşların arasından coşkun bir kevser gibi âb-ı hayat suları fışkıran bir dağ gibidir... Evet, o hep bu yüzden ağladı.

Vaaz, sırlarından sadece biri; küçük yaşlarından beri iştirak ettiği her irşat meclisinde ağlar; kuşlar da onun ağlamasına ağlar! Ben onu, çocukluğunda ve gençliğinde, yetişkinliğinde ve yaşlılığında hep ağlarken gördüm. Dün ağladığı gibi bugün de ağlayıp durmakta. Hiç durmadan ağlıyor, ağlıyor... Kaynayıp duran gözyaşı şelalelerinin kuruduğuna hiç şahit olmadım. Vaazlarında akıttığı sımsıcak gözyaşlarıyla suladı bütün Anadolu ormanlarını.. O gözyaşlarıyla suladı ve bütün küheylanları ve gecenin fakirlerini bu sularla besledi. Gözyaşlarının nurdan sağanaklarıyla suya kandırdı cihanın dört bir yanındaki sahraları... İşin doğrusu, ben tükenmek nedir bilmeyen bu pınarın, dünyanın hangi dağından kaynayıp geldiğine hep hayret etmişimdir!

Ve onun çocukluğuna doğru bir seyahate çıktım.. Gayem, bu kadar çok sırlı ikramlara nail olmasının başlangıcını tespit edebilmek ve bunun nasıl gerçekleştiğini görebilmekti..

Bir bilseniz, insanı hayretlere sevk edecek ne acayip şeyler gördüm! Dünyanın dört bir yanında binlerce balkovanı inşa etmeye duran arılar, onun gözyaşı pınarlarından besleniyordu.

* * *

Hastalığım iyice ilerlemişti. Bir defasında rüyamda odamın penceresinden içeri giren bir arı gördüm. Bir başka seferinde de bal yiyordum. Anladım ki davet vakti.. ben de şevkimi binek yapıp yolculuğun bağrına doğru salıverdim kendimi.

## *DEĞİŞİM VE DÖNÜŞÜM MENZİLLERİ*

Burası İstanbul.. Burası, dünyanın bütün ormanlarına doğru sefere çıkan *"fatih ruhlu"*ların uğrak yeri ve geçiş koridoru. Minareleri arasına dalar dalmaz, birden gönlüm ümitle çarpmaya başladı. Ancak Boğaziçi Köprüsü'ne yaklaşırken içimi bir ürperti sardı.. gökyüzünde martılar alışılagelenin ötesinde çığlık çığlığa kanat çırpıyorlardı. Tam olarak kestiremedim, bir şölen ve düğün kutlaması mıydı martıların bu yaptıkları, yoksa mahzâ bir çığlık mı? Kim bilir?

*"Âşina olduğunuz o üveyk, âh u efganla çığlıklar mı koparır,*

*Salınıp duran eğri büğrü dallara dem tutarak şarkılar mı söyler?"*

Evet, burası ebdâllerin teğayyür makamıdır.. Bu değişim ve dönüşüm anlarında vukû bulan hal, tıpkı meskun mahallerin bir zelzelede maruz kaldığı hâlete benzer..

Yeryüzü, farklı bir tarzda dönüyordu.. ışık tayfları, doğuş ve batışlar arasında içiçe, sarmaş dolaş yeryüzüne akın ediyordu.. kuvvetli fırtına, dondurucu bir soğukla her şeyi kasıp kavuruyor.. güvercin ve martıların karartıları, dondurucu soğuktan korunmak için minare ve kubbelerin bağrına sığınıyordu.

İstanbul'un eski surlarının bir köşesinde, bir dershanenin kapısında bir köşeye sinmiş, "Muallim"in gelişini bekliyordum. Şiddetli fırtına son haddine ulaşınca, Üstad Bediüzzaman Hazretleri silkindi, şehrin kubbelerinin üzerinden başını uzattı. Derken dev iki kanadını şehrin surları üzerine açtı ve bütün kapıları ihata edecek şekilde etrafı kapladı. Uzunca bir süre, bu şekilde fırtınanın dehşetli etkisine karşı tek başına var gücüyle durdu. Kanatlarının altından göz ucuyla bakıp kubbelerin gölgesinde bülbüllerin sakin bekleyişlerini ve kendilerini emniyette hissedişlerini gördü, rüzgârın dondurucu soğuğunda gözleri yaşlarla doldu ve hızlı esen rüzgâra karşı avazı çıktığı kadar bağırdı:

*"Ey Said! toprak ol toprak.. Tâ gül bitiresin ve Risale-i Nur'un duruluğunu bulandırmayasın!"*

Fırtına dinince, Fetih sûresini okumaya başladı.. derken kapıları açtı ve ötelere kanatlandı.

Var gücümle bağırdım:

- Üstadım, Efendim! Son Süvari bir daha dönmeyecek mi?

Sanki soru hoşuna gitmemişti, kaşlarını çatarak bana doğru döndü ve gözlerinde parlayıp tutuşan nurlu bir bakış fırlatıverdi. Sonra da şöyle dedi:

- Yazıklar olsun sana ey aldanmış, haddini bilmez genç! Bilmez misin her zamanın bir sahibi var?

Dedim:

- Fırtına yeniden şiddetlenirse, kim tutar kapıları, kim korur bunca muhtacı?

Dedi ki:

- Evladım, gayrı bu makam "Fetih" makamıdır! Bu devirde kapıları kapayıp kilitlemeye lüzum yoktur!

Dedim:

- Hayret, efendim! Fırtınanın şiddetine ne devasa kapılar dayanır ne de şehirlerimizin kadim surları. Öyleyse, neyin fethi bu?

Dedi:

-Yaşadığın dönemi doğru okuma ve doğru yorumlama konusunda ne kadar da acemisin be oğlum! Yüce ufuklara doğru başını birazcık kaldırıversen; hüzün tepelerinin ardından güneşin müjdesinin yavaş yavaş yükselmekte olduğunu göreceksin. Nurun ilk sözlerinin, gökkuşağı tâklarını resmettiğini ve denizin dalgaları üstünde gerçekleşmesi yakın haberleri nakşettiğini.. suyun dilini çözebilen biriysen şayet, şunu söylediğini işitebilirsin: *"Önce İstanbul fetholunacak, sonra Rûmiyye..."*

Dedim:

-Anam-babam sana feda olsun Efendim, *"Rûmiyye"* de ne ola?

Dedi:

- *"Rumiyye"* denen şey evladım, aramızda yaşayan sihirbaz bir kadın, fettân mı fettân. Büyük şeytanın başkenti. Karanlıklar denizinin bağrına saplanmış dört sütun üzerinde yükselir. Dünyanın dört bir yanında sürekli yanan bir ocağı ve tüten bir bacası var. Her gün binlerce kuşu, binlerce güvercini yakar. Işık ordusu, güneş ışınlarından silahlar ellerinde onunla yüzleşmeye ve mücadele etmeye vermiştir kendini. Bu ordunun kumandanı, yeryüzünde hor ve hakir görülen, itilip kakılanların hüsn-ü akibetleri için gayp ötesinden sürekli Nasr sûresini okur. Çok yakında seni hayretten hayrete sevk edecek olaylara şahit olacaksın yavrucağım. Bugün ışık ordusu, dünyanın dört bir yanında yeşil gecenin aydınlık ikliminden beslenmekte, kendine yol azığı edinmektedir. Işık ordusunun nail olacağı nimetlerden ve hizmetlerinden kendi nasibine düşen manevi hazzını ara evladım..."

Dedim:

–Bu irfan erlerinin öncüsünün mümeyyiz vasıfları ne ola ki efendim? Onu nasıl tanıyabilirim?

Dedi:

–Bir nâm bulacağım diye kendini boşa yorma evladım. O bir tayftır veya mânâ ya da bir ruh.. belki de parlayıp duran nurdan bir kalb.. o, güneşten damıtılmış bir ordu.. bir kalbin hasret ve hüznü.. bir gönülden sürgün vermiş bir filiz.. ızdıraplı bir ruhun terennüm ve iniltisi.. muhabbetten hâsıl kıvrım kıvrım bir ızdırap... "Kırık Testi"den sızıp duran bir sızı.. rükû ve secdeler arasında arşa yükselen şevk ve âlı u zâr.. gökyüzünde ilkbahar rengine bürünen ve yeryüzünün dört bucağına yağmurlarını cömertçe boşaltan hayır ve bereketle dopdolu bir bulut.. dünyanın hangi coğrafyasına gidersen git, onun bahçelerini görecek ve o bahçelerde hayata yeni uyanmış dupduru tâze gülleri seyredeceksin!

Dedim:

– Bu kutluların kimdir mihmandarı? Nedir nesebi, soyu? Hangi coğrafyada neş'et edip boy atacak? Hangi tarihte ve nerede dünyaya gelecek?

Dedi:

– Ah be evladım.. Bu "zamanın sahibi"nin, iki doğumu vardır; ilki "mekânda doğum", ikincisi de "zaman ufkunda doğum". Yaranın sızlayacağı ânı kolla, meltemin getireceği "*kervanı harekete geçiren nağme*"ye kulak kesil. Bilesin ki, sancısız doğum olmaz. Allah hayrını versin.. sen ikinci doğumu gözle! Sen –evladım– o "*ruh mimarı*"nın doğumunu idrâk edebilirsen, "fâtih"lerden olursun.

Dedim:

–Benim onların ilklerinden olma imkânım var mı efendim?

Dedi:

- Onları bulup onlarla bütünleşmenin yolu, bir kuşun havsalasında mevcut sırlı bir sözcükte saklı!

Büyük bir heyecanla:

- Bu hangi kuştur efendim, diye sordum.

Ve... Tecelliler birden kesildi...

* * *

Bu müşâhedelerden sonra, "*Hel min mezîd*" (Daha yok mu?" diyerek tam bir yıl bekledim. Bu konudaki bilgi kırıntılarını bile dört gözle kollayıp durdum.. Ancak nafile... Çaresizlik içinde "Nur İlleri"ne tekrar seyahate çıkma iznini beklemek üzere ülkeme döndüm.

* * *

Tanca ile Cebel-i Tarık arasında hüzün boğazı uzanır. Neredeyse her akşam hıçkırıklar eşliğinde Moriskilerin[1] trajedisini anlatır martıları. Hiçbir şey boğazın bu âdetini değiştiremedi. O boğazın hülyaları kuzeye doğru bir dalga gönderir; ancak yaşadığı acı, ızdırap ve yaralar, bu dalgaları kırık bir vaziyette güneye doğru gerisin geriye iletir. İşte bu şekilde dalgalar, sevinç ve keder arasında sürekli gelgitler yaşar. Balıklar ise bu hülya ve inkisar dalgaları arasında, sabah yola aç çıkar, akşamları da insan etleriyle karınları şişmiş şekilde yuvalarına döner.

Tanca ve Tatvan arasında yalınayak yol alıyordum.. belki müjde taşıyan bir posta güvercininin sesini duyarım ümidiyle. Dediler:

- Gırnata'nın son emiri, yaşadığı Cennet-âsâ mekânından çıkarılıp bir şaki gibi kovalandığı zamandan beri bu posta güvercini, yuvasından ayrılmaz oldu. Bu garip güvercin, hazineler dolusu nice hikmetli sırlarla o emire mersiyeler dizdi.

Dediler:

- Bir ötüşü var ki her şakıyışında, sahildeki taşların tüyleri diken diken olur, martılar ağlar ve dalgalar vecde gelip kabarmaya başlar!

* * *

1 MORİSKO: Arap ve İslam tarihinde karşılaşılan sözcüklerden biri olan "Morisken" yahut "Morisko" kelimesidir. Bu tabir ile başlangıçta Kuzey Afrika'da yaşayan insanlar kastedilse de, daha sonraları, Endülüs'ün Tarık bin Ziyad tarafından fethinden, 1492 yılında Gırnata'nın düşmesine kadarki süre içinde "İber" yarımadasında (günümüzde Portekiz ve İspanya'nın bulunduğu yarımadada) yaşamış Müslümanlar kastedilir olmuştur. Kaynaklar, Moriskoları, bilinen ilk etnik "temizliğe" maruz kalan topluluk olarak zikreder. Uğradıkları zülum ve işkence 1609 yılında zirveye ulaşmış, Endülüs'te bir tek Morisko kalmayacak şekilde dünyanın çeşitli yerlerine göçe zorlanmışlardır. Moriskolar, bu zülum karşısında Kanuni Sultan Süleyman'dan yardım istemiş ve bir kısmı Osmanlı'ya sığınmıştır. (ÇN)

Benimle birlikte yol alan yiğit delikanlı "fetâ"ma döndüm, dedim ki:

–İşte evladım.. işte bizim dört gözle beklediğimiz şey bu! İşte bu güvercinin şakıdığı şey, Üstadın *"güvercin havsalasında saklı"* dediği sırlı kelimenin tâ kendisidir! Haydi bulalım onu, belki onun işaretleriyle aradığımı bulur ya da tılsımı çözmeye muvaffak olurum. Belki de Endülüs'ün doğuşunu farklı bir açıdan okuma fırsatım olur. Endülüs şehirlerinin burçlarında güneş guruba kaydığı günden beri, onun hüzünlü tablosunu kalbimin derinliklerinde saklar dururum. Ancak o fotoğrafın çok farklı tecellileri var. *"Yeni zamanın süvarisi"*, Endülüs bahçelerinin işaretlerini kalbime gül gül işlerken Endülüs camilerindeki ruhun iştiyakını, âlemin acı ve ağrılarına ilaç olarak sunma gayretinde. Hatta bu konuda şu da söylenir: *"Boğazın hüzün ve kederleri, ancak Endülüs minarelerinden yükselecek ezan sadalarıyla hafifleyebilir!"*

Döndük gerisin geriye, bütün acılar yüreğimizde.. kayalıklar ve ağaçlar arasını didik didik etmeye.. bir kuş yuvası ya da güvercin kanadından bir tüyün peşinde.. ancak nafile.. ne bir iz ne işaret.. tâ bir sabah gün ağarana dek...

Rüzgâr, bir ilkbahar sabahının meltemini andırır şekilde esiyordu. Güneş ışıkları, aheste aheste kuşluk vaktine doğru seyre koyulmuş, denizin üzerindeki hafif siste uzayıp giden rengârenk gökkuşakları oluşturuyordu. Birden –efendim– güvercin, bir yerden şakımaya başladı. Tam tespit edemediğim bir yerden. Şakıdığı makam, tıpkı ezan nağmesi. Ne kadar da çalışsam nafile, yerini tespit edemedim. Ezan nağmesiyle sesin yükseldiği minareler, Endülüs tarzı bir mimariye sahipti. Ancak hüzün nağmesi, Türk makamlarıyla yükseliyordu. Evet, o iniltide, İstanbul minarelerinin heyecanı yankılanıyordu. Derken Fas camileri bu yankıyı, hıçkırık ve feryatlarla gönüllerine gömüyor ve için için ağlıyorlardı.

Sonunda işareti almış ve acayip bir şeye muttali olmuştum. Hayretler içindeydim...

Şöyle bir ses işittim: *"Bu zaman, coğrafyaların ölümü ve tarihin yeniden diriliş devridir. Ey evladım! Şifre ve sırlı kelime, nurdan bir nutfede.. nübüvvet evinden çıkacak.. orası, Anadolu'nun doğusunda bulunmakta.. vira bismillah deyip, oraya doğru yola çık!"*

* * *

İşte bir defa daha İstanbul'dayım.. hâtiften hüzünlü bir ses bana nidâ etti: "Allah seni nerede istihdam ediyorsa, oraya rıza göster. Ve orası senin kalb ve ruh ufkunda ihraz ettiğin makamdır. Ey azizim, bundan böyle senin için istiğfar makamından öte menzil yoktur." Gönlümün derinliklerinden, arasıra dalgaları dilimin kıyılarına vuran bir ses işitmeye başladım: *"Rabbiğfir lî, Rabbiğfir lî (Mağfiretinle sarmala beni ey Rabbim! Mağfiretinle sarmala beni!..)"*

İşte, bir arabada yol alıyorum. Çok hastayım.. hastayım, lakin yine de duyup gördüklerimi anlayacak durumdayım.. şu anda da her şeyi algılayabiliyorum.. bu büyük bir yol.. İstanbul'un içinden geçen otoban.. sağlı sollu İstanbul'un kubbeleri ve minareleri.. nurlarını her tarafa saçıyor.. işte büyük Boğaziçi Köprüsü.. yeni inşa edilmiş sayılır.. ancak tarih boyunca fetihlerin takip ettiği güzergâhta, Asya ve Avrupa arasında kurulmuş, iki kıtayı birbirine bağlamakta.. geçmişteki misyona uygun olarak, bu yapı da kurulduğu günden bu yana "yeni nur"un geleceğe taşınması adına köprü vazifesi görmektedir.. ya şu... Âh! Bir kez daha Sema Hastanesi... Orada durumumu, konumumu anladım.. ve anladım ki, birinci imtihandan elim boş olarak geri dönmüşüm, imtihanı başaramamışım! Bu defa dersime, *"Medrese-i Eyyübiye"*de kaldığım yerden tekrar başladım!

Tam bir yıl.. evet, dostlarım tam bir yıl doğuşlar ve batışlar arasında mekik dokuyup durdum.. tam bir yıl boyunca bedenimden ruhumun kirlerini arındırdığımı zannedip durdum. Fakat şimdi görüyorum ki olduğum yerde saymışım.. Günahlarımın ağırlığıyla tekrar aynı yere döndüm. Demek ki, şaşırmışım yolumu.. hakkımda verilen hüküm; yeni baştan vermem dersimi... Rahmetini diliyorum Allahım, ne olur, rahmetini...

Yatağımın başucu, kıbleye denk geliyordu.. önümde duran büyük pencereler, Marmara Denizi'ne açılıyordu.. Beş ada, karşımda, denizin ortasında yere dikilmiş bayraklar gibi duruyordu. Ayaklarımın ucundan güneş, yavaş yavaş gurûba kayarken, ışıkları hasret ve inilti mersiyesini nakış nakış Marmara'nın üzerinde dokuyordu. Bana da, akşam vakti zikir ve dualarından güfteler sunuyor, odamın penceresinin hemen önünde yükselen çınar ağacının yaprakları vasıtasıyla bu güfteleri besteliyordu! Güneşin son ışıkları da el etek çekince gözlerimin önünde cenazemin teşyî edilip dalgalı denizin ufkuna doğru yükselmekte olduğunu gördüm.. derken namazım düştü aklıma.. Rabbime kavuşma ânını iştiyakla yakalama adına hemen akşam ve yatsı namazımı cem ve kasr yaparak kıldım. Derken içimi ağlama hissi kapladı ve kendimi salıverdim. Gece, vâridatıyla, lambalar misali, denizdeki adacıklarda parlamaya başlamıştı.. sahil lambaları, meçhul bir şeylerin hülyalarına dalmışcasına titrek titrek yere süzülüyordu. İçimdeki sızı beni evrâdıma yönlendirdi... Henüz yeni okumaya başlamıştım ki, bardaktan boşalırcasına "rahmet" yağmaya başladı.. ama ne rahmet, tokat gibi, şamar gibi... Aah efendim, ne tahammülfersa bir acı.. ağrılarım çok şiddetlenmişti.

Sonra hatırladım.. Ah! Dersimi tekrar etmeye çalıştım.. şöyle deniyordu:

"Sancısız doğum olmaz.. ikinci doğumu hedefle, Allah hayrını veresice!"

Denizin sakin olduğu bir gecede var gücümle haykırdım:

*"Yoldaşlığına kabul buyur.. sana eşlik etmeme müsaade et, ey en hayırlı emir ve ey en hayırlı ordu!.."*

Üstadım bana şöyle dememiş miydi: *"Coğrafyaların ortadan kalktığı ve tarihin yeniden doğduğu devirde yaşıyoruz, evladım!"*

Evet, ama.. uçmaktan, şu zayıf kalbime bir parça merhamet eyleseniz.. bütün yapabildiğim, insanı hayrete sevk eden ve kendinden geçiren mekânın vecdlerini basamak basamak kucaklamak.. belki bana da bu mekânların rıhtımlarından zaman makamlarının engin ummanına açılmak nasip olur. Fakat şimdilik aczim sadece buna müsaade ediyor. Hadd-i zatında benim gibi bir müridin yapabileceği yegâne şey, edep makamının gereği, öğrenmek için diz çökmekten başka bir şey olmasa gerek.

Ey dost! İşte önünde taşıp duran nurdan vâridat kanalları ve olukları.. asânı omuzuna al ve ruh ufkunun doğusuna doğru bir seyyah edasıyla çık yola.. nurun ilk kaynaklarını aramaya... Bakarsın "fetih" zamanına bir menfez aralanır da oradan giriverirsin zaman aralığına.. giriverirsin de Hocaefendi'nin ağlamasının sırrını keşfedersin.. keşfeder ve şifayâb olursun...

* * *

Bulunduğum odanın, hastalığım boyunca bana refakat eden kimsenin kaldığı odaya açılan bir kapısı vardı. Refakatçim, sıradan biri değil, hal ehli bir insan. Tercüman diye tanıştırmışlardı. Ancak zamanla onun, ruhun dilini çözen bir "ruh tercümanı" olduğunu anladım. İşaret dilinden iyi anlıyor, güzergahtaki tılsım ve şifreleri de iyi çözüyordu. Onca derinliğine rağmen kendini "hiç" gören böyle bir gence hayatım boyunca rastlamadım. Onu dış görünüşüne göre değerlendirmeye kalkışanların, bir hazineden mahrum kalacakları açıktı; hem de ne hazine! Doğulu simasının yanında mimiklerinde daima tatlı bir hüzün nümâyandı.. gayp ummanlarında dalıp giden gözleri, heybet ve ihtişam saçıyordu. Bazı tecellileri vardı; bazen ortalıkta arz-ı endâm eder, bazen de bir anda kayboluverirdi de, kimse bilemezdi nerede olduğunu. Siyah saçları ile kömür gözleri arasından parlayan nurlu bir alın.. tıpkı fecr-i sadık gibi – hüzün yumağı haline rağmen– hayır ve bereket müjdeleri sunardı.

Gönlümün derinliklerinden kopup gelen gizli bir nida "feth" ile rümuzlu rehberin yoldaşlığını fısıldamıştı ruhuma. Sanki, hassas düşüncesiyle, ruhumun bu sessiz çığlıklarını duyar gibiydi... Kim bilir?

Kapımı –izin istedikten sonra– edeple araladı.. gece, bütün güzelliğini ortaya dökmüş, gölgesi ve hayali uykuya dalmıştı.. başımın ucunda küçük bir gece lambası kısık ışıklarıyla odayı aydınlatıyor, bazen nabız atışı gibi garip renkler yayarak hasret iniltileri üflüyordu.

Kapıyı açan refakatçim sordu:

- Afedersiniz, sizin için yapabileceğim bir şey var mı?

Hüzün dolu yanaklarının mimiklerini süzerken gözlerinden inen yaşların izlerini görüyordum.. Onu, ruhani halvetinden alıkoyduğumu ferkettim. Pişmanlık duydum kendi kendime.. kırık dökük ifadelerle ona özrümü arzetmeye çalıştım.. daha sonra da sordum:

- Doktor hastalığımla ilgili ne dedi?

Bir an için duraksadı. Sonra birkaç kelime mırıldandı.. söylediği şeylere bir mânâ verememiştim. Sonra bakışlarını Marmara adalarının parlayan ışıklarına doğru saldı. Vakit, gece yarısıydı, beki de daha geç. Etrafımızdaki her şeye ürperti veren sükûnet hâkimdi. Uzaklara dalan gözlerine bir ara dikkatlice baktım, daha sakin bir eda ile ve dilimin sürçmelerine meydan vermeyecek şekilde sorumu ikinci bir defa tekrarladım:

- Afedersin hocam, doktor ne dedi?

Birden var gücüyle silkinerek iç âleminden sıyrılıverdi. Ancak ağzını bıçak açmıyordu. Evet, bir tek kelime bile etmemesine rağmen, sözün ruhunun derinliklerinden çağlayarak aktığını işittim. Tıpkı yüce âlemlerden üzerime sağanaklar halinde inen "hâtiften sesler"in bir yankısı gibi!

Bana şöyle dedi:

- Ey dost! Bilesin, bedeninde işler yolunda değil, durumun istikrarsız. Vücudun, çatlak testinde ârâm eyleyen ruhunun kırık bir yansıması. Doktorların bilgisi, kokuşmuş balçıktan yaratılan bedeninle sınırlı.. ruh yaralarına muttali olmaya gelince.. Âh!.. Ruhî yaralarına doğru kim yol bulur gider dostum.. Âh!.. Âh!.. Âh ki ne âh...

Sonra sustu..

Pencereye doğru bakarken, derin bir iniltiyle içini çekti, sonra ağzından şu kelimeler döküldü:

- İşin doğrusu dostum, asıl hastalık ve en önemli maraz, işte oradan neş'et eden ruhî rahatsızlıklardır.

Her yanımı bir korku sardı ki, hiç sormayın.. Hemen dedim:

- Anam-babam feda olsun sana ey garip yüzlü! Söyle bana: Nasıl tedavi olacağım o zaman? Ve nerede bulurum merhem olacak ilacı?"

Bir kez daha ufka daldı, sanki yaşadığımız dünyadan kopup gitmiş gibiydi. alev alev bir iç çekti. Yanık iç çekişlerini, derin bir nefes takip etti.. Sonunda şöyle diyebildi:

- Ey alîl refîkim, ey hasta yol arkadaşım! Sendeki yaranın ilacı *"sırrının incisi"*ni bulmakta gizli.

- *"Sırrımın incisi"* mi? Sırrımın incisi de ne ola? Söyler misin, nerde, nasıl bulurum onu?

Dedi:

- Zümrütten sadefler içinde gizli incilerdir bunlar. Tâ uzaklarda, *"sırlar gölü"*nün derinliklerinde yetişir.

Dedim:

- Hal ve tavırların beni hayrete sevk etti ey delikanlı. *"Sırlar gölü"*nün ne olduğu ve nerede bulunduğunu ne bileyim ben...

Dedi:

- Diyeyim sana. O, özü sözü doğru "sıddîk"lerin gözyaşlarıyla oluşan bir göl. Bereketli sahillerine ulaşmak için yedi dağ aşman gerek. Her dağın tepesinde yetmiş zirve.

Çok eski zamanlardan beri bu gölü, havarilerin gözyaşları, sahabe-i kiramın hasret ve iniltileri, gece kâim, gündüz sâim âbitlerin kıvrım kıvrım ızdırapları, Üveys el-Karanî'nin iç çekişleri, Hasan-ı Basrî'nin ağlamaları, Ebu'l-Âliye er-Riyâhî'nin hıçkırıkları, Cüneyd-i Bağdâdî'nin sırları, Bişr-i Hâfî'nin nefesleri, Hâris el-Muhâsibî'nin kıvranışları, Abdulkadir Geylanî'nin vaaz u irşadı, Ahmed Zerrûk el-Fâsî'nin mücâhadeleri, Abdulvâhid bin Âşır el-Endelûsî'nin âh u efgânı, Bediüzzaman Hazretleri'nin müşâhedeleri oluşturur.

Her asırda, bir sıddîk ya da bir şehit, yanık bir şevkin hıçkırıklarıyla akıttığı gözyaşlarıyla o gölü sürekli besler."

Devam etti:

- Oracıkta.. sahraların sınırlarında, sağ tarafındaki sahilin kenarında.. bugün, onun bekleyişine şahit olacaksın.. arkasında binlerce asil ve safkan süvari küheyhanlarının saf bağladıklarını müşahede edeceksin.. bu küheylanlar, bütün bir geceyi yelelerini sarkıtarak dimdik ayakta geçirirler.. ap-ak nâsiyelerini yere doğru eğmiş vaziyette.. zamanın ölçülerine ve saatlerin menzillerine başkaldırırcasına.. onları alt üst edercesine tam bir teslimiyet içerisinde ve gönülleri itminana ermiş bir vaziyette beklemekte olduklarını göreceksin.. Bazen, bu ak sekili küheylanların, simsiyah karanlığın sisli havasında şâha kalktığını görürsün.. bazen de göl sularında ayaklarının batışını.. ve her fecir vaktinde hayat suyundan kana kana içişlerini.. sımsıcak gözyaşlarını bütün insanlığa berd ü selam olsun diye dört bir yana saçışlarını.. hassas alıcıları ile ezan nidasına kulak kesilişlerini. Bu asil atların etrafını saran binlerce ışık tayfı gölün derinliklerine doğru dalgıçlar misali dalmakta.. dalıp, zümrütten sadefleri aramakta.. diğerleri de sahilde durmuş, Allah'ın lütuf hazinelerinden devşirdikleri bu zümrüt sadefleri açmakta, içinde buldukları "sır"ları bir bir çıkarmaktalar.

Evet ey dostum! O yol üstündeki geçit vermez dağları aşmak için iradeni kuşan ve azmini bile! Ne çetindir bu yollar hem de karanlık mı karanlık.. ve her köşe başında bir sürü gulyabani ve binbir tuzak.. senin ağır bedenine bakılırsa, bu yolları güvenli bir şekilde ancak fazlalıklarından kurtularak ve cismaniyetine ait çirkin yönlerinden arınarak geçebilirsin. Bütün bunları gerçekleştirmenin biricik yolu ise, nefsin arzu ve istek kementlerinden kurtulman ve alışılagelmişliğin darlığından sıyrılmandadır. Evet, geçen ömrünün çukurlarından seni çekip çıkaracak, geleceğin aydınlık ufuklarına elinden tutup yükseltecek bir "tevbe-i nasûh"a ihtiyacın var. Bakarsın üveyklerin kervanına katılır ve sen de kanatlanmaya ehil hale gelirsin..Ve bilesin ki, şehvetin, şahdamarına baskı yapıp onu tıkadığı bir bedenle bu yolların aşılması mümkün değildir.

Yol arkadaşıma baktım, merhamet dilenircesine mırıldandım:

- "Söyle bana, o halde yol ve yön nasıl?

Dedi:

- Sen, kaynağı doğu olmayan ve oradan doğmayan bir "nur"a rastladın mı hiç?

Sonra elini yükseklere kaldırdı ve uzakları işaret ederek şöyle dedi:

- *Âb-ı hayat gölü*"ne giden yolun günümüzdeki rehberini ve vuslat arzusuyla göle doğru seyre koyulan günümüz seyr u sulûk erbâbının imamını, işte orada bulabilirsin.. o zat kendisine uyulsun diye rehber ve imam kılınmıştır. Bilesin ki bu konuda onun gibi gerçek bir bilgeye rastlaman mümkün değildir! Dostum, haydi sıyrıl çamurundan ve bir an önce yola koyul.

## *RUHUN AŞILANDIĞI YER*

Doğu Anadolu'nun farklı bir kokusu vardır.. Dediler ki: "Senin devan ve yitiğin orada.. orada eşsiz Van gölü, hikmet arayan kimselere *"Mecmaü'l-bahreyn"* olan bağrını açmakta, hasta ve mahzun gönüller için, Eyyüb Nebi'nin, hastalıklarından kurtulup şifayâb olduğu bir havuz halini almaktadır.

Bu "Nur Göl"ü, kadim tarihe dâyelik yapıyor, onu bağrında barındırıyor.. suladığı bağ ve bahçelerinde öten kuşlara, peygamberlerin çileleriyle lebâleb ruh bestelerini öğretiyor. Küçük köylerinde bile hâlâ nice "sır"lar gizli: Van, Tatvan ve Ahlat. Az ilerisinde, güneybatı tarafında Bitlis ili bütün ihtişam ve ağırbaşlılık kisvesine bürünmüştür. Bu ilin bostanları arasında, çok güzel örtüsü içinde Nurs köyü gizlenir.

Evet o bir göl.. ama bildiğiniz türden değil.. hem temiz hem de temizleyici.. güzellik ve heybetle kaynayıp coşan bir âyet.. dev dalgaları, efsanevi bir kuş suretinde batıdan doğuya doğru uzanır.. dinazorlar çağından ve Anka Kuşu maceralarından neler neler anlatır! Başının üstünde, –tıpkı tavus kuşlarınınki gibi– büyük bir ibik taşır.. doğu tarafına yükseklere doğru havalanmış, hemen yakınındaki bol otlu yalçın kayalıklardan coşkuyla kaynayıp gelen "Muradiye" şelalelerine tepeden bakar. Hemen arkasında bütün ihtişamıyla parlayan gözyaşları gölü kanatlanır ve âdeta sıçramaya hazır.. sanki çok uzaklara doğru kanat çırpmakta ve yüce Ararat (Ağrı) dağının zirvesindeki karlara konmayı hedeflemekte.

Tarih-i kadime beşiklik yapan bu çoğrafya, Türkiye'nin tavanı. Anadolu'nun başı, zirvelere buradan yükselir. Burada, dar geçitler, yüksek dağlar ilk tabii halini korumaktadır. Bu zirveler, peygamberlerin tarihi savaşlarından farklı milletlerin kahramanlık hikâyelerine kadar bitmez tükenmez kıssalara şahitlik etti.

Burada her şey çok farklı ve özel. Her farklı ve özel olanın da kendine has yanları var. Ancak "Ahlat"ın eşsizliği nev-i şahsına münhasırdır. Van Gölü'nün kuzeybatısındaki coğrafî konumuyla, fıtrî bir naz ve işveyle etrafındaki yüksekliklerden gölün masmavi sularına doğru kavis çizerek eğilmekte. Mavi bir göz üzerindeki kaş gibi.. sanki kem gözlerden korunmuş bir azize.. Ahlat'ın binaları, geçit vermeyen karlı dağlar ve geniş otlaklar arasında yükselir. Ve bu özelliğiyle ilk çağlardan tâ Osmanlıların son dönemlerine kadar tarih boyunca göçebe kafileler ve gazaya çıkan farklı milletten topluluklar için doğu ile batı arasında tabii bir geçit vazifesi görmüştür. Bu yüzden Ahlat, insanlık tarihinin izlerini taşıyan zengin bir arşiv. Birçok devlet ve kabile Ahlat'a sahip olmak için mücadelelere girişmiş. Sürekli elde ğiştiren belde nihayet hicrî ilk asırlardan itibaren Müslüman Türklerin eline geçmiş ve yeni bir sayfa açarak âdeta yeniden doğmuştur. Evet, işte o tarihten itibaren Ahlat, mânâ erlerinin konakladığı bir yere dönüşüvermiş, kalb ve ruh ufkunda seyr u sülûk eden gönül erlerinin otağlarını kurdukları bir belde haline gelivermiştir. Böylece eskimek şöyle dursun, aksine sürekli yenilenen ve ter ü tâze kalan bir hayatın fışkırdığı dupduru bir kaynağa dönüşmüştür.

Bunun tabii sonucu olarak Ahlat, farklı milletlerden, farklı dillerden müteşekkil insanlarıyla, âdeta renk, desen ve kabartmaları itibariyle çok farklı; ama bir o kadar da iç içe ve uyumlu bir mozaiği andıran halini günümüze kadar sürdürmektedir: Türkçe, Farsça, Kürtçe, Arapça ve Ermenice gibi çok farklı diller.. cinlerin, ruhanilerin ve rüzgârların dilleri gibi başka türden daha nice diller. Evet, kulak verirseniz, rüzgârın melodiye çevirdiği ve geçit vermeyen dağların zirvesine emanet ettiği hüzün nağmelerinin kulağınızda uğuldadığını duyar gibi olursunuz.

Ancak bütün bu çeşitliliği bir potada eriten ve uyumlu hale getiren sırlı güç; Peygamber Efendimiz'in tertemiz peygamberlik kaynağından, tâ kupkuru çöller arasındaki yemyeşil bir vaha misali olan Yesrib'ten ve Allah Resûlü'nün medeniyetin sembolü Medine'sinden kopup Anadolu'nun doğusuna bir gözyaşı misali akıp gelen dupduru "ruh"tan başkası değildir. Evet, yalçın kayalıklardan oluşan ve çevresine karşı başkaldırmış geçit vermeyen dağların tepesinden aşağıya doğru bu "ruh"un ışıkları her tarafı aydınlatmıştır. İşte o andan itibaren hidayet ve nurla kaynayıp coşan yüksek şelaleleri, karanlıkları aydınlatan bir nur misali Türkiye'yi sürekli besleyip durmaktadır. Ve imanın şahdamarları, Kostantiniye'ye sonra da Doğu Avrupa'ya ve Viyana'nın önlerine kadar işte bu kaynaktan uzanmıştır.

Henüz hicrî ilk asırlardan itibaren Peygamber Efendimiz'in kutlu neslinden nice güvercin ve şahinler, Arap Yarımadası'nın çalkalandığı fitnelerden uzaklaşmak için Şam ve Irak üzerinden uzak bölgelere göç etmek zorunda kalmıştı. Nihayetinde, günümüzde dahi ulaşılması zor Doğu Anadolu'nun engebeli arazisinde yolculuklarına son vermiş, bu bölgenin dağ ve çayırlarına otağlarını kurmuşlardı. Emevi ve Abbasilerin gözünden uzak ve zulmünden emin olabilecekleri bir yer arıyorlardı. Kutlu Peygamber şeceresinin dalları seyyitler soyunun bu hicretinin; bedenen güçlü, kuvvetli ve gözü pek Türk kabileleri için "ruh ufku"nda bir aşılanmayı netice verdiği söylenebilir. Nitekim imanın yakîn seviyesini temsil eden hakikat erleri seyyitler ile, gücü temsil eden dağlar gibi dimdik ve mehîp Türk boylarının bir araya gelmesinden, "feth-i mübîn"in babayiğidi "Yeni Türk İnsanı" prototipi doğmuş oldu. Bu "yeni insan" modeli, bir yandan kalb ve ruh ufkunda cemalî tecellilerle donanmış bir gönül eri olmuş, diğer taraftan da beden ve azm u ikdâmı itibariyle celalî tecellilerle mücehhez hale gelmiştir. Böylece Osmanlı Devlet-i Âliyesi tarihinde gerçekleşen bütün güzellikler, bu zemin ve bu ruh üzerinde yükselmiştir.

İşte tarihin derinliklerinden kopup gelen bir Ehl-i beyt "tohum"u, hicret ve sürgünler arasında nesilden nesile yuvarlanmış, derken bu tohumun gülü, Türk olan "Gülen Ailesi"nin has bahçesinde de açmıştır. Bu nadide çiçek, birkaç asırdan beri kökleri itibariyle Ahlat'tan yükselen ve dört bir yana dal budak salan kutlu devâsâ bir ağacın soylu mu soylu bir tohumunun gülüydü.

Bu durum, 19. asrın sonlarına doğru Gülen sülalesi ile başka bir aşiret arasında sürtüşme ve silahlı çatışma çıkacağı âna kadar sürer. Gülen ailesinin dedelerinden Halil Bey'in kızkardeşi kaçırılmıştır. Namus meselesi yüzünden Halil Bey, karşı tarafla silahlı çatışmaya girer. Vuruşma esnasında karşı taraftan biri ölür. İki sülale arasındaki bu olay büyür, derken devlet olaya el koyar. Ahlatlı Halil Bey suçlu görülmemekle birlikte ailesiyle birlikte sadece başka bir yere sürgüne gönderilir. Güzergalı, Ahlat'ın kuzeyinde yeralan Erzurum'un bir ilçesi Hasankale'dir. Sürgünün nihai durağı olan Korucuk köyüne yerleşirler ve artık aile istikrara kavuşur. Bu kutlu ağaç, bir kere daha köklerini burada toprağa salar.

Gülen ailesinin soyu, genel olarak Erzurum'da, özelde ise Korucuk'ta meşhur olmaya başladı ve bu şöhret, dededen toruna intikal edip durdu. Gülen ailesi, Korucuk Köyü'nü –zaruri iki defa haricinde– o günden sonra hiç terk etmedi. İlk olarak 93 Harbi diye de isimlendirilen Osmanlı-Rus savaşı sebebiyledir. 19. asrın sonlarına doğru gerçekleşen savaş sonunda Ruslar Erzurum'a kadar gelince Erzurum ahalisi Anadolu'nun içlerine doğru göçmek zorunda kalmıştı. Bu savaş sebebiyle Gülen ailesi de Korucuk'u terk ederek Anadolu'nun ortalarında bulunan Sivas dolaylarına gelip yerleşti. Savaş bitince, Korucuk köyüne geri döndüler. İkinci defa da Birinci Dünya Savaşı'nın ateşinin her yanı sarmasıyla Gülen ailesi, kök salmış oldukları Korucuk Köyü'nden hicret edip Yozgat'a bağlı Yerköy'ün köylerinden birine yerleşti. Birinci Dünya Savaşı'nın sarsıntısının geçeceği âna kadar birkaç sene orada kaldılar. Durum normale dönünce, çok sevdikleri Korucuk'a dönmek üzere yeniden yola düştüler.

## *VE O GELDİ...*

Burası Korucuk.. Erzurum'un şirin köylerinden biri.. tarihin hüzün ve sevinçlerini yüklenen bir Arap kanı, nesil nesil çoğalmakta.. bir kan ki, damarlarında nübüvvetin eşsiz kokusundan izler taşımakta.. Allah Resûlü -aleyhi ekmelü't-tehâyâ efendimizin- pâk âl-i beytine intisabını, yaralı gülleriyle pekiştiren safkan bir soy.. bir kan ki, uğradığı zulümler, katliamlar ve sürgünlerin ızdıraplarını taşımakta...

Gülen soyunda, senelerden beri, nurdan bir esinti, nesilden nesile gizli bir şekilde tevarüs edilip duruyordu. Bu nurun, miladî yirminci asrın ilk üçte birlik kısmının son bulacağı âna kadar, günyüzüne çıkması takdir edilmemişti. Bu zaman dilimi yaşanırken yeryüzü, gerisin geriye doğru yol alıyordu. Bu dönem, yaşanan cahiliye düşüncesi itibariyle, büyük deccalın geleceği felaket ve helaket asrının perişaniyetine denkti âdeta..

Rüzgâr, bu defa batı taraflarından esiyordu.. kaynağı itibariyle ilhadın dondurucu soğukluğunun kol gezdiği dağlardan.. vahşi kurdun pençeleri, sömürgeci yırtıcıların parçalayıcı dişleri ve kobraların öldürücü zehirleriyle kuşanmış olarak esiyordu.. mavi ölüm, bütün şehirlerimiz üzerine çökmüş ve felç olan bedenlerimizi paramparça edivermişti.

Bu tahammülfersâ vaziyet katlanarak sürüp gitti.. ve nihayet beklenen gün gelip çattı. Yıl: 1938.. 11. ayın 11. günü.. Ramiz Efendi ilâhî rahmetin mücessem bir tecellisinin vukû ânını bekliyordu. Derken bir oğlu dünyaya geldi. Ona "Muhammed Fethullah" ismini verdi. Onun doğumuyla, Anadolu topraklarına yeni bir mânâ doğdu, hayata yepyeni bir renk, ses ve soluk geldi. Fetih ile işaretli Fethullah, yavaş yavaş neş'et edip boy atmaya başladı. Sıradışı yaşantısıyla fetih evrelerinin basamaklarını bir bir çıktı. Doğumundan itibaren hayatı, sıradan bir hayata benzemiyordu.. garip mi garip hadiselerle dopdolu ve hiç alışık olmadığımız fasıllarla bezeli bir hayatı vardı. Öyle ki, bu hayat bizlere; savaş kahramanlarının öykülerini çağrıştıracak, büyük evliya kerametlerini hatıra getirecek, destanlarda bahsi geçen prensleri ve çok eski tarihlerde yaşamış babayiğitleri gözlerimiz önüne serecek kadar engin, rengin ve zengindi.

Genç Fethullah, büluğ çağına henüz ermişti ki, Osmanlı'nın dört bir tarafta yayılmış muhteşem mescitleri ona bağrını açtı, kubbeler, onun derin hıçkırıklarıyla yankılandı. Namaza durduğunda kuşlar onun namaz ve zikrindeki hüzne dem tutuyorlardı. Derken martılar, uyku sersemliği yaşayanları uyandırmak ve tozlu çömleklerde hapsedilen ruhları hürriyetlerine kavuşturmak üzere, onun hıçkırıklarının yankısını, bütün Anadolu topraklarına taşımaya koyuldu. O ise, kendisine takdir edilen yolda yükselmeye, bu yolun durak ve evrelerini bir bir çıkmaya devam ediyordu. Öyle bir noktaya geldi ki, hâdiseler, işaret diliyle ona bazı sırlar fısıldamaya; güvercinler ise bazı muştu ve uyarılarla etrafında pervaz etmeye başladı. Derken, İstanbul boğazı, onun parmakları arasından fışkırıp kaynamaya, bütün yeryüzünün susuzluğunu gidermek üzere "nur"dan kanal ve dereler halinde dört bir yana yayılmaya başladı.

Bütün işaret ve alâmetler, uzun süredir beklediğim kahramanın, bu fütüvvet erinin olduğunu gösteriyor. Ey gönlüm! Yürüyeceğin yolda sana rehberlik yapacak zat, işte bu zattır. Madem durum böyledir, o zaman matlubuna erebilmek için gerekli olan "sırlı kelime" ve şifreyi aramaya koyul.. gayrı bu anahtarı nerede bulur ve ona nasıl kavuşursun.. o sırlı sözcüğü nereye ve ne zaman saklamış olabilir, bütün himmetini bunu bulmaya yoğunlaştır. bakarsın eskiden görmüş olduğun o rüyanın gizli işaretleri de çözülüverir. Filvaki, onun bir sırrı var, onu nâ-ehillere açmaz.. ama ey gönlüm, belki sen, onun sohbetlerinden birinde bir anlığına dahi olsa huzurda bulunur, sohbetinin insibağına mazhar olur, böylece peşinde olduğun matlubuna erme adına bir işaret avlayabilirsin. Bilesin ki, onun "özel an"ları vardır. Onun izini ve gölgesini sürekli takip edebilirsen, ne acayiplikler ne acayiplikler göreceksin, bütün benliğinle buna inan arkadaş.. ve yine bil ki, sen "çınar ağacının çekirdeği"ne sahip olursan, koskoca bir çınar ormanına sahip olmanın yolunu da bulmuş etmiş olursun.. bu yolun meşakkatlerine sakın takılma, onlara sabret ve her daim yolda olmaya gayret et.. haydi "Vira bismillâh!" de ve yola koyul.

## *RUHUN MAYALANDIĞI OCAKLAR*

Hüzün ravisi anlatmaya devam etti:

Çocukluğun ilk yıllarının mayalandığı ortam, tam bir sırlar tarlasına benzer.. nurun tohumları, bu toprakta ekilir.. geleceğin fetih haritası ile yeni dönemin vaat ettikleri hep bu toprakta gizlidir... Dostum! Kim bilir, onun kim ve nasıl serpilip bir "babayiğit" olduğunu ancak orada bulup öğrenebilirsin.. ve olur ki, çocukluk lisanıyla, safkan küheylanların İstanbul'un bulutlarının ardından yol alışlarını, birçok ülkenin pâyitahtlarına girişlerini ve İstanbul boğazını geçip hüzün yurdu Endülüs'e varışlarının hikâyesini sana anlatır.. dahası, gece karanlığının katlanılmaz hüznü her yanı sardığı bir anda, o safkan küheylanların, bilmem hangi denizlere daldıklarını sana söyleyebilir; zira "Rûmiye", Filistin'in civcivlerinin üzerine çökmüş, iflahlarını kesmiştir.. güneşin doğması ve bu zorba ifritin deliğine çekilmesi, ancak "sır"lı bir kelimeye bağlıdır.. Dostum, yâranım! Bu büyük hâdise gerçekleşti anda, bakarsın sen de orada hazır bulunanlardan olursun..

Hüzünler yumağı ravi, sözünü şöyle sürdürdü:

Ruhun mayalandığı, ana kucağı mahiyetindeki bu yerler herkese müyesser olmaz. İşin doğrusu böyle bir lütuf, ilâhî takdire vâbestedir ki, Cenab-ı Allah, dilediği kimselere bir vade ve ölçü belirlemiştir ve Allah, bu buyruğunu gerçekleştirmeye elbette kâdirdir. Sünnetullahtandır ki, her bir Hakk dostu veli veya müceddidin gelişi, ancak Allah'ın takdiriyledir. Evet nehirler, sağanak yağmurlardan sonra taşarlar! Madem bu böyledir, ey yavrucuğum! O zaman asânı eline al ve yola düş! Ve bil ki, büyük ruhlu devâsâ kâmetlerin yörüngesinde yol almak üzere terk-i diyar eyleyenler seyahatlerinden "büyük ruh" olarak geri dönmüşlerdir.

## *BİRİNCİ OCAK: DEDE SOHBETİYLE İNSİBAĞ*

Kar ve tipi, Erzurum ilinin merkeziyle köylerinde mevsimlerin söz kesen sultanıdır. Kış mevsimi, yaz mevsiminden az bir süre müstesna, neredeyse senenin bütün mevsimlerinde söz sahibi olacak kadar uzun sürer. Durum böyle olunca, bu bölgede hükümfermâ olan dondurucu soğuğa diş geçirebilecek bir rüzgâra rastlanmaz.. bir rüzgâr müstesna. Bu rüzgâr alevli esintisiyle, buz kesmiş karlı dağlara mahzun gözyaşları döktürür. Derken, kışın en çetin geçtiği bir anda, birden "bahar"a teslim olur. Sahi ya, "babayiğitler"in coşku ve heyecan alevleri her yanı sardığında, yahut bu "ebdâller"in iniltileri gecenin karanlığında etrafı kasıp kavurduğunda.. işte o vakit bu soğuk, hangi soğuktan meded dilenir acaba?

Korucuk köyü, işte böyle bir yerde.. hiç de sıradan olmayan fevkalâdeden bir köy. Onun ruhunun mayalandığı ortamları havi bu köyde, yeniçağın biricik gülü açıverdi, nurdan atına buradan bindi ve karanlığın ordularıyla cenk için atını işte bu mekândan mahmuzladı.

Ev, tek parça ve büyükçeydi. Bu yuvada, yedi kardeş ve birçok torun birlikte yaşamaktaydı. Tıpkı tek bir ağacın gövdesinden dal budak salan dallar gibi birbiriyle kenetlenmişçesine ülfet ve ünsiyet içinde hayatlarını sürdürüyorlardı. Ne var ki, bu büyük aileden iki devasa şahsiyet ve atılgan bir aslan yavrusu temayüz etmişti: Baba, dede ve torun.. Torun, dedesine, babasıyla olan irtibatından öte bir bağla bağlanıvermişti. Bağlanmış ve onun devâsâ kanadının altına sığınmak suretiyle, alışılagelenden çok farklı bir ruhanî birliktelik tesis etmişti.. onun sohbetinin insibağıyla boyanmıştı ki, bu dostluğun, ilerleyen dönemlerde, torunun liderlik şahsiyeti üzerinde çok büyük tesirinin olduğu ortaya çıkacaktı.

Hâdiseyi nakleden ravi, bana manalı manalı baktı, sonra şöyle devam etti:

İşte tam burda, bu azim makamı resmetmekte kelimeler âciz kalır. Bu yüzden, dostum! Kelimelerin örtüsünü kaldır ve olayları kendi gözlerinle seyre koyul!

Şurada gördüğün kişi, "Şamil Ağa"dır. İsmiyle müsemma bir zat. Bu büyük ruhlu dedenin kuşatıcı kişiliği, hassas ve latif ruhun hakikatleri ile heybetli kahramanlığın tavizsizliğinin aynı şahsiyette uyumlu bir şekilde bir arada bulunmasına imkân sağlamıştı. İlerleyen yaşında bile güçlü ve mehîp bir duruşu vardı. Sarığını, tıpkı Osmanlı devletinin kurucusu Osman Gazi Hazretleri gibi, büyükçe sarardı. Başından hiç çıkarmazdı. En şiddetli dönemlerde bile sarıksız, başı açık gezdiğine -aile fertleri de dâhil- kimse şahit olmamıştı. O, gönül dünyasından, hal ve tavırlarından uhrevîlik dökülen, yüce manaları ruhunda barındıran tam bir ukbâ adamı idi.

Küçük çocuk, dedesi Şamil Ağa'yı dikkatlice gözlemliyor ve her davranışını inceden inceye süzüyordu. Teşekkül etmekte olan "yiğit bir adam" şahsiyetini örgüleyip dokuyacak hal ve tavırları dedesinden alıyordu. Kendini bildi bileli gözünün önündeki bu heybetli adamın kahkahayla güldüğüne hiç şahit olmamıştı. Tebessüm ettiği olmuş olabilir ama güldüğünü hiç görmemişti. Dedesinin bu ciddiyet ve vakarı, köy halkının üzerinde korkuyla karışık büyük bir saygınlık da oluşturmuştu. O kadar ki, köylülerden hiç kimse, bu mehîp zatın harim-i ismetinin sınırlarını çiğnemeyi, şerefine yan bakmayı ve aslanvâri yuvasına yaklaşmayı aklının ucunda bile geçiremezdi.

Şamil Ağa, bu ciddiyet ve vakarıyla, âlim ve meşayihi ölçerdi. Onlardan özü-sözü bir sâdıklara hürmet besler, şölen ve ziyafete kilitlenmiş, kendi deyimiyle "şeyh değil, pilavcı takımı" olanları ise saygıya layık görmez, onları meşayih ve ulemadan saymazdı. Gerçek veliyi babası Molla Ahmed'in şahsında görmüş ve tanımıştı. Bu yüzden velâyet ve zühd konusunda, Ahlat'tan göçen büyük dedesi Halil Efendi'nin torunu ve aynı zamanda kendi babası olan Molla Ahmed'in kriterlerini esas alıyordu. Nitekim Molla Ahmed, ilim, takva ve fazilet timsali, yüksek imanî pâyeye sahip bir zattı. Onun yaşantısına denk bir hayat sergilemek, her babayiğidin harcı değildi.. değildi, zira o, sahip olduğu ilmi, maddi menfaat devşirme yolunda suistimal etmiyor; sâlih kişiliğini ve pâk nesebini, mal elde etmek için kullanmıyor; insanlardan bir şey istemiyor, hatta hediyeleri bile kabule yanaşmıyordu. Gecelerini namaz, gündüzlerini oruçla geçiriyordu. Az yerdi. Varlıklı birisi olmasına rağmen bir günü birkaç zeytinle geçiştiriverirdi. Babadan kalma bir zenginliğe sahipti. Halk arasında iki kardeşin, babalarından kalan mirası pay ederken, teker teker saymak çok vakit alacağından, altınları tas tas paylaşmaları dilden dile dolaşmaktaydı. Geniş maddî imkânlara rağmen tavizsiz zühdünden hiçbir şey eksilmemişti.

Hocaefendi'nin büyük dedesi "Molla Ahmed", fizikî görünümü itibariyle pehlivan yapılı, uzun boylu ve mehabet dolu biriydi. Verâsı dillere destandı. Ömrünün son otuz senesinin tamamını Allah'a adamıştı. Ayağını uzatıp yatmazdı. Sırtı yatak yüzü görmeyen bu insan uykunun ağır bastığı ânlarda, sağ elini alnına koyar ve biraz kestirirdi. Kısa bir kestirmeden sonra uyanır ve vaktini ya tarlada çalışarak, ya ibadet ederek yahut da geniş kütüphanesinin melekûtunda fikrî ve ruhî seyahatler tertip etmekle geçirirdi. Böyle bir seyahate açıldığında, onu rahatsız etmeye kimse cesaret edemezdi, bir tek namaza çağıran ezan nidâsı bu seyahati sonlandırabilirdi.

Dedesi Şamil Ağa'dan, büyük dedesi Molla Ahmed'in hayatı hakkında öğrendiği mesajlardan birkaçı bunlardı. Bir dede ki, zühd, vera ve takvasıyla, kendinden sonra gelen bütün aile fertlerini etkilemişti. Genç Fethullah da yüksek makam ehlinin büyüklerinden olmanın donelerini onunla alâkalı bu anlatılanlardan öğrenmişti.

Böylelikle Şamil Ağa'nın bu konudaki kıstas ve ölçüleri yükseldikçe yükseldi. Veli bir zat veya sâlih bir şahsiyet olduğu şöhret bulmuş kimselerden, bu ölçülere uymayana itibar etmezdi. Evliya geçinen "pilavcı takımı" ve şeyhlik iddiasında bulunan "ekmek şeyhleri", bu ölçülere takılıp elenmiş ve Şamil Ağa'nın deyimiyle hiç biri imtihanı kazanamamıştı.

Çevresinde ilim ehli ve sâlih kimselerden seyr ü sülûkta Allah'a doğru seyehat edenler yok denecek kadar azdı. Bu nadir şahsiyetlerden biri de Korucuk'taki köy camisinin imamı Muhammed Efendi isminde bir zâttı. Muhammed Efendi, Korucuk Köyü'nde kırk sene kadar imamlık yapmış sâlih bir kimseydi. Şamil Ağa'nın gönlünde, ona karşı hususi bir sevgi ve hürmet vardı. Kötü huyu bulunmayan bu zatın pek çok sadık kerametine köy halkı şahit olmuştu. Şamil Ağa, bu zatın başından geçen bir hadiseyi torununa şöyle hikâye etmişti: Birinci Cihan Harbi'nden kısa bir süre önce şiddetli bir zelzele vukû bulmuştu. Bu depremde, bir-iki küçük ev haricinde, her yer yerle bir olmuştu. Depremin tekrarından korkan köy ahalisi, evlerine giremez olmuş ve harman yerinde gecelemeye başlamıştı. Bu durum, günlerce devam etti. Tâ ki, ova-obaya kar yağmaya başlayıp kış mevsiminin bastırması korkusu herkesi sarıvermişti. Derken kışın vahşî hayvanlarının uluması dört bir yanda yankılanmaya başlamıştı. Soğuktan korunup ısınma, çocuklarını sıcacık sarıp sarmalama, bozkır ve harman yerinin çetin şartlarından korunma niyazıyla insanlar dua ve ezkâra sarılıyor, yüce dergâha sığınıyorlardı. Onların bu sıkıntılı durumu, müjdenin geleceği geceye kadar devam etti.

Şamil Ağa, vakarına uygun ağır adımlarla harmanda çadır kurmuş ailesine doğru ilerliyordu. Birden köy imamı Mehmed Efendi, yolunu kesti ve şöyle dedi:

– Şamil Ağa! Nereye gidiyorsun?

Şamil Ağa, üzgün bir ses tonuyla cevap verdi:

– Harmana...

Bu cevap karşısında, köy imamı Muhammed Efendi'nin dudaklarında bir tebessüm belirdi.. Şamil Ağa'ya şöyle dedi:

– Müjdeler olsun! Allah'ın izniyle bugünden itibaren deprem yaşanmayacak, sarsıntılara maruz kalmayacağız. Ey köy halkı! Yuvalarınıza dönün ve emniyet içinde rahatça uyuyun. Eğer bir tek taş dahi düşerse, gelin ve onu benim kafama vurun!

Şamil Ağa, bu kadar kendinden emin tavır ve kesin söz karşısında hayret etmiş ve sormadan edememişti:

– İmam Efendi, bu kesinlikteki bir yargıya nerden vardığını öğrenebilir miyim?

İşte o anda Muhammed Efendi'nin dudaklarındaki tebessüm kayboluverdi. Yüz hatları ciddileşmeye, tebessümün yerini heybet ve ciddiyet almaya başladı. Şamil Ağa'nın yüzünü bir süre süzdü, derken derin bir iman ile, bir önceki gece görmüş olduğu rüyayı anlatmaya başladı:

– Bu gece, Allah Resûlü (aleyhi ekmelüt-tehâyâ) Efendimiz, köyümüzü teşrif etti. Dört büyük halife de (Allah'ın rıdvânı onlar üzerine olsun) O'na eşlik ediyorlardı. Hz. Ali'nin elinde kazıklar vardı. Onları görür görmez, bulundukları yere bir ok gibi fırlayıverdim. Onlara iyice yaklaştım. Öyle ki, aramızda yayın iki ucu arası kadar veya daha az bir mesafe kalmıştı. Efendimiz (sallallâhu aleyhi vesellem) bana dönerek şöyle buyurdular:

– Molla Muhammed!

– Buyur yâ Resûlallah, dedim.

– Bu köy senin mi, buyurdular.

– Evet yâ Resûlallah, benimdir..

Bunun üzerine Fahr-i Kâinat Efendimiz (sallallâhualeyhi vesellem) Hz. Ali'ye döndü ve:

– Yâ Ali! Bu köye de bir kazık çak! Çak ki, bir daha bu köy sallanmasın.. buyurdular.

Hz. Ali (kerremallahu vechehu), Allah Resûlü'nün (sallallâhu aleyhi vesellem) emrine imtisalen, köyümüz bir daha zelzeleye maruz kalmasın diye, köyümüzün işte şu düzlüğüne bir kazık çaktı.

Gördüğü bu rüyadan uyanan Molla Muhammed, gönlünün derin huzur ve sekine ile dolduğunu hissetmişti. Hâl ehlinden olan ve köylünün itimat ettiği Molla Muhammed'in bu açıklaması üzerine köy ahalisi, evlerinin yıkıntıları arasında sağlam kalmış odalarına döndü ve emniyet içinde orada barınmaya başladı.

Şamil Dede bu hayretâmiz hadiseyi birçok defa anlatmıştı. Her defasında da şu ilaveyi yapmadan edemiyordu:

"Molla Muhammed Efendi, manaya açık ehlullahtan bir zattı. Ötelerden sâdık işaretleri alıp, sonra da o işaretlerin nurlarını olduğu gibi kalb aynasıyla yansıtan gönül erlerinden biriydi. Ve şahsen ben, günümüzde bu ölçüde manaya açık başka bir ruh insanı tanımıyorum."

İşte bu yüzden Şamil Ağa, hâline, makamına, istikametine, dine bağlılığına ve salâhatine bakıp tahkik etmeden, her ruhî hakikat ve keşf ü kerâmetten haber verene önem vermezdi. İhtimal, Şamil Ağa'nın bu şekilde eleğini çok ince tutması, tenkit kriterlerini bu ölçüde hassaslaştırması, onun yaşadığı acı tecrübelerin bir ürünüydü! Gerek bölgedeki problemler gerekse küresel çapta meydana gelen çalkantı ve savaşlar sebebiyle ailesinin peşpeşe yaşamak zorunda kaldığı göçler, Rus ve Ermenilerin Erzurum'a hücumları, o bölge ahalisine tattırdıkları acılar, her yeri tarumar etmeleri ve geride bıraktıkları yıkıntılar... Evet, bütün bunlar, Şamil Ağa'nın, askerî bir şahsiyete, disiplinli ve dikkatli bir kişiliğe bürünmesinde rol oynamıştı.

## *Zorunlu Göçün Yaraları*

Ruhî gurbetin yeli, arzî gurbetin rüzgârıyla birleşti mi, keder ve tasalar, bir fırtınaya dönüşür.. dönüşür de, nur ve nar parıltılarıyla kalbi "vecd"e getirir, yeni nesle ebedî yolculuğun şevk u iştiyakını aşılamaya ve meçhullere doğru yelken açtıracak hicret özlemini tutuşturmaya başlar.

Mukaddes hüznün, toprak unsurlarıyla irtibatı yok denecek kadar azdır. Bu hüzünle yoğrulmuş gönül, hicret ettiği her yere sürekli beraberinde küçük bir kandil taşır.. ve gün gelip de yol günbatımı sahillerine dayandığı zaman, bu kandilin fitilini "hüzün korları"ndan tutuşturur.. derken uçsuz bucaksız okyanusun karanlıklarını bu sayede rahat geçer ve yeni bir gündoğumuna doğru yelken açarak yeniden yola koyulur!

* * *

Dede Şamil Ağa, gece vakti, aile meclisi ortasında bağdaş kurmuş oturuyordu. Büyükçe sarığının altındaki ulu başıyla aile fertlerini, çocuk ve torunlarını bir bir süzüyor, onlara bir şeyler anlatıyordu. Boğazda düğümlenen tasa ve keder levhalarından müteşekkil hareketli bir filmi âdeta gözlerinin önüne seriyor gibiydi.

Geçmişi itibariyle ailesinin yudumladığı acıları, yurdundan ve yuvasından göçe zorlanmaları, sürgün hayatı yaşamaya mecbur edilmeleriyle ilgili acı olayları çocuklarına hikâye ediyordu. Dedeleri Halil Bey döneminde Ahlat'tan sürgün edilmeleri, onun oğlu Molla Ahmed zamanında 93 Rus Harbi sebebiyle Korucuk'tan ayrılıp Sivas'a yerleşmek zorunda kalmaları, derken orada bir süre ikamet etmelerine varana kadar yaşanan sıkıntı ve mahrumiyetleri tek tek anlatıyordu.

Şamil Ağa acıların yaşandığı bu dönemde gençliğe adım atmaya hazırlanan bir çocuktu. Bu yüzden hicretlerde katlandıkları fakr u zaruret ve dayanılmaz sıkıntıları hayatı boyunca hiç mi hiç unutmamıştı. Ne savaşı ne de Rusların köyde taş taş üstüne bırakmayacak şekilde Korucuk'u yerle bir edişlerini!

Korucuk'a dönüşten yaklaşık sekiz yıl sonra, Şamil Ağa'nın babası büyük dede Molla Ahmed, Korucuk'ta hayata gözlerini yumar. Çocukları, miraslarına sahip çıkmaya, köyü yeniden kurup inşa etmeye başlarlar. Derken Cenab-ı Allah, sonsuz lütfundan ve fazl u kerem hazinelerinden hayır kapılarını onlara açar. Mirastan devraldıkları müklerine mülkler katmaya, yeni gayr-ı menkuller satın almaya başlarlar. Durumları yeni yeni istikrara kavuşmuş ve imkânları genişlemeye başlamıştır ki, Birinci Dünya Savaşı patlak verir. Belde sakinleri, yurt ve yuvalarından bir kere daha göç etmek zorunda kalır ve Erzurum, tekrar yeni bir hicrete sahne olur. Korucuk Köyü ise bir kere daha sessiz ve kimsesiz kalakalmıştır.

Dedeleri Şamil Ağa ise, –o sırada ailenin büyüğü ve reisi konumunda olması itibariyle– bütün aile fertlerinin yanında eşya ve yiyeceklerini yüklendiği, beş altı küçük kağnı arabası ile Yozgat'a bağlı Yerköy'ün köylerinden birine yerleşir. Birkaç sene orada kalırlar. Savaşın sarsıntısı geçince aile fertleriyle birlikte tekrar Korucuk'a dönmeye karar verirler. Dönmeye karar verirler ancak bu defa gurbette bulundukları zaman zarfında, sahip oldukları bütün imkânları, tahıl ve davarlarını tüketmişlerdir. Dönerken sadece iki merkepleri vardır. Bunlardan birine babaannesi biner, çocuklardan yürüyemeyecek kadar küçük olanı da kucağına alır. Diğer merkebe ise sahip oldukları eşyalarını yüklerler. Önlerinde Şamil Ağa, arkasında kadın, erkek, çoluk-çocuk ailenin diğer bütün fertleri, kilometrelerce yolu yaya olarak katederler.

Küçük ve sevimli köyleri Korucuk, bir kere daha harabeye dönmüş, yerle bir edilmiştir. Evler yıkılmış, bahçeler târumar olmuş, ahırlar harap edilmiştir. Hatta hayat emaresi gösteren hiçbir şey kalmamıştır! Böyle bir yerde, ilk zaman aile fertleri aç-susuz, ihtiyaç ve sıkıntının amansız olanını yaşar, fakirliğin pençesinde çok zor günler geçirirler.

Ancak Şamil Dede, azminden bir şey kaybetmez. Sarsılmaz ümidiyle dimdik durur.. çocukları arasında tam bir dayanışma ve birlik temin eder.. açlık ve yokluğa karşı hayatta kalma savaşı başlatır. O ve bütün aile fertleri, her alanda, mücadelenin tozuna-toprağına bulana bulana, çalışmanın zorluklarını göğüsleye göğüsleye yeni bir sermaye kurmaya azmederler. Nihayet bir kez daha Cenab-ı Allah, fazl u kereminden onlara lütufta bulunur ve servet ihsan eder.

İşte Şamil Ağa.. işte zorluklarla pençeleşen kahraman.. ve işte hikmet ve basiretle kriz anlarının üstesinden gelen idare adamı...

Şamil Ağa, ailenin geçmişte yaşadıklarını aile fertlerine anlatırken, torunu Fethullah da ruh dünyası itibariyle dedesinin ruhuyla bütünleşir, onunla birlikte geçmiş zamanlara seyahate çıkar gibi olurdu. O kadar ki, bütün benliğiyle olayların merkezinde yer almışçasına onları ruhunda hissederdi. Kendini, zorlu yolculukta ailesiyle birlikte yurdundan yuvasından zorla göç ettirilmenin hafakanlarıyla pençeleşirken görüverirdi. Ve henüz dünyaya gelmediği bir dönemde vuku bulan büyük sıkıntı ve imtihanların zakkumunu yudumlayıverirdi. Bazen dondurucu soğuğun kamçılarının küçük ve narin bedenini kırbaçladığını hisseder, bazen kendini –hiç yaşamadığı bir göçte– aile fertleriyle birlikte uzun mesafeleri yayan yürüyerek katediyor bulur bazen de açlığın kıvrandırıcı sancılarını midesinde hisseder, yolculuğun katlanılması zor meşakkatini iliklerine kadar duyar, yurdundan yuvasından zorla çıkartılmanın acısını yudumlar, fakirliğin pençesinde kıvranır, savaş ve yangın felaketlerinin korku ve ürpertisini vicdanında yaşardı.

Bütün bu anlatılanları duyar, hisseder ve yaşar, sonra da dede Şamil Ağa'yı büyük bir hayranlıkla seyre koyulurdu. O zaman anlamaya başlar, dedesinin neden ve nasıl heybetli bir ulu dağ halini aldığını. Evet, bütün bu acı tecrübeler, Şamil Ağa'yı hayatı sürekli daha ciddi ele almaya, hem aile fertleriyle münasebetlerinde hem de çevresindeki diğer insanlarla muamelelerinde ciddiyet prensibini bir ilke olarak benimsemeye itmiştir.

Şamil Ağa'nın hiç güldüğünü gören olmamıştır. Aynı şekilde bir kez müstesna onun ağladığına şahit olan da yoktur.

Şamil Ağa'nın torunu Fethullah'a karşı ayrı bir alâkası vardı. Onun bu hali bir tür sırdı. Öyle bir sır ki, bu delikanlıya, başkalarının Şamil Ağa'da keşfedemeyeceği çok farklı ve engin bir dünya keşfetmesini sağladı. Bu yüzden Şamil Ağa ile torunu arasındaki sevgi geliştikçe gelişti, tâ samimi bir dostluk ve kardeşlik, ruh ve mânâda yekvücut olma seviyesine ulaştı.

Şamil Dede, gerek çocuklarına gerekse torunlarına karşı derin bir sevgi beslemekteydi. Ancak bu sevgisini, onlardan hiç birine karşı açıkça belli etmezdi, hatta torunlarının en gözdesi Fethullah'a karşı bile bu böyleydi. Aksine yer yer onları dövmeye bile yeltendiği, azarladığı anlar bile olurdu. Şamil Ağa, sert ve haşin biri olarak bilinirdi. Bu yüzden Şamil Ağa'dan gelecek küçük bir iltifat, gerek çocukları gerekse torunları adına çok büyük bir mazhariyet oluverirdi de, hayat boyu unutulmazdı. Şu kadar var ki, torunlarından çok özel yere sahip olan Fethullah'a karşı, içten içe ayrı bir sevgi ve alâka duyardı. Bu sevgi iradî olarak gizlenmiş, sarmalanmış, gönül ve vicdanın derinliklerine itina ile yerleştirilmişti. Başkalarının bu derin sevgiyi sezip hissedeceği herhangi bir dış tezahürü görünmüyordu. Bu sevgi kaynaklı alâkayı duyup hissedebilen tek kişi, torun Fethullah'tı. Dede Şamil Ağa'nın bakışları bu torununa yöneldiğinde, her bir bakış, gönül ve vicdanın derinliklerinden kopup gelen mâna yüklü birer mektuba dönüşürdü. Yâra açık, ağyâra kapalı bakışlardaki bu ince ve gönülden mesaj, sadece özel muhatap Fethullah'ın anlayacağı frekanstaydı. Dolayısıyla –iki veya üç durumu istisna edersek– başkalarının da hissedebileceği bir "taşma" hali yaşanmamıştı. Bu istisnaî durumlar da, Şamil Ağa'nın bilinen sert duruşu, aksine kalbinin derinliklerinden taşıp gelen bir çoşkuyla sergilediği derin sevgi gösterisinden ibaretti. Ve torunu, bütün bu mesajları en ince detaylarına kadar algılamış, idrak etmişti. Vukû bulan çok nadir bir hal olmasına rağmen, dedesi Şamil Ağa'nın gerçek mahiyetini keşfetmesine ve keşfettiği o aralıktan dedesiyle tam bir vicdan bütünlüğüne ermesine yetmişti. Dedesi Şamil Ağa'ya karşı içinde fevkalâde bir alâka ve samimiyet oluştu ki, âdeta dedesi Şamil Ağa'sız bir dünya düşünemiyor ve dedesinin sesini duymadığı bir hayatı tahayyül bile edemiyordu.

## *Irmaklar Fışkıran Dağ*

Alvar, Erzurum'un köylerinden küçük bir köy.. Korucuk köyüne uzaklığı, sadece birkaç kilometre. Alvar Köyü'nün imamı yoktu. Ramiz Efendi, Alvarlı Efe Hazretleri'nin yönlendirmesiyle imamlık yapmak üzere bu köye göç etmeye karar verdi. Babası Şamil Ağa'dan izin aldı, ailesini de yanına alarak yeni yerleşim yerine taşındı. Dede Şamil Ağa ise diğer oğulları ve torunlarıyla birlikte büyük ailenin evinin bulunduğu Korucuk köyünde kaldı.

Şamil Dede'nin biri kız olmak üzere yedi çocuğu vardı. Kızın ismi Dürdâne. Altı erkeğin adları ise: Ramiz, Rasim, Nureddin, Enver, Sefer ve Seyfullah. Yedi kardeşin birbirine bağlılıkları, aralarındaki hürmet ve saygı, akrabalık bağlarını korumadaki hassasiyetleri, birbirinin hizmetinde tefânileri ve birbirine karşı besledikleri derin sevgileri; ahlâk, ihlâs ve adanmışlıkta eşine az rastlanır türdendi. Hatta bu aile fertlerinin mezkur davranışları, Korucuk halkının dillerinde bir destan gibi dolaşır dururdu.

Hocaefendi'nin küçük ailesinin Alvar köyüne göçünün üstünden henüz bir hafta geçmişti. Ne var ki, bu kısacık süre, manevi vicdan zamanıyla ölçülünce, henüz küçük bir çocuk olan Fethullah'ın şuurunda neredeyse bir yıl gibi izler bırakmıştı. O sırada henüz sekiz-dokuz yaşlarında olmasına karşın, bilinci ve çevreyi algılaması olgun bir adamınkinden farksızdı. Küçük yaşına rağmen, babası Râmiz Efendi'nin kendisini Korucuk köyüne gönderişini ve "Git, bizim bahçedeki kavaklardan getir de buradaki evin önüne dikelim." deyişinin onun ruhunda meydana getirdiği sevinç tufanını en ince detayına kadar hâlâ hatırlar.

Korucuk köyü, çocuğun burnunda tütüyordu. Buraya karşı delicesine bir iştiyak duyuyordu. Baba Efendi, sözünü henüz bitirmişti ki oğlu, çok sevdiği köyüne doğru koşmaya başlamıştı bile. Sevinçliydi.. zayıf fakat dinç bacakları sanki yerden kesilmiş, uçuyordu. Muhabbet makamına henüz ermişti ki, sırlar yumağının üzerindeki perde aralanıverdi.

* * *

Fethullah, ahalisinin olup bitenden habersiz olduğu bir sırada Korucuk'taki bahçeye daldı.. minnacık bedeniyle ağaçlar arasına sızdı. Zamanın akışı birden kesiliverdi.. buluşma lezzetinden kaynaklanan muhabbet "âh"ları iki âşığın gönüllerinde uzayıp gitti. Derken gözleri iyice açıldı da çiçek ve güllerin leziz nektarından damıtılmış keskin şarabı yudum yudum içmeye, sık çalılık ve fundalıkların arasında bir oraya bir buraya sevinçle koşmaya başladı. Ruh ufkundaki ömürden bir zaman dilimi geçti, ancak ne kadar süre böyle devam ettiğini tam olarak kestiremiyordu. Fakat bu sürenin, yer yüzü zamanındaki karşılığı sadece birkaç saniyeden ibaretti. Derken Şamil dedesini bahçede görüverdi. Hemen önünde, ulu bir dağ gibi dimdik ve bütün heybetiyle ayakta duruyordu. Ruh halvetinde ikisinin gözleri kesişiverdi, bakışlar buluştu.. Ve olan oldu.

Şamil Dede, torunu Fethullah'a doğru birkaç adım attı.. dışarıdan bakan biri, onun hangi maksatla harekete geçtiğini hiçbir zaman kestiremeyecekti: Cemalî hal ve tecelliler mi, yoksa celalî ahval ve tecelliler mi? Evet dışarıdan bakan böyle birinin, Şamil Dede'nin derin okyanusunda yüzen balıklar ve inci-mercanlardan haberinin olması kolay bir şey değildi elbette. Kaldı ki, engin denizler, dalgalarının sahile taşıdıkları birkaç basit şey haricinde, sırlarından hiçbir şey sızdırmazlar. Şamil Dede torununa biraz daha yaklaştı, öyle ki, aralarında yayın iki ucu arası kadar veya daha az bir mesafe kaldı. Her iki tarafın gözleri arzu ve ürperti şualarıyla birbirine kenetlenmeye devam ediyordu. Nasıl dağın altında sıkışan sular bir an gelir taşları parçalar ve fışkırır ya, işte aynı şekilde tecelliler, ardı sıra taşmaya ve Şamil dedenin sur ve setlerini yerle bir etmeye başladı.

Sonra.. sonra iki eliyle çocuğu kavradı, bağrına bastı ve hıçkıra hıçkıra ağlamaya başladı. Derin hıçkırıkların oluşturduğu selin etkisiyle, seddin koca koca taşları sürüklendi. İşin doğrusu yaşlı kimselerin ağlamasında öyle bir heybet var ki, bilindik heybete hiç benzemez. Onların ağlamaları, tarihin bütün hüzünlerini önüne katar, ömrün bütün mâtemlerini yeniden harekete geçirir, geçmiş günlerin bütün dramlarını bir kere daha canlandırır. Söyleyin Allah aşkına, patika ve vadilerden dört bir koldan harekete geçen, dağları parçalayan ve enginliklere sağmayan kükremiş bir sele, kim set çekebilir!

Rüzgârlar, ürküten hıçkırıklarını yüce dağların zirvelerine salmakta. Ancak küçük çocuk dedesinin kolları arasında hayretler yaşamakta.. yaralı zihni, hayretler içinde kendi kendine sordu: "Şamil dedem bir kez daha ağlıyor!" Ansızın vukû bulan bu şaşırtıcı olay, sanki ruhun şoklanması, yahut nuranî bir keşif gibiydi. Gönül, nurlu his tufanına maruz kaldığında nasıl davranacağını tam kestiremez.. fakat bu hayret hali fazla sürmedi. Küçüğün gönlü, daha ne kadar hıçkırıkların aksi-sadasına karşı gözyaşı üveyklerini kafeste tutabilirdi ki! Yüzünü dedesinin bağrına nasıl bastığını bile anlayamadan, avuç avuç feryadın acısını yudumlamaya başladı. Derken tarihte dökülmüş kanlar, yeni zamanın gözyaşlarıyla bütünleşiverdi. Ey ağıt ve tasa güvercinleri! Ötmeyi kesin ve bütün benliğinizle kulak kesilin! Bu yaşlı bilge, tasa ve hüznünü kendisi için acılarla kıvrım kıvrım bir şiir olarak nakşetmekte.. sonra da tarihin mahzun sayfalarında, kendi asrından, sevgili torununun zamanına göndermekte.. öyle bir şiir ki, binlerce sızı ve yarayı omuzlarına yüklenmiş! Onun dile gelen bu hıçkırıkları hâlâ Erzurum'dan bir memba misali kaynayıp durmakta.. rüzgârla süzülmekte ve nihayet insanın aklını başından çelen aks-i sadâları, Anadolu'nun batısındaki İstanbul minarelerinde yankılanmakta, onlara çarpıp kırılmakta...

Derken, Şamil Dede, hüzün dolu bir şiirden bazı dizeler mırıldanmaya başlar.. bir şiir ki, beyitleri o zamandan beri hiç unutamadığı tatlı bir hüzün ve acıyla zihnine kazınmıştı:

*"Gitti gül, gitti bülbül,*
*İster ağla, ister gül..."*

## İKİNCİ OCAK: ALLAH AŞKIYLA YANAN BİR NİNE

Kadın, gerçek muallim olunca, pedagoji ilimleri kabuğuna çekilir, lâl kesilir ve bir şey söylemekten utanır olurlar. Kırık dökük ilkelerini alelacele derler-toplar, sonra da eğitim ve öğretim dünyasından el-etek çeker, başka yerlere göçerler. Derken çer-çöp hükmündeki kanun ve kriterleriyle, çöp sepetinde gizlenirler!

Kuşların ötmeye durması ve şakımada eşsiz hale gelmesi, taptaze dalların güzel çiçeklerini açması ve nihayetinde baharın bütün ihtişamıyla gülümsemesi için annenin, çocuğu üzerine şefkatle titremesi yeter de artar.

Anne, nine, hala, teyze yahut abla, fark etmez. O, çocukların gönlünde otağını kuran bir kraliçedir.. ya da narin kuş tüylerinden yapılmış bir yuvadır, bülbülün hülyalarını ninniler eşliğinde sallar durur! Yeter ki o, orada mevcut olsun. İster konuşsun, isterse sussun, o kadar önemli değil, onun varlığı yeter.

Onun coşkun aşk ve iştiyakı boşluktaki kandilleri ve meşaleleri tutuşturur, lambaları nuruyla par par parlatır da hiç ateşi yoktur. Derken eşsiz ve narin kelebekler, gecelerin mübarek şehrâyinleri gibi, bu nura cezbolup çepeçevre onu kuşatır ve sarmalar. Ve nihayet körpe kalbler, muhabbet derslerinden ahlâkın derin mühürlerini ve değerler manzumesinin ana kaynağını öğrenir. Bunlar öyle fıtrî dersler ki, zorlama ve yapmacıktan uzak, bütün hedeflerini bihakkın yerine getirir. Hem de pedagoji söylemlerinin, sebebini bilip de kendince izahlara girebileceği bir şey olarak değil de, hiçbir zaman bilemediği bir şekilde, muallime ile öğrencisi arasında kâmil bir başarı gerçekleşiverir.

Hocaefendi'nin babaannesi Mûnise Hanım, sıradan bir kadın değildi. Kendine has halleri ve makamları vardı. Beyi Şamil Ağa ile birlikte, yolboyu acı ve sürgün meşakkatleriyle ömür yolculuğuna hız kesmeden devam ediyor, sabır kurnalarından kana kana içiyor, muhacirlerin beslenme kaynaklarından kâse kâse yudumluyordu. Nihayet avaz avaz mârifet-i ilâhiyi haykıran "samt ve sükût" makamına yüceldi. Öyle ki bir mekânda onun mücerret mevcudiyeti dahi, oraya sekinenin inmesi ve o mekânı rahmetin kaplamasına yeterli olurdu.

İbadetlerinde bol bol göz yaşı, sessizliğinde de bol bol tefekkür vardı. Şânı yüce ve değerli bir hanımefendiydi. Rabbisine ayırdığı özel vakitleri, ruhanî hal ve tavırları mevcuttu. Döneminin büyükleri, uleması ve meşayihine derinden saygı duyardı. Onun, bu uhrevîleşmiş rabbânî hali ile, Hocaefendi'ye, mârifet-i ilâhiye yolunu ilk açan müstesna şahsiyettir. O da, Mûnise Hanım'ın eşsiz ve duru havuzunda birikmiş, ancak başka hiçbir havuzda bulamayacağı ve tadamayacağı "ruhun mutlak saadeti" ve "havf ile recânın tarifi imkânsız lezzeti"ni kana kana içmiştir. Evet, ninesi Mûnise Hanım'dan öğrendi "inanma"yı ve "Allah ile irtibat"ın ne olduğunu, nasıl olması gerektiğini.. ve yine ninesi Mûnise Hanım'ın derin suskunluğunda gördü, Allah yolunda ihlâsla seyr u sülûkünu yapan yüce kâmetlerde tecelli eden nurları...

Mûnise Hanım, torunu Fethullah'a bir kere dahi kaşlarını çatmadı ve bir defacık olsun ağzından, onu incitecek bir kelime dahi dökülmedi. Haddi zatında o, zaten tabiatı itibariyle çok yumuşak huylu, kibar, nâzik ve şefkatli biriydi. Yüzünde, nur gibi parlayan bir tebessüm, hiçbir zaman eksik olmazdı. Ağzından dökülen narin ve hassas kelimeler, kapısını çalan bütün muhataplara rahmet ve güzellik gülleri dağıtır, yaprağın üzerine konmuş şebnem ve çiy taneleri misali binbir râyiha sunardı.

Torun Fethullah, ninesinin, otağını kurmuş olduğu "sekine ummanı"ndan ayrılışına ve zaruri terk edişine sadece bir defalığına şahit olmuştu. O gün işlerin yolunda gitmediği, bu yüzden de kaşların çatıldığı bir gündü. Zira babası Ramiz Efendi, hanımının üzerine yürümüştü. Vakûr duruşuyla temayüz etmiş Munise Nine, birden var gücüyle yerinden fırlayıvermiş, gelini Rafîa Hanım'a siper olmuş ve oğlu Ramiz Efendi'nin yüzüne şöyle haykırmıştı: "Sakın! Yoksa sütümü-emeğini sana haram ederim!..." Derken arslan, sakin adımlarla, kolu kanadı kırık bir şekilde gerisin geriye çekilmişti.. adımları korku doluydu, hissettiği pişmanlık ve ruhunda yükselen özür tavrı bütün benliğini kaplamıştı.

Kontrolden çıkmışçasına alev alev yanan yangın yerlerinin üzerine, bardaktan boşalırcasına sağanak yağmurlar inmeye başlamıştı. İnmiş ve silm ü selametin dallarını, kirlerinden arındıracağı âna dek yağmayı sürdürmüştü.

## *ÜÇÜNCÜ OCAK: KEVSER FIŞKIRAN BİR BABA*

Ramiz Efendi, yaşadığı zamanın babayiğidi ve bulunduğu mekânın söz keseni idi! Zamanın şuuruna varmak herkesin idrak edemeyeceği bir makamdır. Vicdan darlığı ve ruh çoraklığı, kalbi, zamanın her şeye işleyen sürekli hareketini, sabah-akşam doğu ile batı arasında mekik dokuyan akrep ve yelkovanını görmeye mani olur! Ramiz Efendi'nin küçüklüğünden beri vukû bulan ve ailesini oradan oraya savurup duran müteaddit göçler, onun ilim tahsilinde otuz yıl gecikmesine sebep oldu. Ancak o, bu süre zarfında hayatın en önemli dersini belledi: Zamanı derinden ve iliklerine kadar duyuş. Bu yüzden, işler az rayına oturur gibi olunca bu ilim âşığı zat, aile reisi olmasına rağmen, oğlu Fethullah ile birlikte çetin bir maratona başladı: Kur'ân'ı hıfzetme ve kendini ilim tahsiline adama maratonu.. oğlu ile birlikte ve yanyana aynı kulvarda yol almayı hiçbir zaman yadırgamadı. Bu yüzden de Allah onun önündeki engelleri kaldırdı, herkesi hayrete sevk edecek şekilde yolunu açtı. Böylece çok kısa bir zaman diliminde yüzlerce aşamayı hayretâmiz bir şekilde geçti. Derken ilim tahsiline başlayalı henüz birkaç yıl olmuştu ki, ilim ehli sayılmaya ve yaşadığı beldede ulema sınıfından kabul görmeye başlandı.

Ramiz Efendi'nin kıvrak bir zekası ve güçlü bir hafızası vardı. O, insan benliğini bütünüyle alev alev saran bir iştiyak ve tarifi imkânsız bir vecd haline sahipti. Ruhî hayat itibariyle dipdiri, Allah ile irtibatı oldukça kavi idi. Namazında, öteler âlemiyle irtibatının sağlandığı randevu saatleri olurdu; bu atmosfere girdiğinde, kendini oralarda bulur ve âdeta öteleşirdi. Daima gözleri yaşlıydı. Asla vaktini boşa geçirmez, vakit öldürme nedir bilmezdi. Tarladan eve geldiğinde bile, yemek hazırlanıncaya kadar, hemen bir kitap açar ve okurdu. Kitap ile hemdem olması, yemeği bekleme süresinin neredeyse tamamını kapsardı. Onun açısından bir kitabı mütalaa, her gün edâ edilmesi gerekli bir vazife, aklın eğlencesi, ruhun doyumsuz bir lezzeti ve tarla yorgunluğundan sıyrılmak için bir rahatlama vesilesiydi.

Bu arada tarla ile ev arası da bir okul olmuştu. Yeni ezberlediği bilgileri tekrar etmek suretiyle, tarlaya gidip-gelirken geçirdiği vakti çok verimli değerlendiriyordu. Dudakları bir an olsun hareketsiz kalmıyordu; ya Kur'ân-ı Kerim'den son ezberlediği yerleri yahut muhtelif konularla ilgili yeni bellediği Arapça ve Farsça beyitleri tekrarlıyordu. Bu vaziyet, onun hayatında o derece yaygındı ki, oğlu Fethullah, bu ezberini güçlendirme ve sesli tekrarlar sayesinde birçok bilgiyi, kitaptan değil de babasından duymak suretiyle öğrenmişti. Nitekim Bûseyrî'nin *Kaside-i Bürdesi*'nin tamamını ve birçok Arapça, Farsça beyti bu yolla bellemişti. Ve yine birçok konudaki malumatı, babası Râmiz Efendi'nin camide verdiği vaazlardan işitmek suretiyle hıfzetmiş ve belleğine nakşetmişti.

Fethullah, henüz dört-beş yaşlarındayken, Halil Hoca namında bir zatın Korucuk'taki evlerine günlerce misafir olmasını daha dünkü bir hadiseymiş gibi hatırlar. Bu zat herkesin hürmet ettiği ve "İyi molladır." dediği muhterem bir şahsiyetti. Ramiz Efendi, bu zatı, bir gölge gibi takip etti ve hiçbir ders halkasını kaçırmamaya özen gösterdi. Birçok dinî meseleyi ve Kur'ân-ı Kerim'i okumasını bu zattan öğrenmiş, dizinin dibinden neredeyse hiç ayrılmamıştı.

Halil Efendi, Korucuk'tan ayrılıp da Maslahat köyüne gidince, Râmiz Efendi de tek başına bu âlim zatı takip etti ve ailesini geride bırakarak Korucuk'tan ayrıldı. İlim yolunda, ailesinden ayrı geçirdiği bu süre iki sene kadar sürdü. Hocaefendi ise o sıralarda henüz beş yaşlarındaydı ve hayatının bu dönemini –özellikle de çetin geçen kış aylarını– babasız geçirmesi, onun üzerinde bir yetimlik tesiri icra etmişti. Râmiz Efendi'ye gelince, o bu iki sene zarfında Arapça ve Farsça'yı öğrenmiş ve birçok konuda ilmini ilerletmişti. Bu ilim merakı hiç eksilmeden devam edecek ve köyü Korucuk'a döndükten sonra da Tecvit ve Kıraat ilmini Süleyman Efendi adındaki bir zattan tahsil etmeye hasr-ı himmet edecekti.

Ramiz Efendi, sürekli ilim ve marifet dünyasında seyehate devam etmiş.. hikmetin peşine düşmüş.. daima bir heybet ve vakar, büyük bir saygınlık ve ağırbaşlılık elbiselerine bürünmüştü. Delikanlı Fethullah'ın bilincinin açıldığı ve babasını en iyi idrak ettiği dönemlerde, Râmiz Efendi otuz beş yaşlarındaydı. Onu, başında heybetle duran ve hiç çıkarmadığı sağırıyla tanıdı. Babasını, –tıpkı dedesi Şamil Ağa'da olduğu gibi– neredeyse hiçbir zaman sarıksız görmedi. Bununla birlikte babası çok nüktedandı. Bu nükteler onun kıvrak zekasından ve hazırcevaplılığından kaynaklanan nüktelerdi. Türlü zorluklar, göçler arasında boğuşurcasına geçen bu hayatın içinde özlü ve hikmetli söz söyleme kabiliyetini kazanmıştı. Her sözü ince eler sık dokur, ölçülü ve dengeli konuşurdu. Ramiz Efendi'yle ilmî meseleler müzakere eden yaşlı-başlı âlim zatlar bile, ondaki bu özenle kelime seçimi, edebinin güzelliği ve ahlâkının yüceliği karşısında hayranlıklarını gizleyemez, kendi aralarında bunu muhavere ederlerdi.

Ramiz Efendi, azimet ve kararlılık alanında güçlü; insafsız ve amansız durumlarda gayretkeş bir şahsiyete sahipti. İslam dünyasının hilafet misyonunu üstlenen Osmanlı devletinin, seküler ve lâik yeni Türkiye'ye dönüşmesi gibi birçok alışılmadık inkılap ve tahavvülatın vukûuna bizzat şahitlik etmişti. Sıkıntının her çeşidini iliklerine kadar yaşamıştı. Yine bu dönemde Arapça alfabe idam edilmiş ve köklü Osmanlı Türkçesi soykırıma maruz bırakılmıştı. Derken, öğrenen olsun öğreten olsun, Arap alfabesinin kullanımı veya Kur'ân öğrenme ve hıfzetme ameliyesi, suç sayılmaya başlanmıştı. Böylesi ifritten bir dönemde Ramiz Efendi, şahsî gayret ve azmi sayesinde, ferdî olarak okuma ve yazmayı öğrendi. Oysaki o dönem itibariyle Türk toplumunun büyük bir kısmı, zorunlu göç yolunda bir oraya bir buraya gayesizce ve şaşkınca sürüklenip duruyordu. Ramiz Efendi ise, kıraat ilmini ve inceliklerini tahsilden sonra, meşayih ve âlimler halkasındaki yerini aldı. Böylelikle ilim ve marifet kaynağından kana kana içmeye başladı. İlim tahsil edebileceğine ve istifadeye medar olacağına kanaat getirdiği ilim ve irfan ehlini ağırlamak üzere, kendi evinde bir mekân tahsis etti. Artık evine uğrayanların çoğu bu türden zatlardı ve evde hemen her gün misafir eksik olmazdı.

Anadolu'nun doğusundaki evlerde, şiddetli soğuk pençelerini her yere, hatta su kanallarına ve kan damarlarına bile geçirir. Buralarda genelde evleri çepeçevre saran ahır ve bunlara bitişik olarak misafirlerin ağırlandığı misafir odaları bulunurdu. Bu şekildeki yapı türü, mimari açıdan, ahırın sıcaklığının bütün hanenin –özellikle de misafir odalarının– tabii bir yolla ısıtılmasına vesile olmaktaydı.

Erzurum'da kışlar uzun sürer. Kış gecelerinde, oturma odasında, yer yer kömür veya odun sobası kurulduğu görülse de, genellikle ocak diye bilinen şömineler kullanılırdı. Kahvedanlık, cezve ve fincanlar, daima ocağın kenarında hazır bulunurdu. Gelen misafirler, hemen ayrılmaları gerekiyorsa, en azından kendilerine sıcak bir fincan kahve ikram edilir, böylelikle memnun vaziyette oradan ayrılmaları sağlanırdı.

Râmiz Efendi'nin evi de bu minval üzereydi. Bir ev ki, sunulan ikramın sıcaklığı ve gelen misafirlere –özellikle de ulema ve meşayihe– açılan sıcak bağır sayesinde dondurucu soğuğun şiddeti kırılıyordu. Ev ahalisine böyle âlim ve fazıl insanların bir araya gelmelerinden daha keyif veren bir şey yoktu. Bu ilim ve irfan meclisleri, genç Fethullah'ın şahsiyeti üzerinde büyük tesirler icra ediyordu. Nitekim böyle meclisler kurulduğunda, o da babası Râmiz Efendi'yle birlikte bu âlimler meclisine katılır, henüz çok küçük yaşına rağmen derin ilmî meselelerin müzakeresine şâhit olur, yaşıtlarının anlayamayacağı ve idraki çok zor marifet televvünlü hakikatleri kavramaya çalışırdı. Meşayih ve ulema haricinde, bu kutlu hanenin müdavimlerinden biri de cami hocalarıydı. Onlar da, bu evde çok güzel ağırlanırlardı. Hatta köy imamlarının kullandığı ev de Gülen ailesine ait arsa üzerinde yapılmıştı.

Kur'ân-ı Kerim öğrenilmesi ve öğretilmesi konusunda Anadolu'da baskı ve yasağın uygulandığı bu ceberut dönemde, Râmiz Efendi, ahırda gizli bir delik açtı. Deliğin bir ucu ahıra açılırken, diğer ucu evine çıkıyordu. Bu gizli geçit sayesinde, Ramiz Hoca'nın çocukları başta olmak üzere birçok kişi Kur'ân-ı Kerim'i öğrenmişti. Bu deliğin ahıra açılan ağzı, saman ve tezekle kamufle edilmişti.

Baba Râmiz Efendi'nin ilme, ilim ve irfan erbabına karşı büyük alâkası, oğlu Fethullah'ın üzerinde çok büyük tesirler bırakmıştı. Râmiz Efendi'nin ileri denebilecek yaşıyla ilim tahsili konusunda katlandığı sıkıntılar, oğul Fethullah'ın, yaşının henüz çok küçük olmasına rağmen, aklının erken olgunlaşmasına vesile olmuştu. Öyle ki, çocukluk ve gençlik dönemlerinde, hiçbir zaman kendi emsaliyle oturup çocukluk ve gençlik yapamadı. Bu yüzden de ne çocukluk dönemi oyunları ve ne de gençliğin sabırsızlık, taşkınlık ve hafifmeşrebliğine hiç bulaşmadı. Daima büyüklerle beraber oturup-kalktı. Netice itibariyle, gençlik yıllarına girerken, yaşının küçüklüğüne rağmen, babayiğitlerin ahlâkı ve er oğlu erlerin seciye ve huyu, onun tabiatının bir yanı haline gelivermişti.

Böyle sağlam bir karaktere sahip olma konusunda en büyük payın, baba Râmiz Efendi'ye ait olduğu şüphe götürmez bir husustur. Zira meşakkatli ve acı tecrübelerle bezeli ilim tahsili yolunda, oğlu Fethullah'a yârenlik ve yoldaşlık yaptı. Delikanlının doyma bilmez bir iştahla ilim ve irfan meclislerinin zengin sofralarına, özellikle de Alvar İmamı'nın sohbetlerine, yine baba Râmiz Efendi sayesinde iştiraki mümkün oldu. Alvar İmamı'nın söylediği her şeyi tam olarak kavrayabilecek seviyede olmasa bile, bu büyük zatın ağzından çıkan her kelimeyi ezberlemekteydi. Sohbet bitiminde doğru annesi, ninesi ve amcalarının hamınlarının yanına gider, Alvar İmamı'nın sohbetini kelimesi kelimesine onlara aktarırdı. Yaptığı bu işten de tarifi imkânsız bir zevk duyardı.

Sahabe-i kiram (radiyallahu anhüm) sevgisini, yine babasından tevârüs etti. Haddizatında ailenin bütün fertlerinde, köklü bir sünnî düşünce hâkimdi. Râmiz Efendi de sahabe sevgisi ve fazileti konusunda, tam bir şuur ve gerçekten yüksek bir saygıya sahipti. Ayrıca, farklı coğrafyalarda şöhret bulmuş fıkıh âlimleri ve mezhep imamlarına da fevkalâdeden bir saygı beslerdi. Ancak sözkonusu sahabe-i kiram efendilerimiz olunca, onlara, cinnet derecesinde bir merbutiyeti vardı. Sahabiden bahseden ve onların hayatlarını konu edinen kitapları sık sık mütalaa eder, bir evrâd u ezkar kitabı edâsıyla onları evire çevire okur ve bundan hiç bıkmazdı. Bu yüzden de kütüphanesindeki bu kabil eserler, çok mütalaa edilmesi ve sayfalarının tekrar be tekrar okunması sebebiyle hep aşınmış ve yer yer yırtılmıştı. Aile fertlerinin bulunduğu sohbet meclisinde, bir sahabiden bahsederken, içinde yaşadığımız şehadet âleminden sıyrılmışçasına bir hale bürünürdü. Ruh ufku itibariyle çok uzaklara seyahatler tertip eder, vicdanıyla çok yükseklerde pervaz eder gibi olurdu. Gözleri sanki onların ruhlarını takip eder veya başka bir âlemi müşahede edermişçesine yukarılara doğru dalar giderdi. Derken, bu yüce âlemlerden derdiği turfanda meyveleri, çevresini saran aile fertlerine ikram ederdi. Böylece bütün aile fertleri, Peygamber Efendimiz'in güzide arkadaşları, hidayet ve cömertliğin semereleri olan sahabe-i kirama karşı besledikleri katışıksız ve saf sevginin şarabını kana kana yudumlar ve bununla beslenirlerdi. Nihayet, sahabe şuuru çocukların kalbine yerleşmişti ve onların hayatları bu çocuklar için hâlâ ter ü taze, capcanlıydı. Sahabenin isim ve özel halleri sürekli aralarında mevzu bahis edilirdi. Öyle ki, sahabe âdeta ev ahâlisinin birer ferdi haline gelmişti.

İlim tahsili yolunda baba ile oğul arasında çok özel bir yârenlik oluşuverdi. Râmiz Efendi, her ne kadar bütün aile fertlerini sevgi ve ve şefkatiyle bir şelale gibi kuşatsa, tepeden-tırnağa onları sarıvermiş olsa ve ruhlarını sâlih mü'min makamına yükselmesine vesile olmuş olsa bile, onunla oğlu Fethullah arasındaki özel bağ ve has ilginin frekansı, diğer çocuklarına sirayet etmiyordu. Babasının gönlünde, ona has sırlı bir sevgi yatmaktaydı. Baba Râmiz Efendi, özellikle de oğlunda Kur'ân-ı Kerim'i hıfzetme ve ilme karşı cinnet derecesindeki aşk u iştiyakı görünce, ona karşı ayrı bir ihtimam göstermeye başlamıştı. Ona, hoca ve şeyhlere davrandığı gibi davranırdı. Baba-oğul, yanlarında kimsenin bulunmadığı bir odada yalnız başlarına olduklarında, Râmiz Efendi, tıpkı meşayih ve âlimlere davrandığı gibi, oğlu Fethullah'ın altına sıcak bir minder yerleştirir, böylece makamını yükseltmiş ve onu soğuktan korumuş olurdu. Ne var ki, oturdukları mecliste başkaları bulunduğunda, bu davranışını kimseye hissettirmeden yapardı.

Baba Râmiz Efendi'nin oğlu Fethullah ile olan alâka ve irtibatı, ilim tahsil yolundaki yoldaşlık ve arkadaşlık şeklinde idi. Oğlunda varlığını sezdiği deha parıltıları sebebiyle, ona daha bir ihtimam gösterir, bu konuda büyük umutlar besler, çok güzel bir geleceğinin olacağı ümidiyle ona nazar eder ve ondaki kabiliyetlerin inkişafı için farklı vesileler kullanırdı. Mesela o, hafızlık için Kur'ân'dan ezberleyeceği günlük dersini mütalaaya çalıştığı esnada, babası Râmiz Efendi de, oğlunu teşvik etmek ve cesaretlendirmek için, onunla birlikte aynı dersi ezberlemeye koyulurdu. Genç Fethullah, bu yolla, babasından, tarifi imkânsız bir dinamizm ve enerji alıyordu. Bunun yanında, babasıyla yarış içinde olmanın verdiği lezzeti iliklerine kadar hissediyor, şaka ve yarış keyfinin birleşiminden meydana gelen çeşni sayesinde hoşça vakit geçiriyordu.

Baba-oğulun bütün bu yakınlaşma ve hemhâl olma durumlarına rağmen, genç Fethullah, babasının, vakar ve heybet hallerine muhalif davrandığına, gerek kendisiyle gerekse diğer kardeşleriyle muamelesinde perdeyi yırttığına hiç şahit olmamıştı. Babası, sürekli şu iki durum arasındaki hassas dengeyi korurdu: Sevgi ve güzellik duygularının sıcaklığıyla, kızgınlık ve ihtişam duygularını kontrollü yönetmek.

## *Bir Nefis Terbiyesi Levhası*

Hocaefendi, babasının babalığa ait âlî makamından şu müthiş dersi, hayatı boyunca hiç unutmayacaktı. Öyle ki, ondan gördüğü sessiz ve kelimesiz azarlanma kamçısının can yakıcı tesirlerine maruz kalmıştı. Halbuki böyle bir şeye maruz kalmaktansa, yüz değnek sopa yemeyi yeğlerdi. Evet, henüz 14-15 yaşlarında idi. Gençliğe adım atan çocukların kendilerini ispat adına büyüklerini taklit etmeleri misali, o da köyün bazı büyüklerini taklit sadedinde kısa bir süreliğine sigaraya başlamış, hatta hâli vakti yerinde olanların yaptığı gibi pipo içmeyi denemişti. Bu durum, bir ay kadar sürmüştü. Baba Râmiz Efendi, bu asil oğlunun davranışlarına sirayet eden âni menfî değişikliğin hemen farkına vardı. Oğlunu azarlamadı, ona bir yasak getirmedi, hatta onu karşısına alıp da konuyla ilgili onunla tek bir kelime bile konuşmadı. Ne var ki problemin çözümü için manevi ceza türünden bir yola başvurdu ki, böyle bir tasarruf, Hocaefendi'nin bütün benliğini sarstı. Baba-oğul, etrafta kimsenin bulunmadığı bir ortamda otururlarken, Râmiz Efendi, âdetinin hilafına, kibirlenme ve büyüklenme edasıyla ayak ayak üstüne attı, sonra da oğlu Fethullah'ın yastık altına sakladığı sigara paketini kendi cebinden çıkarıp, yine oğlunun çakmağıyla sigarasını yaktı. Sigara kullanmamasına rağmen, ihtimamla sigara içmeye çalışıyordu! Bu tablo karşısında, edep âbidesi oğlu donup kalmıştı.. büyük utanç duymuş, harareti yükselmiş ve bütün elbisesini ıslatacak derecede ter basmıştı. Büyük bir pişmanlıkla duygularını baskı altına almaya çalışıyordu. Öyle ki, hayatı boyunca tatmadığı bir nedamet hissetti ve babası karşısında böyle bir korkunç durumu yaşamaktansa, yer yarılıp yerin dibine girmeyi temenni etti. Ve gözleriyle gördü ki, babasının o anda canlandırdığı sigara içme tablosu, bir tavırdı ki, âlim bir şahsiyetin saygınlık ve güzelliğine hiç mi hiç uymuyordu. Bu pratik, yerli yerinde ve çok tesirli ders; delikanlının, sonsuza kadar sigara içmeyi bırakma kararı almasını netice verdi.

## *DÖRDÜNCÜ OCAK: KUR'ÂN ÂŞIĞI ÇİLEKEŞ BİR ANA*

Gurbet vakitlerinde Kur'ân'ın kendine has alev alev parlayan bir nuru bulunur.. böylesi dönemlerde Kur'ân'ın tek bir âyetine bile bağrını açana o âyet kor olur ve o kişinin bütün benliğini kavurur… Sahi, dört bir yanı saran çılgın fırtınaya karşı yürümeye kimin gücü yetebilir ki?

Annesi Rafi'a Hanım.. bütün köy hanımlarına Kur'ân öğreten bir öğretmen.. Kur'ân öğretme pahasına, bu yolun karasevdalıları için açılan ateşten çukurlara canlı canlı atılmayı göze alan bir adanmış…

Rafia hanım, Kur'ân öğretmedeki bu tutkusunu, hassasiyet ve aşkını, muhterem pederi zâhid Ahmed Efendi'den tevarüs etmişti. Bu zat, lâakal her üç günde, en fazla yedi günde Kur'ân'ı hatmederdi. Geceleri kâim gündüzleri sâimdi. Şehir merkezinden ve onun yalancı câzibesinden uzak yaşamayı tercih ederdi. Zamanı ve ahâliyi fesat üzere gördüğü için zaruret olmadıkça şehre inmezdi. Hulasa, her demi Allah'la sıkı irtibat halinde geçiyordu. Onun bu Rabbâni tavrı, kızcağızı Refia Hanım'ın zihnine kazınmıştı. Bu yüzden Rafia Hanım, Kur'ân'la cihad etme noktasında örnek bir şahsiyet oluvermişti. Hususiyle de Osmanlı'nın yıkılışından sonra Kur'ân okuyan ve onu öğretenlerin eşkıya muamelesi gördüğü ve darağaçlarına gönderildiği bir dönemde bunu yapması tam bir cihaddı.

Vakit gece yarısı.. bir şaki gibi köşe bucak takip edilen masum bülbülle buluşma vakti.. o sıralar, gündüzleri şakımaya müsaade yok... Böylesi ifritten bir dönemde, gündüzleri şakımak kimin haddine!

Fethullah, gece yarılarında, bir talebe olarak mütalaa edilen dersle ilk tanıştığında, henüz dört yaşlarındaydı.. validesinin göz pınarlarından taşan yaşlarla tutuşmuş ocağın dibinde, keder ve tasa âyetlerini tekrar ediyordu. Kar, soğuğun hücum gücüyle, kapı ve pencereleri ablukası altına almış, zemheri evlerin aralarında öfkeyle esiyor, taşı toprağı savuruyor, ağaçları sallıyordu.

Canlı bütün bedenler, bir yırtıcının parçalayıcı dişlerine yem olma korkusuyla örtülerine sımsıkı bürünüyordu.. keder ocakları üzerinde pervaz eden şu iki gölge hariç: Çocuk ve annesi... Her ikisinin gönüllerinde de alev alev yanan hüzün ateşi ve özlemin yakıcı sıcaklığı, çetin kışın ve zemherinin soğuğundan daha kuvvetliydi. Alev misali tutuşmuş nefesleri, küçücük odanın her yanına dağılıyor, kapı ve pencere aralığından içeri sızmayı başaran soğuğun keskin dillerine saldırıyor, derken onları püskürtüyor ve onları gurbet ateşiyle buharlaşan gözyaşlarına çeviriyordu.

Anne, iç yakıcı soluklarıyla âyetleri tilavet ediyor.. sonra, hemen peşinden oğlu, bu yakıcı solukları soluyor ve onları tilavet ederek tekrarlıyordu.. derken, hor ve hakir görülen, itilip kakılan mazlumların özlem ve iştiyakları, hüzünlü gecenin semasında tutuştu ve yaralı kanatlarla pervaz ederek dört bir yanı aydınlatmaya başladı. Küçük çocuk, Kur'ân-ı Kerim'i öğrenme ve tertil ile okuma konusunda Kur'ânî miracın "sidretü'l münteha"sına, semavi bereketle serfiraz başka zaman dilimleriyle irtibatlı yeryüzü zamanına göre otuz gecede ulaşıverdi ve Kur'ân'ı hatmetti. Bunun üzerine babası Râmiz Efendi, Kur'ân'ı hatmetme velimesi verdi ve harika çocuğunun elde ettiği başarıyı kutlama adına bütün köylünün davetli olduğu bir ziyafet tertipledi. Hocaefendi, bu esnada bir köylünün ona latifevâri bir şekilde *"Ey delikanlı, bu senin düğün gecendir!"* demesini hiç unutmadı. Bu söz üzerine çok utanmıştı. İffet ve haya dolu bir evde neş'et etmiş bir çocuktu.. ağlamaktan kendini alamamış ve hıçkırıklara boğulmuştu. O gecenin güzelliğini ve tesirini hayatı boyunca unutması mümkün değildi. Sonraki dönemlerinde bile; ağaran gün ile birlikte, ruhun miracını gerçekleştirmek üzere mele-i a'lânın yüksek makamlarına doğru yolculuğa çıkmaya her davet edilişinde, o ilk gecenin bereketiyle gerçekleşen Kur'ân-ı Kerim'in şevkinden ve nurlarından azıklanacaktı. Hayatı boyunca ne zaman can yakıcı imtihan ve iptilalara maruz kalsa, yollar sarpa sarsa, yine o gecenin bereketiyle sürpriz ve kerâmetvâri bir şekilde sıkıntıdan kurtuluş yolları açılıverecekti. Yurt ve yuvaya uygulanan abluka her şiddetlendiğinde, muhterem validesi, rabbânî şahsiyetiyle, onun arkasında dimdik duracak, ona arka çıkacak, yol boyu gerçekleştireceği fetihlere işaret etmekle onu destekleyecek ve ruh ufkunda sürpriz muştuları bir meltem esintisiyle kulağına bir bir fısıldayacaktı.

Evet geceler, aynen öyleydi...

Sabah vakti gelip çatınca ve anne sabaha erince, yaraları açma işine son verir, derken gündüze has cenke hazırlanmaya koyulurdu.. ekin işlerinde eşine yardım etmek üzere tarlaya gider, davarları sağar, sonra da eve dönerdi.. evde büyük aileye yemek pişirir ki, sofra etrafında bir araya gelenlerin sayısı 15-20 kişiyi bulurdu. Derken gün akşama doğru kayınca, şurada-burada sığınaklarda hüzün perdeleri ardında gizlenmiş köylü kadın ve kızlara, Kur'ân-ı Kerim'i öğretmeye koyulurdu. Bütün bunları, ateş ve demirden sansürlere meydan okuyarak ve baskılara kafa tutarak gerçekleştiriyordu. İnsanı hayrete sevk eden husus: Böylesine zor bir dönemde bu kadının sahip olduğu sabır, nasıl bir sabır ve cihadı nasıl bir cihattı!

Ailecek Alvar Köyü'ne göçünce, gayretkeş ananın yükü daha da artmıştı. Beri taraftan hastaydı ve neredeyse hastalıklar, ağrılar, gece-gündüz ondan ayrılmıyordu. Nasıl olmasın ki... Art arda dünyaya getirdiği on bir çocuktan hayatta kalan sekizinin eğitiminden, o sorumluydu. Çilesine çile katan diğer bir husus da, Hocaefendi'nin ablası olan büyük kızını, ev işlerinde ona yardım etmesi ve hizmetinde bulunması için kayınvalidesinin yanında, Korucuk Köyü'nde bırakmış ve kayınvalidesini kendine tercih etmiş olmasıydı. Dolayısıyla henüz on civarında yaşıyla, ev efradının en büyüğü o idi, bu yüzden de ablasının işlerini deruhte yükünü yüklenmiş ve annesine en hayırlı yardımcı oluvermişti. Günlük Kur'ân-ı Kerim hıfzının yanında, hamur yoğuruyor, yemek pişiriyor, bulaşık ve çamaşır yıkıyordu. Bütün bunları yaparken, kaderin onu bu eğitimle, kendini yalnız bulacağı ve bütün bu işleri kendisinin yapmak zorunda kalacağı özel bir hayata hazırladığının farkında bile değildi.

Rafîa Hanımefendi, zifiri gecelerin sırlı dakikaları ve gündüzün endişeleriyle, oğlu Fethullah'tan, sırlara mâlik bir adam çıkarmaya muvaffak olmuştu. Diğer taraftan, hem kendi hem de kızlarının neslinden, aslan ve kaplanlar yetiştirecek ve onlara analık yapabilecek hanımlar yetiştirmişti. Bu aslan ve kaplanlar, yeni çağın cenkinde feth-i mübîni gerçekleştirecek süvarilerin ilk saffını teşkil edecekti.

## *BEŞİNCİ OCAK: SIRRI, GÖLGESİNDE SAKLI BİR ŞEYH*

Bu zat "Alvar İmamı"dır. Âlim, hoca, şeyh ve mürebbi bir eğitmen.. marifetullah ile meşbû, müşâhede ehli kimselerden olup, ruh ufkunda zevkî ve hâlî bazı mazhariyetlerle serfiraz biri.. mihveri "kurb makamı" çevresinde, seyyar yıldızı da huzur-u daiminin yörüngesinde dönüyordu.. bu yüzden de sohbet meclisleri, bu ruhî seyahatin gölgesinde cereyan ediyor ve o seyahatten devşirdiği hediyelerin etrafa saçıldığı yerler oluveriyordu. Gülen ailesi, bu büyük zattan çok etkilenmişti. Sülalenin bütün fertleri, bu Rabbânî şahsiyete karşı büyük bir teveccühte bulunuyor ve ihtiram gösteriyorlardı. Mücerret olarak adının anılması bile, Allah'ı hatırlatıyor, doğrudan ruhun kanatlanıp miraç yaşaması ve gönül kapılarının ardına kadar açılmasına vesile oluyordu. Dolayısıyla Hocaefendi'nin, bu büyük şahsiyete dilbeste olması, gönül dünyasında bu kutlu şahsiyetin bağrına kendini salıverip ona teveccüh etmesi, ilim ve marifeti ondan ders alması, ruh ufkunda onunla buluşup yekvücut olma adına ders ve sohbet kanallarıyla ona bağlanması için ortam çok müsaitti.

Delikanlı, Alvar İmamı'nın ağzından dökülüp etrafa saçılan lâl u güher sözlerini hemen kapmaktaydı.. sanki bu sözler âlem-i gayptan aniden gelen ilhâmât idi.

Bu kutlu zat, marifet ve ilmî hakikatler hakkında konuşmaya başladı mı, derin ve etkili sözü, taze ve bereketli beyanı sayesinde gönülleri mest ediyordu. Sözü, sıradan şahsiyetlerinkine hiç benzemiyordu. Bu açıdan da o, ezberlediğini tekrar eden değil, aksine görüp yaşadıklarını tasvir eden biri gibiydi. Bu yüzden ona kulak verenlerin hepsi, kulaklarını dört açıyor ve yeryüzüne yeni nazil olmuş terütaze semavi hakikatlermişçesine zerresini bile zayi etmeden hemen belleyiveriyordu. Derken gönüller, havf ve reca duygularıyla şevklenip kanatlanıyor, ruhlar, dökülen gözyaşlarıyla kirlerinden arınmaya duruyordu. Sohbet meclisi halkası, sımsıcak vecd ufkuyla yavaş yavaş yükseliyor, herkes hakikat nurunu müşahedeye iştirak ediyor ve marifetullah kevserinin yakin denizine daldırılmış kâsesinden iman hakikatleri yudumluyordu.

Alvar İmamı, zamanının nadir bir kutbuydu. Öyle bir kutub ki, vahiy ölçüleri ve doğru düşünce ile gönül coşkusu ve ruhî zevkleri cem etmeye muvaffak olabilmişlerdendi. Yani, akıl gözünü doğru düşünce ile birleştirmeye muvaffak olmuş ve kalb-kafa izdivacını gerçekleştirebilmişti. Bu yüzden de küçük-büyük bütün sevenlerinin gönlünde taht kurmuştu.

Alvar İmamı, eşsiz sadakatiyle erilmez ruhâni bir hayat yaşadı.. yaşadığı dönem itibariyle yaygın olan ve tasavvufî düşünceyi esir alan folklorik tavırların ağına düşmediği gibi, kendini ispat etme hülyasına, "görünme" sevdasına hiç bulaşmadı.. ve malumatfuruşluğa, ihtişam ve alayişe hiç yüz vermedi. Aksine efsânevî "Huma Kuşu" misali gölgesi yere düşmesine rağmen, varlığını hiç kimse göremiyordu, gölgesi var ama kendisi ortalıkla yoktu.

Her ne kadar genç delikanlının, hocası Alvar İmamı ile olan sohbet ve musahabesi, çocukluğunun ilk döneminden gençlik döneminin başlangıcına kadar sürdüyse de -ki Alvar İmamı vefat ettiğinde, o, henüz on altı yaşını doldurmamıştı- ikisini buluşturan aralarındaki derin bağ, çok güçlüydü ve çok farklı türdendi. Bir öğretmen olarak bu zatın, öğrencisini kucaklaması, eğitim ve öğretimle kucaklamasından çok daha farklıydı. Aksine, bu ilgi ve alâka, illa bir şeye benzetilecekse; bir annenin, taşan ve her şeyi önüne katan sevgi seline benzetilebilirdi. Hocaefendi, Alvar İmamı'nın aydınlık ikliminden ayrılıp da Arapça okutan bir başka hocanın yanına gitmeye karar verdiğinde, onun nasıl hiddetlendiğini, insanın içine ürperti salan o lahutî soluklarıyla kendisine "Gitseydin, vallahi de, billahi de, tallahi de parça parça olurdun!" dediğini, ruhunun derinliklerinde dünkü hadiseymiş gibi capcanlı duyar ve asla unutamaz.

Alvar İmamı'nın, öğrencisinin başını her okşayışı ve ona "talebem!" deyişinde; genç talebesi, küçük ve körpe gönlüne ötelerden ilâhî lütufların ardı sıra yağdığını duyar, hocasına olan güven ve sevgisi ziyadeleşir, ruhunu inşirahlar sarar ve sırtını sağlam bir dayanağa yaslamış gibi hissederdi.

Bu yüzden, Allah vergisi ilâhî lütufları avlarken hissettiği duygular, hayatı boyunca gönlünün derinliklerinde varlığını sürdürmüştür. Aradan bunca zaman geçmesine rağmen, hâlâ hocasının ipekten ellerini kulaklarında hisseder ve "Kulaklarını biraz yumaşatayım da zekân açılsın!" dediğini duyar gibi olur.

Alvar İmamı, köklerinin şerefinin yansıdığı mehîp siması, şerefli mayası, manevi köklerinin asaleti ve ruhunun beslendiği kaynaklarının zenginliğiyle bilinip tanınıyordu. Bu yüzden delikanlı, hocasının sohbet meclisindeyken, onun vakûr yüzüne bakar, onun garip çehresini okumaya çalışırdı. Minik vicdanıyla, karşısında duran zatın alnındaki nuru, yanaklarındaki aydınlığı ve kaşlarındaki işaretleri, sanki el yordamıyla tekrar be tekrar yoklar, sonra da sırlar yumağı gözlerinin deryasına dalardı. Kafasını meşgul eden soruların cevabına ulaşacağı ümidiyle, görünen ama ardında birçok sırrı saklayan bu çehreyi inceden inceye süzerdi. Çoğu zaman kendi kendine şöyle sorardı: "Acaba bu vakar, ciddiyet ve mehabet insanı, hangi yanlarıyla daha çok, atası olan o şeref-i nev-i insan ve ferid-i kevn ü zaman (aleyhi ekmelü't-tehâyâ) Efendimiz'e benziyor? Kaşıyla mı, gözüyle mi, yüzüyle mi?"

Bu derunî hisler içinde hocasına hayranlık besliyor, ruhunun kaynakları yoluyla onu, kendi ötesinde arıyor ve onu hakikat-i insaniyesi içinde yakalamaya çalışıyordu. Bu yolla hocasının gittiği yolu tutma ve onu daha iyi tanımayı hedefliyordu. Hocasının câzibe-i kudsiyesi ve öğrencisinin şuuraltı müktesebatı sık sık kesişir, sarmaş dolaş olur, nihayet bu durum yiğidin gönlünde farklı haller netice verirdi ki, ona zevk zemzemesiyle çağıldayan anlar ve rengarenk müşahedeler yaşatırdı.

## ALTINCI OCAK: SUSKUNLUK İLMİNİN REMZİ "VEHBİ EFENDİ"

Alvar İmamı'nın öz kardeşi... Yaşça ondan küçük. Farklı türden bazı ruhî özelliklere sahip.. eşine az rastlanır rabbânî halleri ve imanî tavırların tecelli aynası.. sustuğunda, sükûtuyla konuşurdu.. konuştuğunda ise, konuşmasına bir sükût hali hâkim olurdu.. sabrının enginliği ve sadrının genişliğinde derya bir insandı. Hayret verici bir cazibesi vardı; farklı kesimlere intisaplarına rağmen, bütün muhataplarının gönlünü hoş tutabiliyor ve her birinin layık olduğu muamele ile onlarla irtibat kurabiliyordu. Çoğu zaman, suskunluk ve samtın yüksek burcuna sığınıyor, nadiren o makamından dışarı çıkıyordu. Çıktığında ise, ya bir hikmeti dile getiriyor, yahut eşsiz bir nükteye dikkatleri çekiyordu. Bu durum, çok kısa bir süreliğine gerçekleşiyor, hemen akabinde, suskunluğunun derin gölüne bir kere daha dalıyordu. Sükûtilik, onda hâkim bir hâl ve çoğu zaman onda âşikâr olan bir durumdu. Kendisinden sadır olan birçok acayip tavırla, çevresindeki insanların ruhunda dalgalanmalar meydana getiriyordu.

* * *

Hocaefendi; gençlik, orta yaş ve olgunluk dönemlerindeki ruhî kimliğini meydana getirecek ilk sevda ve vecdlerini, idrak ve ihsaslarını, bu kapsayıcı eğitim ve öğretim ortamı sayesinde mayaladı. Meydana gelen bu büyük ruhî güç sayesinde, Edirne camilerinin kubbeleri altında, İzmir okullarının hisarlarında, gece sohbetleri ve yaz kampları vasıtasıyla, fethin cengaverlerinin öncülerini yetiştirdi. Derken henüz süvarilerini sıra sıra dizmişti ki, İstanbul minarelerinden yükselen sesin yankısı ve körfezlere vurup geri dönmesiyle Anadolu coğrafyasında, nurların doğduğu yerlerin sınırlarına, Erzurum'dan Van gölüne, oradan Ararat dağının eteklerine kadar her yere dağıttı. Dört bir yana dağılmış çınar fideleri, kalınlaşıp gövdesi üzerine doğrulmaya başlayınca da fatih ruhlu delikanlı, o derin ruhla onlara şöyle seslendi:

– *Ey Allah'ın küheylanları, şahlanın! Ve ey süvariler, binin atlarınıza!*

Bütün ormanlar, sahiller ve koylar ardı sıra kulakları sağır eden bir yankıyla bu çağrıyı tekrar etti:

– *Ey Allah'ın küheylanları, şahlanın! Ve ey süvariler binin atlarınıza!.. Binin atlarınıza! Binin atlarınıza...*

Bu çağrı, dağların zirvelerine inen alev alev yıldırım misali her yanda yankılandı.. Dağlar, meskun yerlere bahar yağmurları şeklinde bu çağrıyı iade etti de minare ve kubbelerin susuzluğunu giderdi.

Derken küheylanlar, yeleleri savrularak birbirleriyle yarışırcasına, kişnemeleri dört bir yanı velveleye vermeye ve aşılayıcı rüzgârlar misali dört nala koşturmaya başladı.. Nur ve barış bayraklarını her yanda dalgalandırdılar.

Bak dostum, işte burada ve işte şuradalar.. sağına soluna bir bakıver, onların her yerde olduklarını göreceksin.

Göremiyor musun? Sadece gönül gözü ile eşya ve hadiselere bakan ve sezilmesi gerekli olanı sezebilenler, bu adanmışların saçtıkları nurun parıltılarının dört bir yanda çaktığını müşahede edebilirler.

# İKİNCİ FASIL

# KİTAPLAR VE KOYUNLAR ARASINDA

## *MEDRESE-İ EYYÛBİYENİN PENCERESİNDEN GÖRDÜKLERİM*

Ravi, her gece, bana, ondan bir şeyler anlatırdı... Ve ben, o sıralar Medrese-i Eyyübiye'nin konuğu idim. Misafiri bulunduğum hastane, Marmara denizine nâzır bir konumdaydı. Deniz, gece-gündüz her dem Esmâ-i Hüsnâ'nın nurlarını aksettirip durur.. geceleri, onda öyle acayip tecelliler vardır ki, akıl sahiplerini hayrette bırakır, gündüzleri ise, daha çok tesbih ve takdislerle coşar, evrad u ezkarla mütecelli olur.. ve ben, her gece; hikmet sırlarının vârisi, o nur kahramanı hakkında yeni yeni müşahedeler avlayarak sabahlardım.

Akşamdan akşama, hasta yatağımdan, ziyaretime gelenlerle koyu bir sohbete dalardım. Bir kısmı Nur'un öncüleri, saff-ı evvelini teşkil eden ilklerden ve bu Nur'un ateşini taşıyanlardandı.. ve ben, o zengin edebin doyumsuz güzelliğinden ruhun gıdası ve şifanın lezzeti mahiyetinde kana kana içerdim.

Her sabah, yavaş yol almanın çıldırtıcılığının bir esiri olarak, Hocaefendi'nin izini sürüyordum. Onun gölgeleri, bütün Nur beldelerinin üzerine düşüyordu. Birkaç adım geriden bu izleri adım adım izliyor, onları teker teker sayıyor ve özümsemeye gayret ediyordum. Kendimi bu izlere öyle kaptırmıştım ki, onun, gecelerin halvet koylarında, İstanbul kubbelerinin altında yükselen iniltilerinin aks-i sadalarını duyar gibi oluyordum. Artık vuslata ermenin yakınlığını iliklerime kadar hissedebiliyordum. Kalbim, göğüs kafesimde, olanca gücüyle çarpmaya, bütün varlığımı lerzeye getirmeye başladı. Bütün arzu ve isteğim, onun ağlamasının sırrını, nasıl bu kadar muttasıl ağlayabildiğini kavrayabilmek, gönlünün anahtarını elde edebilmek ve onun, kendi varlığını bir akkor haline nasıl dönüştürebildiğini, sabahlara kadar uykusuz kalmasına sebep olan ateşi nasıl tutuşturduğunu anlayabilmekti.. olur ki "bu ateş vesilesiyle, izlemem gereken yolu buluveririm."

Heyhat! Ne yazık ki, Nur memleketinde ikamet için, bana müsaade edilen süre tükenmişti. Heybem boş bir vaziyette, umduğuma nail olamadan gerisin geriye dönmek zorunda kaldım. Memleketim Fas'ın *Miknâsetü'z-zeytûne* şehrine dönerken, tek yüküm, kaddimi büken hastalıkların ağırlığıydı. Ancak gönlümde, Nur medresesindeki hikmet derslerine devam etmek için tekrar bu diyara dönmenin ümidini taşıyordum. Ne var ki kader, bu emelimi gerçekleştirmeyi bir yıl veya bir yıldan biraz fazla bir süre erteledi.

Uçakla, İstanbul havaalanından ayrılınca, yüreğimde, dünyanın bütün ağrılarının yükünü taşıdığımı hissettim. Âdeta hastalığımın şifa kaynağını bulmaya bir daha bu ölçüde yaklaşamayacağıma, ve ona sahip olma fırsatını kaybettiğim hissine kapıldım. Başımı iki avucumun arasına aldım ve önümde duran koltuğun sırtına yasladım. Uykusu gelmiş birinin kendini salarak gözlerini yumması misali, gözlerimi sıkıca kapadım.. gözlerimi yumdum ve birkaç adım ötede duran ahiret kıyısını seyre koyuldum.. dünyadayken yapageldiğim amellerim bana göründü, durumun ürkütücülüğü benliğimi sardı.. derken ağlamaya başladım.

* * *

Kederli vatanımda, görevli olduğum camiye doğru emekleyerek yol aldım. Daha önce üzerine çıkıp cemaate vaaz u nasihatta bulunduğum eski mimberim gözüme ilişti. Eski günlere duyduğum özlem, beni derinden sarstı.. işin doğrusu -efendiler- ferman dinlemeyen bu duyguları dizginlemeyi başaramadım ve kendimi, mimberin yüksek kucağına atıverdim. Elimin altındaki küçük ebatlı mushaf-ı şerifin pınarlarından kana kana içmeye ve birkaç adım ötede önümde duran yeşil buğday sümbüllerinin üzerine serpmeye başladım. Tazecik dalları, mescidin hasırları altından yeşerip boy atmaya, güzel yaprakları da duvar ve kubbelerin arasından gürleşmeye, derken bütün bir mekânı sarmaya, sonra da tepesinde taşığıdı olgunlaşmış danelerle kıbleye doğru yönelmeye, kalınlaşarak gövdesi üzerinde doğrulmaya başlayıvermişti. Heyhat... Bu hâlin üzerinden ancak birkaç gün geçivermişti ki, altımdaki minber parçalanıverdi ve ben yere baygın bir veziyette kapaklandım. İşte o zaman idrak ettim ki, her ne kadar bir vaiz olsam da, vaaz u nasihate iznim yoktu. Hayal kırıklığı içinde, hasta yatağıma gerisin geriye dönmek mecburiyetinde kaldım.

Yaklaşık bir sene böyle geçti.. yıl, her günüyle, âdeta ömrümün derisini yüzüyordu. Tâ ki yolculuk rüzgârları, ikinci bir defa esmeye başlayana dek.. bütün acı ve ağrılarımı bir valize topladım ve yeniden yola revan oldum.

* * *

Dünyanın bütün uçakları, "mekân"da yol alır; İstanbul uçakları müstesna.. yeryüzünde, sadece İstanbul uçakları "zaman"da yol alır. Hilafetin kadim ama eskimeyen pâyitahtı İstanbul'un havaalanına her inişimde, kendimi hâlihazırdaki zamandan çok farklı bir zaman diliminde yaşıyor gibi buluvermişimdir. Ne mevcut teknoloji çağının gürültüsünün ve ne de ilerleyen sanayisinin, ruh ufkumda yaşadığım bu gerçekliği örtmeye ve o lezzeti bulandırmaya gücü yetmememiştir. Fatihlerin küheylanlarının arasında, çok rahatlıkla gezintiye çıkabiliyordum.. sahabe ve tâbiîn yiğitlerinin, eski Konstantiniye surlarına dalga dalga akın düzenleyen askerlerini seyre koyulur; derken akıncıların "Allahu Ekber" nidalarının gökyüzüne doğru müjde ve nur eşliğinde yükselmekte olduğunu müşahede ederdim. İkinci Murad'ın savaş meydanında kurulmuş otağına olabildiğince yakınlaşır, gecenin halvet koylarında edâ ettiği teheccüt namazı ve yakaran gönlünden yükselen evrad u ezkara kulak verirdim. Oğlu Fatih Sultan Mehmed'in ordusunun at kişnemelerini duyardım. Fatih Sultan Mehmed'e o derece yaklaştım ki, gökçek yüzü, bir dolunay güzelliği içinde, tam manasıyla bana göründü. Henüz hayatının baharında, 19 yaşında idi. Tıpkı sahabe-i kiramdan Üsame İbn Zeyd'in (radıyallahu anh) yaşındaydı. Fahr-i Kâinat Efendimiz (sallallahu aleyhi vesellem), Hz. Üsame'yi, Rumlarla savaşmak üzere, sahabe-i kiramdan oluşan orduya komutan olarak tayin ettiği yaşta.. Fatih Sultan Mehmed Hazretleri'ni, bir kez de Edirne'yi ziyaretim esnasında müşahede etmiştim. Konstantiniye'nin fethi için, devâsa ordusunun saflarını düzeltmekle meşgul olduğu bir esnada.. o esnada, bana çok yakın idi, hem de çok.. ne kadar arzu ettim ona selam vereyim, ellerini öpeyim.. bu şiddetli arzumun önüne bir tek şey geçebildi, işin doğrusu bunu gerçekleştirmeye iznim yoktu.

Ân olur, Anadolu'da, Selçuklular zamanı ile Büyük İslam Halifeliğinin yaşandığı Osmanlılar devri arasında mekik dokur, gezintiye çıkarım. Bu esnada, tarih dalgalarının hemen önümde, canlı bir vaziyette akmakta olduğunu görürüm. Derken, Avrupa içlerinden tâ Çin Seddi'ne kadarki fetihler silsilesinin teker teker izlerini sürerim. Nice geceler, sabrı azığım yaparak azgın kurtların üşüştüğü zamanda seyahate hazırlanır bulurum kendimi. O anlarda Osmanlı hanedanının eriyip yok oluşunu, Yahudilerin tuzaklarına düşüşlerini içim sızlayarak seyrederim. Yedi tepeli şehir İstanbul'un her bir tepesinde, Türkiye'nin dört bir tarafına yayılan şelalelerinin tâ derinliklerinden kopup gelen sancılı feryatlarıyla Filistin'in inlemelerini dinlerim. Türkler arasında boy atıp gelişmiş hikmetin mührünü adım adım izlerim.. vârislerin avuçlarında elden ele dolaşan bu "hikmet mührü" acaba nerede karar kılacak diye düşünüp dururum.. en son o mührü, Sultan minaresinin yıkılışından, Osmanlı'nın guruba kayışının akabinde Bediüzzaman Said Nursi'nin elinde gördüm.. Bediüzzaman

Hazretleri'nin, ruhunun ufkuna yürümesi üzerine Hocaefendi'yi, bu kutlu mührü kadîm mahfazasına yerleştirirken gördüm.

Zaman ufkunda, bir makamdan diğer makama yavaş yavaş ilerlemekteydim.. derken hastanenin kapısına vardığımızı gördüm. İşte o esnada, zaman dilimine girmekte olduğumu, hüzün yumağının kıvrımlı dallarına tırmandığımı ve kederlerimin yuvasına sığındığımı idrak ettim.

* * *

Dertlerin ravisinin yanında hikmet derslerini alırken, zaman zaman gözleri guruba meyletmiş gün batımı boşluğuna doğru dalıp giderdi. Ancak o, hikmet derslerini kesmez, aksine anlatmayı sürdürürdü. Öyle ki, Marmara'nın hayalet silüetleri, saklandıkları yerlerden çıkıverir, her tarafı sarıp sarmalayan uçsuz bucaksız karanlık tahtında bütün bir geceyi gezerek geçirmeye koyulurdu.. bazen olur, şurada burada gezinen teknelerin küçük kandilleri ve adaların arada bir yanıp sönen uyumaklı ışıklarının su yüzeyinde yansımasıyla her tarafı kaplayan bu karanlığın delindiği de olurdu.

Hüzün yumağı keder ravisi sözüne şöyle devam etti:

"A be dostum, bir bilsen, halvet otlaklarında koyunlarla sohbete dalmanın ne manaya geldiğini? Bu öyle bir pâyedir ki, bütün peygamberlerin tırmandıkları kutlu bir merdivenin ilk basamağıdır. Ebdâlin bir kısım ahvale ulaşmasının da yolu budur. Nur'un âşıkları için de bundan başka bir yol yoktur. Öyleyse ey dostum, asânı omuzuna al, kalb ve ruh ufku vadisine, tek başına yola koyul! Bilesin ki, bu yolda nefsinin önüne çıkacak her engel "Sina"dır; gönül verdiğin ve bir mıknatıs gibi seni çeken her şey "Tur" ve "Nur"dur. Şu kadar var ki ey dostum, müjde parıltılarını öyle kolay görmen mümkün değil.. vakti belirlenmiş ve kendine söz verilmiş randevusu yolunda ilerlemezsen ve vadiler arasında otlayıp duran koyunların çobanlığını üstlenip onların gönlünü hoş tutarak, onların ardısıra gece dikenleri üzerinde ayakların kanayıncaya dek yürümezsen sana, muştu ışıkları görünmeyecektir. Hayvanların dilini çözdüğün ve ne dediklerini anladığın vakit, bilesin ki aradığın makama ermişsindir. Orada, evet işte orada ey dostum, pabuçlarını çıkar ve elindeki asâyı bir kenara atıver. Ve işte o zaman, karanlık ufkunda, yukarıdan aşağı salınan sevgi salkımı kandiller misali vuslat nurlarını görmeye başlayacaksın. Gayrı ondan dilediğini ve dilediğin kadarını koparabilirsin. Nabzının her atışında sana bir "nur" ve bir de "nar" (ateş) vardır; "nur", onların yaşadıkları şehirlere dönerkenki gıda ve azığın olacak.. ancak "nar"a gelince..."

Bunları söyledi, sonra da kısa bir süreliğine susuverdi.. ağzından dökülecek hikmetin mırıltılarını bekledim, ancak o, dudaklarını bile açmadı.

Sabrım tükenmişti, hemen söze koyuldum:

– Anam babam sana feda olsun ey ruhun susuzluğunu gideren saki!.. Ateşin durumu ne ola ki?

Ancak o, yüzünü benden çevirdi, gündoğumu yönüne döndü ve sustu. Çok uzaklardan, ruh ufkundan taşıp gelen fecir ışıklarına bakıyor, sonra da eliyle büyük pınarların kaynağına işaret ediyordu. Bakışlarımı, işaret ettiği yöne yoğunlaştırdığımda bir de ne göreyim;

Hocaefendi, orada hazır bulunmaktaydı.. iki ayağı da yalınayak, kor ateş tarlaları üzerinde yürümekteydi.. bağrından, çok güçlü bir şimşeğin çıktığını ve ufukları aydınlattığını, fakat kendisinin, sıkıntıların sancısı yüzünden ızdırap çektiğini gördüm. Bilinmelidir ki, hiçbir gece yolcusunun; benliğini bir ateş sarmadan, tabiatının zülumatlı yönleri olan hevâ ve heves topraklarını yakıp kül etmeden ve potada eriyip saf altın madeni halini almak suretiyle özüne ermeden, Hocaefendi'nin müjdesinin nurunu idrak edebilmesi mümkün değildir.

Takip edeceğim yol, yavaş yavaş netleşmeye başlamıştı. Derken, koyunların izlerini takip etmeye koyuldum. İşte bu izler, pâr pâr yanan nurun tutuştuğu ve çayırlarını sardığı yerin izleridir.

* * *

Hocaefendi, o sıralar köyünün otlaklarında koyunlarını güdüyordu. Kitabını koltuğunun altına almış, sahip olduğu "sır"rı ise bağrına gömüyor ve kimseye açmamaya özen gösteriyordu. Çocukluğunun gölgesinde tuttuğu yolu, gizliden gizliye izlemeye gayret ediyordu.. ve ben, onun gölgesinin düştüğü yerleri, adım adım takip ediyordum, olur ki hayatının adımları arasında, onu ulvî duygularla buluşturan ve ruh yüceliğine kavuşturan kapının eşiğine rastlarım.. rastlar da, ruhunun gizli hazinelerinin anahtarlarını bulurum diye.

Ravi, anlatmaya devam etti:

Bu zat, sevgi helezonuna gönül vermiş, kendine has terbiye ocaklarında yetişmiş, ruhî hakikatlere dilbeste, kalb ve ruh ufkunun ulvî mertebeleriyle içli dışlı bir imamdır. Çocukluğunun ilk devrelerinden beri namazını edâ etme konusunda büyük hassasiyete sahipti.. validesinin önünde bir öğrenci edâsıyla oturduğu ve kendini idrak ettiği andan itibaren bir tek namazının kazaya kaldığını hatırlamamaktadır. İşte ateşin yükselen alevlerinin ilki bu zamanda başladı.

Köylerinde, modern tarzda ilk mektep açıldığında, sadece müstemî makamında, bu ilkokula gidip-gelmeye başladı. Yaşının küçüklüğü sebebiyle okula henüz resmî olarak kaydının mümkün olmadığı dönemi yaşıyordu. Üç yıl kadar ilkokula devam etti. Bu süre içerisinde, sınıftaki en zeki ve en kavrayışlı öğrenci olduğunu fiilî olarak ortaya koydu. İlkokula devam ettiği bu süre boyunca da, namazlarına karşı hassasiyetini korumuş ve zamanında edâ etmeye fevkalâde ihtimam göstermişti.

Özellikle Türkiye tarihinin o dönemlerinde namaz kılmak zor, âdeta ateşten gömlek giymekti. Zira o dönemde Anadolu'da, asker mantığıyla inşa edilen laik okullarda ilhad ve Allah tanımazlıkla yetişen bir öğretmen ordusu vardı. Âdeta tek fabrikadan çıkan bu kimseler, daha sonra Anadolu'nun dört bir yanına, yeni yetişecek nesli, dinî hakikatleri inkar ve ilhad teorilerini benimsetmek üzere dağıtılmışlardı. Bu türden bir öğretmen de, henüz çocuk olan Fethullah'ın devam ettiği ilkokula düşmüştü. Bu öğretmen, Fethullah'ı, teneffüslerde bile namazını edâ etmekten alıkoymaya çalışıyordu. Şu kadar var ki, bu öğretmen, dinî hakikatler ve dindarlarla alay ettiği, yumuşak huylu, masum ve günahsız Fethullah'a karşı olabildiğince hışımla ve acımasızca boykot yaptığı oranda ve ciddiyette; öğrencisi de o nispette namazına karşı aşk derecesinde bağlanıyor, namazlarını vaktinde edâ etme gayret ve ciddiyetini sergiliyordu. Öyle ki, bu mülhid öğretmenin çareleri tükendi ve modern pedagoji kalkanı ardındaki hedefleri berheva oldu gitti. Bu hezimet, öğretmenin bütün gücünü harekete geçirmeye ve öfkesini alevlendirmeye başladı. Fethullah'la sürekli alay ediyordu, "Molla" diye lakap da takmıştı. Ancak öğretmenden sadır olan bunca ahmakça ve idraksiz karşılıklar, onun namaza karşı muhabbetini ve ruh ufkunda yücelme aşkını alevlendirmekten başka bir işe yaramıyordu.

Fakat içlerinde bir "Belma" öğretmen vardı ki, o farklıydı. Çok ince, narin ve kadirşinas biriydi. Kibar ve medeni bir bayandı. İstanbul'dan buralara gelmişti. Belma öğretmen, Fethullah'ı ilk görüşte, ondaki deha muhayyilesini keşfetmiş ve onunla özel ilgilenmeye başlamıştı. Öğrencisi Fethullah'ın, dehasına ilaveten olabildiğince ahlâklı öğretmeni Belma Hanım'ın, kendisine karşı daha bir sevgi ve takdir hisleriyle dolmasına vesile oldu. Öğrencisiyle bu iltifatkar muamelesi, Fethullah'ın okuldan ayrılacağı âna kadar devam etti.. bazen olurdu ki, sınıfta durur, gözde öğrencisine bakar, bütün öğrencilere onu örnek gösterircesine ama adını da anmadan şöyle derdi: "Bir gün Galata köprüsünde genç bir teğmenin dolaştığını şimdiden görüyor gibiyim..."

Galata köprüsü, güzellikler ve hayaller şehri İstanbul'da, Haliç üzerine kurulu, tarihî bir köprüdür. O dönem itibariyle, elit aydınlar, yazarlar ve şairler Galata köprüsünün etrafındaki kıraathanelerde bir araya gelir, ahşap sandalyelerde oturur, bazen de gezinti maksadıyla köprüyü bir baştan bir başa yürüyerek gidip gelirlerdi. Belma öğretmen de, sınıfta gözlerini yumar, sonra da olağanüstü bir dehaya sahip genç Fethullah'ın boy atıp geliştiğini ve eğitim basamaklarında hızla yükseldiğini, tıpkı sıradan bir askerin askerî rütbeler yolunda yükselmesi, koca koca ünvanlara sahip olması ve büyük bir askerî komutan olması misali.. Belma öğretmen, bu öğrencisinin, ırak ve küçük bir köyden, yavaş yavaş sivrileceğini ve İstanbul'da iz bırakacak derecede yerini alacağını, düşünce ve kültür alanında ülkenin ileri gelen şahsiyetlerinden biri olacağını hayalen görür gibi oluyordu.. ve öyle de oldu!

Bahsini ettiğimiz bu genç dostumuzun, bu güzide hocasıyla ilgili unutamadığı bir hatırası vardır: Bir gün tenefüste öğrenciler sınıfta gürültü yaparlar. Öğretmen bu öğrencileri cezalandırmak üzere hepsini topladığında, bu çocuk, nasıl olduğunu anlamadan ve o yaramazlık yapanlardan biri olmadığı halde, kendini o öğrenciler arasında bulur. Belma öğretmen, gürültü yapan öğrencileri, teker teker cezalandırmaya başlamıştır. Sıra ona gelince, hocasının önünde mahcup bir tavırla vakurca durur. Bunun üzerine Belma öğretmen, kulağından hafifçe tutarak *"sen de mi?"* demekle yetinir ve diğer öğrencilere verdiği cezayı ona uygulamaz. Bu bir çift sözcük, onun üzülmesine ve ruhen ceza çekmesine yetmiş de artmıştır. Öyle ki, sanki kalbinin derinliklerinde duyduğu bu acı, öğrencilere verilen cezadan daha ağır, hatta hepsinin birden onun sırtına ve eline vurulmasından daha acı gelmiştir.

Bu hadiseden kısa bir süre sonra, güzide öğrencisini sınıfta bulamamak, Belma öğretmene kim bilir ne kadar ağır gelmiştir. Çünkü babası Alvar köyü camiine imam olmuş ve ailecek Korucuk'tan ayrılıp Alvar köyüne yerleşmek zorunda kalmışlardır. O da Korucuk köyündeki okulu terketmek ve henüz üçüncü sınıfın ortasındayken ailesiyle birlikte göç etme mecburiyetinde kalmıştır. Bir ara dedesi ve amcalarını görmek için ilk köyünü ziyarete gelmişti. Belma öğretmen onu görmüş, hassas duygularına hitap ederek ve rica eder bir tavırla ona şöyle seslenmişti:

– Muhammed! Seni dördüncü sınıfa geçirdim. Okula devam etmeyi düşünmez misin?

Evet, üçüncü sınıfta girmesi gerekli derslere girmeden, imtihanda başarılı olmadan, hatta devamsızlığını bile görmezden gelerek böyle bir teklif yapmıştı.. bütün beklentisi, bu küçük yavrucakta müşahede ettiği deha sebebiyle, beklentilerini ve hayallerini kurduğu şeylerin gerçekleşmesi ümidiydi.. ancak bu gayret ve jesti, fayda etmedi. Delikanlı, kendine başka bir yol çizmişti. Ve Belma öğretmenin gözetiminde geçirdiği son demler, resmî okul ile irtibatının son anlarıydı. O andan sonra, resmî müfredata tâbi olmadı ve o yolda ilerleyen öğrencilerin sahip oldukları diplomalara sahip olmadı. Ancak çok sonraları, Erzurum'da, dışarıdan imtihanlarla ilkokul diplomasını almakla yetindi.

* * *

Annesine yardım için ev işleri ile babasına yardım için koyunları gütmeden arta kalan zamanda, genç adam, karşı koyulmaz bir şevkle kitaba sarılır.. evde olduğunda halvet edasıyla bir köşeye çekilerek kitabını mırıldanmaya.. merada olduğunda ise celvet tavrına bürünerek sesli olarak kitabını terennüm etmeye dururdu. Marifete karşı karasevdaya tutulmuş ruhuyla, kitap sayfalarını ardısıra âdeta yutuveriyor.. gönlünün derinliklerinde, kitapları ardısıra âdeta ezberlercesine istifliyordu. Garip olanı, onun Osmanlıca okuyup yazmayı çok iyi bilmesiydi. Zira, Osmanlıca, Osmanlı devrinde kullanılıyor ve Arap harfleriyle yazılıyor, neşrediliyordu. Belki ondan da garibi, Hocaefendi bu yazıyı ne zaman ve nasıl öğrendiğini hatırlamıyordu! Osmanlıcayı ne aile içinden ve ne de aile dışından herhangi bir kimseden ders aldığı vaki değildi. Kendini idrak ettiği andan itibaren okuyup yazar olduğunu biliyordu. Kaldı ki, yetiştiği dönemde, resmî okullarda sadece latince alfabe öğretilir ve Osmanlıcaya kesinlikle yer verilmiyordu. Nitekim Hocaefendi'nin doğumundan birkaç yıl önce harf inkılabı ilan edilmiş, Arap alfabesinin kullanımı tamamen yasaklanmıştı.

Bütün bunlara rağmen, genç adam, Kur'ân-ı Kerim'den henüz ezberleyemediği yerleri ezberlemek amacıyla hıfzını tamamlama ve itkan ile tilavet etme konusunda var gücüyle gayret göstermeye başladı. Babası Râmiz Efendi'nin, oğlunun gönlüne Allah'ın kitabının nakşedilmesi konusundaki hırsı oğlununkinden daha fazlaydı. Baba, oğluna, parça parça bütün Kur'ân'ı ezberlettirdi ve iyice sağlamlaştırdı. Hatta oğlu sıkılmasın diye, yanında üç talebeyi daha okutmaya başladı. Hepsine birlikte Kur'ân'ı öğretiyor ve hıfzettiriyordu. Ne var ki, Fethullah'ın ezberi olağanüstüydü. O, arkadaşlarıyla değil, âdeta zamanla yarışıyordu. Nitekim mevsimlerden kış yaşanıyordu. Ve hafızlık işi yaza kalırsa, gece ve gündüzünü büyük ölçüde meşgul edecek tarla ile ev işleri arasında mekik dokumaktan fırsat bulamayacaktı. Bu yüzden iyi çalıştığı günler, bir günde yarım cüz kadar ezberliyordu. Yaz mevsimi geldiğinde hedeflediğini gerçekleştirmiş, böylece bütün Kur'ân-ı Kerim'i ezberlemiş ve Kur'ân hafızı olmuştu. Hafızlığına ragmen yine ev işlerini ve hayvanları gütme işini de hakkıyla yapma hususunda hiç bir kusur göstermiyordu.

Evet, hadd-i zatında o henüz küçük bir "çocuk" idi, ne var ki, bağrında babayiğit bir adamın gönlünü taşıyordu. İşte bu yüzden, yaşının küçüklüğüne rağmen, çevresinden hep bir büyük gibi muamele görmekteydi. Ve bu mameleye maruz kaldığında henüz on yaşını bile aşmamıştı.

## *ÇİLELİ MEDRESE EĞİTİMİ*

Önüne çıkanı kasıp kavuran yakıcı kasırga hilafet yurduna uğradığı günden beri Anadolu'daki bütün medreselerin bahçeleri yanıp kül olmuş; bütün kitaplar, ateşlere yem ve yakıt haline gelmişti! Bu kutlu topraklarda, âlimlerin âram eyleyeceği hiçbir ocak kalmamıştı; ip inceliğinde ve belirli-belirsiz bir duman müstesna.. sönmek üzere olan bu bitkin duman, arasıra gurub ufkuna doğru kaymakta, bazen şu camiden, bazen de uzaktaki bir camiden tüter olmuştu.

Hocaefendi, belki caminin minaresinden, yarınına gidecek yolu çok iyi görüyordu, belki de çok uzaklarda, zamanın diğer kıyısında, küheylanların kendisini beklediğini müşahede ediyordu. Sabah aydınlığı, doğumunu henüz ilan etmemişti; ancak o, bu kutlu zaman diliminin geleceğinden emindi. Bu yüzden, o kutlu güne hazırlık için, onun, bin bir kitaptan hikmetler devşirmesi gerekliydi. bu yüzden, bu mübarek garip coğrafyanın yanan camileri arasında süzülmekte olan bir duman gördü mü, hemen izini takip eder peşine düşerdi.

Olayları anlatan ravi sözlerine şöyle devam etti:

"O dönemde Erzurum ve civar illerde dil ve din ilimlerini öğretecek -gerçek manasıyla- bir mektep-medrese yoktu. Bir yandan, seküler devrim, bütün Anadolu'daki dinî tedrisat yapan her türlü eğitim şeklini yok etmiş; diğer yandan, yetişmiş âlim nesil, yavaş yavaş yok olmaya yüz tutmuştu. Sonradan yetişenlerin -çok azı müstesna- eskiler kıvamında olmasına fırsat verilmemişti. O dönem itibariyle, kasaba ve kırlar arasında dağınık vaziyette, orada burada birkaç cami imamı dışında şer'î ilimleri öğreten kimse kalmamıştı. Mevcut olanların da ilimden nasibi oldukça sınırlıydı."

Bütün bu acıklı durum ve buna ilave bazı şartlar, genç Fethullah'ın, ders almak üzere gittiği hiçbir hocanın yanında bir-iki aydan fazla kalmasına müsaade etmez oldu.. zira alacağını çok kısa sürede tahsil ettikten sonra, sopasını omuzuna atar ve "daha"sını alabileceği yeni bir hoca arayışına girerdi. Bu serüvende, imkânsızı arayışının acısını ve bir yerden diğer bir yere yolculuğun meşakkatini -hem de azığı ve erzak çantası olmadan- acı acı yudumladı. Bu durum öyle bir hal aldı ki, bu şiddetli susuzluğunu giderebileceği ve kana kana içebileceği bir kaynak bulamayınca, çareyi kendi kendini yetiştirmekte buldu. Farklı yelpazedeki dil ve dinî ilimleri konu alan eserleri kendi kendine mütalaa etmeye, ders almaya ve hatta ezberlemeye başladı. Öyle ki, kendisine ders veren birçok hocanın seviyesini yakalamaya, hatta birçoklarını geçmeye başlamıştı. Henüz çocukluk ve gençlik arasında bir safhadayken, bu mübarek dal, eşsiz çiçeklerin tomurcuklarını açmaya devam ediyordu.

Çıktığı bu eğitim yolculuğu, gerek psikolojik gerekse toplumsal boyutuyla her seviyesi oldukça sıkıntılı geçti. Babası, Arap diline ait ilk bilgileri (ihtiva eden Emsile ve Binâ kitaplarından bir kısmını okutup) öğrettikten ve Kur'ân-ı Kerim'in hıfzını tamamlattıktan sonra, onu Erzurum'un yakınlarındaki Hasankale'ye, Hacı Sıdkı Efendi'ye göndermeye karar verdi. Bu zat, çevrede, Kur'ân talimi ve tecvidi konusunda nam salmıştı. Burası Alvar köyüne 7-8 kilometre kadar uzaktaydı. Genç Fethullah, sevincinden âdeta uçmuştu, Hacı Sıdkı Efendi'den ders alacak olmanın heyecanıyla rüzgârdan iki kanat takmışçasına yola koyuldu. Ne var ki, Hasankale'de Hacı Sıdkı Efendi'nin yanında kalacak yer olmadığı için her gün gidip gelmesi gerekiyordu. Henüz on yaşlarında olduğu o dönemde, her gün neredeyse 14 kilometreden fazla yolu yaya olarak gidip gelme mecburiyetinde kalmıştı.

Hacı Sıdkı Efendi, bezzâz idi, kumaş sattığı bir manifatura dükkanı vardı. İşinden arta kalan zamanlarda ancak öğrencilere ders okutabiliyor ve onlarla meşgul olabiliyordu. Onları sırf Allah rızası için okutur, karşılığında asla bir şey almazdı. Merhum, aynı zamanda çok cömert bir insandı; ders okumak için gelen birkaç talebenin öğlen yemeğini, bizzat kendi evinde hazırlatır onlara ikram ederdi.

Ne var ki, babası, bir süre sonra, oğlunun bu durumuna dayanamadı ve Hacı Sıdkı Efendi'ye gitmesine son verdi. Zira oğlunun, sabah gidiş ve akşam geliş yolunda geçirdiği zaman, hocasının huzurunda ders aldığı süreden çok daha fazlaydı. Böylelikle o, tekrar kitaplarla sarmaş-dolaş olmaya, ilim ve marifetin engin ufuklarında hür bir şekilde seyahat etmeye fırsat bulmuştu.

Bir müddet sonra Alvar İmamı olaya müdahale etti ve Hocaefendi'nin babasına, oğlunu kendi torunu Sadi Efendi'nin yanına göndermeyi teklif etti. Sadi Efendi, Alvarlı Efe Hazretleri'nin torunu olup, o sıralarda caminin küçük bir odasını şerî ilimlerin tedrisi için bir medrese haline getirmişti. Bu medresenin, tavanı ahşaptı. Öyle ki doğru dürüst ne yağmurdan ne de kardan koruyabiliyordu. Ayrıca çok küçüktü; aşağı yukarı iki kilim boyu kadar yerde, beş talebe kalırdı. Derken Hocaefendi geldi ve onların altıncısı oldu.

Genç Fethullah, yeni bir eğitim yuvasının yolunu tutmak üzere yeniden yola koyuldu. Büyük beklentilerle geldiği bu yerde bazı hayal kırıklıkları yaşadı. Nitekim ders almak üzere önünde oturacağı hocası Sadi Efendi, temiz ve mazbut bir insan omasına rağmen, yaşı itibariyle çok gençti, sadece beş yaş veya biraz daha büyüktü. Sadi Efendi, gerçi bilgisine güveniyordu, fakat ders verme ve öğrenciyi yönlendirme konusunda tecrübesizdi. Arap dilinin ilk basamağı sayılan eserleri ders almış olmasına rağmen, Sadi Efendi, onu baştan başlatma konusunda ısrarcı davrandı. Genç Fethullah, iki buçuk ay içinde Emsile, Binâ ve Merah'ın metinlerini ezberleyip bitirdi. Hocası Sadi Efendi, iki sene önce gelmiş talebelerle birlikte onu da Molla Cami'ye başlatmak zorunda kaldı.

Genç adam, Sadi Efendi'nin medresesinde çok çetin günler geçirdi.. acı hatıralarla dolu bu günler bir daha aklından çıkmayacaktı.. nitekim bütün eşyasını küçük bir bavula sığdırmış, eliyle taşıyabiliyordu. Öte yandan babası Râmiz Efendi'nin imkânı kalmamıştı, diğer çocukların nafakasından artırabildiği ve oğluna gönderdiği meblağ, ancak ekmek parasına yetiyordu. Râmiz Efendi'nin maddi durumu, özellikle imamlıktan ayrılıp Alvar köyüne yerleştikten sonra gittikçe kötüleşmiş, fakirliği ve yokluğu acı acı yudumlamaya başlamıştı.

Her insanın unutabileceği ancak Hocaefendi'nin o döneme ait asla unutamadığı bir diğer husus da, o seneki şiddetli soğuk ve kesintisiz kara kıştı. Bilindiği gibi, köyleri, ilçeleri ve mahalleleriyle Erzurum, Anadolu'nun en soğuk şehri olarak bilinir. Aylarca erimeyen karlar ve soğuk, şehri kasıp kavurur. Yaz ayları, diğer yerlerin tıpkı kışı gibi; kışı ise tam bir yok olma ve fena bulma mevsimidir. Bu mevsimde, ne bir insan ne de başka bir canlıya rastlanır.. kar, her yeri ve her şeyi beyaz örtüsüyle örter.. orada yaşayan insanlar, ihtiyaçlarını ve ailevî irtibatlarını, metreleri bulan kar tepelerinin altında hendekler kazarak sürdürürler. Bu tünel ve dehlizler vasıtasıyla içtimai zaruri ihtiyaçlarını görür, sonra da her şahıs, eti ve kanı donmazdan evvel, ailesinin ocağına sığınmak üzere kendi yuvasına çekilir.

Hayali, tüyleri bile ürperten bu çetin günlerde, genç adam, yıkanma ihtiyacı duyduğu anlarda, medresenin helasına girer ve bütün bedenini, tek bir tas sıcak suyun karışmadığı ve iflah etmeyen soğuk bir su ile yıkardı. İşin doğrusu bu, çok ürkütücü bir durumdur. Aradan onca yıl geçmesine rağmen, Hocaefendi, o anları en ince detayıyla hatırlamaktadır. Banyo yaparken, henüz birkaç saniye önce başından aşağıya dökülen suyun, ayağına ininceye kadar buz tutmak suretiyle ayaklarını yere nasıl yapıştırdığını ve ayaklarını teker teker buzdan nasıl söktüğünü hâlâ hatırlamaktadır. Bu yüzden yıkanmak istediğinde, başından aşağıya suyu dökerken, bir ayağını havada tutar, sonra onu yere koymak suretiyle diğer ayağını buzdan sökerdi. Bu durumdan daha ürpertici olan bir husus daha vardı ki, o da, buz gibi suyun başından aşağıya dökerken, vücudunda meydana getirdiği tarifi imkânsız korku. İşin doğrusu, Cenab-ı Allah, bu genç adama, çocukluğundan beri özel bir beden mukavemeti bahşetmemiş olsaydı, o şartlarda çoktan yok olup gitmişti."

## *TARİFİ İMKÂNSIZ ACI KAYIP*

*Bir yetimlik ki, ebeveyn yetimliğine benzemez*

*Bir hüzün ki, ins u cin içinde öyle bir hüzne rastlanmaz*

*Bir batış ki, güneş ve ayın batması gibi değil...*

Hüzün ravisi dedi ki:

"Genç adam, medresede sarf kitaplarını mütalaaya dalmışken, etrafındaki arkadaşları bir şeyler fısıldaşmaya başladılar.. hal ve tavırlarından, kendisinden bazı haberleri gizlemeye çalıştıklarını anladı.. çok geçmeden, fısıldaşmalarından, dedesi Şamil Ağa ve ninesi Mûnise Hanım'ın, Korucuk köyünde aynı saat içinde vefat ettiklerini işitti. Genç adam panik içinde yerinden fırladı.. bastığı yerler şiddetle sarsılıyordu. Sanki bütün dünya başına yıkılmış ve varlığının her bir zerresi yerle bir olmuştu. Köye vardığında ise, onun için vefat haberinden daha kötü bir durumla karşılaştı.. kendisi daha köye varmadan, dedesi ve ninesi yıkanmış, kabirlerine emanet edilmişti.

Genç adam, dedesiyle ninesinin ardından günlerce ağladı.. asalet timsali dedesinin dünyadan ebediyen ayrılıp ahirete göçmesine; sâliha ninesinin, ona veda etmeden ondan ayrılıp gitmesine çok üzülüyordu. Onlara duyduğu sevgi öyle alelâde bir sevgi değildi. Dedesi Şamil Ağa'yla irtibatı, ruh ve vicdan diliyle olduğundan, bu ayrılık acısı onun körpecik yüreğinin kaldırabileceği bir acı ve elemin kat kat fevkindeydi. Bu yüzden, uzun bir süre, gece-gündüz, gönlünün derinliklerinden kopup gelen bir tutkuyla şu yakarışta bulunmuştu: Ya Rabbi! Bahtına düştüm, n'olur, benim de canımı al ki, dedem ve nineme kavuşabileyim!

Ailenin sevgi bağları oldukça güçlüydü ve aile fertleri, birbirlerine aşırı tutkun idiler. Üstüne üstlük Hocaefendi, dede ve ninesiyle alâkası, bu zeminde oldukça farklı bir frekanstaydı. İkisi Hakk'ın rahmetine kavuşunca, ruh gücünün beslenme kaynaklarının kesildiğini ve hayat güzelliklerini idrak ve şuurunun köklerinin kuruduğunu hissetti. Kaderin garip tevafukâtının bir cilvesi de, bu dünyadan beraber göç etmeye sözleşmişçesine, dede ve ninesinin aynı zaman diliminde vefat etmeleriydi. Önce Şamil Ağa ruhunu teslim etti.. bir süre sonra da yan odada bulunan Munise Hanım. Bu diyardan beraber göçtüler, toprağa birlikte emanet edildiler.. ve Hocaefendi hâlâ köy yolunda, acı ve üzüntünün paramparça ettiği bir gönül viranesi ile, Erzurum'dan gelmekteydi.. köye vardığında, dedesinin evini, Hz. Musa'nın annesinin gönlünden daha boş buldu. Karşılaştığı bu tablonun acısı, vefatla gelen ilk haberin gönlünde meydana getirdiği sarsıntının, kat be kat üstündeydi. Günlerce bu firaka ağladı.. bu hal, etrafındakilerin, eğitimine devam etmesi zaruretinin ve medreseye dönmesi gerektiği tenbihlerinin ardı sıra gelmeye başladığı âna kadar da devam etti.

Hocaefendi, Şamil dedesinin vefat etmesiyle, geçmişin kadîm zamanına seyahat ve miracının kapısının sonsuza kadar kapandığını anladı. Buna göre, yaralı gönlüne yeni bir miraç yaşatacak yepyeni ve alternatif bir kapının zaruretine inandı ve sımsıcak duygularıyla yeni bir zamanın kapısının tokmağına dokunmaktan başka çaresinin olmadığını yakinen anladı.

Kalbinin zümrüt tepelerine tırmanırken, bir çalılığın arasında, beklemediği bir anda, aniden ve hiç ummadığı bir yerde, dedesinin vasiyetini buldu, gökkuşağı üzerinde nakşedilmişti. Bu vasiyet onu, ruh hazinelerine götürecek nurlu yolu gösteren, onu hikmet sırlarına mirasçı kılacak ve tarihi tekerrürler devr-i dâiminin ölçülerini eline verecek bir haritadan ibaretti. Nihayet, hüzünlerini sabrın omuzuna attı ve ders gördüğü uzak medresesine doğru yeniden yola koyuluverdi."

## *KÜÇÜK VÂİZİN HİKÂYESİ*

Hikâyeyi aktaran dedi ki:

"Bayramda ve dinî günlerde genç adamın köyüne dönmesi, Korucuk'ta toplanan dedesi ve amcalarıyla bir araya gelmesi âdettendi. Köylerde bayram, şehirdekilerin hiç hayal bile edemeyecekleri kendine has bir güzellikte kutlanır.

Bir kurban bayramı münasebetiyle, köylülerden bazısı, Hocaefendi'den, köy camiinde bir vaaz vermesini istediler. Genç adam, bulduğu bir vaaz kitabına daldı ve hazırlanmaya başladı. Süre çok kısaydı, bu yüzden kurban kesme konusunun geçtiği Kevser sûresinin sebeb-i nüzûlü ile ilgili Efendimiz'in hayatından tablolar üzerine yoğunlaştı.. zaman, gelip çattı.

Hocaefendi'nin vaaz için seçtiği konu, Allah Resûlü'nün, yüce davası uğruna çektiği sıkıntılardı. Kurban kesmenin geçtiği sûrenin sonunda, Allah Resûlü'nü (sallallâhu aleyhi vesellem) "ebter" (soyu kesik)'likle itham eden ve âyet-i kerimede *"Hayır hayır, Sen ebter (soyu ve adı sanı kesilen) değilsin.. aksine Seni bununla itham edenler, işte gerçek ebter onlardır."* (Kevser sûresi, 108/3) şeklinde yerilen din düşmanı Âs İbn Vâil'in hadisesini anlatıyordu. Şu kadar var ki, bu adamın ismi, genç delikanlının hafızasında yanlış kalmıştı. Bu olayın anlatıldığı rivayeti, tâbiîn imamlarından Ebû Salih nakleder. Vaiz efendi, bu bilgiye vaazdan çok kısa bir süre önce göz attığından, Âs İbn Vâil yerine Ebû Salih ismi zihninde kalır. Heyecandan "Ebû"sunu da görmeyince, bu uygunsuz ifadeyi Efendimiz'e söyleyenin "Salih" isminde birisi olduğunu zanneder. Bundan dolayı vaaz boyunca Âs İbn Vâil ismi yerine Salih ismini diline dolar. Bu küstah ifadenin Efendimiz'e isnat edilmesi karşısında öfkelenen genç delikanlı, bütün öfkesini "Salih"e yönlendirerek, onu en kötü sıfatlarla ve hususiyetlerle yermeye başlar. Fakat o köyde, bayramdan bayrama namaza gelen Salih isminde biri vardır.

Bu adamın kaderinde, bayram namazı için, vaaz kürsüsünün karşısında bağdaş kurmak ve hayatında hiç duymadığı yerici sözleri bu küçük vaizden duymak varmış.

Genç vaiz, Allah Resûlü'ne düşmanlık eden kişinin isminin Salih olduğu zannıyla, Salih'e yüklenmeye ve vaaz kürsüsünden Salih'le yaka-paça olmaya başlar: "Edepten yoksun utanmaz Salih!", "Arlanmaz, yüzü kızarmaz, abus çehreli Salih!", "Katı kalpli Salih!", "Kirli dilli Salih!", "Vicdanı kara, iç dünyası kapkara Salih!..." ve aklına gelen daha nice vasıflarla Salih'e yüklenir. Bütün bunları, herkesin önünde ve vaaz kürsüsünden teker teker sıralayıverir.

Kelimeler, vaaz kürsüsünün önünde oturan zavallı köylü Salih'in başına şimşekler gibi iner. Masum ve art niyetsiz bu küçük vaizin fırlattığı her gülle, Salih'in kafasını yardıkça gözleri kan çanağına döner, sinir küpüne dönüşür ve patlamaya hazır bir bomba halini alır. Ancak o durumda ne diyebilir ve elinden ne gelebilirdi ki! Konuya medar olan, Nebiyy-i Ekrem Peygamber Efendimizin hayatı.. ve konuyu anlatan küçük bir vaiz. Genç Fethullah, vaazını bitirdiğinde, kötü huylu köylü Salih, sinirinden neredeyse boğazı sıkılmış ve nefes alamaz duruma gelmişti.

Vuku bulan bu enteresan durum, camide hazır bulunan birçok kişinin gözünden kaçmamıştı. Tanıdıkları köylü Salih'in başında patlayan bomba karşısında zevkten dört köşe oluyor, küçük vaizin ağzından köylü Salih'le ilgili çıkan her söz karşısında da derin bir nefes alıyorlardı. Zira, küçük vaizin vaaz kürsüsünden sıraladığı ve yerdiği bütün kötü evsafın, bu kötü huylu köylü Salih'e bire bir uyduğunu biliyorlardı. Âdeta, büyüklerin bir türlü dersini veremedikleri bu köylü Salih'e, Cenab-ı Allah, ağzının payını vermesi için bir küçük vaizi musallat etmişti. Olan oldu ve genç vaiz, pâr pâr yanan hissiyatı, samimi hedef ve niyeti ve bütün masumiyetiyle dersine karasevdalı derecesinde bağlılığı neticesinde, vaaz kürsüsünden, gönlünün biricik sultanı Allah Resûlü'nü savunuyordu. Fakat çevresinde inip kalkan kırbaçlardan ve meydana gelen kavgalardan hiç mi hiç haberi yoktu.

Bayram namazı bittikten sonra eve döndü. Baktı ki babası gülmekten neredeyse çatlayacak hale gelmiştir. Genç Fethullah, daha önce hiç bu halde görmediği babasınının bu tavrını garipser ve hayretle karşılar. Gülme fırtınası dinince, Ramiz Efendi, gayr-ı ihtiyarî vukû bulan ve vaazda köyün azgınının ağzının payını veren küçük hatayı tafsilatıyla oğluna anlatır.

## *MANEVİ BABANIN VEFATI VE YİNE GÖÇ!*

Alvar İmamı ile Gülen ailesi arasındaki ilişki, son derece özeldi.

O günlerden birinde, Hocaefendi, Erzurum'daki bir akrabasının evinde, bir kuşluk vaktinde, salondaki eski bir sedirin üzerine uzanmış istirahat ediyordu. Kulağında, hatiften güçlü bir ses yankılandı.. sesten ziyade çığlığa benzeyen bu ses "Efe öldü!" diye bağırıyordu. "Efe", Alvar İmamı Muhammed Lutfi Hazretleri'nin lakabıydı.. korkuyla hemen yerinden fırlayıverdi ve hızla çok sevdiği manevi üstadı Efe Hazretleri'nin evine doğru koşmaya başladı. Eve yaklaştıkça, kulağında yankılanan hatiften sesin ifade ettiği acı gerçeği anlamaya başladı. Haber henüz her tarafa yayılmamıştı.. ancak çevre komşular, evin etrafında toplanmış ağlaşıyorlardı. Genç adam yörenin ruhunu yitirdiğini ve hikmet ehli gerçek mürşidini öteye uğurladığını iliklerine kadar hissetti. Kaderi, gözyaşı dökme üzerine kurulu Fethullah, bir kere daha, yeni bir ağlama sürecine girdi. Dün, dede ve ninesinin vefatıyla ağlaması yakın akrabalığın gönlünü kanatmasından dolayıydı.. bugün ise büyük üstadı Alvarlı Hazretleri'nin vefatı üzerine, ruhunun kanamasından dolayı gözyaşı dökmekteydi.

Alvar İmamı'nın üzerine Hocaefendi'nin babası Ramiz Efendi, Alvar köyünde artık barınamayacaklarını anladı. Ramiz Efendi'yi, Alvar Köyü camiine imam olarak seçen, Efe Hazretleri'ydi. İtilip kakıldı; zira o, köyün yerli ahalisinden değil, sonradan buraya yerleşen kimsesiz bir garipti. Ve Alvar Köyü'nde ona arka çıkacak ne bir akrabası ve ne de aşireti bulunmaktaydı. Genç Fethullah, babasının ırgalanması, yadırganması ve hazmedilememesinden dolayı büyük elem çekiyordu. Çok sevdiği babasının, böyle bir duruma maruz kalmasına tahammül edemez hale gelmişti. Bu yüzden, bütün aile fertleri, buradan göçmenin zaruretine inanmışlardı. Göçmek, ama nereye?

Doğal olarak akla ilk gelen, yerlisi oldukları, eski evlerinin bulunduğu ve büyük ailelerinin yaşadığı Korucuk köyüne geri dönmekti. Bu durum genç adamın zoruna gidiyordu. Zira, babasının Korucuk'a yeniden dönmesi, tarla işlerinde çalışıp rençberlikle uğraşması manasına gelirdi. Fakat o, babasını çiftçilikten ziyade, insanlara rehber konumunda bir imam ve onlara Kur'ân öğretir vaziyette görmeyi çok arzu ediyordu. Kaderin tecellisine bakın ki, Cenab-ı Allah, çok da uzak olmayan Artuzu isminde küçük bir köyde imamlık fırsatı bahşetti. Böylelikle aile, Erzurum ili civar köylerinden Artuzu'ya göçtü ve otağını oraya kurdu.

# *FIRTINALI SOĞUK GECELERDE YUVASIZLIK*

*Maneviyat bahçelerinden geriye ne kaldı, savrulmuş samandan başka?*

*Orman yangınlarından ne kaldı, külünden başka?*

İlim tahsil yolunu seçen bahtsız talebeler, harap olmuş İslami medreselerin yıkıntıları arasında ya bir varak ya notlar alınmış bazı kağıtlar ya da kömüre dönmüş siyahlıkları arkasında belli belirsiz yazıları zor seçilebilen el yazması kitapları araştırmaya devam ediyorlardı. En büyük beklentileri, ateşten artakalan bazı kitapları toplamak yahut da alevlerin dilinin dokunamadığı bazı kuş yuvalarına rastlamak ve olur da ateş sebebiyle göçen kuşlar tekrar dönerler diye onların harap olmuş yuvalarının bakımını yapmak idi.

Ah be bahar mevsimi.. Ne kadar da yazık oldu sana.. Ahlar olsun sana...

Türkiye'de gerçekleşen seküler devrimden sonra, nadir bulunan milyonlarca yazma Arapça eser, dönüştürülmek üzere ülke dışındaki kağıt fabrikalarına gönderildi. Geriye kalan birçok kitabın akibeti ise teker teker yakılmak ve fırınlara atılmak oldu. Mushaf-ı şerifler ise.. sahipleri bizzat onları tabiri caizse idam etti. Çok azı, sahip oldukları Mushaf-ı şerifi bir sandığa yerleştirdi ve evinin bahçesine, çok derinlere gömdü, yahut ondan kurtulmak üzere dağ başlarındaki uzak mağaralara bırakıverdi. Evinde, Osmanlıca veya Arapça yazıların bulunduğu bir kitap yahut bir kağıt parçası yakalananın ise vay haline.. Latin harflerin zincirleri, bütün bir Anadolu'da, gerek öğretmenlerin gerekse çocukların minicik parmaklarını kelepçelemeye başladı.

Osmanlı döneminde eğitim hayatını sürdüren dinî okullara gelince, Cumhuriyet devrimiyle birlikte ya kapısına kilit vuruldu ya da maneviyatı kökten inkar eden seküler anlayışın Allah'ı inkar düşüncesini öğretme ve zihinlere kazıma yuvalarına dönüştürüldü. Dinî ilimleri öğrenmek isteyenlerin önünde, sapa kırsal alanlara veya kuş uçmaz kervan geçmez şehirlere kaçmaktan, kaçarak yetkililerin gözünün ilişemeyeceği uzaklıkta dershane gayesiyle küçük odacıklara gizlenmekten başka bir çıkış yolu kalmıyordu. Bu ders odalarının boyu, birkaç metreyi geçmezdi ve çoğu zaman caminin hemen yanıbaşında derme-çatma bir halde bulunurdu. Derslerini burada alır, yemeklerini burada yer ve yine uyumak için burayı kullanırlardı.

Mevcut bütün zor şartlara ve bu olup biten hadiselere rağmen, derslere katılma ve hocalardan ders alma aşk u iştiyakı, Hocaefendi'nin gönlünde yeniden alevlenmeye başladı. Alevlenmeye ve geleceğe dair beslediği büyük ümitlerini zaman zaman da olsa tutuşturmaya başladı. Bu ateş öyle bir hal aldı ki, neredeyse, bağrında sakladığı sırlarını açığa çıkaracaktı. Genç adam, bu şiddetli esintiye karşı daha fazla sabredemedi. Çok geçmeden bütün kitaplarını ve giyeceği elbiselerini küçük valizine yerleştirdi ve babasından izin alarak yeniden Erzurum'un yolunu tuttu. Şehre vardığında, eski usül ders veren bir medresenin halkasına dahil oldu. Burası, Kemhan Camii'nin yanındaki bir medrese idi. Öğrencilerin kaldıkları yer, diğer yerler gibi, oldukça dardı ve normalde beş öğrenci, en fazla altı kişi kalabiliyordu. Burada kalan öğrencilerden bazıları Alvar'dandı ve hatta ailelerinin de onun ailesiyle dostlukları vardı. Bir kere daha altıncı eleman olarak oraya yerleşti. Kaldığı yer, kendisi gelmezden evvel dardı zaten, şimdi ise ağzına kadar dolmuş oldu. Bu da, arkadaşlardan birinin zaruri bir misafiri gelecek olsa, diğer arkadaşlardan birinin, geceyi ayakta geçireceği, en iyi ihtimalle oturarak uyuyacağı anlamına geliyordu.

Hocaefendi'ye gelince.. nice uzun kış gecelerini oturarak geçirdi.. arasıra dalıyor, sonra yine uyanıveriyordu. Bunun başlıca sebebi, çoğu zaman, ayaklarını bile uzatacak odada yerin kalmamasıydı. İşte o günlere ait, bazı hassasiyetlerden dolayı iradî olarak böyle geçirdiği bir geceyi, bunca yıl geçmiş olmasına ragmen asla unutamamıştır. Bu acayip hatıra, onun karakterinin hususiyeti, hissinin inceliği, vicdanının hassasiyeti konusunda çok derin delillere sahiptir. O derece şeffafiyet kesbetmişti ki, neredeyse kalbinin atmasıyla damarlardan geçen kanın dem tuttuğu ritim kaburga kemiklerine aksetmişti. Evet, gecelerden alalade bir gece.. her bir arkadaş yatağına uzanmış, kendine ayrılan yatakta, gönül rahatlığıyla ayaklarını uzatmıştır. Bu arada Hocaefendi de, onlar gibi yatağına çekilmiştir. Ne var ki, çok geçmeden, uzatmış olduğu ayaklarının, dibindeki arkadaşının kafa hizasında olduğunu fark eder. Su-i edebin bir yansıması olan bu durumdan hiç de hoşlanmaz ve ayaklarını başka yöne doğru uzatır. Birkaç dakika geçmemiştir ki, bu defa ayaklarını uzattığı yönün kıble olduğunu hatırlar. Ondan da çok rahatsız olur. Bunun üzerine ayaklarını diğer bir yöne uzatmaya karar verir. Bu defa ayaklarının dibinde kitapların olduğunu farkeder. Bu kitaplar dinî ilimlere dair kitaplardır. Bu durumun kendisine verdiği rahatsızlık, öncekilerden çok daha fazla olur. Son bir çaresi kalmıştır, o da ayaklarını Korucuk'un olduğu yöne uzatmasıdır. Ayaklarını tam uzatacağı sırada, kendisini bir titreme kaplar ve kendi kendine: "Baban Ramiz Efendi bu geceyi Korucuk'ta geçiriyor olabilir..." der. Oysa ki, babasına karşı saygısı, ihtimal bile olsa, bulunduğu yöne doğru ayaklarını uzatamayacak kadar çok güçlü ve köklü idi. Nihayet, geceyi oturarak geçirmekten başka çaresi yoktu ve öyle yaptı.

Bu sıkıntılı durumun üzerinden altı ay geçmemişti ki, içlerinde yaşça en büyük olanı, bu daracık mekânı terk etmeye karar vermişti. Giderayak, kaldıkları yeri, kendi evine dahil etmesi için cami müezziniyle anlaşmış ve anahtarları ona teslim etmişti. Tabi ki, Hocaefendi ve diğer arkadaşları bir anda evsiz barksız ortada kalakalmışlardı.

Genç adam, eşyalarını sandığına topladı ve onu kısa bir süreliğine medreseye bıraktı, sonra da yakındaki Taş Mescid'e gitti. Bu mescidin medresesinde bir kabul veya bir sıcak alâka bulma ümidiyle medresenin kapısından içeri girdi. Ne var ki, Taş Camii imamı, genç Fethullah'ı görür görmez, yan taraftaki medresenin öğrencilerine şöyle tenbihte bulundu: "Bu Ramiz'in oğlunun bir daha sakın medreseye girişine müsaade etmeyin!"

Genç öğrenci, gönlü kırık ve vicdanı yaralı bir şekilde oradan ayrıldı.

Kalabilecek yer konusu, içinden çıkılmaz bir problem halini almıştı. Erzurum gibi muhafazakar bir yerde, yaşı küçük bile olsa, bekara ev vermek mümkün değildi. Zira bu, ar ve namus meselesi olarak görülür, ayıp olarak algılanırdı.

Genç adam, yüzüstü bırakılmış, çaresiz bir şekilde sokak sokak dolaşmakta ve kiralayabileceği bir ev aramaktaydı. Nihayet, birisi ona kiralayabileceği bir yer olduğunu söyledi. Kira için sözkonusu yer, bir ayakkabı tamircisine aitti. Bu tamirci, zorunlu askerlik görevine gitmek durumunda olduğundan, ayakkabı tamiri yaptığı barakasını kiraya vermeyi düşünmekteydi. Genç adam, sevinçle oraya gitti ve mekânı gördü. Baraka, o kadar küçüktü ki, bir yatak bile sığmazdı. Ancak, oturarak gecelemek mümkündü. Kendi kendine: "Olsun varsın. Şu an öyle veya böyle bir sığınacak mekâna ihtiyacım var!" diye söylendi. Aylığı beş liradan dükkân sahibiyle kirası konusunda anlaştı. Eşyasının bulunduğu küçük medreseye sevinçle döndü. Küçük sandığını alıp mutlu bir şekilde, sağına soluna bakınmadan ayakkabıcı barakasına doğru hızla yol alıyordu. Fakat dükkana henüz varmıştı ki, ayakkabıcı, bütün yüzsüzlüğüyle fikir değiştirdiğini belirtti ve şöyle dedi:

"Kiraya verme düşüncemden vazgeçtim, dükkânımı kiralamayacağım!" Genç delikanlının damarlarındaki kan âdeta donmuştu. Elinde sandık, bir süreliğine yolun ortasında, şaşkın bakışlarla ve tıpkı bir heykel gibi hareketsiz bir şekilde kala kaldı. Küçük sandığı elinde.. hüzün ve keder, sağlı sollu yanaklarına tokatlar savuruyor; soğuk rüzgâr bacakları arasından hızla esiyordu. İşte şimdi, gerçekten evsiz-barksız sokakta kalmıştı.

İlim tahsili niyetiyle yola çıkan gurbet kuşu için sahralarda avarelik kasırgasının onu savurmasından daha acı bir şey yoktur. Bir masum yavrucak ki, köyden gelmiş, kendisini soğuğun pençesinden ve sefaletin tırpanından koruyacak bir sığınak aramaktadır. Ancak ne acıdır ki, yâd ellere düşmüş böyle birinin başını ağrıtan hususları hafifletmek ve gurbet rüzgârının dağıttığı saçlarını düzeltmek için uzanan bir el bile yoktur. Öyle bir dönem ki, bu zamanda gurbete düşme; sabahı kestirilemeyen ve helak ile birlikte anılan bir gecenin karanlığından daha çetindir. Acı ve çile yolculuğunda, insanın kendini yalnız bulması ne acı! Ne acı vefasız yakınların kadirşinassızlıkları ile insafsız yabancıların yüzüstü bırakmaları arasında kaybolup gitmek!

Anadolu'daki maneviyat kandili.. sert rüzgâr, Fas ve İstanbul arasında mekik dokurken, gidiş-dönüş yolunda onu abluka altına alır. Horozun çağrı sesi, kasırganın homurtusu ile sönmeye yüz tutmuş nurun ağlamasına öfkelenen kurtların uluma sesleri arasında kaybolup gider. Ayrıca, hüzün lambasının fitilinin sönmesini engelleyen cam fanusu yapacak ve kaçışan kuşların yavrularına şefkat yuvaları kuracak hiç kimse bulunmaz.

Ve genç Fethullah, uzunluğunu kestiremediği bir süre, sokaklar arasında şuursuzca, şaşkın şaşkın dolaştı durdu. Benliğini saran hüzünler, bulunduğu zaman diliminden, keşif devrine doğru yol alması için köprüler inşa ediyor; ruhunu, acı sabır otunun kenarlarıyla ve yaban gülünün dikenleriyle donatarak silahlandırıyordu. İşte orada, yaralarına açılan kapının eşiğinde, dimdik durdu ve tüm cesaretiyle dondurucu umutsuzluk kasırgasına karşı savaş açtı. Gayrete gelen hamiyetiyle ve kabaran öfkesiyle, gurbet karanlıklarına daldı. Ve sahip olduğu imanla, her türlü şer plânlara ve dondurucu fırtınalara meydan okudu.

Dûçâr olduğu her türlü kahır durumu, dişlerini geçiren fakirlik ve evsiz-barksızlığın bütün acı kırbaçları, köyüne dönmesi için onu zorluyordu. Köye dönecek, fakirlerle birlikte ailesinin yuvasında içine kapanacak, böylece fetih ümitleri, kalbinin damarlarıyla birlikte ölüp gidecekti. Ne var ki o, bütün bu olumsuzluklara karşı dişini sıkıp direndi. Sahi, sırların bağrını mesken tuttuğu bir kimsenin, ateş hattından ardına bakmadan kaçtığı nerede görülmüştür?

Hocaefendi, bu tavrını azimle korudu. Nihayet, Cenab-ı Allah, ruhunun, kalbine dönmesini lütfetti. Derken ruhu bir kez daha azimle bilendi ve alevlendi. Başını sokacak bir yer bulma ümidiyle, Erzurum caddelerini arşınlamaya başladı.

Eski camilerden birinin önünden yavaş yavaş ilerlerken, biraz fazlaca çıkıntılı olan mihrap kısmının camiden bölünmüş olduğu dikkatini çekti. Bu durumun serencamesini etraftakilere sordu ve şu cevabı aldı: "Birisi orayı kontraplakla bölmüş ve kendi için yapmış. Bir süre kullandıktan sonra da, orayı öylece harap vaziyette bırakıp gitmiş." Genç adam mescide girdi, sütunların yıprandığını, duvarların döküldüğünü ve caminin yıkılmak üzere olduğunu gördü. Öyle ki, içeride biraz bağrıldığında, sesin yankısının etkisiyle kubbeden taşlar dökülmeye başlayacaktı. Evet, bu caminin adı "Ahmediye Camisi"ydi. Bu cami, Selçuklu devrinde inşa edilmiş gayet eski ve tarihi bir camiydi. Hadd-i zatında burası Dârü'l-Hadis olarak inşa edilmişti. Daha sonraları, birçok selâtin camileri gibi aslî vazifesi unutulmuş ve bugünkü garip halini almıştı.

Cami etrafında dolaşırken bakışı, yıkık mihraba takılı kaldı. Henüz birkaç saniye geçmeden, burayı barınak olarak seçmeye karar verdi. Hemen, Zinnur ismindeki küçük arkadaşına gitti., Kendisinden bir iki yaş küçük Zinnur o esnada hafızlık yapıyordu. Onun da başını sokacak yeri kalmamış ve ortalıkta kalakalmıştı. Gözüne kestirdiği cami mihrabını el ele vererek tamir ettikten sonra kalabilecekleri bir yer haline getirme düşüncesini ona sundu. Zinnur, bu teklifi tereddütsüz kabul etti. Genç adam, hiç zaman kaybetmeden, arkadaşının da yardımıyla, mihrabın önünde, cami yönünde, iç taraftan, yüksekliği altı metreyi bulan bir duvar örmeye başladı. Sonra da bu duvarı kalın tellerle ayrıca tavana da raptetti. Dışarıya açılan küçük bir de kapı yaptı.

Türkiye'de eski dönemde inşa edilmiş camilerin mihrapları, irtifa açısından, genellikle çok yüksek, hatta bazıları tavana kadar uzanırdı; genişlik açısından ise, bazıları küçük bir oda büyüklüğünde idi. Bu yüzden bu tarihî mihrap da, rahatlıkla iki talebenin barınmasına ev sahipliği yapabilecek genişlikteydi.

Derken, kalacak yeri hallettikten sonra, Allah, onlara bir de soba bahşetti. Sobayı yakınca, etrafa güzel bir sıcaklık yayıldı. İki arkadaş, kendilerine ait bu eve sığındı. O esnada, dünyalar âdeta onların olmuştu. Değil mi ki, onların da başlarını sokacakları bir yerleri ve yatabilecekleri bir evleri vardı! Bir ev ki, kendi bileklerinin gücüyle duvarlarını örmüşlerdi. Artık hiç kimse onda hak iddia edemezdi. Her ne kadar çevredeki bazı kimseler, cami ile birlikte sığındıkları bölümün başlarına yıkılabileceği ikazında bulunmuşlarsa da, iki arkadaş bu türden sözlere hiç aldırış etmemiş, aksine her gece, tam bir gönül huzuru ve güvenle uyumuşlardı. İki dost, Erzurum'daki eğitimlerini tamamlayıncaya kadar burada kalmış, onlardan sonra da orada senelerce kalan talebeler olmuştu.

Mescit, uzun dönemler, bu perişan ve yıkık-dökük hali üzere kaldı. Ülke demokratikleştikçe, hürriyet ve açılım konusunda nefes almaya başlayınca, yetkililer bu türden tarihî selâtin camilerine eski günlerini yaşatmak ve itibarlarını geri kazandırmak üzere harekete geçtiler. Bu minvalde Ahmediye Camii de restore edilirken örülen duvar yıkılarak, mihrap, tekrar camiye ilhak edildi.

## *OSMAN BEKTAŞ HOCA*

Genç adam, Alvarlı Efe Hazretleri'nin torunu Sadi Efendi'nin medresesinden ayrıldıktan kısa bir süre sonra Osman Bektaş Hoca'nın ders halkasına katılmıştı. Osman Hoca, fıkıh, fıkıh usûlü, Arap dili gramerinden sarf-nahiv ve daha nice şer'-i şerif ilimlerinde gayet iyiydi. İlimdeki bu konumu dolayısıyladır ki, müftülüğe fetva sormak için biri geldiğinde veya tartışmalı bir konu sorulduğunda müftü, Osman Hoca'yı, istişare etmek üzere müftülüğe çağırırdı.

Osman Bektaş Hoca, meşguliyetinin fazlalığına rağmen, genç Fethullah'la özel olarak ilgilendi. Zira ondaki kavrayışı ve tahsil ettiği ilimlerdeki vükufiyeti ve akranlarına bu alanda fark atmasını görünce, bir üst seviyeden derse başlattı. Bu vesileyle talebesi, Arap dili ve belâğatı, fıkıh ve metodolojisi konularında hatırı sayılır bir seviye yakaladı. Potansiyel dehası, daha üst ufuklara doğru kanat çırpmaya başladı ve ilmî kavrayış yeteneğiyle, daha üst mertebelerle buluştu. Öyle ki, hocası, kendisine, yeni gelen talebelere veya daha alt seviyedeki öğrencilere farklı ilim dallarında ders verme görevi verdi. Kendisinden sonra gelenlere ders mütalaa ettirmesi, hem eski bilgilerin zihninde oturaklaşmasına hem de tedris ve talim konularında ilk tecrübeyi kazanmasına son derece yardımcı oldu.

Diyebiliriz ki, genç Fethullah'ın, gerçek manada ders aldığı ve bir seviyeye kadar istifade ettiği tek hocası, -kendisinden ders aldığı sürenin kısalığına rağmen- Osman Bektaş Hoca'dır. Fakat medrese hocalarından ders aldığı talebelik süresinin hepsini toplasanız iki seneyi geçmez. Şu kadar var ki, son hocası Osman Bektaş Hoca'nın yanında talebe olarak bulunduğu aylar, kendi kendini yetiştirme konusunda tek başına ilimler deryasına açılması için kâfi gelmişti. Belâğat (retorik) ilminin dakik meselelerine vükufiyeti, Arap dili kaide ve kurallarına geniş ıttılâı ve fıkıh ilmi ve metodolojisi prensiplerini kavrayışı sayesinde, daha önce tahsil ettiği ve ezberlediği ilmî konuların hazineleri birer birer önüne dökülmeye başladı. Böylelikle, kalp ve kafasıyla, bu irfan deryasından, hem beslenmek hem de ihtiyaç sahiplerini beslemek üzere avuç avuç âb-ı hayat içmeye başladı. İşte bundan dolayı, yürüyeceği yollar, yavaş yavaş aydınlandı.. derken, hiç zaman kaybetmeden yola koyuldu.

Bu esnada, Cenab-ı Allah, babası Râmiz Efendi'yi, Erzurum merkezde bir camide imamlık vazifesine mazhar kılarak sevindirdi. Bunun üzerine Râmiz Efendi, ailesini alarak Erzurum şehir merkezine yerleşti. Bu hâdise, genç adamın hayatında önemli bir dönümün başlangıcıydı. Zira, üzerinde büyük baskı oluşturan yeme-içme kaygısı, dar ve harap mekânlarda barınma ve sonu gelmez sahipsiz bırakılma tehlikesi son bulmuştu. Artık gerçek manasıyla ilim ve marifette derinleşme ve kendini bu yola adamanın zamanı gelmişti. Ne var ki, böyle bir dönemde bu alanda derinleşmenin ve ilim kitapları deryasına açılabilmenin tek yolu, kendi kendini yetiştirmekten geçiyordu. Zira, eski usul medrese tahsili yaptıran hocaların metodlarının semeresiz ve kısır olduğu ortaya çıkmıştı. Yapabildikleri tek şey, âlet ilimleriyle ilgili ve çok teferruata dair meselelerle ilgili alışagelmiş bazı metinleri ezberletmekten ibaretti. Dahası, çoğu zaman, öğrencilerin –hatta ders veren hocaların bile– anlayamayacakları, sarf, nahiv ve belâğat alanlarında, âdeta el yordamıyla toprak altından kazarak çıkartılan ve bir bütünlük arzetmeyen bilgi kırıntılarını bellettirmek suretiyle imkân ve vakit israfı yapılmaktaydı. Bunun yanında, orada burada ilme istidatlı talebeleri, hem dehalarının ortaya çıkması ve birer müçtehit olabilmeleri için lazım olan Kitap ve Sünnet'e dair nassları uygulama ufkuna yükseltme hem de bunun lezzetine vardırma yolunda ciddi rehberlik yapacak kimsenin olmaması, ayrı bir handikaptı. Bu yüzden kendi kendini yetiştirmeye yöneldi.

## *HİÇ DENENMEMİŞ BİR YOL*

Hocaefendi, devrinin kriz ve tıkanma noktalarını idrak etmeye başlamıştı. İlim ve hikmeti tahsil yolunda donukluğa ve hareketsizliğe yolaçan bukağıları kırma, dönemin hocalarını zincire vuran taklit zihniyetinin zincirlerini parçalama adına, yeni bir yol ve metot ortaya konması gerektiğine.. kendisinin de bu işi yapmaya namzet biri olduğuna inanmaya başlamıştı. Dolayısıyla, kendi uzaklığını aşarak Allah marifeti ummanına kalb ve ruh ayağıyla yolculuğa çıkması, mevcut tekke ve zaviyelerin kalıplarına takılmadan ışığın göründüğü ufuklara ve engin ruh ummanına yelken açması gerekiyordu. Bunu gerçekleştirmenin yegane yolu, kayadan suyu fışkırtması ve öldürücü evhamların çeperlerini kırarak darmadağın etmesinden geçmekteydi.

Topyekün ümmetin, Tîh Çölü'nde yolunu kaybetmiş olarak şaşkın şaşkın dolandığına şahit oluyordu. İstanbul kubbelerini, bütün bir Anadolu minarelerini, Bâb-ı Âlî eşiklerini ve mevcut tarihî surları.. evet bunların hepsinin, yeni ilhad orduları tarafından yerle bir edildiğini; muhabbet kaynaklarının kurutulduğunu, nice sırları bağrında barındıran yazma eserlerin yakıldığını sonra da küllerinin İstanbul boğazının serin sularına savrulduğunu.. ve İstanbul'un yanmış güvercin yuvalarının üstünde durup iç çekerek ağladığını acı acı müşahede ediyordu.

Ve bir tek Hocaefendi bu mekânın martılarının çığlıklarını duyuyor, gecelerin hıçkırıklarına ve kıyıların hırıltılarına sadece kendisi kulak verebiliyordu. Derken, ağlıyor, yine ağlıyordu.. Zaferyâp olacak nusret küheylanlarının gayp kıyısında sıralandığını, ne var ki süvarisiz olduklarını görüyor, bu yüzden de ağlıyor, sonra yine ağlıyordu.

Halvet ile celvet halleri arasında genç Fethullah, ders kitaplarından, Konstantiniye fethinin haritasını, gizliden gizliye okuyup öğreniyordu. Sarf kitaplarından Türk nesillerini Kur'ânî ölçülere nasıl yönlendireceğini belliyordu. Nahiv kitaplarından ise esre olup kırılma sonra da bulunduğu seviyeden aşağıya düşmenin telafisini; bulundukları yüksek yerden alt mertebelere eğilen başların tekrar dirilip doğrulması ve ref makamına ermesinin yollarını; hâl-i hazırda yapılması gerekli lazım fiil ve işlerin tahakkuk çarelerini öğrenmeye gayret ediyordu. Tâ, işi üstelenecek fâil, donuk ve câmid fiilin kayıtlarından kurtulsun ve yapması gerekli işi hakkıyla temsil eden mef'ul (tümleç)'i tanısın.. sonra da atlar, süvarileriyle mülaki olsun ve ümmet, meçhul fiil yapısından kurtularak kendi öz kimliğini bulsun ve ruh âbidesini ikame etsin.

Hadis ilmi ve hadis ricali alanlarında da meşguliyeti oldu. Ümmetin vücudunda açılmış ve kan akan "cerh" yaralarını sarma ve tedavi etme yollarını araştırdı. Mişkât-ı nübüvvet kandiliyle buluşturmayan senet ve vesikaların illet ve kusurlarının çaresini aradı. Olur ki, bunlar sıhhat bulur ve iyileşirse ümmet de eski sıhhat ve afiyet günlerine döner, üzerimize çöreklenen bu karanlık hüznünü darmadağın eder... Bu düşünceyle bütün bir gece, İmam Buhârî şartlarına uygun olarak birçok hadis ravisi ricalini ta'dîl eder; rivayetler arasından, Efendimizin fem-i muhsininden çıkmış en yakın kelimeleri tespit etmeye gayret ederdi. Zira biliyordu ki, karanlıklar denizini fethedebilmenin tek yolu, senedi âlî irfan ordusundan geçmekteydi.

Fıkıh kitaplarından; yaralı kuşların tedavisi; damla damla emzirme; ve kalbin, kıbleden başka bir cihete yönelip serfürû ederek secde etmesinden kaynaklanan "sehiv"in nasıl telafi edileceğinin hükümlerini; ve pilavcı hoca takımı ve ekmekçi fakihlerin göremediği daha nice ahkam ve hadlerin hükümlerini istihraç edip çıkarıyordu.

Efendimizin hayat-ı seniyyelerini konu alan siyer eserlerinden ise, müjdelenen zafere ermenin kilometre taşlarını öğreniyordu. Mekke fethi ile İstanbul'un fethi arasındaki mesafeyi ölçmek suretiyle, üçüncü büyük fetih olan Rumiye fethine giden yolun zamanını ve keyfiyetini tespit etmeye çalışıyordu.

Mantık kitaplarından ise; kuş dilinden, rüzgâr lisanlarından ve şiddetli gök gürültüsü hutbelerinden nice mahrem sırları öğreniyor, gizliden gizliye ağlayan yağmurun gözyaşlarının sırrına muttali oluyordu. Huşû ile zikre durmuş dağların zikirlerini, karanlık gecenin tilavetlerini hıfzediyor.. ve ağlıyor, ağlıyordu.

Kalb ve ruh ayağıyla yürüdüğü yol ve meslekten, katışıksız bir ilham tarikiyle şunu öğreniyordu: "Gönlüm, Rabbim'den haber verdi; bilinmelidir ki, gece karanlığında, her türlü şaibeden duru gözyaşları dökülmeden sabah güneşinin doğması mümkün değildir!.." derken ağlamaya duruyor; ağlıyor, ağlıyor, sonra yine ağlıyordu.

* * *

İşte bu yüzden genç Fethullah, şer'î ilimleri tahsil etmek için eski usul tedrisat yapan hoca ve medreseler arasında mekik dokumaya hasr-ı himmet etmiş olmasına rağmen, buna ilave olarak zikir meclislerinden kana kana içmeyi ve ruh havuzlarına avucunu daldırmayı hiçbir zaman ihmal etmemişti. Ruhî terbiye alanında ilk hocası ve ilk göz ağrısı, çok sevdiği merhum Alvarlı Efe Hazretleri'ydi. Alvarlı Hazretleri'nin sohbet meclisleri, genç Fethullah'ın gözünü ilk açtığı ve ruhunun mayalandığı, bu alandaki ruhî istidat kubbesinin çatlamaya başladığı ve benliğini saran iman iştiyakının olgunlaştığı ana merkez konumundaydı. Bu itibarla o zatı her ziyaret edişinde, gönlünü, yüce ruh mertebelerinde pervaz etme iştiyakını kamçılayacak aşk ve şevk ile doldurmadan ve bu alandaki gönül azığını almadan, Erzurum'daki medresesine dönmüyordu. Efe Hazretleri'nin ruh ufkuna yürüyüp de Hakk'ın rahmetine kavuşmasından sonra (Allah rahmet eylesin), genç Fethullah, bu alandaki ihtiyacını karşılayacak, Erzurum'un merkezinde sohbet meclisi bulunan Râsim Baba isminde bir zatın sohbetlerine devam etmeye başladı. Bu şeyh, Hocaefendi'nin hakikatine uyanır uyanmaz, içinde, ona karşı bir hayranlık uyandı. Ahlâkı, karakteri, asaleti, zekası ve ufkunun genişliği karşısında gözleri kamaştı. Öyle ki, yaşının gençliğine bakmadan, genç Fethullah'ı hemen sağına baş köşeye oturtmaya ve fazlaca ilgi alâka göstermeye başladı. Fakat henüz birkaç gün geçmemişti ki, bu zikir meclisi müdavimleri ve müritler arasında dedikodular yayılmaya başladı. Bazıları, Râsim Baba'nın, böyle davranmakla genç Fethullah'ı kendisine damat yapmak istediği söylentisini yayıyordu. Bu söylenti, genç Fethullah'ın kulağına çalınır çalınmaz, o sohbet meclisine karşı duyguları soğudu ve bir daha oraya gitmemeye karar verdi.

İlimde derinleşmiş âlimlerin seviyesine erince, kesin bir şekilde kanaat getirdi ki; İslam dinini, hem hakikat hem de teşriî boyutuylarıyla doğru anlamasına vesile olan ve hem şumüllü hem de dengeli bir perspektifi kendisine kazandıran husus; dinî ilimlerin soluksuz tahsili ve zikir meclislerine düzenli katılmayı ihmal etmeme arasındaki kendisinde fıtrî olarak gelişen hayretâmiz bir dengenin var olmasıydı. Bu yüzden de bu genç adam, sıradan dervişler gibi, ermeyi hedefledikleri gayeleri uğruna; kaba, biçimsiz ve yamalı elbise giyenlerden değildi. Aksine, giyim-kuşamına özen gösterir, düzen ve zerâfete son derece ihtimam ederdi. Elbiselerinin ütülü olmasına son derece önem verir, boyasız ayakkabı giymemeye gayret ederdi. Ütü bulamadığı zaman, pantolonunu tahta ile yatağının arasına serer, geceyi üstünde yatarak geçirmesi neticesinde ütülü gibi olmasını sağlardı. Sabah olduğunda, pantolonunu dümdüz olmuş ve kırışıklıkları kaybolmuş bulurdu. Şık görünüşlülük ve estetik konusunda gerekenleri yapmadan odasından dışarıya adımını atmazdı. Bütün bunlara ilave olarak, hele bir de Cenab-ı Allah'ın kendisini nasiplendirdiği fıtrî yaratılış güzelliği ve ruhun alevi ile parıldayan gözlerindeki ışıltının da ona ayrı bir görkem ve heybet kazandırdığını unutmamak gerekir.

İşte bu sebeple, öğrencilik dönemlerinde, bazı dostları, onun şahsiyetindeki bu iki durumun birbiriyle ilgisini hiç kuramıyor, tabiatındaki hassas dengelerle yerleştirilmiş bu iki tavrı birbiriyle hiç mi hiç bağdaştıramıyorlardı. Zira o gün itibariyle, tekke ve zaviyelere devam edenler arasındaki yaygın sufî kültürüne göre "zühd", giyim ve kuşamda pejmürde ve bayağı olmanın yanında, şıklık ve estetikliğe karşı savaş açma olarak anlaşılmaktaydı. Hatta ütülü pantolon giymesine kızan bir tekke arkadaşı, bir defasında kendisini azarlar tarzda şöyle der: "Arkadaş, utanman yok mu senin, biraz takvalı olsana!" Bu sözler, Hocaefendi'nin içini sızlatır ve bu uyarıyı uzun süre zihninden atamaz. Onlar, kendisinin bu tavrını anlayamadıkları gibi, kendisi de ütülü pantolon giymenin takva makamına nasıl zarar verdiği konusunu hâlâ anlayabilmiş değildir.

Bazı arkadaşları, onun bu tezatmış gibi alışılmadık tavır ve hallerini yadırgarlardı. Bir taraftan çok güçlü bir ruh ve manevi potansiyel istidadı, zikir ve sohbet meclislerine karşı hırs derecesinde ilgisi; sohbet esnasında çarçabuk kendini kaptırması ve gözyaşlarını ceyhun edecek kadar kendini ağlamaya salması.. diğer yandan dış görünüşü ve giyim-kuşamıyla estetiğin nezaket ve güzellik anlayışına engin bir şekilde açılımı ve dışa dönüklüğü.. bunun da ötesinde, tuhaflarına giden ve hiç hazmedemedikleri bir husus daha vardı ki, o da, genç Fethullah'ın, etrafını tanıma adına yaptığı gezilere karşı tutku derecesindeki hissi ve hayatın güzelliğini yüksek yerlerden müşahede etme arzusuydu.

Çok cevval ve hareketli olan Hocaefendi, yeni yeni şeyleri keşfetme konusunda da sıra dışı ve alışılmadık bir potansiyele sahipti. Hareketli ve çok enerjik bir insan olduğundan hiçbir zaman kültürfizik yapmayı ihmal etmedi. Cenab-ı Allah, ona, ruh ufkunda bir "fütüvvet"/gençlik gücü bahşettiği gibi, geniş bir ilim ve sağlam bir cüsse de verdi. Bu potansiyeli harekete geçirmek suretiyle, henüz gençliğinin baharında iken bile, dinamizm, dinçlik, zindelik ve aktivite ile dolup taşmaya başlamıştı. Kendisine neden yüksekliklerin, uzletin ve her türlüsüyle mağaraların sevdirildiğini henüz bilmiyordu. Çoğu defa, kendini, karşı konulamaz bir arzuyla meçhullere doğru nefes açılmak isterken bulurdu. Alışageldiğimizden çok farklı bir ergenlik dönemi yaşadı; onu, kahramanlık sahnelerine âşık kılan bir ergenlik... İşte bu yüzden meydan okumayı ve hiçbir şeyden, ama hiçbir şeyden korkmama adına korku duvarlarını yerle bir etmeyi seviyordu.

Geceleri geç vakitlere kadar tenha yerlerde gezmeyi seviyordu. Gözü karaydı; ürkütücü vadilerde tek başına korkusuzca dolaşırdı. Yüksek ağaçlara ve başdöndüren minarelere tırmanırdı. Erzurum camilerinin birinin yakınında göklere ser çekmiş ve uzayıp giden yüksek bir kavak ağacı vardı. Göklere doğru ürkütücü bir tarzda saldığı dal-budaklardan dolayı, kimse tırmanmaya cesaret edemezdi. Ancak Hocaefendi, semalara doğru saldığı dallarına göz açıp kapayıncaya kadar tırmanırdı. Akranlarının çoğunun, ağacın alt dallarına bile tırmanmayı göze alamamasına rağmen onun, ayağını ağacın gövdesine basması ile tepesinde belirmesi bir olurdu.

Ve işte o ağacın tepesinden yüksek dalları arasından, bakışlarıyla bütün bir şehri ve çevresini rahatça süzüyor; düzlük ve tepeleriyle tabiatın gür soluklarına ne kadar müştak olduğunu yakinen idrak ediyordu. Ah bir bilseniz, çevreye hâkim yerlerden yüksek yerleri seyretmeye ne kadar meftun olduğunu! Çok defa zarif ve yüksek bir minareye çıkar, dış şerefesinin kenarında yürürdü. Bu esnada onun minarenin şerafesinde korkmadan yürüdüğünü seyredenlerin kalpleri sıkışır, çok kere ona bakamazlardı. Ne var ki o, ufuklara dalarak manzaranın güzelliğini müşahedeyle geçiriyordu vaktini. Bazen o tarafa, bazen şu tarafa bakınıp duruyordu; olur ki ufukta bir ışık parıldar da, beklediği gelişmeleri müjdeler, yahut en azından yürüyeceği yolun işaret ve ölçüleri konusunda kendisini bilgilendirirdi. O, her zirveye tırmanışında, bir posta güvercini görüntüsü verirdi; pervaz ederek yüksek ufuklara doğru yükselir, gideceği yön netleşince de yola koyulmaya hazırlanır, derken en uygun yolda kanat çırpmaya başlardı.

Gerçekten de o, efeliğin bile şecaatinden korktuğu, dillere destan yiğitliğin bile cüretinden ürktüğü çok cesur bir gençti. Gençlerle güreş tutar, akranlarından dengi olan herkesin sırtını yere sererdi. Güreşte, karşısına çıkan her yiğidi, göz açıp kapayana kadar yere sererdi. O kadar ki, mağlup kişi bunun ne ara ve nasıl olup bittiğini fark edemezdi. Hocaefendi, her alanda saff-ı evveli teşkil ediyordu; bununla birlikte zerafet ve şıklığını muhafaza eden, yakışıklı, yaratılışı güzel bir genç idi. Temizliğiyle ve güzel ahlâkıyla, çevresinin matmah-ı nazarı idi. O, bütün bu tavırlarıyla sahip olduğu "sır"rı muhafazaya gayret ediyor, ona kimseyi muttali kılmamaya özen gösteriyordu. Bu yüzden bunca yeteneklerine rağmen, akranları arasında dikkat çekmeden sırran tenevveret düsturuyla hareket ediyor, kendi neslinin seviyesinde olabildiğince iki büklüm olarak yol almaya gayret ediyordu. Hangi bir zamana kadar? Bakalım vakit ne zaman gelecek ve zaman ne vakit hükmünü icra edecek de gerçek mahiyetiyle ortaya çıkmasına izin verecek?

# ÜÇÜNCÜ FASIL

# KEŞİF VE TECELLİ MERTEBESİ

# *KARANLIKTA ALINAN YOLLAR*

Bediüzzaman, Anadolu'nun her tarafında nur kandilleri tutuşturmuştu. Kumruların yuvaları yerle bir edilip de güvercinlerin ötüşü boğazlarında boğulduğunda ve karanlık gecelerde teheccüt namazına duranların başlarında kandilleri parçalandığında, Güneş, kendisinden feyiz alan Ay'ların yokluğu hüznüne gizlendi ve güneş tutulmasına uğradı.. derken zifiri karanlık otağını kurarak her yanı kaplayıverdi. İşte o zaman, Bediüzzaman Hazretleri, bir gece, ansızın yatağını terk etti, şiddetli fırtınanın çoşkunluğunda, ihtiyaç sahiplerinin evlerine mumlar dağıtmaya başladı.

Memleketin üzerine çöken zifiri karanlık, şiddetli rüzgârıyla, insanların yaşadığı, medeniyet izlerini taşıyan mahzun şehirlerin lambalarını söndürüvermişti. Birbiri ardınca esen fırtınalarla bütün ışıkları haczetme ve onlara cebren el koyma kanunları çıkartıldı. Derken, zifiri karanlık her yeri kaplayıverdi.. bundan böyle hiçbir camiye, nurdan gözyaşları dökmeye yahut pâr pâr yanan duygu sahiplerine misafirlik yapmaya fırsat verilmez oldu.. ümmetin sabahında Kur'ân'ın şakımasının garantörü olduğu suçlamasıyla, anaokulları ve çocuk yuvalarının, anakucağı sıcaklığındaki yuvalarını, kuş yavrularının istifadesine açmasına izin verilmemeye başlandı. Artık Kur'ân harflerinin, ruh levhaları üzerine yaralı gönlün kanamasını resmetmeye hakkı yoktur. Bütün sarıkları, şapka savaşında, ihanet ve vefasızlık kurşunları birer birer avlayıp koparmıştır. İmam ve müezzinlerin kelleleri vurulmuş, zikir meclislerinin yankısı, denizaşırı yerlere sürülmüştür. Bütün camilerin anahtarları cebren toplatılmış, martı ve güvercin sürüleri ve silüetleri, yüksek burçlardaki yuvalarından edilerek sürgüne gönderilmiş; minare ve kubbeler arasındaki yuvaları tahrip edilmiştir. Artık ağlarken bile ezanın okunmasına izin yoktur.

Zifiri karanlık, gecenin kara ruhlu hortlaklarına, ülkede bir baştan bir başa rahatça dolaşarak çocuk ve gençleri kapıp kaçırmak, Müslümanların namus perdesini parçalamak ve saksağanlara, güçsüz düşmüş kimselerin başlarında kavisler çizerek her türlü sövme ve küfürle hezeyan şarkılarını öğretmesi için izin verdi. Bütün ağaçlar, iç kanatan bu tablo karşısındaki üzüntüsünden yapraklarını döktü.. bütün kuşlar, yuvalarına bir daha dönmemek üzere meçhule doğru yelken açtı.

Sokak ve caddelerde dolaşan bütün yüzler, çehresinde çakacak bir ümit ışığına hasret kaldı.. sahi bundan böyle neyin müjdesini bekleyebilirler ki? Gülmelerini sağlayacak ne tür bir gelişme olabilir? Ve nasıl olabilir? İşte, ülkenin âlimlerinin durumu; kimisi hunharca öldürülürken kimisi de sürgünlerin en kötüsüne maruz bırakılmadı mı?

Ne var ki, gurbet yılları yaşayan bu mübarek coğrafyada, insanlara yakın zamanda inecek yağmurları ve her tarafı kaplayacak nur aydınlığının müjdesini veren ve dimdik ayakta kalabilen bir tek Bediüzzaman Hazretleri vardı. Sürgün edildiği yerden Kur'ân denizine kepçesini daldırıyor, yakındakileri bu âb-ı hayatla, uzaktaki mahzun memleketleri ise yağmur yüklü bulutlar göndererek besliyordu. Sürgün yerleri ile hapishaneler arası mekik dokuduğu süre içinde Risale-i Nur Külliyatını kaleme alıyor, sonra da rüzgâra emanet ederek, gizliden gizliye muhtaç gönüllerin hanelerine ulaştırıyordu. Çok geçmeden latifeler, marifet kaynaklı şevk ve şimşek parıltısıyla yeniden hayat buluyor.. derken rahmetin mücessem hali yağmur, bir kere daha yağmaya başlıyordu.

Bediüzzaman Hazretleri, Kur'ân dürbününü kullanan basireti sayesinde, bu çağın, imanı kurtarma çağı olduğunu yakinen idrak etti. Bu yüzden halklara ümit pompalamaya başladı. Zamanın, ateizm ve inkarcılığa savaş açma ve vatan evladını cahil bırakma plân ve projelerini boşa çıkarma zamanı olduğunu her fırsatta haykırdı. Bütün hayatını, yavru kuşlara, Fetih sûresini talim etmeye adadı.

Kurt, çobana aniden saldırıp öldürünce ve kuzulara kendisi çoban olunca, Bediüzzaman Hazretleri masum kuzuları kurdun pençesinden kurtarma mücadelesine girişti. İnsanlar, korkularından sığınaklarına çekildikleri böyle bir zamanda Bediüzzaman, onlara sağlam Kur'ân kalelerine nasıl sığınacaklarını öğretiyordu. Risale-i Nur Küllayatında, öldürücü yeis karanlığından kurtuluş yolunun kilometre taşlarını resmediyordu.. öylelikle zifiri karanlık mağaranın duvarına bir gedik açıyor ve doğacak olan güneşin ışıklarıyla temaslarını sağlıyordu.

Bu sayede Said Nursi Hazretleri, Türk halkının gönlünde taht kurdu.. ne var ki, zalimin kılıcı hâlâ şeytanın kabzasındaydı ve bütün başlar üzerinde kavisler çiziyordu. Varsın olsun, Kur'ân saltanatının gücü karşısında şeytanın hiçbir şansı yoktu. Derken Bediüzzaman Hazretleri, kuzularını, karanlık ruhlu, karanlık düşünceli kurdun pençesinden çekip aldı ve onu ininin bulunduğu tepede öfkesinden kudurana dek ulumaya terk etti.

İşte bu, nur davasının ilk merhalesiydi. Bediüzzaman Hazretleri bu süreci başlatıp, tâ hicret makamı kapısına kadar başarıyla getirdi. Ve süreç burada durdu. Mekke ile Medine arasında çok farklı yeni bir sefer söz konusuydu. İnsanlar nezdinde Hakk'ın şahidi olacak ümmetin ruh heykelini dikmek üzere sımsıcak özlem kıvılcımları çakıyordu. Ne var ki, dava ve mesajını, *"sırlar yumağı fütüvvet ruhlu genç"*e bırakarak ruhunun ufkuna yürüdü. Her devrin bir sahibi vardır.. ve hiçbir mumun, kendi ışığıyla iki defa yandığı görülmemiştir. Müjdeler olsun sana ey dostum! Kur'ân medresesinden, insanlara rehber olmak üzere, sadece kendisine izin verilen imam biri çıkabilir ancak.

Hüzün yumağı kederli ravi, bana şunları anlattı:

"Bediüzzaman Hazretleri, seksen yaşlarında ömrünün son baharında, karanlıkla boğuşmaya devam ettiğinde, Hocaefendi, gençlik ağacına tırmanmakta idi. Risale-i Nur'ları 1957 yılında tanıdığında, henüz on dokuz yaşını aşmamıştı bile...

Bediüzzaman Hazretleri, yaptığı hizmetlerle, şeytanın ayakları altından zulüm halısını çekip alma adına çok büyük bir adım atmıştı. Daha sonra toprağı sürüp çapalamaya, verimliliğini artırmaya matuf gereken tüm önlemleri almaya, derken her tarafa tohumlar ekmeye başladı. Talebelerine, iyi bir çiftçi olma ve başarılı ziraatçılığın sırlarını ihtiva eden risale ve mektuplar bırakmıştı. Daha sonra da hafâ turabı perdesine bürünerek ortalıktan kayboluvermişti."

## *DERKEN O GELDİ...*

Genç adam, Risale-i Nurlar'la tanışınca, bu risale ve mektupların birinci muhatabının özellikle kendisi olduğuna kanaat getirdi. Ekilen tohumların filizlenip başak vermesi için, onları himaye etme görevini üstlenerek, ikinci merhaleyi gerçekleştirmenin, boynunun borcu olduğu düşüncesine vardı. Bu tohumlar öyle sıradan tohumlar olmadıkları için, sıradan kaynaklarla sulanamazlardı. Onların susuzluğunu giderecek tek şey, âşıkların gözyaşlarıydı. Bu yüzden, genç Fethullah, o gündür bu gündür, göz pınarları şişeceği âna kadar ağlamaktadır. Tarlalar, onun hıçkırıklarıyla yeşermeye başlar, meyveler, derin iniltisiyle olgunlaşırdı. Bulunduğu caminin yakınından, rüzgârın arada bir yavaşça estiği olurdu.. ne var ki, bu mübarek ve göz alıcı meşcereliğin ne ağacına ne de meyvesine hiç mi hiç zararı dokunmazdı.

Said Nursi Hazretleri, kabrine zorla el konulunca, ebedî istirahatgâh olarak onun kalbini seçti. Genç adam, Bediüzzaman Hazretleri'nin diliyle, insanlara bir şeyler anlatmaya gayret etti, ancak nafile.. insanlar onu kabullenmediler ve kadirnâşinaslıkla mukabelede bulundular. Ağladı, ağladı sonra yine ağladı.. Ve hâlâ ağlamakta. Bu ağlaması neticesindedir ki, gözyaşlarıyla buluşan kupkuru toprak, kıpırdanmaya, kabarıp da her güzel çiftten gözü gönlü açan nice nebat bitirmeye başladı. Derken ağaçlar boy atmaya, kuşlar etrafta pervaz etmeye durdu. Dört bir yanda, insanların beslendikleri pınarlar coşmaya ve ümitler bülbül edasıyla şakımaya başladı... Ne var ki o, hâlâ ağlamakta... Hayret ki ne hayret!

O.. bir sırra sahip.. hiç kimseye sezdirmez..

O.. bir sırra âşina; bütün dünya o sırra muhtaç.. o, bütün dünyanın hasretle beklediği bir sırra âşina.. ancak onu hiç kimseye açmaz...

O.. takatinin fevkinde bir sırrı kalbinin derinliklerinde taşır.. bu yüzden sürekli gözyaşı döker.. o kadar ki, gözyaşı onun mâtemi karşısında hayret murakabesi yaşar...

O.. kutlu bir sırrın vârisi.. bu sırrı ulu bir dağ yüklenseydi, şâhikasındaki kayalar şâk şâk oluverir ve dağılırdı; etekleri ise korku ve heybetten bu yüce yükü taşıyamamaktan devrilir giderdi…

* * *

Hocaefendi, Risale-i Nur'la buluşunca, bütün bir âlemin fethinin haritası kendisine inkişaf etmeye başladı. Sahip olduğu anahtarların açtığı çantayı eliyle yokladı.. derken vecde geldi ve duyguları alev alev yanmaya başladı.. gece tek başına mihrabına girdi.. uygun sebebe yapışarak vira bismillah dedi ve yola koyuldu…

* * *

Mehmed Kırkıncı.. ilim tahsil eden bir Nur talebesi.. Osman Bektaş Hoca'nın ders halkasında, genç adamla beraber aynı dersi takip etti. Buna rağmen yaşça, Hocaefendi'den daha büyük idi. Hocaefendi, Osman Bektaş Hoca'nın ders halkasına ilk katıldığında, başka yerlerde ders okuyan ve daha üst bir ders halkasında bulunan Kırkıncı'nın halkasından daha alt bir halkadan derse başlatıldı. Çok geçmeden Hocaefendi'nin faikiyetini anlayan hoca, onun, en üst halkadakilerle birlikte derse katılmasına izin verdi. Oysa ki, yeni halkada okuyanların yaşça en küçükleriydi.

Mehmet Kırkıncı, Bediüzzaman Hazretleri'nin Risale-i Nur Külliyatını tanımıştı. O esnada Üstad Hazretleri, elinde yolculuk asâsıyla hapishane ile zorunlu ikamet sürgünleri arasında mekik dokuyor, istihbarat elemanlarının gölgeleri tarafından gece-gündüz tarassut altında tutuluyordu. Bu yüzden de izinden gitmek ve sevenleri arasında bulunmak, zindanların dehlizinde son bulan bir maceraya girişmekten farksızdı. Bütün bu çetin şartlara rağmen, nura gönül vermiş talebeler, ateş korlarını avuçlarında taşıyor, dört bir yanda bekleşen mazlumlara sıcaklık ve nur dağıtıyorlardı.

Yine her zamanki gibi hüznün alevlendiği bir gece idi. Kırkıncı, Hocaefendi'yi ziyaret etti. Onu, dostları Hâtem ve Selahaddin ile otururken buldu. Kırkıncı, her üç arkadaşa, Bediüzzaman Hazretleri'nin yanından yabancı bir zatın Erzurum'a geldiğini ve şehrin bir yerinde akşam sohbet yapacağını söyledi. Onların da hazır bulunmalarını istedi. Üç arkadaş teklifi seve seve kabul etti. Bediüzzaman'ı görme bahtiyarlığına çok az insan ermiş olsa da, onun ismi, neredeyse bütün dillerde dolaşıyordu. Hocaefendi'nin gönlü hızla çarpmaya başladı; olur ki, zaman hızlı geçer de, sohbet ânı bir an evvel geliverir? Gelir de, Bediüzzaman Hazretleri'ni müşahede etmiş bu zatı bir an evvel görür.. neden olmasın? O sıralarda –hatta şimdilerde bile– Bediüzzaman demek, bütün Anadolu halkının gönlünü çalan ve kendine hayran bırakan bir kahramanlık destanı ve olağanüstü bir nur ekolü demektir. Sahi, bütün İngilizleri tek başına ve bir tek "Hutuvat-ı Sitte" isimli eseri ile perişan eden kendisi değil miydi? Esir olmasına rağmen Rus kumandanını hem de kendi topraklarında rezil eden, öldürmelerine rağmen ölmeyen yine o değil miydi? Bütün bir Anadolu'da şeytanın tutuşturduğu ateşin yayılmasının önüne geçmek için onu çepeçevre saran, sonra da sadece "Küçük Sözler"i alevlerin üzerine atmasıyla, ateşi sonsuza kadar inine gönderen yine o değil miydi? Hem sonra, ümitsizliğin zirveye çıktığı ve her alanda çöküşün yaşandığı bir dönemde, Osmanlı ordusunun sancağını dalgalandıran ve bütün yeryüzünün fethine giden nurlu yolu resmeden "Son Süvari" o değil miydi?

Sohbet saati gelip çatmıştı.. söz verildiği gibi talebe arkadaşlar, buluşma yerinin önünde tam zamanında hazır bulunmuştu. Burası, sohbet meclisi adına ancak küçük bir halkanın sığabileceği Mehmed Şergil'in çok dar terzi dükkanıydı. Gece, şehirdeki insanların hareketlerini yutuvermiş, tezgahtarların gürültüsünü kesmiş ve cadde ile sokakları büyük oranda gelip-gidenlerden mahrum bırakmıştı.

Sohbette hazır bulunanlar, çok ciddi bir samimiyet ve canciğer bir ilişki ile halka halini aldılar. Çoğu itibariyle birbirini tanımayan ve ortak tanıdıkları Mehmet Kırkıncı olmasına rağmen, oluşturdukları atmosferi dışarıdan müşahede eden biri onları uzun süre görüşmemiş bir ailenin fertleri sanırdı.

Birkaç meslek erbabı ve bir avuç öğrenciden oluşan bu meclisin, daha sonraları, Nur davasında büyük bir etkisi olacaktı. Derken ağlamaya durdu.. sahi, kim bilebilirdi ki, bu sımsıcak meclisin, fütüvvet kahramanı Hocaefendi'nin gönlünde fetihlerin kıvılcımını tutuşturacağını? Yahut kim tahmin ederdi ki, bu narin ve zarif gencin, Fatih Sultan Mehmed'in atına binecek ve ayaklarıyla karanlıklar denizini çiğneyip aşacak kahraman olduğunu?

## *ZAMANDA YOL ALAN BİR YİĞİT*

Muzaffer Arslan.. nur halkası gerdanlığındaki yerini sükûnet içinde alıp oturduğunda, bütün bakışlar ona doğru yöneldi. Bediüzzaman Hazretleri'nin Erzurum'a gönderdiği elçisi işte bu zattı. Muzaffer Arslan, Bediüzzaman Hazretleri'nin saff-ı evveli teşkil eden, onunla birlikte hapis yatan, sürgünlere maruz kalan, bunca eziyet ve engellemelere rağmen Nur davasının intişarı için bitkin düşüp de bir adım olsun geri kalmayan, aksine kara ruhlu yarasaların üzerine üzerine yürümekten bir an dûr olmayan talebelerinden birisiydi. Muzaffer Arslan, sade görünümlü, sakin fıtratlı ve oldukça mütevazi bir zattı. Bediüzzaman Hazretleri, Muzaffer Arslan'ı, Anadolu'nun şark vilayetlerini dolaşması için vazifelendirmişti. O da Doğu'nun birçok şehir ve köyünü ziyaret etmiş, bu amaçla Erzurum'da da on beş gün kadar kalmıştı.

İlk gece meclisi, ilim talebeleri, tüccar ve subaylardan oluşan garip sohbet grubuydu. Gönüller, heybesindeki sırlardan bazılarını ortaya döker ümidiyle misafirin konuşmasını can kulağıyla dinliyordu. Gözler ise, bu kutlu misafirin yüzünün sakin mimikleriyle dolup taşıyor, bayram ediyordu. Herkes susmuş, iki dudağı arasından dökülecek kelimelere kilitlenmişti. Hocaefendi ise vicdanı lerzeye gelmiş, gözlerini bu zattan alamaz olmuştu. Zira bu kutlu misafir, ağzından bir kelime bile çıkmadan, görünüşü, duruşu ve tavırlarıyla genç Fethullah'ı kendine hayran bırakmış, ona büyük tesir etmişti.

Bütün bakışların kendine döndüğü misafir, hocası Bediüzzaman Hazretleri'yle ilgili birkaç söz söyledikten sonra, cebinden, Risale-i Nur Külliyatından bazı yapraklar çıkardı ve "Hutuvât-ı Sitte" isimli risaleden okumaya başladı. Herkes can kulağıyla onu dinliyordu. Bu risale, ilk gece sofrasının konusu idi. Ertesi gün ise, "Beşinci Şua"dan ders yaptı ve bazı parıltılar sundu.

"Hutuvât-ı Sitte" risalesi, Bediüzzaman Hazretleri'nin, cihad anlayışını, sarsılmaz imanını ve halk direşininin stratejisini yansıtan bir beyanı ve İngilizlere, İstanbul'u istila ettikleri hengamda yüzlerine fırlatılmış bir muhtıra niteliğindeydi. Bu risale, ihtilal gücünün basını bir savaş unsuru olarak kullanıp insanların ruh ve psikolojik hallerine fısıldadığı söylemleri yerle bir eden ve onlardaki mukavemet gücünü dirilten manevi hamle ve adımlardan meydana geliyordu. Muzaffer Arslan'ın ikinci gece ders yaptığı "Beşinci Şua"ya gelince, bu risale, *Şualar* kitabının bir bölümünü teşkil etmektedir. Bu eserde, kıyamet alametlerinin sembollerinin yorumlanması ve her asrın küçük deccalinin büyük Deccal'in evsafına benzeyen yönleri, küçüğüyle büyüğüyle, deccallerin sonunun her zaman kesin bir hüsran olduğunu ele alan açıklamalar mevcuttu. *Şualar*, hayatı yeniden yorumlamakta ve milyonlarca mazlum ve mağdura ümit kapılarını aralamaktaydı.

İlk gece derste hazır bulunan bazı medrese talebeleri, dersteki bazı te'villere itiraz ettiler ve bir daha gelmediler. Önünde diz çöktükleri ve serfürû ettikleri eski usul tedrisat metinlerine takılıp böylece bu garip görünüşlü yabancı adamın dudaklarından taşıp duran nuru göremez olmuşlardı. Bu yüzden, ders esnasında sözünü kesmeye, bazı görüşleri kabul etmemeye başladılar ve dersi, kısır Bizans diyalektik ve entrikalarının karanlıklarına çevirdiler. Allah da, onların bakışlarını, bu zahid ve fakir zatın ağzından gürültüsüz dökülen ve sakince taşan nur şelalelerini görmekten alıkoydu.

Ne var ki, genç Fethullah, henüz ilk geceden itibaren, sade görünümlü bu büyük insana bütünüyle meftun hâle gelmişti. Ağzından dökülen birkaç söz veya Risale-i Nur'dan okuduğu birkaç satır bile, büyülenmesine yetmişti. Hayret aralığından yakin mertebesine erdiğini anladı. Derken, cezbeye tutulan ruhu şu çığlıkları atmaya başladı:

"Yürüyeceğim yolu işte şimdi buldum..."

Muzaffer Arslan, fakir bir insandı. Ceketi çok eskiydi. Ceketinin dikiş yerleri ve dirseklerindeki yıpranmalar ve küçük yırtıklar hemen belli oluyordu. Oturduğunda ise, pantolonun iki dizindeki yamalar, herkesin göreceği şekilde açığa çıktı. Bütün elbisesi, yıllarca kullanıldığını ve uç sınırları ile görünen yerleri lime lime olacakları âna kadar defaatle giyildiğini haykırıyordu. Bütün bunlara rağmen, işin tuhaf yanı, bütün eskiliğine rağmen elbiseleri tertemiz idi, yırtık ve yamalarına rağmen zerafetini muhafaza etmekteydi. Bu yamalar yapmacıklıktan uzak ve bu zerafet hiç mi hiç tekellüf kokmuyordu. Oysa ki, bu hassas dengeyi koruyamayan ve iki durumu birbiriyle telif edemeyen nice mutasavvıflar ile kibirli kimseler sınavı kaybetmişlerdi. Gerçekten de kelimenin tam anlamıyla sade görünümlü bir adam.. bununla birlikte, derûnu itibariyle, insan benliğini bütünüyle iştiyakın sarması olarak tarif edeceğimiz "vecd" açısından, derinlerden derin.. gönül gözü diyebileceğimiz "basiret" dürbünüyle onun âsûde gözlerine bakabilen biri, onların, uçsuz bucaksız bir ummanda pâr pâr yanan iki inci olduğunu, çok geçmeden anlayacaktır. Genç Fethullah, bu sâde görünümlü kahramana bakıyor, çok net şekilde onda yolculuğun izlerini görüyordu.. evet bir yolculuk, ancak alışageldiğimiz yolculukların çok üstünde mukaddes bir yolculuk.. kilometre veya deniz millerini kat etme, mekânda yol alma manasında bir yolculuk değil; aksine asırların katmanlarını ve zaman aralığını delip geçen bir yolculuk.. buna göre, Muzaffer Arslan, âdeta sahabe devrinden günümüze gelmiş, "feth-i mübin"'in muştularını taşıyan ve gençler topluluğuna *"Ey Allah'ın süvarileri! At bin!"* diye haykıran bir zat...

Sahi, Allah Resûlü Efendimiz'in sahabe-i kiramına, genç Fethullah'tan daha fazla kim sevgi besleyebilir? Ve işte Muzaffer Arslan isimli bu zat, bu gece, ona, sahabe-i kiramın hallerinden ve yüce makamlarından bir ateş parçası sunmaktadır.

Muzaffer Arslan, Nur hakikat parıltılarıyla ilgili sözüne her başlayışında, sakin sesi, âdeta sevgililer kervanını selam devrine yönlendiriyormuşçasına yumuşamaya, gözleri de muazzam ruhani bir güçle bütün bir mekânı aydınlatırcasına ışımaya başlamıştı. Fethullah, bütün bakışını ona yoğunlaştırmış ve bütün benliğiyle ona yönelmişti. Yönelmiş ve bu zatın ışıldayan gözlerindeki nurun parlaması ve duruşundaki sıddîklerin gölgelerinin izdüşümü, Fethullah'a, yaşadığı gamlı devrin karanlıklarını unutturmuştu. Muzaffer Bey, anlattıklarını bire bir yaşıyor, sözüyle anlattığı devire ruhuyla seyahatler düzenliyor ve onu dinleyenler bunu hissedebiliyorlardı. Dahası, asr-ı saadet rayihasının sohbet meclisinin yapıldığı alanı kapladığını, sefer esnasındaki sahabenin bir vadide konakladıkları anki toz ve dumanı burunlarına çekiyor, sabah erkenden yola revan olan ve dört nala koşan küheylanların tozlarının sıcaklığını hisseder gibi oluyorlardı. Ve Fethullah, fetih ordusunun eski Rum başkentini muhasara altına aldığını ayan beyan gördü -ki işitenin, gören gibi asla olamayacağını belirtelim-. Bu ordunun içinde Muzaffer Arslan'ı gördüğünde ise tüyleri diken diken olmuştu. Belki de Muzaffer Bey, orada, atını, şehrin giriş kapılarının birine bağlamış, kılıcını bir ağacın dalına asmış, sonra da Erzurum'a, halkı habersiz olduğu bir sırada girivermişti.. Hayret ki ne hayret!

İşte orada, Fethullah, Muzaffer Arslan'a, yaşadığı mekâna ve zamanına doğru yapacağı seyahatte ona yoldaş olmaya azmetti. Hicretin enfes rayihasının ciğerlerini doldurduğunu hissetti. Derken derin bir nefes aldı, sonra gözyaşlarını ceyhun etti...

Çok geçmeden, medrese talebelerinden bazısının katıldığı bu sohbet haberi, başta Alvarlı Efe Hazretleri'nin torunu Sadi Efendi ve Osman Bektaş Hoca olmak üzere bazı medrese hocalarına ulaştı. Medrese hocalarının bir kısmı, Bediüzzaman Hazretleri'nin düşüncelerini ve davasını onaylamıyor, onun gibi düşünmüyorlardı. Kendisi, onlara husumet beslemediği halde, onlar, ya işin iç yüzünü bilmediklerinden ya da tâbi olan taraftarların sayısı dolayısıyla bir rekabete girdikleri için, ona ve düşüncelerine karşı hâsmâne tavır besliyorlardı. Bu yüzden de gerek Sadi Efendi gerekse Osman Bektaş Hoca, medrese talebelerinin Nur düşüncesiyle buluşmasına mâni olmak için çok uğraştılar. Öğrencilerini, hükümetin düşman bellediği ve her an tarassut altında tuttuğu Bediüzzaman'ın yolunda gitmenin akibetinden sakındırdılar. Risale-i Nur Külliyatını okuma ve yayılmasında pay sahibi olmanın sebebiyet vereceği yakalanma ve evsiz-barksız bırakılma tehlikesine karşı onları korkuttular. Özellikle Osman Bektaş Hoca, ona bu konuda baskı yaptı. Ne var ki, Fethullah, Osman Bektaş Hocasını çok sevmesine, onu hayırla yâd etmesine ve her fırsatta takdirlerini sunmaktan geri durmamasına rağmen, hocasının bu isteğine olumlu cevap veremezdi. Zira, Bediüzzaman Hazretleri'nin izinden gitmemesi konusunda yaptığı açıklama, yorum ve uyarıların hiç birisi, onu ikna etmeye yetmemişti.

Böyle bir durumda, Fethullah'ın örneği, tıpkı şuna benzer: Bir adam düşünün, hayatını tamamen uzun bir yolculuğa adar.. yakıcı sıcaklıkların yüzünü yalazlaması ve ıssız çöllerin yolsuzluğu hengâmında susuzluğu had safhaya varır.. tam öleceğine kanaat getirdiği bir anda, Allah, ona bir çıkış yolu ihsan eder; bir de ne görsün, yemyeşil, gölgesi ve suyu bol bir vaha az ötesindedir. Şimdi söyler misiniz, böyle bir duruma dûçar kaldıktan sonra, hangi açıklama, bu yolcuyu o su kaynaklarına gitmekten alıkoyabilir?

O, berrak basireti ve tutuşan vicdanıyla, Nur talebelerinde, nurun tecellilerini gördü. Gayr-ı ihtiyari bir surette, bir "kevkeb-i dürrî" denebilecek incimsi bir yıldızın alevine kapıldı, o gündür bu gündür hâlâ bu yıldızın yörüngesinde yol almakta ve kül olacağı âna kadar ateşiyle pişip olgunlaşmaktadır. Ruh mesleğinde ihtirak (yanma), ihktirâk'ın (harikulâdeliklere açılmanın) ilk şartıdır. Değilse, sâlik'in gölgesi, vuslat semasının önünde bir engel olarak daima vücudunu muhafaza eder.

Genç adam, Bediüzzaman Hazretleri'nin ders halkasını gönül gözüyle görebiliyor, bu büyük muallimin kendine has terbiye metodunun izlerini gerek talebelerinin gerekse hizmet-i imaneyede kardeşlerinin damarlarında bir nabız misali hayat solukladığını müşahede edebiliyordu. Bu safhadan sonra, zamanın kendileri hakkında ölüm fermanı verdiği ve kaderin bir sillesiyle misyonlarını edâ edemez hâle gelen tekke ve zaviyelere dönmek mümkün müydü ki? Muzaffer Arslan'ın namaz kılışı, Fethullah'a çok tesir etmiş, kalbini ve bütün benliğini derinden etkilemişti. Öyle ki, iftitah tekbirini alarak namaza durur durmaz, gönlünün vecd duvarları yıkılıvermiş, dupduru Kevser suları, ağzından taşmaya ve dilinden varlığa yol buluvermeye başlamıştı.. derken olabildiğince derince ve tam bir huşû ile Yüce Yaratıcısına sessizce yükselivermişti ki, genç Fethullah daha önce böyle bir durumun eşi ve benzerine hiç rastlamamıştı. Oysa ki, bu çetin zamanda, namaz farizası eskimiş, renk atmış ve çabukça yapılan spor hareketlerine dönüşmüş; potansiyel etkisi açığa çıkmaktan uzak, manası olmayan ve kulu semaya bağlayan bir miraç olmaktan olabildiğince uzak bir hale bürünmüştü. Niyet ve maksatlar kirlenmiş ve çürümüştü.

Zeki Efendi isminde bir bakkal vardı.. dua için ellerini her kaldırışında, karşısında alev alev yanan Cehennem azabı varmışçasına bir korku benliğini sarar; ahiret duraklarının korkusu gönlünü doldurur ve dua ettiği kelimeler, ağzından inilti şeklinde dökülmeye başlar.. derken bedeni lerzeye gelir, titremeye başlardı. Bu hâleti yaşıyorken, kimse Zeki Efendiye yanaşmaya cesaret edemez; yaklaşmayı göze alanlar da mutlaka korku ve ürpertiye yenik düşerdi.

Ve Fethullah, fatihlerin atlarıyla birlikte yola çıktı.

İşte bu yüzden genç adam, gün geçmiyor ki, Muzaffer Arslan'ı, geçici ikamet ettiği evde ziyaret etmesin ve sözlerinden ve tavırlarından azıklanmasın.. derken veda ânı gelip çattı.. vedalaşma esnasında Fethullah, tren istasyonunun peronunda, mahzun bir edâ ile durdu. Beş arkadaşıyla birlikte, kanatlarıyla gönüllerinin şerefelerine konan, orada muhabbet kandillerini tutuşturan, sonra da kanatlanıp giden bu adamı, kaygı ve ümit bakışlarıyla uğurladılar.

## *SÜRPRİZ BİR MEKTUP*

Ruh ufkunda seyehat eden kalbe, irtibattan daha faydalı bir şey olamaz. Zira, vahşet ve yalnızlığı giderme, vicdana üns esintileri salma ve seyr ilallah yolunda gönlü coşturma, böyle bir ruhî irtibat sayesinde gerçekleşir. Aksine, böyle bir irtibat zayıfladığı müddetçe ve azaldığı oranda, "insan benliğini bütünüyle iştiyakın sarması" manasındaki vecd hali azalır, şevk renk atar ve partallaşır; derken kendi uzaklığını aşma yolculuğunda duraksamalar ve tökezlemeler başlar da, böyle bir yolun yolcusu için en korkulan husus olan "yolculuğu yarıda sonlandırma" durumuyla karşı karşıya gelinir. Bu yüzden ruhların buluştuğu meclislerin, hazır bulunanlar üzerindeki etkisi, birbirini gönülden seven bu insanlar için azık ve zâd u zahire özelliği taşır; böylelikle yolculuğa bir hareket ve canlılık kazandırır, sevgili diyarında son bulan yolun mesafelerini dürerek kısaltır. Bundan dolayı Bediüzzaman Hazretleri, sayıları ne kadar çoğalırsa çoğalsın ve ne kadar büyük bir alana yayılırsa yayılsınlar, kendisini gören ve görmeyen bütün talebelerini hiçbir zaman ihmal etmemiş ve himmetinden mahrum bırakmamıştır. Ruh gözünün ışınları birbirini seven arkadaşlar arasında uzanır, binlerce millik uzaklığa rağmen bazılarının perisperisi diğerlerine tecelli eder, derken gönüller kucaklaşır ve arzulanan gerçekleşmiş olur.

Fethullah, sohbet meclisinde kardeşleriyle birlikte bulunduğu bir esnada, birisi Üstad Bediüzzaman Hazretleri'nden gelen bir mektubun varlığını haber verdi. Bu mektup, Erzurum'daki nura gönül vermiş talebelere yani küçücük bir dükanda, bir avuç insanın gecenin kanatları altına gizlenmek suretiyle oluşturduğu bu küçük meclis sakinlerine hitaben yazılmıştı. Sevinç ve mutluluk, bütün talebelerin dallarını neşeyle titretmişti. Fethullah ise, Bediüzzaman Hazretleri'ne karşı daha önce hiç hissetmediği bir yakınlık duymaya başladı. Derken hikmet ehlinden olan üstadının, bu zamanın kasırgaları arasında başarılı bir şekilde ilerlediği yolu belirmeye ve bu yolun işaret ve anahatları gözünün önünde netleşmeye başladı. Gelen mektup, herkesin olduğu bir ortamda okunmaya başlandı; yüksek dalgalarıyla gönüllerin kıyılarına çarpıp duran ve cezbeye gelmiş denizin gürültüsünü bastıran bir sessizlikle dinlendi, her kelimesi özümsendi, derken boyunlar büküldü ve gönüller hazırkıta bir şekilde pürdikkat kesildi.

Hazır bulunan herkes için sıra dışı bir sürprizdi. Ne var ki, genç adam için çok daha büyük bir sürprizdi. Mektup, ismi Bediüzzaman Hazretleri'ne iletilen arkadaşlara selam ile son buluyordu. Bu son selam faslında, *"Hatem ve Fethullah'a da selam..."* deniyordu. İştiyakla tutuşan gönlü, bu cümleyi duyunca lerzeye geldi ve âdeta şimşeğin ağacın üzerine düşmesine benzer bir etki meydana getirdi. Birden, tutuşan nurun alevleri, gönlünün dallarından yukarıya doğru yükselmeye ve bulundukları mekânın bütününü aydınlatmaya başladı. Bu tatlı elemin zevkini bütün benliğiyle yaşıyordu. O andaki duyduğu haz ve neşenin şiddetli tutuşmasının büyüklüğü, neredeyse ruhunun taşıyamacağı güçte idi. O kadar sevinmişti ki, hayatında o derece sevindiği çok az vâkiydi. Nura dilbeste ve nur ile lerzeye gelen gönlünü, Anadolu'da yaşayan bir müceddidin kendisine selam göndermesinden daha fazla sürura gark edebilecek ne olabilirdi ki? Bunda kalbinin eşedd-i ihtiyaçla muhtaç olduğu işaretler ve delâletler vardı. Ne kadar zaman geçse ve günler kaybolup gitse de Bediuzzaman'ın selamını asla unutmayacaktı: *"Fethullah'a selamımı söyleyin!.."*

Ey genç adam! Beklediğin izin işte geldi ve önündeki kapı aralandı.. Şimdi harekete geçme zamanı. Haydi koyul yola!

## *BAŞLANGIÇ SANCILARI*

Erzurumda yılda bir yapılan ve her yıl tekrarlanan bin bir hatm-i şerifin okunduğu bir âdet vardır; sonra da okunan bu hatimlerin duası, herkese açık şehrin merkezî camilerinden birinde yapılır. Binlerce kişi, gönüllü olarak Kur'ân'dan okuyabileceği kadar yeri tilavet etmeyi taahhüt eder, Allah için okumayı üstlendikleri yeri, belirlenen zamana kadar okurlardı. İmam, sabah namazını kıldıktan sonra hatimlerin duasını yapar, cemaat de ondan sonra dağılırdı. Bu âdet, manevi değerlerin bütününü yerle bir eden, uzun yıllar boyunca insanlara Kur'ân tilavetini yasaklayan ve Allah Resûlü'nün sevgisiyle karasevdalı bülbüller misillü gece gündüz şakımalarına fırsat vermeyen "ilhad"a karşı verilen mücadelenin vesilelerden biriydi.

O gece Fethullah, hatim dualarında hazır bulunmak üzere camiye erkenden gitti. O sene yapılacak umumî hatim duası, Şaban ayının ortasına Beraat gecesine denk gelmişti. Bu gibi gecelerde, Erzurum'da camiler ağzına kadar dolar, cemaatin birbirinin sırtına secde edecek kadar yer bulması bile zor olurdu. Hele bir de yatsı namazından evvel camide yerini kapmayanın, sabah namazını cami içinde eda edebilmesi neredeyse imkânsız hale gelirdi.

Genç adam, o gece camiye erken geldi, cami içinde bulunan hünkâr mahfilinde yer buldu. Yatsı namazını orada edâ etti. Gönlünün tepeleri, herkesi ve her şeyi etkisi altına alan bu ruhanî atmosfer karşısında kıpırdanmaya ve yükselmeye başladı. Yer altındaki ağaçlar, hayretengiz bir sürat ve çabuklukta yeşeriyordu; önce küçük bir tohum, sonra fidan, sonra ağaç, derken kocaman büyük bir ulu ağaç oluveriyordu. Durmadan büyüyor, dalları gökyüzüne doğru yüksekdikçe yükseliyor ve neredeyse bulut örtüsünü delip geçecek seviyeye ulaşıyordu. Fethullah, anlayamadığı bir şekilde, melekût âleminin yüceliklerine doğru cezbeye kapılmıştı. Dua için ellerini kaldırdı, yakardı, yakardı sonra tekrar yakardı.. gönlünde tutuşan vecd, toprak mahiyetindeki bedeninde büyük bir orman fışkırtmıştı. Şimşekli şevk fırtınaları, bu ormanı dövüp durdu, tâ ki gecenin seması, alevlerden müjdelerle aydınlansın. Aydınlansın da genç adam, göreceğini görsün ve sevincinden acılara garkolsun... Sımsıcak gözyaşları, şehadet âleminden görülebilen eşya ve gölgeleri görebileceği gözündeki görme gücü üzerinden süzülüyordu. Ne var ki, iki gözündeki bütün görme gücü, ruhlar âlemini müşahedeye açılmıştı. O gece, etrafındaki insan ve eşyaya ait bütün gürültüler fena bulmuş, gece boyunca görüp sezebildiği ve maiyyetinde olduğu bir tek Cenab-ı Allah (celle celaluh) vardı.

İşte oradan, ruhen miraç yaşadığı yerden, sınırboyları serhadlere ilk ulaşan nura teşne gönül erlerinin süvari birliğini gördü. Dilinin pınarları, saflığından hiçbir şey kaybetmemiş dualarla fışkırıp taşmaya, çığlık olup inlemeye ve Rabbisinden sadece şunları dilemeye başladı:

"Allah'ım, bahtına düştüm, beni de bu arkadaşların arasına kat.. Onların süvarilerinden biri olayım. Ruhumun ufkuna yürüyüp de Sen'inle mülâki olacağım âna kadar, onlar gibi nurdan kandiller taşıyayım ve her yanı anlatayım. Beni, bu hizmetle bütünleştir ve bu kapıdan huzuruna celbederek, beni, azad kabul etmez boynu prangalı kölen kabul buyur! İşte bu hizmeti bizzat yaşayarak tattım ve gözlerimle gördüm; bana lütufta bulunduğun bu nimetini sürekli kıl ve tamamiyete erdir! Bu güzel ortama bir kapıdan girip, diğer kapıdan mahrum bir vaziyette istifade etmemiş olarak çıkan olmaktan San'a sığınırım. Ateş deryasında yol alan gönlümü berd ü selam ile sabit kadem et! Kendimi bu hizmete vakfetmeyi müyesser kıl ve ruhumu, San'a, sadece San'a ebediyen vakıf olarak kabul buyur!"

* * *

O yakaran bir gönülle ellerini havada tutuyordu.. rüzgâr, bütün yapraklarını dökünceye dek ağaçları dövüp duruyordu.. derken, çıplak kalmış ağaçlar arasındaki kirleri temizlemek üzere bardaktan boşanırcasına yağmur yağmaya başladı.. Fethullah hâlâ dua dua yalvarmaya devam ediyor, sonra da ağlıyor, ağlıyor, ağlıyordu.

Minareden, narin bir yankı ile ezan tekbirleri yükselmeye başladı. Bu yankı, ruh ufkundaki melekût âlemi ile balçık yurdu şehadet âlemleri arasındaki berzah aralığında yankılanıp durdu. Fethullah, seyahate açıldığı âlemlerden, sabah ezanı sesiyle irkilerek uyandı. Sabah olacağı âna kadar, ruh ufkundaki zamana kendini kaptırmış, yeryüzü zamanından sıyrılmıştı. Bu esnada, dinen mubah olan o ağlamayı sonlandırdı.

Genç adam, bütün bir geceyi, hayatı boyunca yaşamadığı bir hal içinde duayla geçirmiş, bir anlığına da olsa, dalmamış, o gece uykuyu gözüne haram kılmıştı. Karasevdalı gönlü, yakaza makamının en yüksek şerefelerinde pervaz edip dururken nasıl uyuyabilirdi ki! Böyle bir gece, ömrü boyunca dengi bulunmayan biricik bir gece olarak kalacaktı. Zira böyle bir hal içinde duaya ya bir ya da iki kere muvaffak olabilmişti. Beri taraftan bu gece, *Küçük Dünyası*'nın seyri konusunda yol ayrımı, büyük bir yolculuğa başlangıcın rampası ve ilk durağı olmuştu.

Sabah namazından önce, Sadık Efendi vaaz kürsüsüne çıktı. Bütün his ve duyguları coşturacak hissî bir vaaz verdi. Ağladı ve gözü yaşla hiç tanışmamışları bile ağlattı. Sadık Efendi, Peygamber âşığı bir insandı. Her "Efendimiz Muhammed" yahut "Gönlümüzün biricik sevgilisi Hz. Muhammed" deyişinde sözünü keser, ism-i şerifin döküldüğü dudaklarını çok lezzetli bir meşrubatı emercesine derince emer, sonra da olabildiğince içten, yavaşça ve sözü yayarak: "Muhammed!" der, sonra da "Ooh ne kadar da tatlı!" diye ekleyerek dudaklarını yalardı..

Bütün Türk halkı, Allah Resûlü Efendimiz'in (sallallâhu aleyhi vesellem) sevgisiyle dopdolu ve ona karasevdalıdır. Bu karasevda uğrunda, nice şevk ve hüzün muharebeleri yaşamıştır. Yaşadığı ve sahip olduğu bu karasevda, yeryüzündeki bütün insanlara dağıtılsa, hepsinin bu muhabbet ve barıştan hissemend olmalarına yeter de artar. Türkler, ilk devirlerden beri tevârüs ettikleri Kur'ân ve Sünnet'e uygun böyle bir Peygamber sevgisinde, Ehl-i Beyt ve sahabe muhabbetinde içten ve sadıktırlar. Ceberut dönemlerde, zayıf insanların gönüllerindeki Peygamber, Ehl-i Beyt ve sahabe sevgisini söküp almaya dönük yapılan zulümler, bu iman ile dopdolu sımsıcak vecd halindeki sevgiyi daha da alevlendirmiştir. Âdetullahtandır: Kalbin tepelerine tırmanan ve zümrüt yeşili ağaçların dallarını sallayan herkese, gecenin zifiri karanlığında şimşek göz kırpar; ufuklar, gökgürültüsüyle lerzeye gelir ve bardaktan boşanırcasına bir yağmurla tanışır.

Sadık Efendi'nin vaazı ona çok dokundu ve vaaz süresince hep ağladı. Sabah ezanıyla inkıtaa uğrayan vecd hali yeniden devam etti; bir kere daha bütün bir gece dilinden düşürmediği duasını ağlamaktan çatlarcasına etmeye ve nur hüzmelerine yüzünü dönüp kana kana beslenmeye koyuldu. Sabah namazı bitti, hatim duası yapıldı. Genç adam, mafsallarının ağrısını hissetmeye ve yere yapışan bedenini uzuv uzuv yerden toplamaya başladı. Ayağa kalktı ve güneşin doğuşuyla camiden ayrıldı.

Medreseden ders arkadaşı ve Nur derslerinde yoldaşı olan Hâtem, namaz çıkışı tam caminin önünde ayakta duruyordu. Camiden çıkan herkesin yüzünü teker teker süzüyor, âdeta herkesi teker teker sayıyordu. Gözleri arkadaşı Fethullah'ı görünce, ona doğru hızlı adımlarla yöneldi ve müjde gömleğini yüzüne sürdü. Fethullah:

- Hayırdır inşallah arkadaşım!

Hâtem cevap verdi:

- Bu gece rüyamda Üstad Bediüzzaman Hazretleri'ni gördüm. Sana gülüyordu. Sana *Tarihçe-i Hayat*'taki mektupla birlikte bir güveç dolusu ceviz göndermişti. Evet rüya aynen böyleydi. Sonra rüya bitti!

Karasevdalı âşık, o esnada, sevgili diyarına gitmek üzere, uçsuz bucaksız çöl sahralarında yayan olarak yol alıyordu. Biliyordu ki, sahra yolları çok tehlikeli.. her köşesinde ölüm kol geziyor, dağlarında ve kumsallarında ölüm yuvalanıyordu. Ne var ki, âşık, şevk fırtınasının kölesidir. Azalarını böyle delice yolculuğa çıkmaktan alıkoymak gibi bir gücü ve onlar üzerinde bir yaptırımı yoktur. Çölde perişan hâlde yol alıyordu; dudaklarının kenarı, kızgın sıcaklığın alevleriyle çatlamıştı.. boğazı, susuzluktan kupkuru hâle gelmişti.. karnı, açlıktan sırtına yapışmıştı.. ve elbiselerin kenarları, rüzgâr önünde lime lime olmuş, savrulmuştu. Ancak bütün bunlara rağmen, ayakları titrek vaziyette de olsa, kızgın kum çöllerinde yol alıyordu.. derken sevgililerin enfes kokulu ıslak meltemleri esmeye ve karasevdalı bu genci vuslat eşiğine ulaştığını müjdelemeye başlayınca; delikanlı, kum tepelerinin ardından boynunu uzattı; sevgililer otağlarından birine gözü henüz düşmüştü ki, sevincinden yere yığılıverdi.

Sahi, Fethullah'ın gözyaşları, gece boyunca, sevgi ve özlemle yanıp tutuşmamış mıydı? Ve işte şimdi o, şu sabah vaktinde, vuslat muştusunu karşılamaktadır. Hicran ateşine karşı gönlündeki sabır tepeleri bir bir yerle bir oluyor ve bir kere daha ağlamaya duruyor. Ancak bu defaki gözyaşları, gece dökülen hicran dolu gözyaşları değil, aksine sevinç gözyaşlarıdır. Ve sevinç gözyaşlarının, gönül yaraları üzerinde tedavi etkisi vardır. Gayrı ey ruh, muvafakat sekinesi ve kerametler güzelliğiyle muştular sana!

Genç adam o esnada, dışarıdan birinin anlam veremeyeceği bazı sözcükleri mırıldanmaya başladı.. mırıldandığı şey, Alvar İmamı Efe Hazretleri'ne ait şiirden bir beyit idi.. ne zaman lütuf ve ilâhî ihsanlar sağanağına maruz kalsa, Alvar İmamı da bu beyti mırıldanırdı. Nasıl oluyordu da, henüz yolun başındaki bir kul, bunca keramet ve yüksek pâyeler sürpriz sağanağına maruz kalabiliyordu? Hangi meziyetine binaen.. ve hasta göz bebekleri, güneşi müşahede etmeye nasıl tahammül edebilirdi ki?

*"Değildir bu bana layık, bu bende,*

*Bana bu lutf ile ihsan nedendir?"*

Fethullah, kendi kendine sormaya başladı:

"Bu rüyanın tabiri ne ola ki? Ve rüyada görülen remizler neye işayet ediyor acaba? Rüya tabircilerine göre ceviz görmek, yolculuğa işarettir. Bediüzzaman Hazretleri'nin *Tarihçe-i Hayat* isimli eserdeki mektuba gelince, nasıl tabir olunduğuna dair ona özel bir fasıl ayrılacak ve bilahare üzerinde durulacaktır. Peki bütün bu manzaranın delâleti neydi ve ne manaya geliyordu? Özellikle de, genç Fethullah'ın gönül korları üzerinde közlenip durduğu ve gözyaşlarının alevleriyle tepeden tırnağa yıkandığı bu gecede vuku bulmasının anlamı ve hikmeti neydi?

Bütün bunlara rağmen, gönlünde kökleşen ve rüsuh bulan bir husus vardı ki, o da; Bediüzzaman Hazretleri'nden mektup yoluyla gelen selam ve bir önceki gece sabaha kadar devam eden hâlet-i ruhiyesi gibi daha önce görülen işaretlere ilave olarak böyle bir rüyanın da görülmesi, evet bütün bunlar, kendisinin, Nur mesleğinde yol almaya ehliyetli olduğunun apaçık bir deliliydi. İşin doğrusu bu mana, daha önce, gönlünün kapılarını çalmıştı.. ne var ki, bir önceki gecede yaşadığı ruh hâli ile Hâtem'in rüyasının üst üste gelmesi sayesinde, artık kendisini bir Nur talebesi olarak hissetmeye başlamıştı. Artık, sırlar üzerindeki perdeler aralanmış, gönüller bir olmuştu. Üstadın nabzı, talebesinin bağrında atmaya ve aynı acı yaşanmaya başlanmıştı. Muhabbet mükaşefesine müptela olan kişinin, sevgi duyduğu dostunu mahcup etmesi düşünülemez, değilse helak olur gider.

*Dostlarım.. zaman sizi benim hakkımda iyi de kılabilir kötü de,*

*Nasıl isterseniz öyle olun, beni bulacaksınız hep aynı hâlde...*

## *NUR TALEBESİ*

Karanlıklar çağında nur sevdalısı bir gönül eri olman demek, ruh ordusuna katılman demektir. Gönlünü muhtaçların kandiline hibe edeceksin.. onlar da senin gönlünü bir lamba olarak kullanacak, bu lambanın fitili de damarlarındaki kandan beslenecek.. kim bilir, olur da bir gün, bu uğurda başının üstünde ekmek dolu bir sini taşırsın da, kuşlar ondan azıklanır! Yahut da başını koyduğun bu yolda güneş senin sıcak vecd hallerini tutuşturup yakar da gökyüzünün derinliklerine doğru yükselen bir dolunay oluverirsin.

Nura teşne bir gönül eri olman demek, gece fırtınasında tek başına yola düşmen ve dondurucu soğuğun pençelerine çıplak bağrını siper etmen demektir. Soğuğun zayıf düşürdüğü ve titrek bir vaziyette barakalarının ardına sinmiş sönmeye yüz tutan gönüllere, sımsıcak nabızlar dağıtmak üzere, bomboş sokaklar arasında koşar adımlarla mekik dokuman demektir. Ve bu esnada, gece korsanlarının keskin nişancılarına karşı Allah'ın takdiri haricinde korunacak hiçbir gücünün olmaması demektir.

Binlerce âlim, kimisi çarmıha gerilerek, kimisi de boynundan asılarak şu nurdan direkler üzerinde son nefeslerini teslim ettiler.. tahteravallileri, düğün mersiyesiyle esen rüzgârın salladığı nice geceler orada gecelediler. Abus çehreli şeytanın, ruhun doğuşlarını perdelediğine.. kurşunlarının vatanın bütün minarelerini sardığına.. fakirlerin aşkını şevkini işgal ettiğine.. ayın gözyaşlarıyla veya fecir kanaryalarının neşeli suretleriyle işaretlenmiş bütün yaprakların yasaklandığına ve kapkaranlık gecede acılarını seslendiren kuşların boğazlarının sıkıldığına şahitlik ettiler.

Hüzün ravisi bana anlatmaya başladı:

"Üstad Bediuzzaman ruhunun ufkuna yürüdüğünde geride küçük bir sepetten başka bir şey bırakmadı. İçinde eski bir elbise, gecenin ızdıraplarını onunla saydığı bir cep saati ve elli senelik uzaklıktan gördüğü bir hayale gönderdiği mektuplar... Fethullah'a ise dünyanın bütün gözyaşlarını ve tarihin yaralarını gönderdi ve dedi ki: "Sana sesleniyoruz ey Fethullah, kalk hemen!"

Hüzeyfe İbn Yemân, farklı bir sahabedir...

Endişe içinde Allah'ın Peygamberine başına gelecek şer hakkında soru sorardı.. bu asrın cenkinde de şer hakkında yakıcı alevlerle donanmış haberler var. Ne vakit raviye onları sorsam sıkıntım artar.

Fethullah'a gelince, Üstad ona hüzünlerin mektubunu göndermişti de o da ağlamıştı. Sonra ona Kur'ân'ın parlak kılıcını çekti. Onun acılarını gizlice okuduğunda, koskoca çınar ağaçlarının her tarafta yerlere yıkıldığına şahit oluyordu. Yine, nurun küçücük yavrularının karanlıkların cehennemî koylarında yandığını müşahede ediyordu. Üstad'ın sözleri örnekler ve ibretler dolusu kıssalardı. Fakat Fethullah, onların hakikatlerinin kilitlerini açıyor ve edepli bir sineyle öldürücü ateşten korları göğüslüyor ve ağlıyor.. yine ağlıyordu.

Bu senin zamanın Fethullah!.. Bu senin kaderin!.. Izdıraplarının asâsını omzuna al da Tur'daki buluşma yerine doğru yola çık! Sen kaderin sevkiyle yoluna koyulacaksın, tercih hakkın yok.. artık mürid değil muradsın, isteyen değil, istenensin!.. zaten nurun yakıcı alevinin çağırdığı kimsenin seçme hakkı olmaz ki!

Fethullah zamanının talihsiz yangınlarına bakıyor ve şeytanın vaat edildiği zamana kadar yolun ufkunu kapatan dumanını görüyordu. Fakat gözyaşı damlalarını omuzlarına alıp yanan ateşin içine daldı.

Nur ravisi zamanın cenkinden bahsetti ve dedi ki:

1924 senesinin ilkbaharında çiçekler açmamıştı. Zira, o sene Türkiye'nin bütün bahçeleri yanıp bitmişti. Nehirleri ise, diğer İslam beldelerine doğru üzerinde zehirli küller taşıyordu.. ümmetin geçmiş tarihinden daimi kopuşun ilanının tamamlanması, Anadolu'nun bütün beldelerine ateş ve karsırga zamanının girmesi sebebiyle, o sene büyük bir felaket senesiydi. Öyle ki, perdeler arkasında ağlaşan kadınların yaşadıkları şeyler bin bir hikâye olmuştur.

## HÜZÜNLÜ MÜEZZİNİN HİKAYESİ

Şeyh Mehmed Efendi, küçük caminin müezzini.. sıcacık mihrabında Kur'ân-ı Kerim hocası.. Sultanın azline, İslam hilâfetinin ilgasına dair haberlerin şerareleri etrafta uçuşmaya başladığında, küçük talebelerinin yüzlerine bakıp hüngür hüngür ağlamıştı! Onların safi gözlerinde büyük devâhiyi, onun fırtınalarının yaklaşan gecede şiddetle estiğini, damarlarından akan kan seylaplarını, mushaflarının ateşe verilişini sanki bir filim şeridinde izliyor gibi görüyordu. Tek tek hepsini öptü, camisini hayır üzere onlara vasiyet etti ve çıktı gitti, bir daha da dönmedi.

O günlerde Türkiye'de din eğitimi kanunla yasaklanmıştı. Kuşların kanatları İstanbul'un minarelerine demir zincirlerle bağlanmış.. civcivlerin gırtlakları barbarca sıkılıyordu.. onlar da bir takım Kur'ân harfleriyle bağırıyorlardı.. ruhun bütün pencereleri arkasından kapatılmış.. ve binlerce arı yumurtası boğularak veya acı ballarına gömülerek ölmüşlerdi.

Müezzin Mehmed Efendi küçük hanesine ulaştığında, camiler üzerindeki kayyımların zorba kanunlarıyla imam ve müezzinlerin Avrupa tarzı giyinmeye zorlanmaları, ezanın Türkçe okunması, Cuma hutbesinde Arapça'nın tamamen yasaklanması gibi uygulamalarla, hicret izninin kapkaranlık bulutların ufkunda korkutucu şimşeklerinin çaktığını idrak etmişti. Düğün başlamadan aşufte raksa durmuştu, kadın erkek karışıktı, İstanbul'da ilanı verilmişti, Türkiye tarihinde bu bir ilkti.. müezzin Mehmed, az bir eşyasını eline aldı ve gizlice Şam taraflarına hicret etti.

## *MAHPUS VAİZİN HİKAYESİ*

Vaiz Bayram Hoca, bir anda kendini işsiz bulmuştu. Artık vaaz ve irşat için minbere çıkamıyordu. Şer'î nikah ve talak akitlerini onaylayamıyor veya miras taksimini yapamıyordu. Öyle ki, her akşam küçük ofisinde bu işlerle meşgul olurdu. Yeni devlet "Vakıflar ve Dinî İşler Bakanlığı"nı ve bütün şer'î mahkemeleri ilga etmiş, şer'î miras taksimini yasaklayan, öte yandan Batı usulü mehirsiz, velisiz ve şahitsiz evlilikleri tecviz eden kanunlar çıkarmıştı. Şer'î bütün kanunlar kaldırıldığı gibi, onların yerine İsviçre ve İtalya kanunları getirilmişti. "İslam, devletin resmi dinidir." ibaresi kaldırılmış ve devlet adamlarının, hususi göreve gelenlerin ve sair yüksek muvazzafların yeminlerinde "Allah" sübhanehu ve teâlâ'nın ismi çıkarılmıştı.

Vaiz Bayram Hoca, hapis gibi kaldığı evinde tam on iki sene geçirmişti. Gizli gizli hatim indiriyordu. Evinden hiç çıkmıyordu. Şapka kanunu korkusundan pencereden başını dahi çıkarmıyordu. Çünkü bütün erkekler Batı usûlü siyah şapka takma mecburiyetindeydi. Oysa Bayram Hoca, büyük sarığını çıkarıp ehl-i zimmetin şapkasını kafasına nasıl takardı? Âlimlerden güç yetirebilenler yurt dışına kaçmıştı. Binlercesi de cadde ortasında veya umumi alanlarda ya asılarak ya da kurşuna dizilerek şehit edilmişti. Fakat Bayram Hoca, orada burada dolaşan ırz ve namus korsanlarının korkusundan beş tane kızıyla birlikte yurt dışına kaçamamıştı. İlelebet ihtiyari bir hapis hayatı ondan daha iyiydi. Nice geceler ailesi masanın etrafında gecelemişti, kızları ve hasta hanımı istek üzerine örtü ve başörtüsü imalatıyla meşgul oluyorlardı. Nasıl olur, işte artık o başörtüleri yeni çıkan cehennem kanunları gereği mahzurlu ve yasak hâle gelmişti? Yaşlı adam, mecbur kılınan Batı usulü kıyafeti giymeden kapının dışına bir adım atamıyordu. Sıkıntılar senelerce devam etti. Bayram Hoca evinden çıkmadı. Nihayet evinin eski kapısının kanatları onun hazin cenazesiyle iki yana açıldı.

## *HATTAT YUSUF'UN HİKAYESİ*

Yusuf Özcan, Arapça hat sanatındaki üstadlarının senediyle hep iftihar ederdi. Kütüphanesinin duvarına aldığı değerli icazetinin bir belgesini asmıştı. İcazetini sultanların divanındaki hattatların hocası vermişti. Yusuf, hat sanatını sadece geçim kaynağı olarak yapmıyordu. Her şeyden önce onunla ruhunu doyuruyordu. Hatla meşgul olmaya başladığı anda süslü harflerin kavisleri arasında imanın güzelliğiyle tatlı bir seyahatin tadını alırdı. Kelimelere şekil vermeye başladığında âdeta harflerin mihrabına girer ve ruhunun çağrısına kulak vermek için etrafındaki her şeyden soyutlanırdı. En kızdığı şey ise o bir levha ortaya çıkarmaya çalışırken veya bir kitabın ismini meşk etmeye dalmışken gelip onu meşgul eden, konuşup duran ahmak bir müşteriydi.

Arap harflerinin kullanımı yasaklanıp onun yerine Latin alfabesini zorunlu kılan kanun çıkınca, Arapça yazılmış kitapların elde dolaşması, Arapça yazılı vesikaların bulundurulması ancak gizli gizli, insanlardan saklayarak olabiliyordu. Tonlarca kitap ve el yazması eser Avrupalılara çok cüzi bir parayla satılmıştı. Tonlarcası da kağıt fabrikalarına gönderilmişti. Gece gündüz bütün gazeteler Latin harfleriyle basılıyordu. Bütün ilan panoları, ticari levhalar, cadde ve sokak isimleri Latin harfleriyle donatılmıştı. Arapça öğrenimi ve yazımı şiddetle yasaklanmıştı. Ardından her yerde Kur'ân okunması da yasaklandı. Devlet ricali kubbe altlarında gizli gizli Kur'ân öğreten mazlumları her yerde avlıyor, demir zincirlere vurup karanlık zindanların dehlizlerine atıyordu.

Arapça harfleri yasaklayan kanuna bütün halk cehennem kılıçları altında boyun eğmeye mecbur kalmıştı. Fakat Yusuf Özcan müstesna. O, yeni kanuna karşı çıktığını ilan etmişti. Hiç müşterisi olmasa da açıktan levhalar yazmaya devam etti. Onun için hat sanatına son vermek ruhî bir intihar ve elim bir vicdanî ölüm olurdu. Bu yüzden o bir âyet veya bir zikir ya da bir tesbih ibaresinin yazımına dalar, günlerini verirdi. Levhasını renklerle ve ince süslerle nakışlandırdığında onları âdeta ruhunun iştiyaklarının arasından geçirir ve vicdanında duyduğu derince hüzünlere uğratırdı.. zevk-i selim sahibi müşahitler onun bu halini derince ağlamalar içinde heyecanla seyrederdi.. tâ ki onun işyerinin önünden geçme ve arz ettiği şeyleri izleme yasaklanıncaya kadar...

Artık insanlar oradan geçerken gizlice göz atıyorlardı. İnsanlar, şeytanın kendilerini görmesinden korkuyorlardı. Bakıyorlar, sonra da bu deli hattatın maceralarına hayret ediyorlardı. Kalabalık sergilerden kalbi artık doymuş olan bu adam, bütün bu eserleri şehrin camilerinden birine taşımış ve yüksek duvarlarına asmıştı.

Hattat Yusuf'un bu hali birkaç aydan fazla sürmedi. Polisler kütüphanesini basacak, içlerinden birisi tüfeğini onun yüce başına doğrultacak ve birkaç dakika içinde hattatı demir kelepçelerle bağlayıp derdest edeceklerdi.

Hapiste, Yusuf güçlü mahpuslardan birinin omuzuna çıkmış, sağlam bir kömür parçasıyla, "Ey hapishane arkadaşlarım, bir düşünün, sizin için müteaddit rablere ibadet etmek mi, yoksa tek mutlak hâkim olan Allah'a ibadet etmek mi iyidir?" (Yusuf sûresi, 12/39) âyetini duvara meşk ediyordu!

## *MUSTAFA ÖĞRETMENİN HİKAYESİ*

Mustafa Arslan köy öğretmeniydi.. hususi olarak kurulmuş olan "Öğretmen Okulu"ndan mezundu. Binlerce eğitim adamı, memleketin her köşesine dağılıyor, çocuklara ve henüz büluğa yeni ermiş gençlere evrim teorisini telkin ediyor, şehirlerdeki içtimaî ve dinî dokuyu parçalayıcı inkârcı düşünceleri ve zındıkça tasavvurları telkin ediyordu. İnsanlar akidelerine ve İslam ahlâkına bağlı kalarak yaşamasınlar diye Türkiye'nin Avrupa'da kalan ufak bir parçasından en doğusuna kadar bütün şehir, kasaba ve köylere, hatta mezralara kadar dağılarak bu hasta fikirleri neşrediyorlardı.

Okullarda her seviyede ilhad ve inkar görüşleri öğretilmeye başlandı. Hatta, Rusya'dan bunun için komünist düşünceye sahip uzmanlar getirildi. Cuma yerine Pazar günleri resmi tatil ilan edildi. Sonra ülkede geniş çaplı kültürel hareket ve güçlü bir medya dalgası başladı. İlhad bayrağı, bir kısım yeni entelektüeller türetilerek bir kültür gibi asrın idrakine sunuldu.

Fakat Mustafa Arslan farklı bir öğretmendi. Anadolu'nun doğusunda basit bir çiftçi olan babası onu dine ve âlimlere karşı muhabbet üzerine yetiştirmişti. Modern öğretmen okulundan mezun olmasına rağmen manevi hafızasını hiç yitirmemiş ve Allah'a imanı hiç bir şeyin tesiri altında kalmamıştı. Bilakis dinin hakikatlerine yakini artmıştı. Laik değişim hareketini eleştirel bir gözle takip ediyordu. Dinsizliğe karşı mücadele etme ve galebe çalmanın sırları üzerine sürekli bir arayış içindeydi.

Yeni gazeteler zındıkayı ve onların sembollerini yüceltmede, müstehcen resimler neşretmede, ahlâk-ı rezile ve seviyesizliği sergileme adına birbiriyle yarış halindeydi. Tam bu noktada bir de Müslüman kadınlar arasında güzellik yarışması ilan edilerek rezillik kemale erdi. İslam dünyasında tarihin kaydettiği bir ilkti bu.

Öte yandan camilerde görevli iki bin kadar kayyım varken bu sayı sadece iki yüze indirildi. Sadece İstanbul'da doksan cami kapatıldı. İslami eğitim veren okullar, tekye ve zaviyelein kapatılması bunu takip etti. Ülkenin bir başından bir başına bu müesseselerin bütün mal varlıklarına el konuldu. Meşhur Ayasofya Camii müzeye çevrildi. Kimi camiler depo veya ahır olarak kullanılmaya başlandı...

Hüzün ravisi bana şunları anlattı:

"Bu komedinin son perdesinde ise camilere seccade veya halı yerine sıralar konması ve Kur'ân okuyacak korolara eşlik edecek org gibi musiki aletlerinin camiye sokulması kararının çıkarılmasıydı. Ancak hiç kimse bu kararı uygulamaya cesaret edemedi. Allah kendi dinini bu alçaklıktan korumuştu.

Mustafa öğretmenin zihninde cehennemî zincir halkaları birbirine bağlanıyordu. Ahtapotun kollarının hasta vatanı esir aldığını idrak ediyordu. Ve bir gün bu şiddetli dumanın ateşinin alevleneceğini çok iyi biliyordu.

Bir sabah öğrencilerinin arasına girdiğinde kendisini yüksek sesle "Bismillahirrahmanirrahim" okur vaziyette buldu. Bu kelimeler kalbinden büyük bir coşkuyla kaynayıvermişti. Öğrencilerin kalplerinde de farklı bir tesir icra etti okuduğu besmele. Çocukların aralarında ayakta duruyordu, onların kendisine dehşet dolu gözlerle baktığını gördü. Ortalığa garip bir sessizlik hâkimdi. Neyse ki, içlerinden biri cesaretini topladı ve:

"Hocam, bir kez daha lütfetmez misiniz, bu güzel kelimelerle içimize inşirah saldınız!" deyiverdi.

Öğretmen, azıcık bir nur parıltısında, kendini öğrencileriyle ruh denizinde yol alan şevk gemisine kaptanlık eder bulmuştu. Rüya gibi bu müşahededen ancak akşam olup dersin bittiğini haber veren zil sesiyle uyandı.

Mustafa öğretmen sonraki gün okula vardığında, okul müdürü tıpkı taştan bir put gibi kapıda dikilmiş bekliyordu. Öğretmen biraz daha ona yaklaşmıştı ki, müdür eliyle sert bir hareket yaparak tıpkı bir polis gibi durmasını işaret etti. Sonra da kovulduğunu bildiren kararnameyi kendisine verdi."

## *NUR HİZMETİ BAŞLIYOR*

İkisi de Said. Ne var ki, o Bediüzzaman.

Bu ifritten dönemin ilk zamanlarında Şeyh Said Pîrân el-Palovî büyük servetiyle Anadolu'nun doğusunda ayaklandı. Kavminin en seçkinlerinden ve aşiret reislerinden bir ordu hazırladı, mevcut hükumeti tanımadığını ilan etti. Fakat devletin ordusu uçaklarla ve ağır silahlarla onları bastırdı. Ayaklananları dağlarda ve mağaralarda kovaladılar, ortalık kan gölüne dönmüştü. Çoğu kadın ve çocuk olmak üzere binlerce insan katledildi. Ölülerin cesetleri vadi ve tepe başlarına saçılmıştı. Şeyh Said Pîrân yakalandı. Kendisine yardım eden kırk tane komutanıyla birlikte idam edildi. Tarihler 29 Haziran 1925'i gösteriyordu. Bundan sonra görevi İstiklal Mahkemeleri devraldı. Bütün ülkede bir baştan bir başa kalplere korku ve ürperti ekildi. Yüzlerce âlim ve vaiz için darağaçları kuruldu.

Bediuzzaman Nursî, bütün bu korkunç olayları firâset nazarlarıyla takip ediyordu. Said Palovî henüz ayaklanmadan onların kurban gibi kesileceğini öngörmüştü. Bu yüzden de Şeyh Said Pîrân'ın ayaklanmasını baştan beri tasvip etmemiş, itiraz etmişti. Şeyh Said, Bediüzzaman'a nasihat içerikli bir mektup bile göndermişti. Her şeyin bir bir çöktüğü bir dönemde askere karşı gelmenin faydasız olacağını anlatmış, takip edilmesi gereken yolun, insan yetiştirmek ve imanın kurtulmasına en baştan başlayarak yeniden bir dönüşümü gerçekleştirmek olduğunu açıklamıştı.

Nursî, hiç bir şekilde katılmamasına rağmen Şeyh Said Pîrân'ın isyanının ateşiyle dağlandı. Doğu Anadolu'da bir dağda itikaf hayatı yaşadığı halde, idare onu aldı ve Barla nahiyesine sürgün ederek nazarlardan uzak bir şekilde ikamete zorladı. Üstad Nursî burada 1928 yılında Risale-i Nur'un yazımına başladı. Küçücük bir köyün ahalisinden oluşan ilk talebeleriyle yazdığı şeyleri gizlice onlara gönderiyor.. onlar da, bu risalelerin el yazısıyla çoğaltılması ve bir yerden bir başka yere götürülmesi için yollara düşüyorlardı.

Risale-i Nur, modern çağda vahiy damlacıklarının içlere nüfuz edip kökleşmesine zemin hazırlama davasıdır.. Nur hareketi, Resûlullah'ın hayatının bir benzerini yaşama hareketidir ve bu uğurda emellerin lezzetiyle birlikte elemlerin acılarına da katlanarak yaşamaktır!.. Ümmette tarihî uyanış için yeni bir başlangıçtır o.. Dâru'l-Erkam ve Mekke'nin tepelerinden başlayıp Mekke fethine yürüyen İslam davasının gençleri için bir yeniliktir.. Kur'ân'ın zorluklarına uzun zaman boyun eğmek, ahkâmını ve hikmetlerini sabırla almak, değer ölçüleri ve dengeleri üzere seyr ü seyahat etmek, şahısta ve toplumda hayata geçirilmesinin neticelerini görmek ve tâ Allah hicrete izin verinceye kadar korku ve ümit arası gidiş gelişleri yaşamaktır o...

Nursî'nin davası uğruna çektiği acılar apayrı bir hikâye! Hissiyatının sırlarını bir küçücük sepette taşırdı. Sonra bir rüyada onu Fethullah'a verdi ve ayrıldı, gitti.

Risale-i Nur'un delâleti Nursî'nin şahsî hayatında tecelli etmiştir. Remzi de tıpkı Fethullah'ın arkadaşı Hatem'in rüyasında göründüğü gibi inkişaf etti. Bediuzzaman ömrünün son senelerine yaklaşmış, yetmiş yedi yaşına gelmişti. Onun Fethullah'a gönderdiği mektup, bir anlamda şahsî hayatından seçip derlediği tecrübeleri, katlandığı meşakkatlerin semeresi ve bütün bir ömrünün hasadıydı. Böylelikle üzerindeki ağır yükü bir sepetçikte gencin omuzlarına bırakıverdi.

Fethullah, gece rüyasında bağırıyordu: "Lebbeyk! Başüstüne!"

Genç adam, Erzurum'um cami minaresinden iki kanadını rüzgâra açtı ve uçtu!

Efendim, onu ufukta, alevli vecd ışıkları saçarak uzak batının karanlıklarına doğru kanat çırparken gördüm.

# DÖRDÜNCÜ FASIL

# EDİRNE HAYATI: HALVETTEN CELVETE

## *SEYAHAT YA RESÛLALLAH*

Halvet bir fikirdir, celvet ise zikir. İkisi arasında ruhun mertebeleri yükselir. Derinliklere ulaşmak ise ancak tâ "iki denizin kavuştuğu yere" ulaşıncaya kadar yeryüzünde seyahat etmekle mümkündür! Bu yolda aşılmaz tepeler, geçilmez dereler vardır. Dağları aşarken yorulmak, sahraları geçerken yanmak söz konusudur. Bu yolda yürüyen gizlilik ve açıklıklar arasında iner çıkar, yorgunlukla beslenir, bitkinlikle lezzet alır! "Medyen Suyu"na sefer etmeden ulaşılabileceğini düşünen vehm içinde yanılır. Ey kalbim! Çıkınını asâna tak ve yola koyul! Emniyet ve huzur sahilinin kenarına vardığında sevgililerin menzillerini bulursun!

Anadolu şehirleri, ebedî seferin yeri! Burada her şey hicret ve göç üzerine şekillenir: İnsan, hayvan, kuşlar ve balıklar! Karada ve denizde aldıkları yollar rüzgârlara bağlıdır. Rüzgâr, kalplere doğru bir esmeye başladı mı –tâ tarihin başlangıcından bu yana– hepsinde yolculuk heyecanı tutuşturur. Derken, bu bir iştiyak halini alınca kanatlarını rüzgârın emrine teslim eder ve uzaklara doğru yola çıkarlar. Kuşlar daha ilk asırlardan beri Ağrı dağı da dahil Van ve Bitlis arasındaki şarkın yalçın kayalıklarında toplanırlardı. Bazı kuşlar da batıda İstanbul'un kubbeleri ile İzmir'in sahilleri arasında bir araya gelirlerdi. Diğer bir kısmı ise kuzeyde Karadeniz boyunca uzanan sıradağlarda ve bazıları da güneyde Isparta civarındaki göllerle Antakya arasında cem olurlardı. Tâ ki, davetçi "Ey Allah yolunun süvarileri, at bin!" diye seslendiğinde katar katar bir oraya bir buraya uçuşurlar, öyle ki, bu ruhanî seslenişin şevkiyle havada hep bir anda, bir dalga halinde kanat çırparlar.

* * *

Evliya Çelebi, Hicri 11. asırda yaşamış meşhur bir Türk seyyahı. *Seyahatnâme* isimli eserinin mukaddimesinde kendi serüvenini şöyle hikâye eder: Evliya Çelebi, bir gece rüyasında Resûlullah Efendimiz'i (sallallâhu aleyhi ve sellem) İstanbul'da bir camiye girerken görür. Hemen yanına yaklaşır ve mübarek ellerinden öper. Ardından kıyamet günü şefaatini diler. Fakat huzurun heybetinden dili dolanır ve "Şefaat ya Resûlallah" diyeceği yerde "Seyahat yâ Resûlallah" deyiverir. Efendimiz tebessüm buyurur ve onun bütün seyahatlerinde selametle yol alması için duada bulunur!

Bu yüzden Evliya Çelebi'nin yanık sesi soluğu bütün Anadolu'da ağaçları aşılar, her tarafı dolaşan rüzgârı heyacanıyla besler ve sahillerin mağaralarına, dağların oyuklarına çarparak yankılanır.. şahin yavruları her sabah onun gezip dolaşan ruhundan bol bol içine çeker, küçük tüyleri gelişip, büyüyüp kanatlar halini alıp da artık yuvadan uçmaya hazır hale gelinceye kadar bu böyle devam eder. Derken "Seyahat yâ Resûlallah!" diye bir çığlık atar ve semaya doğru kanat çırparak ayrılır gider.

* * *

Ramiz Efendi, oğlu Fethullah'ın artık tamamen Erzurum'dan ayrılması gerektiğini düşünüyordu. Uzun zamandır içinde bu arzu çimlenmeye başlamıştı. Fakat annesi, şefkatinin ağır basması sebebiyle bu isteğe hep olumsuz cevap veriyor, oğlunu Anadolu beldelerinin labirentleri arasına göndermeye gönlü razı olmuyordu. Zaman ne kadar zordu ve kılıçlar müminlerin boyunları üzerinde nasıl kavisler çiziyordu! Bütün bunlara rağmen babası, artık Erzurum'un dâhi ve müteheyyiç fıtrattaki oğluna yetmediğini görüyor, bu verimli tohumun kupkuru toprakta zayi olup gitmesinden endişe duyuyordu. Bu sebeple annesine ısrar ede ede onun kalbini yumuşatmış ve onun da bu fikri kabul etmesini sağlamıştı.

Öte yandan, burada, mesleğinin zorluğu ve yolunun uzunluğu konusunda Fethullah'a bir başka işaret daha vardı. Bu işaret, tâ o camide yeşil gecesini aydınlatan nurların takdim ettiği müjdeleri tamamlamak üzere geldi. Bu yüzden annesinin rızasını aldı. Artık yola çıkma vakti gelmiş demekti. Derken, suskun vicdanının derinliklerinden bir çığlık attı:

"Seyahat yâ Resûlallah!"

Tren Edirne'ye doğru yola çıktı. Anadolu'nun en doğusundan en batısına 1400 km'den fazla yol katetti. İşin başında bu gencin Edirne'ye gidişinde, orada yaşayan annesinin yakını Hüseyin Top Hoca'nın yanına gitmekten başka her hangi bir hikmet ve sebep görünmüyordu. Annesi, kendisinden oğlunu gözetip kollamasını rica etmişti. Fakat zaman Edirne'ye belirlenmiş bir takdir üzere geldiğini gösterecekti. Onun yükseklere urûcunun, bir anlamda miracının sıçrama taşının bu ateşli şehir olduğu anlaşılacaktı.

Bu yüzden o, bir kere evden çıktı ve bir daha dönmedi! Hâlbuki, ilk başta düşünce, Edirne'ye gitmek, bir miktar orada kalıp Erzurum'a geri dönmekti. Fakat seyahat nidası, onun iradesinden daha kuvvetliydi ve aldı onu ruhun derece-i hayatına doğru yükseklere fırlattı. Sürekli bitmek bilmeyen bir yolculukta, Allah için hicret ediyor, hüzün ve keder arası seferler yapıyor, bir ızdıraptan öbür eleme koşuyor, yaraları yine yarayla tedavi ediyor, hüzünleri tasalarla sarıyordu!

Fethullah için, büyük şehirlerdeki tren garları seferin yoruculuğuna ara verip istirahat etme koylarıydı. Hem ruhi seyahatinde asâyla başka şehirlerin kapılarını vurma anlamı taşıyordu. Ankara, bu genci kendine celbeden ilk gardı. Birkaç günlüğüne Ankara'ya indi. Niyeti, Diyanet İşleri Başkanlığı'nın imam-hatipler için düzenlediği imtihanın yerini öğrenmekti. Burada özellikle manevi bir havaya sahip büyük mürşid ve zahid Hacı Bayram-ı Velî Hazretleri'nin medfun bulunduğu mevki onun çok hoşuna gitmişti. Ankara'da iken babasının akrabası olan Mustafa Zeren isminde bir milletvekilini de ziyaret etti ve bir gece onun evine misafir oldu. Burası Ankara'ya yüksekten bakan bir yerdi. Oradan şehrin pek çok yerini müşahede etmek mümkündü. Derken Ankara'daki sayılı günleri bitti ve oradan ayrılarak tekrar yola koyuldu.

Edirne yolunda uğradığı ikinci büyük şehir İstanbul'du. İstanbul, gezip görülmesi gereken bir yerdi. Bu yüzden seheyatine ara vererek birkaç gün de burada kaldı. Sirkeci mevkiinde Erzurumluların çok iyi bildiği küçük bir otele yerleşti. Bu otelde nerdeyse Erzurumlulardan başka kimse konaklamıyordu. İstanbul'a yolu düşen herkese bu otel tavsiye ediliyordu. Burası gayet sade ve ucuz bir oteldi. Erzurum'un fukarası için bundan daha iyi bir yer olamazdı. Yatakları ve yastıkları eskiydi. Duvar dipleri ve delikler pire, cırcır böceği ve sair haşerat için yuva olmuştu. Gece gündüz gürültü eksik olmuyordu. Yani üçüncü sınıf bir oteldi. Genç, bütün gece kaşınmaktan hiç uyuyamamıştı.

Tren gecenin yarısı geçtikten sonra İstanbul'dan ayrıldı. Edirne'ye vardığında saat epey geç olmuştu. Bu yüzden yolcuların çoğu oturakları üzerinde uyuyakalmıştı. Fethullah da onlarla beraber uyuyakalmıştı. Tren Edirne'deki ana istasyonu da geçmiş son durağa varmıştı. Görevliler, yolcuları treni terk etmeleri için uyandırdılar. Yolcular trenden indiklerinde kendilerini boş ve geniş bir arazide buldular. Şehre varmak için yurümüleri gereken uzun bir yol vardı. Herkes çaresiz bavullarıyla, eşyalarıyla bir müddet yürüyerek şehre ulaştı.

Genç de, ahalisi henüz gafletteyken bu beldeye girdi. İstirahat edip uyayabileceği, kendine uygun bir otel bulamadı. Nihayet sabah olduğunda kendini tarihî Üç Şerefeli Camii'nin civarında bir otelde konaklıyor buldu. Henüz bir gün gelip de bu camiye imam olacağını bilmiyordu.

Delikanlı hemen annesinin yakını Hüseyin Top Hocaefendi'yi aramaya başladı. Nihayet Hüseyin Hoca'yla buluştu. Hüseyin Hoca, ona ikramda bulundu ve geçici olarak kendi görev yaptığı Yıldırım Bayezid Camii'nde ona bir yer hazırladı. Genç adam, dinî bir vazife alabilmek için şehrin müftüsünün veya vekilinin muvafakatı olması gerektiğini biliyordu. Fakat o vakit Edirne'nin henüz müftüsü tayin edilmemişti. Bu yüzden Hüseyin Hoca, misafirini müftü vekili İbrahim Efendi'nin yanına götürdü. Müftü vekili, genci görünce yaşının genç olması sebebiyle pek değer vermedi, vazifeyi yerine getirebileceğinden emin değildi ve imtihan etmesi gerektiğini söyledi. Genç, bu teklifi hemen kabul etti. İbrahim Efendi, ona bir fıkıh kitabı verdi. Rastgele bir sayfasını açtı ve okumasını istedi. Genç, okumaya başladı. Her okuduğu paragrafı tercüme etti. Okumada ve Türkçeye tercümedeki mahareti müftü vekilini hayretlere düşürmüştü. Fakat hissiyatını katiyen yüzünden okumanız mümkün değildi. Tâ ki, genç okuyacağı yeri bitirdi ve vekil müftü onun odadan çıkmasını istedi. Biraz sonra Hüseyin Hoca da çıktı. Nerdeyse sevincinden uçuyordu. "Müjde!" diye seslendi:

"Vekil, senden çok etkilenmiş. Senin hakkında 'Bu gencin yaşı daha çok küçük; fakat kendini çok iyi yetiştirmiş...' dedi."

Bu söz Hüseyin Efendi'yi çok sevindirmişti. Fakat genç bu konuda en ufak bir kibir ve büyüklenme alâmeti sergilememişti.

Bundan sonra Fethullah "Akmescit"te ikinci imam olarak görevlendirildi. Burada vakit namazlarını kıldırıyor, bazen de vaaz veriyordu. Tâ ki, Diyanet İşleri Başkanlığı'nın açtığı vaizlik imtihanının vakti geldi çattı. Bunun için Ankara'ya gitti. Aradan günler geçti.. genç imam, Edirne müftülüğünde kendisine gelen bir telefon için çağrılıyordu. Telefon eden akrabalarından milletvekili Mustafa Zeren'di. Kendisine Ankara'daki gelişmelerden haber veriyordu.

"Yeğenimin gözlerinden öpüyorum. Tebrikler imtihanı kazandın!" diyordu.

Haber önce Hüseyin Efendi'ye ulaşmıştı. Çarşı pazar, her yerde onu arıyordu. Nihayet bulunca caddenin ortasında ona sımsıkı sarıldı ve "Müjdeler olsun, Fethullah! İmtihanı kazandın!" dedi.

Fakat bu haber Hüseyin Efendi'yi sevinçlere gark ederken müftü vekili İbrahim Efendi'yi de korku ve endişelere sevk etti. Zira, Fethullah, Ankara'ya, Diyanet İşleri Başkanlığı'na bir dilekçe yazarak Edirne müftülüğüne tayin edilmesini istiyordu. Zira Edirne'ye henüz müftü tayin edilmemiş, onun yerine vekil nezaret ediyordu. Ne var ki, cevap olumsuzdu. Sebebi ise, gencin henüz askerlik hizmetini yapmamış olmasıydı. Resmi kimliğine göre yaşı henüz on yediydi. Bu yaşta askere gitmek de mümkün değildi. Bu yüzden hemen mahkemeye müracaat ederek, doğum tarihinde bir değişiklik yapılmasını talep etti. Böylelikle yaşı bir yıl büyüterek on sekiz yapıldı.

Bu arada müftülük Edirne'de boş olan camilere imam tayin etmek için şehir çapında bir sınav yaptı. Fethullah, bu imtihanı birincilikle kazandı. Hakkı, tarihî Üç Şerefeli Camii'ne imam tayin edilmekti. Fakat müftü yardımcısı İbrahim Efendi'nin zihninde başka biri vardı. Diyanet İşleri Başkanlığı'nın daha önceki cevabından da yola çıkarak gence şöyle dedi: "Doğrudur. Sen bu imtihanda birinci oldun. Fakat askerliğini henüz yapmamışsın. Bu arkadaş ise askerliğini yapmış. Bu durumda ikinizi eşit kabul edip kur'a çekeceğiz." Fakat kur'anın neticesi vekil için hüsran oldu. Zira, kur'ada genç çıktı ve Üç Şerefeli'ye imam olarak tayin edildi.

O vakit, imam maaşı 200 liraydı. Fakat Fethullah maaşını almak üzere müftülüğe çağrıldığında maaşından 30 liranın kesilmiş olduğunu gördü. Evet, zaman ve mekân açısından gurbet yaşayan genç bir imamın bir şeyler yapma kapasitesi nedir ki? Hassaten bu genç, utangaç, muhcup, mal ve metâda zâhid biriyken.. sonra bir yandan Erzurumlu olup bir vazife edinme veya rızık kazanma adına hicret etmiş birisi.. öte yandan kubbe ve minarelerin tepesinde Nur bayrağının ışığını yükseltme hayalleri kuran birisi.. iman ve Kur'ân hizmetini en ücra köşelere kadar ulaştırma rüyaları gören birisi.. işte, Fethullah bu yolda elinde avucunda ne varsa sarf ediverdi.

## ZORLUKLARLA YAKAPAÇA OLMA

Bir kulun imamlık makamına hakkıyla ulaşabilmesi için kaburgalarının imtihan sözcükleriyle yanıp tutuşması, bunlarla birbiri ardınca kavrulup pişmesi lazım ki hepsi bittiğinde insanlara imam olabilsin. Yoksa o, en iyi halinde bile ancak tâbi olabilir. Buradaki "kelime/söz" öylesine söylenen söz değildir. Bilakis, o alevli bir fiil, patlayan bir yanardağ ve zor bir imtihandır. Ayaklar onun üzerinde keskin bir kılıç üzerinde yürüyormuş gibi yürür, kalpler onun temizleme ve süsleme (takhliye ve tahliye) ateşiyle tutuşur. Bundan dolayı dünyada tâbi olan mukallitler çok, yenilenmeyi temin eden müceddit imamlar ise az olur.

Fethullah, Edirne'de kendini bu makamla meşgul buldu. Ya imam olacaktı ya da ona orada durmak yoktu! Bu onun kaderiydi ve büyük bir vazifeydi. Sürekli ilerlemesi gerekiyordu. Hayatında geri adım atma nedir bilmedi. Velev ki, öne doğru iki adım atmış olsun. Neden olmasın ki? Bunu idrak ettiği günden beri söz verdiğini tekrarlar durur ve ağlar: *"Fakat o sarp yokuşu aşmaya çalışmadı...", "Fakat o sarp yokuşu aşmaya çalışmadı!"*

İmtihan kelimeleri dur durak bilmeden başından aşağı sağanak gibi yağmaya devam ediyordu. Bir ateşten çıkarken yüzünü başka bir ateş yalıyordu. Fakat sağanak yağmur etrafını ıslatarak serinletiyor, selamet ihsan ediyordu. Ateşle yüzyüze geldiğinde imanı kuvvet buluyor, aşılması zor yamaçlara sardığında azmi daha bir kuvvetleniyordu.

### *Birinci Akabe (Sarp Yokuş): Edirne'nin Yaraları*

Edirne'nin Türkiye tarihinde ayrı bir hikâyesi var!

Edirne şeytanlar diyarı! Edirne mücahitler beşiği! Edirne fasıkların sığınağı! Edirne Fatihlerin başkenti! Edirne düşenlerin buluşma mekânı! Edirne seyr-ü sülûk kahramanlarının miracı!

Edirne sıra dışı bir şehir.. Avrupa kıtasındaki şehir stratejik açıdan son derece önemli. Türkiye'nin en batısındaki ili. Balkan ülkeleriyle sınır olan şehirden Bulgaristan ve Yunanistan gibi komşu ülkelerin köylerinin ışıklarını gece görmek mümkün.

Edirne, jeopolitik konumuyla bugün basiretli Müslümana dünkü tarih hakkında çok şeyler hatırlatmakta. Hangi mümin -hakiki mümin- bu şehre girer de onun omuzlarına ve sırtına vurulmuş gam ve keder kamçılarını hissetmez ki? Allah tarafından korunmuş bir şehir... Kubbeleri ve minareleri tıpkı tarihin zelzelelerine, coğrafyanın sürükleyip götürmesine mani olan demirden kazıklar gibi! Hududun arkasında başka bir dünya var. Bulgaristan ve ona komşu yerlerdeki Müslüman köy ve kasabalarında ezanların hazin sadâsı, tâ Abbâsi Halifesi Mu'tasım zamanında Rum'a esir düşen bir Abbasi kadınının darda kalıp da "Nerdesin ey Mu'tasım!.. Nerdesin ey Mu'tasım!.. " diye feryat edip de, bu yardım isteği bütün Anadolu'da yankılandağı günden bu yana göklere doğru süzülür. Edirne'nin yine aynı elemli esaret matemleri içine girme ihtimali yok muydu? Hangi nimetti o ki, Allah'ın sadık kulunun kalbi tam bir emniyet ve itminan içinde o gün Edirne'ye giriyordu? Yine hangi şiddetli bir tokattı ki, o zat aynı zamanda kendini zayıf ve desteksiz bir vâris olarak telakki ediyordu? Ancak nedendir bilinmez Selimiye Camii, bütün hüznünü ve dağınıklılığını Allah'a şikâyet ediyordu.. dört minaresinden birden her namazda: "Yaramı tedaviye yetişin! Koşun yaramı sarın!" diye sesleniyor fakat ne yazık ki, hiç kimse onun imdadına koşmuyordu?

Edirne cihadın başkenti.. aslan ve yavrularının mekânı.. Resûlullah sallallâhu aleyhi ve sellem'in müjdelediği *"Emiri ne güzel emir, askeri ne güzel asker..."* diyerek iltifat ettiği Sultan Fatih, İstanbul'un fatihi, burada dünyaya geldi. Tarih, o şânı yüce Nebi'yi tasdik etti.. evet O, yerde ve gökte tasdik edilendir! Salât ü selâm, her türlü ihtiram Senin üzerine olsun ey Efendim, ey Allah'ın Resûlü! Efendimizin müjdesine beşiklik eden Edirne, bundan sonra O'nun müjdesine katkıda bulunmakla iftihar edebilir!

Osmanlı Devleti'nin ilk padişahları, başkent edindikleri yerleri, Allah için cihad edecek askeri birliklerin üsleri haline getirirlerdi! Askerlerin kılıç ve kalkanlarından başka ne nişanları ne de harhangi bir süsleri vardı. At sırtından başka yurtları yuvaları yoktu. Tekbir naraları ve at kişnemelerinden başka her hangi bir askeri mızıkaları da yoktu. Önce Anadolu'nun güneybatısındaki Manisa'dan[2] yola çıkarlardı ki, burası onların kabilelerinin ve aşiretlerinin beşiği, himaye oldukları yerdi. Derken, Rumlarla gaza ede ede ilerlediler ve

---

2 Eserde Manisa geçse de burada Bilecik kastedilmiş olmalı. (Mütercim)

nihayet kuzeybatıda Bursa'yı fethettiler.. ve burası ilk başkentleri oldu. Devletlerini burada tesis ettiler. Sonra cihada devam ettiler, tâ ki Allah onlara Avrupa topraklarındaki Edirne'nin kapılarını açtı. Hicrî 763 tarihinde Edirne'yi yeni başkent yaptılar. Bu şehir birkaç asır şehirlerin sultanı olarak devam etti. Tâ ki, genç sultan Fatih Sultan Mehmed geldi ve Allah ona Konstantiniye'nin, yani İstanbul'un fethini müyesser kıldı! İstanbul, başkentlerin başkenti, mecd ve keremin, şeref ve üstünlüğün vârisi oldu. İslam hilâfetinin başı burada tarihin semalarına ser çekti. Bundan sonra İslam sancağı hem doğuda hem batıda gaza etti ve Allah'ın yardımı her yerde feth-i mübini müjdeledi. Bu durum, son dönemde gelen sultanların bir kısmının, zirvelerde kalmanın gereklerini ihmal edip, saraylarında zinet ve debdebe içinde keyf sürmelerine kadar devam etti. Onların yaptıkları sebebiyle Allah onlardan mülkünü kaldırdı, yardımını esirgedi ve milletler onun çanağına üşüştüler! Her yerde hilafetin yürekleri parçalayan kanı aktı.

Bu yüzden şeytanın kalbinde Edirne hakkında derin bir haset ve eski bir teessür vardır. O da Fatih Sultan Mehmed'in doğumudur. Fatih orada doğdu, orada terbiye gördü, orada yetişti ve Edirne'nin yüksek tepelerinden Konstantiniye'nin yüksek surlarına geçerek düşmanın azı dişlerinin arasından onu söküp aldı. Tıpkı ecdadının Edirne'yi onlardan söküp aldığı gibi... Fakat sonunda, hilafet örtüsü yırtıldı.. tâ şeytan oraya pençesini geçirdi, perdesini parçaladı ve namusunu kirletti.

O günden sonra Edirne, şarap üzümlerinin tarlaları haline geldi. Meyhaneler camilerle yarışa girdi ve Edirne'yi her köşeden kuşattılar. Edirne, aynı zamanda çoğu Balkanlardan kaçan Müslümanların hicret mekânı olmuştu. Onlar da kaçıp gelirken beraberlerinde Avrupa'dan sirayet eden şeyleri de getirmişlerdi! Öte yandan şehrin batı devletlerinin sınırında olması sebebiyle karayolu ile Türkiye'ye seyahat edenlerin de uğrak yeriydi.

Din adamlarının cehaleti hakkında gördükleri şeyler Fethullah'ı dehşete düşürmüştü. Resmî olarak himayelerine aldıkları mükelleflerin gözü önünde hukûkullaha ihanetleri, hatta bazı camilerin bahçelerinin fuhuş yuvası haline gelmesi, cadde ve sokakların açık saçıklıkta Avrupayla yarışır hale gelmesi, dindar insanların çocuklarının dans yarışında en önde yer almaları, camiye dair vazifelerini ibadet maksadıyla değil de sırf dünya geçimi için bir meta olarak görür hale gelmeleri, hatta bazı müezzinlerin gerçekte namaz kılmayıp müezzin mahfillerinden cemaate uyuyor görünmeleri, imamın tekbir alıp namaza durmasıyla camiden fırlayıp camiyi ziyarete gelen turistlere rehberlik etmeleri, cami ve etrafını birkaç lira karşılığı gezdirmeleri, sonra alelacele imam selam vermeden mahfile geri dönüp selamın akabinde müezzinliğe devam etmeleri onda büyük hayal kırıklıklarına sebebiyet vermişti. Bütün bunlar ve daha nice haller için emr-i bi'l-maruf nehy-i ani'l-münker yapan bir Allah'ın kulu yoktu.

Türkiye'nin batı hududu gerçekten bu anlamda ürkütücüydü. Üç Şerefeli Camii'nin minareleri, bütün beldeleri saran bu durumdan sıyrılmak ümidiyle büyük bir gazap içinde kendi etrafında dönüyordu. Evliyaların sultanı, sultanların velisi, mücahid halife-i Osmanî, II. Murad'ın hayali bu caminin sütunları arasında hüzünlü bir şekilde dolaşıyordu ve her bir taşını abdestli koyarak bina ettiği bu caminin düştüğü hale ağlıyordu. Onun halefi ve sırrının varisi oğlu "Muhammed Fatih" ise, sürekli uzak ufuklara doğru bakıyor ve zamanın vicdanında yeni bir fetih için çığlık çığlığa bağırıyordu.

Selimiye Camii'ne gelince.. büyük kubbesi tıpkı canlıymış gibi titriyordu. Kendisini çevreleyen dört minaresiyle beraber tıpkı uçmaya hazır bir kartal gibiydi. Bu minarelerden yükselen ezanların her bir cümlesiyle beraber büyük üstad Mimar Sinan'ın ağlamaları, hazin sadâsı da göklere doğru uzayıp gidiyordu. Allah'a tazarru ve niyazın şevki içinde o ellerinin işlediği harika ve eşsiz camiye ağıt yakıyordu. Âh, ne yazık sana ey fatihlerin başkenti! Ey evliyâlar şehri! Hangi şeytan seni bu şirretin içine attı da boğulup gittin...

"Nerdesin Ey Mu'tasım!.. Nerdesin Ey Mu'tasım!.. "

Fethullah gelinceye kadar bu ses, bir nida halinde dört bir tarafta yankılanıp durdu. İlk zamanlar bu genç için gerçekten çok zordu.. düşünün bir kere, mütedeyyin bir adam için bu hal nasıl bir sıkıntı ve ızdırap olur.. Erzurum gibi çok muhafazakar, ahlâk ve fazilete önem veren bir şehirden çık ve insanî duyguların yitirildiği bir şehre gel.. o derece ki, şehirde bekarlara ev verilmiyordu.. çünkü insanlık tarihinde yoldan sapan ve bir ibret nişanesi olarak anlatılan toplumların aksine erkekler değil, evde kalmış kızlar, kadınlar daracık sokaklarda erkeklere pespaye sözlerle laf atıyorlardı!

## *İkinci Akabe: Yusufvari İmtihan*

Kısmen maddi durumu istikrara kavuşunca genç, kiralık bir ev aramaya başladı. Nihayet, aylık kirası 50 liraya bir ev buldu. Ev küçüktü, güzel de bir bahçesi vardı. Fethullah, sıkıntıları azalacağı için seviniyordu. Derslerine yeniden başlayabilirdi. Fakat evin çok da müsait olmadığının farkına varması uzun sürmeyecekti. Ev, bir çıkmaz sokaktaydı. Mevsim yazdı... Sıcaklık insanları âdeta boğuyordu. Daracık yol boyunca mahallenin kadınları oturuyor, sabahtan gecenin ilerleyen saatlerine kadar vakitlerini kaldırımın üzerinde geçiriyorlardı. Genç, çok büyük bir zorluğa düştüğünü o vakit anladı. Aralarından geçmeden evine ulaşması imkansızdı. "Yusuf'un arkadaşları"nın gözleri, her taraftan onu baştan çıkarıcı oklarla süzüyordu. Tepeden tırnağa ter içinde kalan genç, eve ulaştığında sanki hamamdan çıkmış gibi sırılsıklam buluyordu kendini.

Bu hal tam 15 gün devam etti. Ta ki, kadınlar onu rahatsız edici sözler söylemeye başlayana kadar... Âdeta, utanç ateşi ile üzüntü alevleri arasında acıyla yanıyordu. Nerdeyse hiç uyuyamıyordu. Artık bu tip insanların bulunduğu bir yere geldiği için üzülüyordu. İlerleyen günlerde sabah namazından evvel evden çıkıyor, tâ gecenin yarısı geçtikten sonra evine dönüyordu. Bu halde bir ayı tamamladı. Allah bilir ne kadar zorlanıyordu.. yaz geceleri kısaydı, şafak çok hızlı ağarıyordu. Gencin uyuyabilecek sadece iki saati vardı. Sonra insanlara namaz kıldırmak için camiye çıkıyordu. Evin bir faydasının olmadığının, boşuna kiraladığının farkına vardi. Üstelik camiye de uzaktı. Bu yüzden hemen birkaç parçadan oluşan eşyasını toparladı ve Üç Şerefeli Camii'ne taşındı.

Genç adam caminin içindeki direkleri, pencereleri yaşlı gözlerle süzdü, yardım dilenircesine etrafa nazar gezdirdi. Büyük pencerelerden birisi sanki ona hoş geldin diyordu. Yaralı bir vicdanla kendini oraya attı. Kokuşmuş sokakların yangını onu yormuştu. Pencereye girip kapılarını kapattığında, o pencerenin kanatlarıyla kendini sarıp sarmaladığını hisseder gibi oldu. Tıpkı şefkatli bir anne gibi sıcaklığıyla onu kucaklamıştı. Caminin pencereleri geniş ve yüksekti, kapıları vardı. Osmanlı zamanında yapılan camilerin pek çoğunun mimarisi bu şekildeydi. Kapısının uzunluğu iki buçuk metre kadar, tavanının uzunluğu da üç metreyi buluyordu. Genişliği iki metre, uzunluğu da iki buçuk metre kadardı. Hatta uzunluğu mescidin duvarının uzunluğu kadar oluyordu ve tamamı kapılıydı. Fakat pencereler cami zemininden biraz yukardaydı. Dışarıdan sağlam demirlerle örülmüş, içerden de demir çerçeveye bağlı tahta kapılarla kapalı bir kutu gibi yapılmışlardı. Güneş ışınlarının camiyi doldurması için dörtgen boş çerçeve şeffaf camla kaplanmış, ardından caminin içinden her pencereye açılıp kapanabilen tahtadan çok sağlam kapı monte edilmişti. Bu haliyle bu pencereler bir oda veya küçük bir maksûre halini almıştı.

Fethullah, sahip olduğu bütün mamelekini pencereye koydu: İki battaniye, iki yemek kap, bir kaşık, bir çay bardağı! Erzurum'dan getirdiği bütün eşyası bundan ibaretti. Bu halvete çekilişiyle yılanların sızmasından ve feci bir şekilde sokmasından korunacağını düşünüyordu. Fakat yılan bu, ne engel olabilir ki! Ateşten kaçarsın ve zannedersin ki kurtuldun, fakat onun tesiri seni takip eder... İşte, böyle bir gün namaz bitmiş ve herkes camiden ayrılmıştı. Genç imam caminin arka kısmındaki müezzin maksûresinde kalmıştı. Oturmuş, sükûnet için tesbihatını yapıyor, manevi hazzını yavaş yavaş yudumluyordu. Henüz çok vakit geçmemişti ki, fettân bir kadın ansızın yanına girdi. Kadında nasıl oldu da böyle tutkulu bir istek oluştu bilmiyordu. Kadın ateşten bir dille onu fitnesine davet ediyordu. Ancak o zaman nasıl bir imtihanla karşı karşıya kaldığını idrak etti ve ruhu nerdeyse bin parçaya bölündü. Derinliklerinden gelen sessiz bir çığlıkla bastı feryadı... öyle bir feryat ki, onu kulaklar duymadı ama caminin sütunları ve semanın sakinleri ihtizaza geldi. Göz açıp kapayıncaya kadar birden sıçrayan delikanlı kendini süratle arkasındaki pencereye attı ve kapılarını kilitledi. Ve benekli yılana seslendi: "Allah canını alsın!" Bu tavır, o kadına alçaltıcı bir tokat ve yüzüne atılan bir toprak gibiydi. Hedefine ulaşamayan yılan hüsran içinde sadakat kahramanı delikanlıya şöyle hakaret etti: "O halde, böyle zavallı olarak yalnız başına kal! Yalnız başına geber git! Yazıklar olsun sana..."

Benekli yılanı, kesinlikle Fethullah'a şeytan göndermişti! Onun tertemiz gece örtüsünü delip sırrını yakmaktı hedefi. Fethullah'ın bir sırrı var. Onu kimseye açmıyor. Eğer şeytan onun incilerinin sandığını kırarsa delikanlı helak olur. Fakat sadık bende kurtuldu. Ateşin dumanı girmesin diye ismetinin pencerelerini sıkı sıkıya kapadı. Sonra şeytana abdest suyundan serpti ve o ateş hemen sönüverdi!

* * *

Hüseyin Efendi, Fethullah'ın cami penceresini mesken edindiğini duyar duymaz hemen pencereye elektrik hattı çekmesi ve delikanlı için oraya bir lamba takması için bir elektrik teknisyenini çağırdı. Teknisyen derhal geldi, namaz vaktinin dışında bir saatte çalışmaya başladı. Tam teknisyen lambayı takacakken delikanlı çıkageldi ve ne yaptığını sordu. Adam yaptığını anlatınca, delikanlı birden öfkelendi ve teknisyenin işini tamamlamasına müsaade etmedi. Sonra teker teker döşenen kabloları eliyle söktü. Bir yandan da: "Bu, caminin elektriği, ücreti vakıf malından ödeniyor ve vakıf malı bana haramdır! Efendim, benim kendi ışığım bana yeter!" diye söyleniyordu.

Bu yüzden, yatsı namazı eda edilir edilmez müezzin bütün lambaları söndürür, delikanlı doğruca penceresine çekilir ve kendi küçük lambasını yakardı. Onun o kısık ışığında bir yol bulur, zamanın katmanları arasında dolaşır, geçmiş zamanların âlimlerinin meclislerine iştirak eder, belki de derslerini onların eski zamandaki meclislerine varıp ulaşan tayflara arz ederdi.

Fethullah, huzur içinde bu şekilde tam iki buçuk sene o pencerede kaldı. Orası onun halvethanesiydi. Orası onun manevi âlemleri temaşa yeriydi. Orası onun hem istirahat mahalli hem de mutfağıydı. Orada uyur, misafirlerini orada ağırlardı. Askere gidinceye kadar da yerini değiştirmeyi hiç düşünmedi.

## *Üçüncü Akabe: Pencerede Ziyaret*

Onun için pencerede kalmanın, misafirleri karşılama, ağırlama hariç hiçbir zorluğu yoktu. Bir keresinde kardeşi "Sıbgatullah" onu ziyarete gelmişti. Onu kendi yerine pencerede yatırıp kendisi de mescitte halıların üzerinde gecelemişti. Hemen ertesi gün kardeşini Erzurum'a geri göndermek için ısrar etmiş ve trenle gönderebilmek için 70 lira borç para bulmuştu.

Hele büyük dava adamı "Salih Özcan"ın ziyaretini ve penceresinde bir gece misafir ettiğini hiç unutamaz. Zira, bu ziyaret onun kalbinde asla unutamayacağı bir tesir bırakmıştır. Bu zat, çok zor bir dönemde.. tam da kendisini teskin edecek ve yaralarını saracak birine ihtiyaç duyduğu bir anda gelmişti! "Salih Özcan" da Anadolu'nun doğusundan, Türkiye'de yaşayan Arap kabilelerindendi. Neseben Hz. Hüseyin'e dayanan bir şerifti. Bediuzzaman'ı tanımış ve onun hizmetine girmiş birisiydi. Risale-i Nur'un ilk basıldığı dönemlerde çok aktifti. Nur talebesi olduğu için defalarca hapishaneye girmişti. Çok erken dönemde Üstad Bediuzzaman ve Risale-i Nur'un Arap dünyasında tanınıp bilinmesinde öncülüğü vardı. Hususi ve umumi pek çok gönül ona hayret verici bir suhûletle açılmıştı. Hatta rahmetli, Doğu'dan ve Batı'dan bazı meliklere, pek çok vezirlere, siyasi şahsiyetlere, meşhur âlimlere ulaşmıştı. Bunlardan bazıları, Şeyh Muhammed Mahmud es-Savvâf, şair Ömer Bahâuddin el-Emîrî, Üstad Allâl el-Fâsî, Şeyh Abdullah Kenûn, allâme Muhammed b. Tavit el-Tancî'ydi. Yeryüzünde nerdeyse ziyaret etmediği yer kalmamıştı. Tabiatındaki girişkenlik ve seyahat isteği sebebiyle Bediüzzaman Hazretleri kendisine latifeyle "Dışişleri Bakanı" diyerek takılırdı.

Gücü yettiği ölçüde ona ikramda bulunmuştu. Sonra, gecelemesi için pencereyi hazırlamış, kendisi de her misafir geldiğinde âdeti üzere yere yatmıştı. Sabahleyin –uğurlamak üzere otobüs terminaline vardıklarında– Seyyid Salih Özcan genç Fethullah'a sımsıcak sarılmış ve "Sen gerçek bir kahramansın." demişti. Bu kelimeler öyle büyük bir adamdan çıkıyordu ki, delikanlının ruh hayatını, canlılığını yenilemeye ve günlerce tesiri altında kaldığı kabz halinden onu çekip çıkarmaya yetmişti. Ardından penceresine sevinç içinde döndü. Öyle ki, âdeta her tarafından fışkıran yepyeni bir iman kuvveti hissediyordu.

Fethullah yaralı ve yapayalnızdı.. hem ruhunun gurbetinin hem de vatanından ayrı kalma gurbetinin hüznünü derince hissediyordu. Manevi bir tedaviye çok ihtiyacı vardı. Tam da bu dönemde Seyyit Salih'in sözleri onun bu yaralarına ve hüzünlerine birer merhem olmuştu.

## *Dördüncü Akabe: Ruhî Seyahatler*

Fethullah.. çiçeği burnunda, güçlü, dinamik, güzel yaratılışına, yüce ahlâkına, güzel elbiseler ve düzgün yapısına bir de heybet ve celâl eksenli ruhî tecellileri eklenmiş bir delikanlı. Bu genci yoran, seması yağmur gibi üzerine mihnet ve fitne yağdıran bir yere onu şiddetle çeken süslü bir şeytan vardı. Nereye kadar sabredebilirdi? Azmi nereye kadar dayanabilirdi? Ah Yusuf'un arkadaşları, o, onların üstlerine bir kapı kapattığında, onlar onun üzerine bir sürü kapı açarlar! O delikanlı, bir hapishane mahiyetindeki dar penceresinde.. fakat yollarda ve sokaklarda onun aleyhine türlü türlü komplolar diziliyordu. Odunları tutuşmuş koca bir ormanda, ateş onun odununu yutmadan ve çiğ tanesini içmeden yeşil ince bir dal tek başına nasıl ayakta durabilsin! Nereye kaçsın?

Durumunun ne kadar tehlikeli, tutup gittiği yolun ne kadar engebeli olduğunu biliyordu. Bu yüzden çok alışılmadık bir tarzda düşünceye daldı. Nihayet manevi riyâzete ve beşerî garîzelerini yerle bir edecek bir nefis mücadelesine yelken açma kararı aldı. Bu fitne ateşinde kaçışın şiddeti sebebiyle âdeta kılıç üzerinde yürüyor ve büyük sıkıntı çekiyordu. Çok hızlı bir şekilde ruhî miracıyla yükselmeye başladı. Bir tepeden öbürüne yükseliyor, makamdan makama giriyordu. Öyle ki, "el-Feth"in ufkuna ulaştığında kapıyı çalmaya yöneldi. Fakat en küçük bir eser bulamadı. Sağında solunda şimşekler çakıyor ve etleri parçalanıyor, kanı akıyordu. Sonra yolda hata yaptığını anladı ve ağlamaya başladı. Sonra, miracın kapısını araştırmak için tekrar başlangıç merdivenlerine geri indi.

Onun ruhî riyâzeti, nefs-i emmâresini çepeçevre kuşatmış, karşısına çıkan Edirne'nin türlü fitnelerini zayıflatmıştı. Belki de, onda, mücahitlerin şehri Edirne'yi kirleten ruhî tahribattan bir şekilde şuursuzca intikam alma söz konusuydu.

Seyr u sülûkü çok basit değildi. Çok az uyuyor, çok az yiyor ve çok az konuşuyordu. İki battaniyeden başka bir şeyi yoktu. Dondurucu kış soğuklarında birisini altına seriyor, diğerini üzerine alıyordu. Edirne'nin geceleri öyle soğuktu ki, sakinlerine gündüzün şiddetli soğuklarını iştiyakla arattırırdı. Gece boyunca açlıkla yarenlik yapar, iki saatten fazla uyumazdı. Nahif bedeni açlığın pençesinde acı çeker ve birazcık uykuya yol bulabilmek için kilimin üzerinde kıvranır dururdu. Eti de lezzetli yemekleri de terk etmişti. Nihayet, vücudu iyice zayıfladı ve yüzü soldu.

Fethullah'ın riyâzeti, bir belayla karşılaşıncaya kadar, nefsine karşı sert bir edada artarak devam etti. Fakat buna rağmen o riyâzetin zorluklarının dikenleri üzerinden geçmeye devam etti. Zira o, sözlüğünde durma olmayan bir adamdı.

"Hayriye Hanım", albay emeklisi kocası vefat etmiş saliha bir kadın.. Fethullah'ın ahvâlini bilen tek kişi.. onun nasıl acılar içinde çırpınıp durduğunu iyi biliyor.. (bu bastona dayanıp gezen yaşlı kadın), onun açlıktan kıvrım kıvrım kıvrandığını görüyor ve tıpkı çocuklarının üzerine eğildiği gibi onun da üzerine eğiliyordu. Bu kadın, çok asil bir soydan geliyordu. Yüksek bir edep ve ahlâka sahipti. Ne vakit bu gencin durumunu idrak etti bütün benliğini bir şefkat duygusu kapladı ve hemen onun ihtiyaçlarını gidermeye koyuldu. Tıpkı şefkatli bir anne gibi ona hizmet ediyordu. Eğer, soğuğun onun kaburgalarını dondurduğunu görse hemen bir yatak bulup buluşturuyor ve o delikanlı istemese de pencerenin zeminine seriyordu. Bir başka sefer, onun yiyecek bir şeyi olmadığını fark ediyor ve elinde yemekle çıkıp geliyordu. Delikanlı bu yaşlı kadına çok hürmet ediyor ve kadrinin yüceliğini takdir ediyordu.

Bununla beraber, bu gencin garip mahiyetteki ruhî riyâzeti devam etti. Tâ ki, içine insanlardan uzak durma hissi çöktü. Özellikle önüne gelen her şeyi yiyen ve en çok da her türlü eti yiyen kişilerden uzak durmak istiyordu. Zira, o insanlar, onun gözünde bir nevi parçalayıcı vahşi hayvanlar suretinde görünmeye başladı.

Günlerden bir gün uyku yakaza arası bir haldeyken kendi nefsini bir kedi şeklinde müşahede etti. Üzerine yürüyünce kedi kaçtı. Sonra, riyazete yine devam etti. Bir müddet sonra yine nefsini gördü. Fakat bu sefer nefsi, karşısına ayı gibi çıktı. Derken güreşe tutuştular ve herhangi biri yenmeden o haletten uyandı. Riyazete yine devam etti. Nihayet üçüncü kez yine nefsini gördü. Bu sefer de büyük bir goril şeklindeydi. Korkusundan kaçıp yüksek duvarlar arkasına sığındı.

Bu sâlikin cismi, açlık, soğuk ve uykusuzluk sebebiyle iyice zayıflamıştı. Neticede hastalıklar oradan buradan hücum etmiş ve onların pençesinde bir hasta olarak yığılıp kalmıştı. Bu yüzden on beş gün hastanede tedavi görmek zorunda kalmıştı. Bu esnada, babasının hastalandığını haber almış ve rahatsızlığı daha da artmıştı. Onun bu hali, tam da Rabbine müracaat için kapıyı çalma adına uygun bir haldi.

Bu haller, bu garip tavırlar, onu ruhî riyâzetinde topa tutuyor, Rahmanî uyarıların gök gürültüleri gibi oluyor ve sanki tutuşmuş ruhunun alevlerini söndürmek için üzerine suyla, karla ve doluyla birlikte yağıyordu. Umulur ki, bu sayede göğsündeki hafakanları sükunet bulur ve semanın kapısına ulaştıran Nebevî miraç yoluna varıverir.

Nefsinin ona bir oyun oynadığını, bâtılı hak suretinde gösterdiğini anlamıştı. Nefsi ona, onun hiç de tahmin etmediği bir yerden yaklaşmış ve onu apaçık bir helâke adım adım yaklaştırmıştı. Tâ ki, belli belirsiz, iç içe farklı tavırların tam ortasına dalmış, benliğini bir şaşkınlık zaptetmiş, bir anda semasını aydınlatan şeriatın parlak ışıklarının yok olduğu bir yere onu sürüklemiş ve nihayet kendini Tih çölünün uzak vadilerinde dolaşır vaziyette buluvermişti.

En sonunda bir çıkış yolu buldu. Yepyeni bir yolun alametleri ve gün ortasındaki güneşin aydınlığı kendine göründü. Bu yolda aradığını ve daha fazlasını buldu: Fitneden korunma, dalâletten emin olma, yol selameti ve Allah'ın izniyle Allah'a vâsıl olma garantisi!

Nefisle mücadelenin, onun garîzelerini terbiye etmenin ancak halkın içine karışmakla, içtimaî hayatın derinliklerine dalmakla, insanların üzüntüleri ve elemlerine iştirak etmekle mümkün olabileceğinin farkına vardı. Öte yandan, tam anlamıyla bir ruhî uzletin de sonuçları kestirilemeyen tehlikeli bir macera olduğunu gördü. Ayrıca, nefisle yapılacak gerçek mücahedenin Allah'a davette, dinine hizmette, her türlü yokluk ve sıkıntıya rağmen O'nun dinine yardım etmede olduğunu açıkça müşahede etmiş oldu. Bu sayılan şeylerin ruhî dengenin elde edilmesinde, derin uçurumlara yuvarlanmadan korunmasında en büyük garantör olduğunu anladı.

## *Beşinci Akabe: Allah'a Davet Yolu*

Delikanlı uzletinden çıkarak sıradan halkla ilişkiler kurmaya başladı.. ve gençlerden çok az insan tanıdığını fark etti. Zihni güçlü bir şekilde yepyeni bir yol açma ve şehri kuşatan şeytanın surlarında bir delik açma konusunda düşüncelere daldı.

Bir gün, cemaatle namaz yeni bitmişti ki, yerinde çakıldı kaldı. Zaviyesi konumundaki penceresine gitme yerine doğruca kahvehanenin yolunu tuttu. Orada oturan insanların din ve vatan hakkındaki muhabbetlerine iştirak etmeye başladı. Kısa bir süre geçmeden de söz meclisinin zimamını eline aldı.. dikkatleri üzerine topladı... Derken, orada bulunan herkesi kendi etrafında toplanmaya sevk edecek ruhî bir ateşin alevlerini tutuşturdu. Artık onun yanından ayrılanlar bir daha buluşma iştiyakıyla ayrılıyordu.

Öyle bir zaman geldi ki, dinî hamasetinin daha fazla tutuştuğunu, iman gücünün daha da kuvvetlendiğini, kalbinin daha yükseklere doğru pervaz ettiğini gördü. Bu yeni yolun işaretleri artık ona daha açık ve net görünüyordu. Kendisinin tam da bu yol için yaratıldığına inanmaya başlamıştı.

Dava adına farklı ilişkiler kurmaya başladı ve kısa zamanda Allah'ın izniyle bu ilişkiler meyvesini vermeye başladı. İlk başlarda ezan okunduğu zaman kahvehaneden mescide tek bir adam kalkıp gidiyordu. Bir diğer gün yeni birisi daha, daha sonraki gün iki, üç ve dört kişi daha.. hidayet kerametleri ardı ardına geliyor ve salkımlarını kahvehaneye doğru sarkıtıyordu.. derken namaz kılan bir cemaat teşekkül etti. Sonra, arkadaşlarının sigara vb. kötü alışkanlıklarıyla mücadele etmeye başladı. Pek çok müminin ağzı tevbe suyu ile temizlenme kurnalarına koştu. Fethullah, "Halil Amca"nın şu hatırasını hiç unutamaz. Bir gün çok içli bir sohbet olmuştu sigarayla alâkalı. Halil Amca, sohbetin akabinde cebinden sigara paketini çıkarmış ve hepsini paramparça etmiş, uzaklara fırlatmıştı. O gün onun, o melun zehirle son temasıydı.

Dertlerin hikâyecisi bana şunları anlattı:

"Din nerdeyse Trakya'da tamamen yok olmak üzereydi. Orası Türkiye'nin Avrupa yakasındadır. Bir gün Anadolu'nun en doğusu Diyarbakır'dan birisi geldi ve bu gence şöyle dedi: "Trakya'nın bütün şehirlerini gezdim. İki kişi dışında İslam'ı yaşayanını görmedim: Birisi sen, diğeri de Kırklareli'nde bir cami imamı." Aradan birkaç gün geçtikten sonra, o caminin imamı bu genci ziyarete çıkageldi. O da bu genci duymuş ve aldığı haber üzerine onunla tanışmak istemişti. Gerçekten böyle dinî hassasiyeti olan birini bulmak çok nadirdi. Bulunsa bile ona ulaşmak için iki saatten daha fazla yol kat etmek gerekirdi. Türkiye'nin batısının dini durumu bundan ibaretti. Genç adam, kayada bir delik açmaya başlamıştı ve nihayet bir iki lise talebesini çağırıp toplayabiliyordu. Ardından bunu üniversite talebeleri takip etti. Derken, etrafında bir Arapça ders halkası oluşuverdi. Hem de Arapça bir harf öğrenmenin âdeta uyuşturucu ticareti yapmak gibi algılandığı bir yerde!

Yavaş yavaş, bu vaizin ilişkileri gelişti ve toplumun değişik tabakalarına ulaştı.. sonra Edirne'de bulunuşunun ve Rabbânî vazifenin hakikati inkişaf etmeye başladı ki, kader onu bunun için oraya sevk etmişti. Edirne'yi sevmeye başladı. Öyle ki, âdeta ruhu burayla bütünleşmişti. Onun vecdleri ile bu şehrin dertleri kucaklaşıyordu. Artık o şehrin inlemeleriyle inliyor, ağlamaları ile ağlıyordu. Bu gencin kalbi o kadar genişliyor ve büyüyordu ki, şehrin bütün ahalisini içine alıyordu.. salihleriyle kucaklaşıyor, sapıklarına ve cahillerine alâka, fasık ve asilerine de şefkat gösteriyordu. Edirne onun hayatından bir parça, varlığının önemli rukünlerinden bir rukün olmuştu. Hatta, bu Edirne hayatındaki seyr ü sülûkunda elde ettiği öyle bazı ahlâk ve tabiatlar vardı ki, bunları kendi benliğine mal etmiş, onlarla ahlâklanmıştı.. bunlar, hem bundan sonraki sosyal hayatında hem de dava yolunda sürekli ona arkadaşlık edeceklerdi.

Edirne için onun kalbinde daimi bir sevgi ve sonsuz bir şevk vardı. Öyle ki, Asya ile Avrupa'yı birbirinden ayıran Boğaz'dan geçerken şöyle bir his içini kaplardı. Keşke Edirne ile Anadolu'yu birbirinden ayıran şu su parçası ebediyen kalkıp gitse ve yok olsa! Edirne ve diğer Avrupa yakasındaki şehirler onun nazarında tıpkı kökleri olmayan güzel bir ağaç, dalları hem semanın yükseklerine doğru ser vurup uzanmış hem de uzunlamasına yayılmış, tâ sarkan salkımları Anadolu'nun bütün şehirlerine erişmiş bir agaç gibiydi. Öyle ki, salkımları bir taraftan İstanbul'un kubbelerinin altından sarkan inciler misali uzanıyor ve Konya'nın minarelerine dolanıyordu. Sonra, Urfa-Bitlis ve Van-Nurs arasında yemyeşil ağaçlıkların sarmaş dolaş olması için dalları baharın gençliği tazeliğiyle uzanıyordu. Neden Hak aşığı bu genç İstanbul Boğazı'na kızıyordu? Zira, o altından denizlerin akıp geçtiği bir bahçedir. Kumrular orada âşıklar gibi yol alır, sevgi ve hüzünlü nağmelerle şakırdı... Bu kumru sürüleri doğu batı arasında süzülerek uçmaya devam etmiş, Urfa-Mardin arasında yumurtlayıp yavrulamış ve Edirne'nin bütün şerefelerinde ötmüştü.

Fethullah, çok eski günleri idrak etmiş yaşlılarla dostluk kurdu. Bunlar içinde Balkan Harbi'ni, Birinci Dünya Savaşı'nı görmüş ve Osmanlı'nın son demlerini idrak etmişleri de vardı. Onlarla oturup kalkarken geçmişin bütün hüzünlerini, elemlerini onlardan alıyordu ve onların kanlarıyla geleceğe dair emellerinin resmini çiziyordu.

Derken, şehirde genç imamın haberi yayıldı. Hutbesiyle, vaazıyla, konuşmasının güzelliği ve anlatımının tatlılığıyla meşhur oldu. İlişkileri, her geçen gün artmaya devam etti. Ve artık samimiyetle açtığı kolları şehrin ileri gelenlerinden bazılarına kadar uzanmaya başladı. Hatta, emniyet ve askeriyenin bir takım ileri gelenleriyle de tanıştı. Askerlik Şubesi Başkanı'nın da ilgisini çekmişti. Bu zat, aslen Karadenizli iyi bir komutandı. Rütbesi albaydı. Bu albay, genç imamı çok seviyordu. Ne zaman onu görse: "Sen Erzurumlu olamazsın, siman tamamen bize benziyor. Sen benim beldemin çocuğusun!" derdi.

Öte yandan Emniyet Müdürü "Resul Bey"le de dostluğu çok ilerletmişti. Yine bazı hâkim ve savcılarla da güzel ilişkiler kurmuştu. Cumhuriyet Türkiyesi'nde bu tür şeylerin olması tarihi ve bir o kadar da acayip bir hadiseydi. Bir cami imamının bürokratlarla bu denli samimi ilişkiler kurması çok garipti. Ondan da garip olanı emniyet mensuplarının, komutanların, hâkimlerin genç bir cami imamına karşı hüsn-ü kabul göstermeleri ve ona meclislerinde yer vermeleriydi. Bu çok istisnaî bir durumdu.

Ravi sözüne devam etti:

"Bu dönemde bazı gazete ve dergilerde İslami yazılar çıkmaya başladı. İslamın anlaşılması yönünde yeni bir ruh canlanıyordu. Bunlardan *Büyük Doğu* gazetesi gibi bazıları Edirne'ye kadar ulaşıyordu. Ancak sadece iki nüsha geliyordu. *Hür Adam* gazetesinden de her seferinde sadece yirmi beş âdet geliyordu. Daha sonraları *Sebîlürreşâd* da gelmeye başladı.

O zamanlar *Hür Adam* haftalık çıkıyordu. Diğer ikisinin yanında Türkiye'de Müslümanların yegâne sesi soluğuydu. Bu yüzden Fethullah her seferinden ekstra 40 nüsha sipariş verir, kendi parasıyla satın alır ve bedava dağıtırdı. Bazen bütün Risale-i Nur külliyatını veya faydalı gördüğü başka kitapları da satın alır ve dağıtırdı. Hatta, parası yetmediğinde bu husus için borç bulurdu. Bu yüzden bazı günler açlıkla mücadele etmek zorunda kalırdı. Bir bayram sabahı, vaaz için kürsüye çıkmaya hazırlanırken karnında şiddetli bir ağrı hissetti -kaç gündür doğru dürüst yemek yememişti- en azından vaaz esnasında midesinin ağrısını dindirmesi için bir şeyler aramaya başladı. Yanında boş bir bal kavanozu olduğunu hatırladı. Hemen onu bulup çıkardı ve ne varsa parmağıyla sıyırarak yaladı. Arkasından vaaza çıktı ve derse başladı. Fakat bal midesini karıştırıyordu. Şiddetli bir istifra hissi geldi. Zaten mideden dışarı atılacak bir yemek de yoktu. Midesi yüzünden bütün vücudu titremeye başladı. Midesinin ağrısını dindireyim derken artırmıştı. Nihayet ders bitimine kadar bu hal devam etmiş, o da sabretmişti...

Yine açlıktan kıvrandığı günlerden birinde yolda yürüyordu.. şiddetli yağmur yağıyordu.. birden ayaklarının dibinde 5 lira gördü. Hemen aldı ve camiye girdi. Namaz bittikten sonra doğru lokantaya koştu ve karnını doyurdu. Artan parayla da iktisatla birkaç gün daha idare etti.. nihayet maaşını alınca o 5 liranın üzerine bir 5 lira daha ekledi ve hepsini bir fakire sadaka olarak verdi. Açlıktan neredeyse bayılacağı bir sırada karşısına çıkan bu 5 lirayı Allah'ın büyük bir lütfu olarak hiçbir zaman unutamamıştı. Fakat bununla birlikte o asla İslami kitap ve dergiler alıp dağıtma âdetini terk etmedi. Kalbindeki din yangını midesindeki yangını unutturuyordu."

Risale-i Nurlar kendisine terzi dostu "Mehmed Şergil" tarafından tâ Erzurum'dan gönderilmişti. O vakit ne İstanbul'da ne de Ankara'da itimat edip de kitapları satın alıp göndermesini isteyebileceği hiç kimsesi yoktu.

Türkiye'de bu tür riskli işleri yapmak hiç de kolay olmamıştır. Zira böyle bir işi yapmak, sahibini zindanlara atabilecek bir suçtu. Bu yüzden birisine bir kitap veya dergi hediye edecekse önce bir bardak çay ikram ederdi, sonra tatlı tatlı konuşarak onu hazırlar ve ardından şeytan tabiatlı insanların nazarlarından sakınarak hediyesini takdim ederdi. Hele *Büyük Doğu* gazetesi ki, en çok onu saklayarak verirdi. Bazen *Cumhuriyet* gazetesinin arasına sıkıştırır ve hiç kimsenin olmadığı yerde takdim ederdi.

Genç adam, bütün vicdanıyla ümmet arasında büyük bir mücadeleye dalmıştı. Hem de en önde göğüs göğüse bir mücadeleydi bu. Ancak o, bunu apaçık bir inayet-i ilâhiyeyle yapıyordu. Coşkun tabiatı gereği asla gerilerde kalmaktan hoşlanmazdı. Daha Erzurum'da küçük bir ilim talebesi iken, sağa sola sallanarak, sanki biriyle güreş yapıyor gibi metinleri ezberlediğini hatırlıyordu. Yine, ümmetin içine düştüğü inhirafın boyutlarını, din hakkında ortaya çıkan korkunç inkârı hatırlıyordu.. hatırladıkça da ruhunu alevler sarıyor ve hareketinin hızı artıyordu. İstiyordu ki, keşke arz bütünüyle işaret parmağının üzerine konsa da arzda olup biten bütün hadiseleri doğru bir istikamette evirip çevirebilseydi. Eğer içinde kaynayıp çoşan bu hisleri tadil edip dengeleyen ve asi hislerinin küheylanını dizginleyen Risale-i Nur olmasaydı, çoktan ruhunu kavuran ateşle yanıp kül olmuştu.

## *Altıncı Akabe: Polis Baskınları*

Caminin karşısındaki kaldırımda karpuz satan bir adam vardı.. namaz kılanları tek tek izliyordu. Müminlere doğru âdeta bakışlarıyla kıvılcımlar saçan cinnî bir şeytandı. Tabi, Fethullah'ın cami ile kahvehâne arasında gidiş gelişleri de onun gözünden kaçmıyordu. Her hareketini kaydediyordu. Bir zaman sonra bu mahallede muhtarlık seçimleri yapılacaktı. Seçim yasakları başlamıştı. Bu şeytan kılıklı adam, genç imamı camide iki kişiyle otururken gördü. Hemen onun yakalanması için bir tuzak tertipledi. Tam genç adam penceresine dönmüş, âdeti gereği yerine kurulmuştu ki, şiddetli bir gürültü, korkunç bir yaygara işitti. Aniden caminin lambaları yandı ve polislerin camiye daldıklarını gördü. Hemen pencereye baktılar. Neyse ki, penceredeki odasının yeterince aydınlanmamasından dolayı yanı başındaki kitapları ve dergileri görmediler.. sadece genç adamı yakaladılar, tutuklayıp hapse attılar.

Emniyet merkezine giderken polislerden biri yolda ona küfretmeye başladı, gencin hoşlanmayacağı kötü sözlerle hakaret ediyordu. Genç adam bunca hakarete dayanamadı ve her bir kötü sözüne karşılık verdi. Polis âdeta çileden çıktı... azgınlığı arttıkça gencin direnci de arttı. Onu götüren bu zebânîlerin kinleri yol boyunca iyice artarak devam etti.. tâ ki polis merkezine ulaştılar ve merdivenleri tırmanmaya başladılar. Nihayet en yukarıda önü boş bir yere gelip durdular. Eğer birisi o boşluktan aşağı itilse yere yapışır ve paramparça olurdu. Onu tutuklayanlardan bir sivil polis yanına geldi.. adam topaldı.. korkunç bir yüzü vardı.. yürürken yılan gibi eğilip bükülürdü. Genç adamı ürkütmeye, tahrik etmeye ve onu dirseklemeye başladı. Genç adam daha fazla sabredemedi ve ona ağzının payını verdi. İyice galeyana gelen polis yakasına yapıştı. Sonra onu çekerek apartman boşluğunun ucuna getirdi.. tam o esnada Emniyet Müdürü "Resul Bey" çıkageldi ve aniden bağırdı: "Durun!"

Bu hadise genç adamın hayatı boyunca hiç unutamayacağı korku dolu bir andı. Tıpkı filimlerdeki gibi. Eğer Allah'ın lütfu olmasaydı o korkunç boşluktan aşağı düşüp parçalanacaktı. Resul Bey, genç adamı çok seviyordu. Bu zebânîler, onun genç adamın sohbetlerini yakından takip ettiğini bilmiyordu. Fakat oradaki zor durumda, hiddetli bir üslupla bağırarak gence yaklaştı ve:

– Sen burada ne yapıyorsun, diye bağırdı.

Genç, edeple cevap verdi:

– Bunlar beni seçim propagandası yapıyorum diyerek kapıp getirdiler. Fakat ben böyle bir şey yapmadım!

Müdür Bey, bu sefer daha hiddetli bir ses tonuyla:

– Hadi defol git buradan, çabuk!

Evet müdür, arkadaşını korumuştu fakat diğerleri bunun farkında değildi. Genç adam, zebânîlerin suratlarındaki rezillik ve kepazeliği seyrederek çıktı gitti. Karpuz satıcısı arkadan bütün olup bitenleri izliyordu. Olanlara inanamadı ve ağzı açık, öylece kalakaldı.

Fethullah'a gelince, hayatında ilk defa tutuklanmanın ne olduğunu görüyordu. Evet, bu ilk tecrübeden sağ selamet sıyrılmıştı fakat penceresine hazin bir şekilde döndü.. ve birkaç gün kimseyle görüşmedi. Ancak bu sefer uzlet kastıyla değil, meşaleyi elinden düşürmeden karanlığın hayaletleriyle mücadelede yeni bir yol bulma adına tefekkür maksadıyla...

## *İslam Davasının Şahini: Yaşar Tunagür*

Yaşar Tunagür Hoca'nın Edirne'ye müftü olarak gelmesi Üstad Muhammed Fethullah için çok büyük bir destek oldu. Seyyit Yaşar, Diyanet İşleri Başkanlığı'nda görevliydi, fakat tamamen farklı tarzı olan bir adamdı.

Yaşar Hoca, büyük tecrübesi olan bir zattı. Halkla ilişkiye girmede, tebliğ ve irşad konularında maharetliydi. Ayrıca devrin hadiselerine de iyiden iyiye vakıftı. İnsanlarla ilişkiye geçmede, özellikle mühim vazifeleri olan zatlarla tanışıp görüşmede ince zekâsının faydasını görüyordu. Camilerin üzerindeki büyük kalelerin kapılarının açılması ve müminlerin sohbet meclislerinde dolaşması adına büyük risklere giriyordu.

Hüzün ravisi aktarıyor:

"Seyyit Yaşar Tunagür Hoca'nın babası büyük âlimlerden Şeyh Ahmed Hoca'ydı. Anadolu'nun Doğusu'ndaki Bitlis'ten Osmanlı'nın son dönemlerinde ailesiyle İstanbul'a gelmişlerdi. Sultan Abdulhamit onu yakınına almış ve "Divan"da katip olarak vazife vermişti. Ayrıca onun iki akrabasını da muhafız alayına almıştı. Bu iki şahıs da Abdulhamit'e karşı düzenlenen başarısız ihtilal girişiminde, onu korurken şehit olmuşlardı. Bu yüzden Yaşar Hoca'nın ailesi, son iki sultan döneminde saraya yakın aristokrat tabaka arasında yerini almıştı. Tabi, hilafetin ilgasından sonra ailenin konumu çok değişti. Fakat o dönemlerde genç olan Yaşar Hoca, imanının kuvveti, sabır ve metanetinin genişliği sayesinde zorluklarla mücadele etmesini bildi. Bu zat, Kur'ân-ı Kerim ve dinî ilimlerin öğretimi ne kadar tehlikeli algılanırsa algılansın katiyen bu işi bırakmadı. Aksine, gecenin karanlıklarının kanatları altına sığınarak talebeleriyle gizli gizli buluşur, ümmetin emaneti olan bu ilimleri onlara öğretirdi. Yirminci asrın ellilerinin sonlarına doğru İstanbul-Bursa arasındaki Balıkesir'e müftü olmuştu."

Ravi diyor ki: "Daha sonra, Demokrat Parti hükümetine yönelik korkunç bir askeri darbe gerçekleşti. 1960'ta Üstad Said Nursî'nin vefatının hemen akabinde gerçekleşen darbe, Türkiye'nin zorlu tarihinde bir başka fırtınaydı. Başbakan Adnan Menderes ve bazı bakanları idam sehpasına gönderildiler. Sebebi ise, hükümetin din ve vatana hizmetleriydi. Tıpkı, ezanı Arapça aslına tekrar iade etmeleri ve dini konularda toplum üzerindeki bazı yasakları kaldırmaları gibi. Darbeden sonra ülkedeki hayır ehli güzel insanlar yine kurban edildi ve sürgünlere gönderildi! Ve Türkiye bir kere daha iç içe karanlıklara gömüldü. Ölüm tırpanlarıyla korunan korkunç kanunlar çıkarıldı.. sokağa çıkmak yasaklandı.. ayakta kalan camilerin kapısına kilit vuruldu.. cadde ve sokaklar arasına tüfek namluları doğrultuluyordu. Hiç kimse kapının deliğine veya pencerenin aralığına dahi yaklaşmaya cesaret edemiyordu. Ancak deli-dolu bir adam vardı ki, "Yaşar Tunagür", en güzel elbiselerini giyiyor, kapının iki kanadını birden açıyor ve çıkıp gidiyordu.

Cuma günüydü.. fakat korku devletinde ne Cuma ne de cemaat vardı.. bütün camilerin kapıları kapalıydı.. bir asker grubu Yaşar Hoca'nın yolunun başında durmuş her türlü hareketi gözetliyordu.. onun cesurca kapıyı açtığını gördüler.. garip elbiseler içinde önlerinden yürümeye başladı.. onun bu haline hepsi şaşırdı. Kendi aralarında tartışmaya başladılar, bazıları "Bu adam deli!" diyordu, diğerleri "Hayır hayır, o önemli bir devlet adamı." diyorlardı. Nihayet, onlarda, Yaşar Hoca'nın büyük bir devlet adamı olduğu kanaati ağır bastı. Bu adam hiçbir korku ve endişe sergilemeden, arkasına dönüp bakmadan yürüdü gitti ve cami imamının evinin önüne vardı, kapıyı çaldı ve imamı dışarı çağırdı.

Sonra bir miktar konuştular.. ardından birlikte camiye geçtiler, kapıyı güçlü bir tavırla açtılar ve içeri girdiler. Yaşar Hoca, hemen kendisine gösterilen mikrofonu aldı ve semaya doğru yüksek sesle tekbir getirmeye başladı. Ezan sesini duyan herkes camiye doğru yöneldi. Ezanın sadâsı bir biri ardına yankılanmaya başladı. Askerler ve devriyeler şaşkına döndü. Birbirlerine sormaya başladılar "Sokağa çıkma yasağı kalktı mı?" Bu yüksek minarelerin başındaki demir bukağıları söküp atma cesaretini kim gösterebilir? Kim o gür ve harika sesiyle korku çeperini deler ve tekbir getirebilir? Evet, sokağa çıkma yasağı başarısız olmuş ve insanlar normal hayata dönmüştü. Bu arada, iyi bir hatip ve imam olan Yaşar Hoca tutuklanmış.. Balkan hududundaki Edirne'ye, tarihî Selimiye Camii'ne hatip olarak sürülmüştü.

Bu adam insanların hemen her tabakasıyla çok rahat ilişki kurabilme kabiliyeti ve bilgisi sayesinde çok kısa bir zamanda bürokrasiden bazı insanlarla bağlantılar kurmuştu. Mesela, şehrin valisi bizzat bu alâka kurulanlardan birisiydi. Halk içinde, özellikle namaz kılanlar arasında geniş bir dinleyici kitlesine ulaştı. Her Cuma çok büyük bir kalabalık onun hutbesini dinlemek için Selimiye Camii'ne koşuyordu. Bu ve benzeri sebeplerden dolayı, Diyanet İşleri Başkanlığı'nın Edirne'deki temsilcisi, halkın ve ileri gelenlerin nazarında şehre gereken hürmeti ve itibarı gösteriyordu. Bu vesileyle burada görev yapanlar daha bir canlı ve zinde hale gelmişti.

Yaşar Hoca'ya, ihlâslı ve gerçek bir dava adamının var olduğu haber verildi. Hemen tanımak için yanına gitti. Fethullah'ı, mescidin penceresindeki halini görür görmez sevdi ve ona kucak açtı. Şehrin ileri gelenlerine karşı sürekli onu korumaya başladı. Aleyhindeki ithamları giderdi. Onun bu konuda tutup gittiği yol, harikulâde ve şaşırtıcı zekâsına delâlet ediyordu. Bir gün (valinin makamında otururlarken), vali ona, Üç Şerefeli Camii'nin imamı hakkında soru sordu. Orada Rakım Efendi isminde, Fethullah hakkında kötü haberler ve dedikodular yayan bir adam da vardı. Yaşar Hoca, hemen atılıp "Fethullah Hoca, ahlâk-ı âliyesi ve yüksek faziletleriyle örnek bir insandır. Fakat sayın valim bağışlayınız.. burada Rakım Efendi varken lütfen bana bu genci sormayınız. O gencin nasıl ihlâslı birisi olduğunu ve ne güzel hasletlere sahip bulunduğunu o benden daha iyi bilir..." diye cevapladı. Adamın kolları yanına iniverdi. Bu alçak casus herif, koskoca Edirne müftüsünü nasıl yalanlasın. Hele bir de müftü, Yaşar Hoca gibi heybetli bir arslan olursa. Rakım Efendi, müftü beyin övgü ve senalarını izah ederken sıkıntıdan halden hale girdi. Zira, ağzıyla o genci överken kalbi kin ve nefretten âdeta parçalanıyordu. O gün, valinin yanında açık bir inayet gerçekleşmişti. Bundan dolayı, artık tekrar vaaz etme, hutbe verme ve kalabalıklarla birlikte namazlarda buluşma imkânı doğdu.

Gencin, Yaşar Hoca'yla arasındaki bağ iyice kuvvetlenmişti. Öyle ki, hemen her konuda onunla istişare ediyor, onun tecrübe ve bilgisinden yararlanıyordu. Başbakan Adnan Menderes'in idam edileceği haberi ilan edilince, Fethullah'ın heyecandan ruhunu ateş sarmıştı. Bu heyecanı birkaç ay sürmüştü. Menderes ve arkadaşlarına yapılan bu zulmün haberini bu genç artık taşıyamaz olmuştu. Bu korkunç olay sebebiyle sabah akşam acı ve ızdırap çekiyor ve bu olup biteni bir türlü kabul edemiyordu. Nerdeyse yol edinip gittiği Nur medresesinden çıkıp gidecekti. Fakat bu yaşadıklarını Yaşar Hoca'ya açınca, Yaşar Hoca, hikmet dolu sözlerle onun heyecanını giderdi. Öyle ki, onun bu ibretli ve hikmetli sözleri sayesinde tam ikna olmuş, sakinleşmiş, nasihatinin ihlâsı ve tavırlarındaki doğruluk sebebiyle hiç kalbinde şüphe kalmamıştı. Yaşar Hoca, onun cesaretini ve şecaatini kırmamıştı. Bilakis o, fedakarlık ve hasbilik yolunda ilerleyen bir imamdı. Bu yüzden onun gençlere yönelik belâğatlı nasihatleri, tıpkı soğuk suyun ateşin alevlerini söndürmesi gibi tesirliydi.

## *Yedinci Akabe: Ruhani Reislik*

Edirne'de imtihanlar iyice arttığı hengamda, onlardan daha ağır gelen bir şey ise idamlık mahkûmlara "ruhani reis" olarak gönderilmesiydi. Öyle ki, yaşadıkları bütün bir hayat boyu asla aklından çıkmayacaktı. Henüz yirmili yaşlarındaki iki mahkûma ruhani reislik yapacaktı. Bu hadise onun vicdanında öyle bir tesir icra etti ki, neredeyse onun toprakla olan bağını keseyazdı ve ruhî miracını yaparken sonsuza kadar bu duygu onu sarıp sarmalayıverecekti.

Üç Şerefeli Camii'ne imam olarak görevlendirildiği ilk senesinde bir adam geldi ve sert bir ifadeyle:

- Hâkim Gani Bey seni istiyor, dedi.

Genç adam, hâkim beyi hatırlamıştı.. onunla bir sohbet meclisinde tanışmış ve daha sonra ona bazı kitaplar hediye etmişti.. bu davetten dolayı içine bir kurt düştü.. sonra içini endişe ve sıkıntı kapladı.. "Benimle hâkim beyin ne işi olur?" diye aklından geçirdi. Nihayet hâkimin karşısına bu endişeyle çıktı. Hâkim bey ona: "Bizim idamlık bir mahkûmumuz var. Cezası infaz edilirken yanında ona telkinde bulunacak bir ruhani reise ihtiyacımız var. Bu iş için seni uygun gördük!" dedi.

Fethullah, çok hassas ve duygulu bir yapıya sahipti. Az kalsın kalbi şefkat ve merhametten çatlayayazdı. Fakat hâkim beyin ona güvenip, onu istetmesi, bir de hakikatin korktuğu şekilde çıkmaması onu bu emr-i vakiyi kabule sevk etti.

O günlerde, idamlıkların infazı âleme ibret olsun diye umuma açık mekânlarda yapılıyordu.

İkindi namazından sonra, mahkemenin arabası caminin önüne geldi durdu. İmam davet edildi.. çıktı ve görevlilerle beraber arabaya bindi. Beraberce hapishaneye gittiler. Ona, suçlu mahkûmun çok tehlikeli birisi olduğu bilgisi verildi, ismi "Rasim Dik" idi. Mahkûmun yanına girdiklerinde genç adam ona dikkatlice baktı. Mahkûmun elleri bağlıydı. Güçlü ve korkutucu bir duruşu vardı. Bu yüzden yanına yaklaşan kimselere saldırmasından endişe ediliyordu. İşlediği büyük suçları bildiren bir yafta boynuna asılmıştı. Hanımıyla beraber zengin ve servet sahibi zannettikleri birinin evine girmişler, adamı ve eşini öldürmüşler. Bahçede köpek havlamaya başlayınca onun kafasını da baltayla parçalamışlar. Evin sağını solunu didik didik etmiş, üçyüz liradan başka bir şey bulamamışlar. Meğer, öldürülen adam fakirin birisiymiş. Bakır kaplar kalaylayarak üç beş kuruş kazanan, gariban bakırcının tekiymiş.

Mahkûm, hakkındaki idam kararını meclisin onayladığını gazeteden öğrendiğinde şoka girmiş, aklı allak bullak olmuş, hezeyanla konuşmaya başlamış... Genç imam ona bazı telkinlerde bulunmaya çalıştı fakat hiç fayda vermedi. Adam, hiç dinlemiyor, sürekli "Atatürk gelecek ve tekrar eve gideceğiz." diye söyleniyordu.

Bir miktar sonra birkaç gardiyan geldi ve bir beyaz elbise giydirdiler. Boynuna yazılı bir kağıt astılar. Üzerinde işlemiş olduğu cinayetler yazılıydı ve hepsi de son derece korkunçtu.

İdam sehpası Üç Şerefeli Camii'nin karşısındaki meydana kurulmuştu. Fethullah, alanı dolduran kalabalığa şöyle bir nazar gezdirdi. Kimsenin yüzünde olayın ciddiyetinden eser yoktu. Ortalık sanki bir panayır ve pazar yeri gibiydi. Kimi fındık-fıstık, kimisi de meyve suyu ve meşrubat satıyordu. Kimsenin yüzünde idam meydanında bulunmanın alâmeti görünmüyordu. Uzun zamandır kalpler kireç bağlamıştı. Sadece Kuşcudoğan Camiinde müezzinlik ve aynı zamanda Kur'ân kursu öğretmenliği yapan, o gün elli yaşlarında bir İbrahim Efendi vardı. Fethullah, üzüntü içinde olan bir onu gördü. Sanki idam ipi onun boynuna geçirilmişti. Bir insanın idam edilerek öldürülmesini görmek gerçekten onu çok korkutmuştu. Hatta o olaydan sonra, bir hafta kadar idam yapılan bu yerden geçememişti.

Fethullah, son kez bir kere daha telkinde bulunmayı denedi. Fakat yine fayda vermedi. Sonra, bir polis aniden idam sehpasının olduğu yere çıktı. Hâkim Gani Bey mahkûma yaklaştı ve "Son arzun nedir?" dedi. Mahkûm: "Atatürk gelecek ve tekrar eve gideceğiz." diye karşılık verdi. Ardından hâkim bey geri çekildi ve cellat, mahkûma yaklaştı. Adam kör kütük sarhoştu. Cellat, mahkûmun yüzünü kıbleye çevirmek istedi.. âdet böyleymiş.. ipi adamın boynuna geçirdi ve idamı gerçekleştirdi. Adamın dili bir karış dışına sarktı. Cesedi anında korkunç bir şekilde simsiyah kesildi. Yüzü hızla kıblenin tersi istikametine döndü. Ardından cellat ve görevliler orayı terk etti. Adamın cesedi, âleme ibret olsun diye, asılı şekilde ertesi gün öğle vaktine kadar öylece bırakıldı. Genç adam, bundan sonra bu mahkûmun nerede ve nasıl gömüldüğünü bilemeyecekti. Şunu iyi biliyordu ki, bu tür korkunç manzaralar oradaki ahali için hiçbir şey ifade etmiyordu.

Fakat Fethullah olup biteni, idam işinin ne ibretlik bir şey olduğunu an ve an takip ediyordu. O mahkûma her baktığında, sanki bir saat sonra, yahut yarım veya çeyrek saat ya da birkaç dakika, hatta birazcık sonra ölecekmiş gibi hissediyordu. Sonra onun tamamen canının çıkıp gittiğini müşahede ediyordu. Bu korkunç ve trajik sahne, öyle gazeteden okuma veya birilerinden işitmeden çok farklıydı. Öyle ya, hiç görmek işitmek gibi olur muydu? Böylelikle bu olay, hayatı boyunca hiç unutamayacağı, bütün ayrıntılarıyla kalbinde yer eden acı bir hadise olarak kaldı. İnsandaki ölüm korkusunu ve ölümün kaçınılmaz bir son olduğunu.. Âdemoğlunun aczini, zafını ve kaderi geri çeviremeyeceğini de net bir şekilde görmüş oldu. Adamın boynundaki idam ipine bakarken vicdanının gözüyle bir gün orada bulunanların da tek tek ölümü tadacaklarını görüyordu.

*"Kılıçla ölmeyen başka şeyle ölür*

*Sebepler çoğalır; fakat ölüm tektir."*

Nice hâkimler var ki, haklı haksız onlarca insanın idamına hükmetmiştir. Gün gelir, bir gün onların boynuna da idam ipi geçirilir ve pek çok kez verdiği hükümle kendisi de can verir. *"Allahu Teâlâ, iradesini yerine getirmede her zaman mutlak gâliptir, fakat insanların çoğu bunu bilmezler."* (Yusuf sûresi, 12/21)

Bu üzücü hadiseden sonra Fethullah'ın en çok endişe duyduğu şey, idam mahkûmları için "ruhani reis" olarak şehirde şöhret bulmasıydı. Bu onun davası uğruna ortaya koyduğu gayretleri yok edebilirdi. Bu endişesi, ikinci kez bir başka mahkûm için davet edilinceye kadar devam etti. Bu sefer bu önemli ve ağır hadisenin çirkinliğini hafifleten husus ise, artık infazın halkın önünde yapılmasının yasaklanmış olmasıydı.

Bu sefer idama mahkûm edilen şahsın adı "Mehmet"ti. Ona "Memo" diyorlardı. Hükümet tabibi, Bulgaristan'ın başkenti Sofya'lıydı. Fethullah, mahkemenin iç avlusunda oturuyordu. Önünde hâkim, savcı ve jandarma komutanı oturuyordu.. hükümet tabibi gelince, Fethullah'ı cübbesiyle orada oturur gördüğü halde: "Papaz geldi mi?" dedi. İmam, beyninden vurulmuşçasına şiddetli bir acı duydu. Fakat kendini tuttu ve hiçbir şey hissettirmemeye çalıştı. Beraberce hapishaneye gittiler.

Fethullah, parlayan gözlerle suçluya baktı.. temiz çehreli ve masum bakışlı bir genç görünümündeydi. İmam, onun katil olduğuna hiç ihtimal vermiyordu!

Mahkûm, hâkimi ve yanındakileri görünce ayaklarının bağı çözüldü, şiddetle titremeye başladı ve yere yığıldı. Sanki felç inmişti. Hemen kaldırıp bir sandalyeye oturttular. İmam ona yaklaştı ve "Mehmet! Bu Allah'ın kaderi!.. Meclis senin idam edilerek öldürülmene hükmetti. Allah'ın kaderinden kaçış yoktur. Mehmet! Allah'a itimadını sağlam tut.. O'ndan başkasına yönelme, O'nun yolundan başka bütün yollar çıkmaz sokak, O'nun kapısından başka bütün kapılar kapalıdır!" diye telkinde bulundu.

Sonra yumuşak bir edayla "Abdest almak ister misin?" diye sordu.

"Evet" diye cevap verdi. Zavallı abdest almaya başladı, ayağı yıkama safhasına gelince takati kesildi ve abdestini tamamlayamadı!..

Bu üzücü manzara Fethullah'ın yüreğini yaktı bitirdi. Bu hadise de hayatı boyunca hiç unutamayacağı bir olay olarak hafızasına kazındı.

Hemen ardından telkine devam etti *"Amentü billahi, ve melâiketihi, ve kütübihi..."* Birazını okuyor sonra kelimeler boğazına diziliyordu. Sanki hepsi bir anda zihninden siliniyordu. Bu arada sürekli "Beni bir kere daha adlî tıpa verseniz!" diye tekrar ediyordu.

O bunları söylerken Fethullah içinden "Onu adli tıpa verseler ne faydası olacak. Genellikle idamın infazını biraz daha geciktiriyorlar. En fazla bir, belki de iki hafta daha yaşayabilir." diye geçiriyordu. İşte orada hayatın kıymetini daha iyi anladı ve boşa geçen sayılı günlerinin hüsranını içinde duydu. Ruhunda derince yaşadığı bu hisler, âdeta onun içini gizliden gizliye parçalıyordu. Sanki, idama giden önündeki genç değil de kendisiydi. Hatta az sonra idam sehpasına çıkacak kendisiymiş gibi hayal ediyordu.

Aradan yıllar geçmesine rağmen, Fethullah ne zaman bu olayı hatırlasa içinde bu acıları yeniden duyuyordu. Şefkat kanatları bu mahkûm "Mehmet" için iyice yerlere serilmişti. Onun bir çobanı öldürdüğünü söylüyorlardı. İdam vaktinde suçunu ihtiva eden yaftasını da boynuna asmışlardı. Fakat Fethullah, onun yüzünde asla bir suçlu emaresi görmemişti.

Cellat geldi.. yine ayakları üzerinde duramayacak kadar sarhoştu. Mahkûma yaklaşırken yere yıkıldı. Hükümet tabibi hemen sehpaya sıçradı ve celladın görevini üstlendi. Mahkûm Mehmet ise etrafını sitemli ve ümitsiz bakışlarla süzdü. O manzara da Fethullah'ın yüreğini dağladı. Sanki, o bakışlar yüreğine defaatle saplanan bir kama gibiydi.

Tabip ipi gencin boynuna geçirirken eliyle sehpayı itmeye yeltenince genç de ayaklarını azıcık oynattı. Sanki tabibe infazı gerçekleştirmesi için yardım ediyor gibiydi. Bir iki sallandı ve sehpada can verdi. Tabibin tavırları garipti. İdamı o kadar dikkatli ve kusursuz yapıyordu ki, sanki onun da eğitimini tıp fakültesinde almıştı ve kolay ölümün nasıl olacağını öğrenmişti. İpi öyle uygun bir şekilde boynuna geçirmişti ki, hemen ölüverdi. Sonra, kürsüyü tam idam usulü ve öldürme kaidelerine uygun bir şekilde bir tekmede itti. Ne garipti yaptığı! Nasıl bir doktordu bu!

## *Sekizinci Akabe: Tasfiye Ateşinde Vesveseler*

Dahi şahsiyetlerin akılları sürekli onları yorar, zahmet çıkarır. Nice akıllar vardır sahibini alır helâke götürür. Fikrin akış sürati, zaman ve mekânların kendisiyle dürülüverdiği kuvvet onu alır aklın sınırlarının ilerisine taşır.. orada sıkıntı ve azap başlar. Dahi duraksamaktan hiç haz almaz.. fakat adımlar, geçmesi imkânsız denizlere ulaşınca yığılır kalır.. kim buna yeltendiyse delilik vadilerine battı veya kızgın dalgalar onu alıp sahilin kayalıklarına fırlattı da kaburgalarını paramparça etti. Nihayet anladı ki, o toprak bir testideki bir damla sudur. Bir damla suyun ne haddine memleketin koskoca denizlerini ve gizli hazinelerini içine alsın, kuşatsın.

Vesveseler, kibirli küstahlar için bir azaptır, bir beladır. Âdeta kafatasları bu sebeple parçalanır da o kişi helak olur gider. Oysa, Allah yolcusu bir mümin için bunlar birer rahmet ve şefkat tokatıdır.. nimet şimşeğinden bir ilaç tedavisi ve mahbubuna giden yolda tekrar yolunu bulması için seven bir kalbin hafakanla aşılanmasıdır.

Klasik eğitim ilimlerinde iyice yol alıp kendini geliştirirken edebiyat, fikir ve felsefe kitaplarıyla da ilgilendi. Bu sefer de bambaşka tarzda yeni bir maceraya daldı. Yalnız kaldığı anlarda sürekli edipler ve felsefeciler ona eşlik ediyordu, tarihî dönemler ve zamanın dilimleri arasında hızla yol alıyor.. orada veya buradaki küçük ışıklar altında ya bir âlimin dersini sessizce dinliyor ya da bir felsefecinin nazariyesi hakkında münakaşa ediyordu. Ta ki, fikrî birikimlerinin çalışan bazı kısımları, rafları olan geniş kütüphanelerin hazineleriyle boy ölçüşür hale geldi. Yolculuğu, -hayat, insan ve varlığın tanınma mertebelerini geçerken- onu yücelten bu kitaplar arasında devam etti durdu. Ve onu, felsefecilerin çok büyük gayretler ortaya koyarak ulaştıkları marifet ufuklarına ulaştırdı ve onların batıl safsatalarını reddetti.

Onun felsefe yolu öyle dümdüz değildi, bilakis dikenliydi. Nasıl olmasın ki, seven sevdiğini kıskanır. Ruhî yükselişine şimşek düşmüş ve makamlar zelzeleyle sarsılmıştı. Yolcu, aylarca düşme endişesi yaşamış, ayaklarını yere sabit basamamıştı. Derken, yağmur bulutları ince ince, rahmet ve selamet damlaları göndermeye başlamış ve sancıları dinmişti.

Bu âbid genç, bir Türk yazara ait felsefî bir romanı bitirdiğinde –penceresine çekilmişti– kalbinde müthiş bir sıkıntı hissetti. Öyle ki, kalbi nerdeyse göğüs kafesini kırıp çıkacaktı. Roman, Darwin'in evrim teorisi üzerine bina edilmişti. Yazar, çok ustaca bir üslupla okuyana bu fikri yudum yudum içiriyordu. İçinde türlü vesveseler ve bir kısım fitneler uyandırmıştı. Fethullah, o noktada şeytanla esaslı bir güreşe tutuştu. Fakat bu sefer ruhî seyahat tarzında değildi. Bilakis, aklî tartışma ve mantıkî deliller sunma şeklindeydi. Soru soruyu doğruyordu.

O sıralar Darwinizm fikri, bütün dünyada büyük bir baskı ve hâkimiyete sahipti. Darwin'in çarpık düşünceleri sebebiyle pek çok genç ve mütefekkirin ayağı kaymış, bir sürü inkarcı düşünce akımlarını dalâlete o sürüklemişti... Hatta, o kadar ki, bazı İslam alimleri bile, o tasavvurları Kur'ân ve Sünnet'le temellendirmeyi düşünüyorlardı. Bu yüzden genç adam çok büyük acılar çekmişti. Bu aklî plânda ilk sarsılmasıydı. İkincisi ise Anadolu'nun güneyinde, Suriye sınırındaki İskenderiye'de askeri hizmetini yaparken başına geldi. Orada da bir müddet felsefe kitaplarıyla arkadaşlık kurmuştu. Her halükarda, ister Edirne'de isterse de İskenderun'daki halvetinde usul-ü imaniyede zerre miktar sarsıntı olmamıştı. Mücadeleden mücadeleye koşsa da asla namazında, zikrinde ve dualarında en ufak bir sarsılma yaşamamıştı.

Şeytan ona azap vermede çok mahirdi. Ne vakit namaz için tekbir alsa dört bir yandan ona yaklaşır, art arda vesvese oklarını atardı.. öyle ki, neredeyse aklını azaptan, ruhunu elemlerden kurtarmak için namazdan çıkmayı düşündüğü olurdu. Bir gün bu şeytanın fitnesi o kadar şiddetli oldu ki, sanki bütün bedeni elektrik akımına maruz kalmış gibi sarsıldı.. maziyle bütün alâkasını ah bir kesebilseydi...

Bununla beraber, hiçbir zaman ümitsizliğe kapılmadı, umudunu yitirmedi. Dua ve niyaza kendini saldı, Allah'a yalvarıp yakarmaya devam etti. Tâ ki, sekinenin nuru ve itminanın güzelliğiyle Allah'ın rahmeti tecelli etti ve gam-kasvet dağıldı. Genç adam, şeytanla olan savaşından Allah'ın yardımıyla zaferle çıkmıştı.. şeytan ise perişan bir vaziyette mağlup olmuş, yere yıkılmıştı..

genç adam onun, fena hezimetinin yasıyla yerlerde nasıl yuvarlandığını görmüştü. Bu şiddetli mücadele imtihanı bütün bir hayatı boyunca onu besleyecek erişilmez bir yakîni ona kazandırdı. Ne vakit şeytan tekrar ona vesvese vermeye kalksa, tâ köklerinin yandığını hissederdi. Ve Fethullah ona alaycı bir gülüş atfeder:

"Ey mel'ûn, boşuna yorulma! Kapıları ilelebed arkasından sürmeledim." derdi. Şeytan-ı laîn de rezil ve perişan olarak döner giderdi.

Fethullah, bu zor nefis imtihanında Allah'ın büyük yardımıyla çok geniş ve bol nimetlere mazhar oldu. İmanını akıl plânında sağlamlaştırmanın yanında ruh plânında da şühûdî bir yakîne kavuştu. Bu, sabır ve gayretine Allah'ın bir ödül ve ihsanıydı. Öte yandan mülhid felsefecilerin çarpık mesleklerini ve kendi içlerindeki tenakuzlarını, boşluklarını ve hilelerini anlamada ince bir marifete de erişmiş oldu. Hatta o kadar ki, artık felsefeyi en iyi bilenlerden biri haline gelmişti. Onun bu tür tecrübelerinin meyvesi de felsefenin kafa karıştırıp aldatmaları karşısında kalpleri kayma tehlikesi geçiren gençleri uyarmaya matuf, onların fikir ve tasavvurlarını yerle bir eden kitap ve derslerin meydana gelmesi oldu. Gençlik için felsefenin doğurduğu, insanı alıp götüren vesvese musibetine karşı sağlam ve kıymetli bir kaide sundu. İlmî bir marifet ve tecrübî bir bilgi neticesinde elde edilen bir kaide.. O da, vesvese –ne vakit hatıra gelse– onun beşiğine geri gömülmesi gerektiği, yaşamasına ve çoğalmasına asla izin verilmemesi gerektiği, yoksa öldürücü bir vesvese hastalığına dönüşeceği kaidesiydi. Mü'minin ona karşı fıtrî bir aşı elde etmesi, o vesveseyi nefsin derinlerine gömmesi ve gelip geçici mücerret bir hayal olarak kalmasını temin etmesi gerekmektedir.

Fethullah, bu cendereden kurtulduktan sonra gerçekten imanın Allah tarafından bahşedilen bir hediye ve ihsan olduğunu, insanın onu kendi aklî ve ruhî gayretleriyle elde edemeyeceğini idrak etmişti. Evet, insan onu elde etme ve muhafaza etmede âcizdir. Gerçek şu ki, Allah türlü ibtila ve imtihanlar yoluyla, beşere, fikrî ve ruhî anlamda iman sebeplerini/vesilelerini var ediyor. Kim Allah'a karşı aczini ve fakrını ilan ederek o sebeplerin kapılarının tokmağına dokunursa, ona kapılar açılıyor, kim de kapıyı çalmazsa mahrum kalanlardan oluyor. Bu öyle bir nimet ki, Allah ancak onu cân u gönülden isteyip dileyene veriyor. Bu sayede "Allah'tan başka kendisine sığınılacak hiçbir şey yoktur." ve "Kalp öyle bir şeydir ki Allah'tan gayri kimse onu sabit-kadem kılamaz." hakikatlerindeki derin anlamı idrak etmişti.. ve kurtuluşu, Allah'a tazarru ve niyazla gözlerini ceyhun etmekte bulmuştu.

## *Dokuzuncu Akabe: Bekar Âlimlerin Yolunda*

Evlilik kader olduğu gibi, bekarlık da bir kaderdir. Bununla birlikte o, dinin herkesin üzerine farz kıldığı bir emir değildir. Ancak, mahlukat arasında cereyan eden bir sünnetullah ve Peygamberimiz Hz. Muhammed'in (en güzel salat ve selamlar üzerine olsun) şeriatıdır. Fukahânın bu konuda pek çok değerlendirmeleri vardır. Zühd ve teabbüd kasdıyla evliliği terk etmek Allah'a giden nebevî yolun yörüngesinden çıkmak, Allah'ın hakkında bir delil indirmediği, bir çeşit ruhbanlık anlamına gelir. Buna rağmen, ümmetin pek çok âlimi evlenmemiştir. Hatta *Bekar Âlimler* lakabıyla meşhur olmuşlardır. Bunların çoğu ya bulundukları devrin tabiatı gereği bekarlığı daha faziletli bulmuşlar, ya taşıdıkları ağır yüklerin önemine binaen evliliğe yaklaşmamışlar veya ikisi birlikte buna sebep olmuş. Ümmetin öyle dönemleri olmuş ki, İslami ilimlerin temellendirilmesi, metodolojilerinin tesisi ve erkân-ı ulûmun bina edilmesine ihtiyaç duyulmuş. İhlâslı bir takım âlimler ömürlerini buna adamışlar, uykusuz geçen uzun geceler neticesinde ortaya konan ciltlerle eserler, ilim talebi için katlanılan uzun yolculuklar, ümmetin ilim mirasını muhafaza adına aşılan çöller, geçilen vadiler ve daha göğüs gerilen bin bir türlü nice zahmetler... Ömürlerini Allah yolunda cihad ve ilim tasnifi yolunda bitirmişler. Öyle ki, ne evlenmeye vakitleri kalmış ne de nasipleri... Bu şekilde müfessirlerin şeyhi Ebû Cafer et-Taberi gibi, İmam-ı Zemahşerî gibi, İmâm-ı Nevevî gibi ümmetin en büyük âlimleri çıkmıştır.

Sonra, mihnet dönemleri, sıkıntılı zamanlar gelmiş. İmam İbn-i Teymiye –Hanbelî Mezhebi'nin en güçlü fakihi– kahredici bekârlığı tercih ederek kendini vakfetmiştir. Zaten, zindanların zifiri karanlıkları ve sürgünlerden fırsat bulup evlenmesi ne mümkündü ki! Hayatı boyunca rahat edeceği bir yuva kurma adına az bir zamanı dahi olmamıştı.

Peki darağaçları ve harplerin arasında Bediüzzaman nasıl evlenirdi! Nasıl? Dağ başlarında, vahşî hayvanlarla birlikte sürgün hayatı yaşamak onun kaderiydi. Ve yolun işaretleri üzerine arkadan şehit Seyyid Kutup (Allah rahmet eylesin) geldi. Yoldan çıkmış zalimlere, el uzatacakları küçücük bir zaaf noktası dahi –kendisi çok hassas bir şairdi– bırakmak istememişti. Bu yüzden zebanilerin, ırzını çiğneyecekleri bir eş edinmemişti, yırtıcı vahşilerin temizliklerine halel getirecekleri, kirletecekleri kızları da olmamıştı. Onların karşısına tek başına, yapayalnız çıktı, ateşli kelimelerle savaştı ve sonunda şehadete ulaştı.

Fakat Fethullah, evlilik fikrini tamamen kafasından silip atmış değildi. Sadece aklını onunla meşgul etmiyordu. Bu yüzden Hüseyin Efendi bu konuyu kendisine açtığında, önce tereddüt etmiş, sonra da utanarak kabul etmişti.

-Hüseyin Top'un haber verdiğine göre- kızın ailesi Edirne'nin en köklü ailelerinden, Allah'ın zenginlik ve salâhati bir arada verdiği nezih bir aileydi. Kızın babası da kızını bu gençle evlendirme hususundaki arzusunu ifade etmişti.

İkisi kız istemeye gittiklerinde bayram günüydü.. Fethullah, içeri girdiğinde salondaki koltuğa oturmuştu, utancından su gibi terlemişti. Başını ne sağa ne sola kımıldatıyor, utancından başını yerden kaldıramıyordu. Gözünü yerden kaldırmadığı için ne bir kimseyi gördü ne de bir eşyayı. Bu arada, evlilik talebine karşı taraftan olumsuz cevap verilerek, özür beyan ediliverdi. Haberleşmede belli bir hata veya Hüseyin Efendi'nin bir yanlış anlaması söz konusuydu.

Genç adam, bundan sonra tamamen aklını ve vicdanını evlilik fikrinden çevirdi. Bu sadece başarısızlıkla gerçekleşmiş bir kız isteme değildi. Onun için yepyeni bir düşüncenin kapısını araladı. Zihninde bazı şeyler yavaş yavaş berraklaşmaya başladı. Mesleğinin zorluğu, devrin şartları ve insanları üzerine düşünüyordu. Sonunda, evlilik fikrinden tamamen vazgeçti ve bütün hayatını din hizmeti, İslam davası uğrunda vakfetmeye karar verdi. Artık, bu düşünce, kendisine evlilik teklifiyle gelindiğinde, onun sabit bir cevabı haline geldi.

Askerliğini bitirip de Erzurum'a döndüğünde ailesi yine ısrar etti: Babası, annesi, amcası Enver Bey ve büyük ablası.. hepsi birden ona bekar hayatını terk etmesi ve evlilik kafesine girmesi konusunda ısrar etmeye başladılar. Hepsi evliliğin zaruri olduğuna dair kendi delillerini sunuyorlardı. Fakat hiçbiri onu bu kesin kararından döndüremedi. Yalnız annesi:

- Ey oğul, henüz bizler hayattayken senin başını bağlamak istiyoruz, dedi.

Bunun üzerine genç Fethullah, şu cevabı verdi:

- Ey anacığım, benim iki ayağım zaten iman davası ve İslam'a hizmetle bağlı. Bir de siz başımı bağlarsanız ben nasıl hareket ederim!

İşin aslı, ailesi bu duruma çok üzülmüştü. Çünkü tıpkı yemyeşil bir ağacın kupkuru toprağa köklerini salması gibi Fethullah'a karşı duydukları sevgi de hepsinin kalbinin derinliklerine kadar kök salmıştı. Sonunda amcası:

- Ne dediğini iyi düşün! Biz şimdi sana ısrar ediyoruz, sen henüz 22 yaşındasın. Böyle bir ısrarla belki 30 yaşlarında bir daha karşılaşırsın. Ondan sonra da bir daha hayatın boyunca böyle bir taleple karşılaşmazsın, dedi.

Amcası doğru söylemişti. Tam tamına 30 yaşına geldiğinde -o zaman İzmir'deydi- Yaşar Hoca, onun için bizzat kendi uygun gördüğü bir kızcağızla evlendirmek istemişti. Evliliği düşünmediğini söylemesi üzerine de Yaşar Hoca şiddetle ısrar etmişti. Yaşar Hoca'ya olan sevgi ve saygısı sebebiyle, onun bu isteğini redderken çok zorlanmıştı. Bu yüzden "Ben gözümün önünde İslam dinine hizmet ve onu karşılaştığı problemlere karşı savunma sancağının yanında başka bir sancağın dalgalanmasını istemiyorum." deyiverdi. Yaşar Hoca ısrarına devam etti, nihayet şöyle içerledi: "Sen de benim sözümü dinlemezsen, kim dinleyecek!" Gözleri doldu ve her ikisi birden ağlamaya başladılar.

Genç adam, işte o zaman amcası Enver Bey'in sözünü hatırladı ve bunun artık evlilik için son fırsatı olduğunu anladı. Şöyle bir kendi halini, bir de döneminin halini düşündü. Sonra yine bekârlığı tercih etti. Anadolu'da sıkıntılar iyice artmıştı, hapishanelerin karanlık dehlizlerinin kapıları Nur talebeleri ve Allah yolunun diğer davetçileri için tekrar açılmıştı. Fethullah, evlilikle bir genç kızın hayatını karartmamayı tercih etmişti. Zira, nereye konsa hemen oradan alınıp yerinden koparılacaktı, çocukları da korku ve açlık endişesinden asla uzak kalmayacaklardı. Polisin gecenin karanlığında kapıyı her dövdüğünde veya silahların dipçiğiyle askerler kapıyı kırıp içeri daldıklarında bu korkuyu yaşayacaklardı. Fethullah, harp meydanında bir aslan olsa da, sevdikleri söz konusu olunca alabildiğine şefkatli ve sevgi doluydu.

Genç adam, bekârlık imtihanına tek başına girdi. Kendi akranlarına göre güçlü bir gençti. Adamlık yönü, yaratılış itibariyle kâmildi, tamdı. İmtihanı bu yüzden daha zordu. Nihayet 40 yaşına geldiğinde hayalinden bir an evlenme geçmişti. Zira, elbiselerini kendisi yıkıyor, sabunluyor, duruluyordu. Bir ara bu tür işler gözünde büyüdü ve zor geldi. Bu duruma canı sıkıldı ve "Evlenseydim daha mı hayırlı olurdu acaba?" diye söylendi. Ertesi gün sevdiği bir dostu sabahın erken saatlerinde kapısını çaldı ve ona:

"Müjdeler olsun! Dün gece Resûlullah Efendimiz'i (sallallahu aleyhi ve sellem) rüyamda gördüm. Sana selam söyledi ve dedi ki: "Fethullah'a söyleyin, evlenirse ölür! Eğer evlenirse ben de cenazesinde hazır bulunmam!"

Fethullah, şerî meselelerde, geleceğe ait konularda rüyayla amel eden birisi değildi. Fakat bu rüya tam da onun kararı ve tercihiyle muvafakat etmişti. Vesveselerini dağıtmış ve onu takip ettiği yolda devam hususunda daha da cesaretlendirmişti.

Bundan böyle, artık fiilen evlense, ona göre, öleceği anlamını taşıyordu. Hayatı, büyük bir davayla irtibatlıydı ve yüce bir hizmetle bütünleşmişti.. Onun teşvikleriyle inançlı gençler Anadolu'nun her yerinde okullar ve camiler bina etmiş, kalbinin zümrüt tepelerinde halvethaneler ve çadırlar kurmuştu. Bütün çocukların ve kadınların babası olmuştu... eğer evlenirse bütün bunları yerle bir etmiş olur... ve eğer davasına ait bu yapıdan bir tanecik balkon dahi yıksa, yıkılır ve ölürdü!

İşte bu dokuz akabeyle Fethullah, Edirne hayatında yüz yüze gelmiş ve Allah'ın izniyle hepsinin ateşinden de sağ salim çıkmıştı. İmtihanlarla dolu bu şehir onun hayatında sadece bir hazırlık mektebiydi. İleride içine gireceği ateş ve duman fırtınalarına, karşılaşacağı imtihan ve tasalara karşı onu manen hazırlamıştı. Fethullah, yakıcı büyük imtihanlarla yüzleşmeden önce gençliğinin başında ruhen, nefsî ve bedenî olarak bu tür sarsıntıları tecrübe etmeye muhtaçtı!

Genç adam, Edirne'deki üçüncü senesine girmişti ki, Ankara'dan askerlik hizmeti için celp kağıdı geldi. Değerli penceresindeydi. Bir miktar oturdu, acılı gurbetini ve hicretinin uzun yolunu düşündü. Kıymetli "Üç Şerefeli Camii"ne veda etmek, Edirne'deki dostlarından ayrılmak, sohbet meclislerinden ve manevi lezzetlerinden ayrı kalmak ona ne kadar da zor gelecekti.. fakat her şeyin bir ömrü vardı.

Fethullah, elinde tuttuğu celp kararını, yeni bir tecrübeye girme adına rabbânî bir izin ve büyük izin makamına hazırlık yolunda sözün tamamlanması açısından, bunca zorluğun ardından yeni bir zorluğu daha göğüsleme anlamı taşıdığını algıladı.

Fethullah, elinde küçük bir bavulla Edirne'den ayrıldı. Hiç kimse onun sırrını keşfedememişti. Tıpkı o şehre ilk girdiği gibi sırlı, kapalı bir sandık halinde oradan çıktı.

## *İzhar zamanı henüz gelmemişti onun!*

Fethullah'ın bir sırrı vardı ve onu asla açmıyordu!

Fethullah'ın bir sırrı vardı, dünya onu bekliyordu. Fakat o kimseye bunu söylemiyordu!

Fethullah, kalbinde taşımaya güç yetiremeyeceği bir yükü taşıyordu; bu yüzden de sürekli ağlıyordu; gözyaşı bile onun matemvârî hüznü karşısında hayrette kalmıştı.

Fethullah, bir sırrın vârisi.. eğer ona büyük dağlar vâris olsaydı, koca koca taşlar dağın en yükseğinden kopar ve korkudan en aşağıya yuvarlanırdı.

# BEŞİNCİ FASIL

# ASKERLİK HAYATI

## *EDİRNE'YE VEDA*

Enaniyet ve sapıklık asrında askerî hizmete dâhil olmanın anlamı çömlekten daracık bir küpün içine girip en dibine dalmak demekti. Fakat Allah'tan başka hiçbir şeyden korkmuyordu.. şimdi onu endişeye sevk eden bir durum olsa bu askerî kışlada o sırrını nasıl muhafaza edecekti? Fakat derin imanı onu hemencecik teskin ediyor, gönlündeki dalgalanmaları dindiriyordu. Allah, sırrını taşıyan kulunu asla zayi etmeyecekti.

Genç adam, mağara hükmündeki penceresinden yalnız başına çıktı ve ebedî hicret yoluna tek başına koyuldu!

Azıcık bir eşyasını elinde taşıyor, yere sağlam basarak vakur adımlarla tren garına doğru ilerliyordu. Ankara'ya gidip askerlik hizmeti için kışlasına teslim olacaktı. Garda durmuş, trenin gelmesini beklerken Edirne Müftülüğü'nde çalışan bazı görevlilerden oluşan bir grubun, imam ve ulemadan oluşan pek çok insanın geldiğini gördü. Müftü Yaşar Tunagür Hocanın önderliğinde veda etmek için geliyorlardı. Aralarında Hüseyin Top Hoca ve Üç Şerefeli'nin sabık birinci imamı Salim Arıcı Hoca da vardı. Salim Arıcı Hoca, mezkûr camide Cumaları hutbe verir, o da da beş vakit namazı kıldırırdı. Bu zat, genç hocanın o camide görev yapmasından hiç haz almıyordu. Zira, kuvvetli ilmi ve Allah vergisi harika hitabetini biliyor ve kendi yerini almasından endişe ediyordu. Bu yüzden, bir kerecik bile olsa, genç hatibin ısrarlı taleplerine rağmen yerine çıkıp hutbe vermesine müsaade etmemişti. Fakat Edirne ahalisinin bu gence olan muhabbetine şahit olması, bu gencin dindeki ihlâsına yakînen kanaat getirmesi ve onun dünyaya ve dünya malına karşı zühdünü idrak etmesi sebebiyle yaptıklarına pişman olmuştu. Bu yüzden, o da uğurlama heyetine katılmış, hatta bir bez parçasına sarılı bir miktar peksimet ve tatlı getirmişti. Vedalaşma esnasında gence sarılmış, sonrasında elini sıkı sıkıya tutmuş ve:

– Askerlik hizmetin biter bitmez Edirne'ye dön, beraber çalışalım, demişti.

Fethullah'ın o dakika duyduğu sevinç o kadar büyüktü ki, hayretten donakalmıştı. Zira arkadaşından beklenmedik çok sıcak ilgi, sevgi ve yumuşaklık görüyordu. Onun beklenmedik hediyesini kabul etti ve tatlıyı saran o mendili yıllarca sakladı.

Yaşar Hoca ise gence sarıldığında –ona verdiği değer sebebiyle– kendini tutamayarak hıçkırıklara boğuldu. Çünkü o gün Edirne'nin nasıl bir genci yitirdiğini çok iyi biliyordu. Aslında, Yaşar Hoca'nın kalbi sevgiyle bu gence o kadar bağlıydı ki, onu kendisine hayrü'l-halef görüyordu.

Yaşlı gözler ve hüzün dolu bir kalple Edirne'den ayrıldı… Tren hareket ederken hayatına ait çok önemli şeyleri yitirdiğini hissediyordu.. aziz penceresini, kıymetler üstü kıymete sahip camisini, sohbet ettiği kahvehaneleri, talebe meclislerini, hususi-umumi pek çok sevdiğini.. pek kısa zaman önce bizzat yaşadığı bütün bu şeyler kalbinde artık birer hatıraya dönüşüyordu. Dünya hayatı ne kadar da acımasızdı. Ne zaman bir hediye veya güzellik olsa, ardından mutlaka bir ayrılık veya bir hüzün takip eder.

Ankara'da askeriyeye teslim olmadan önce, Salih Özcan'ı aradı. Onun yanında beş gün kadar kaldı. Bu, onun ünsiyet kazanması için bir teselli kaynağı oldu. Garip bir âleme, hayatında doğup büyüdüğü, gelişip yetiştiği köklerinden çok farklı, hususiyle de şu çetin tarihî gelişmelerin bulunduğu dönemde bambaşka bir tecrübeye doğru adım atarken kendisini hazırlamasına yardımcı oldu.

* * *

Fatih Sultan Mehmed'in ordusundan çıkmak ve bambaşka bir mesleğe atılmak… işte bu, yani yeryüzü dengesini kaybetti, devir değişti, zaman başkalaştı ve güneş batıdan doğmaya başladı.

Süvari, nur zamanından zulumat asrına gelmez, ancak ya fatih, ya şehit ya da esir olacak.. veya bütün bunların hepsi birden!

Fethullah ise, Nur'un esrarından aldıklarıyla zamanda yolculuğuna devam ediyordu. Bediüzzaman'ın risalelerini okumaya başladığı günden beri de Fatih Sultan Mehmed'in ordusu içinde, her akşam ordusunun çadırlarına uğruyor, süvarileri sırların bulunduğu engin denizlere dalmak için eğitiyor, gelecekteki fethin haritasını birlikte çiziyorlardı. Sonra fecr-i sadıkla birlikte, mihrabında insanlara namaz kıldırmak üzere geri dönüyordu. Fethullah, Rumiye'nin fethinin, karanlıklar ülkesiyle İşbiliye gazvesinin haritasına da sahipti. Elinde Ye'cûc ve Me'cûc'un muhasarasının plânları vardı!.. Kendi başına parlak şimşek kılıçlarını, hiddetli bulutların kınından nasıl çekilip çıkarılacağını iyi biliyordu. Yine, atlar ve atlıların ilk saff-ı evvelde nasıl saf tutup dizileceğini, toynaklarını bastıkları yerlerde kalplerindeki inceliğin, hassasiyetin nasıl tanzim edileceğini iyi biliyordu. Tek başına güneş bölüklerinin hazırlanması ve şualarının bütün âleme gönderilmesini en güzel şekilde yapıyordu.

Gecenin zifiri karanlığının gözyaşlarıyla ruhunun aynalarına cila vurup parlatmaya devam ediyordu. Sonra, her sabah hafızalarını kaybetmiş ve kendilerini koyun zanneden aslan yavrularının yüzlerine o gözyaşlarını boşaltıyor; kendi suretlerini apaçık göstererek, aslanlar sülalesinden geldiklerini onlara hatırlatıyordu.

Fethullah, devrinin ebdâllarından bir tayftır. Fakat onun sanatının sırrını kim bilir? Kim, onun gönlünün sahillerini döven ruhun dalgalarına şahit olmuştur? Güneşin onun iki gözünden nasıl doğduğunu, görülmeyeni gördüğünü ve sonra bazı şahit olduğu şeyleri âlem için nasıl resmettiğini kim bilir?

Fethullah, bugün nur erlerine büyük rütbeyle görevlendirilmiş bir süvaridir! Ruh süvârilerinin de emiridir, ama ne hayırlı emir!.. Fakat esir konumunda bambaşka bir mesleğe sevk olunuyor! Türkiye'nin bütün mihrapları ve minberleri üzüntüsünden ağlıyor!

Bu esarette fethin iştiyakını içinde taşıyarak ve gelecek yardımın hayallerini kurarak bir miktar kaldı. Sırlarını kalbinde tek başına barındırıyordu. Zor gün için içinde neler gizlediğini kimse bilmiyordu!

## *MAMAK ASKERİ KIŞLASI*

Hüzün ravisi anlatmaya devam etti ve dedi ki:

"11 Kasım 1961 günü, askerlik hizmeti için kışlasına vardı, teslim oldu. Yeri, Ankara, Mamak askeri kışlası idi. Mamak ismi, Türk askeri tarihinde ürkütücü bir yere sahiptir. Burası, pek çok kışlayı ve askeri okulu içinde barındıran büyük bir mahalleydi. Binlerce asker ve zabitin yanında sayısız askeri levazımat ve teçhizat da bulunurdu. Burasının Türkiye'de, askeri darbeler içinde çok önemli tarihi bir yeri vardı.

Mehmet Mutlu, genç imamın sevdiği askerlerden biriydi ve üsteğmen rütbesine sahipti. Yine, aynı tarihlerde, onun harbiyeden arkadaşı Yılmaz Bey, gencin gittiği bölüğün komutanıydı. Mehmet Mutlu, bu genci bizzat Komutan Yılmaz Bey'e lanse etmişti. Ayrıca genç adam, bir diğer komutana da Edirne'deki bir akrabasından selam getirmiş, beraberinde bir mektup ve badem ezmesi de göndermişlerdi. Bütün olup bitenleri Fethullah, emniyet ve sekinenin işaretleri olarak telakki etti. O, askerlik hizmetinde herhangi bir askerin çektiği sıkıntıların çok ötesinde bir sıkıntıya maruz kalıyordu.

Genç adam, yeni arkadaşlarıyla ilk askeri eğitimine girdi.. değişik harp taktikleri öğreniyorlardı.

Bir gün bölük komutanı Yılmaz Bey, yüksek sesle ona seslenir ve sorar:

– Hoca sen misin?

– Evet, diye cevap verir.

– Eşim hasta, ona bir şeyler okuyabilir misin, diye ilave eder. İmam, hemen:

– Özür dilerim, Efendim. Ben bu tür şeyleri iyi bilmiyorum. Eğer, okumanın ona fayda edeceğine inanıyorsanız, sizin kendi okumanız çok daha faydalıdır, deyiverir.

Bu hikmetli cevap komutanın çok hoşuna gider ve ona olan takdiri artar. Sonra, genç adam anlar ki, Yılmaz Bey onu imtihan etmiştir. Bu yüzden, onun daha rahat olması için onu telsizci yaparlar. Genç adam bu kışlada kurs görmek için dört ay daha kalır.

Kendisine gösterilen bütün kolaylıklara rağmen, Ankara'da kaldığı dönem, kendisi için çok sıkıntılı geçer! Bu arada, tam anlamıyla askeriyeye hizmet edemediği düşüncesi ağır basıyor ve bu tür mülahazalar sebebiyle askeriyenin yemeğinin kendisine helal olmayacağını düşünüyordu. Hatta o kadar ki, yine aynı mülahazaya binaen -askeriyenin bedeva olarak verdiği- üniformayı bile, işi bitmiş başka askerlerden ücret karşılığında satın almış ve öyle giymişti.

O sene Ankara'ya çok kar yağmıştı. Genç, askeri eğitimini karlar üzerinde görüyor, tel örgü boyunca, kar altında nöbet tutuyordu. Bazen bu nöbetler tahammül-fersa bir hal alıyor, kar altında, dondurucu soğuklarda sekiz saat nöbet tuttuğu oluyordu. Üstüne üstlük aylardan Ramazan'dı ve bu örnek şahsiyet, adamakıllı iftara ve sahura fırsat bulamamasına rağmen ne orucundan ne de namazlarından asla taviz vermiyordu. Cebine biraz bisküvi alıyor ve iftarını, sahurunu onunla geçiştiriyordu. Bazen akşam ezanı vakti içtimaya denk gelirdi. O vakit, komutanın kendisine bakmadığı bir anı kollar ve bir parça ağzına atıverir de iftar ederdi. Bu onun için bazen iftar, bazen de aynı zamanda sahur oluyordu.

Yatakhanede yatak yoktu, her askere bir battaniye verilmişti. Bir tarafını altına seriyor, diğer tarafını da üstüne alıyordu. Pek çok asker ayakları donmasın diye botlarıyla uyuyordu.

Askerler banyo için hamama gönderildiğinde, Fethullah, onlara katılmıyor, banyo iktiza ettiğinde kendi başına yıkanmayı tercih ediyordu. Çünkü askerlerin çoğu tesettür konusunda dikkatli değildi ve banyo adabına riayet etmiyorlardı. Genç adam, Erzurum'da ilim tahsil ettiği günlerdeki eski âdetine dönmüştü ve yıkanacağı zaman tuvalete giriyor, soğuk suyu başından aşağı yavaş yavaş döküyordu. Öyle ki, ayaklarının altına ulaşan sular, bir müddet sonra buz tutuyordu. Ayakları yerde oluşan buza yapışıp kalıyordu.

Askerlik hayatı, birilerinin fesat ve zulmünü gerçekleştirmede başarılı olduğu zaman dilimi, pek çok fitne ile dolu kirli bir hayattı. Fakat Allah, bu genci korudu ve destekledi.

Bir keresinde, tıbbî kontrol vardı. Bu yüzden bütün askerlerin çırılçıplak soyunmaları emredildi. Sıra Fethullah'a gelince askerî tabip: "Pantolonunu indir!" diye emretti. Genç adam: "Komutanım, aklım erdiği günden bu yana, benim dizimden üstünü, beni doğuran anam bile görmemiştir." diye cevap verdi. Tabip ona şöyle insaflı bir nazarla baktı ve hızlıca: "Geç!" dedi. Böylece, hiç hoşlanmadığı bir durumdan acayip bir ikram-ı ilâhiyle kurtulmuş oldu. Hem bu sayede komutana itaatsizlik gibi askeriyede çok ağır cezayı gerektiren bir duruma düşmekten de korunmuş oldu. Özellikle de Türkiye'nin o zor döneminde…

## *İHTİLAL ATEŞİ*

Ravi şunları aktardı:

Genç adam, askeriyeye teslim olduktan bir ay veya daha az bir süre sonra kendisini çok zor bir imtihan ve korkunç bir tecrübenin içinde buldu. 1961 yılının Aralık ayında başkent Ankara'nın Mamak bölgesindeki kışlalarda ve askeri okullarda büyük bir isyan baş gösterdi. Daha doğrusu bu, bir askeri darbeydi. Genç adam iki darbe arasında bulmuştu kendisini.

Talat Aydemir, daha önce Başbakan Adnan Menderes'e karşı gerçekleştirilen 27 Mayıs 1960 ihtilaline karışmıştı. Bilakis, ihtilalin başarılı olması için önemli rol de oynamıştı. O sırada Kara Harp Okulu Komutanıydı. Onun talebeleri, -diğer askeri okul talebeleriyle birlikte- Ankara sokaklarında silahlarını çekmişler, resmî radyoevini teslim almışlar ve ihtilalin başarılı olduğuna emin oluncaya kadar sokağa çıkma yasağı uygulamışlardı.

Fakat daha sonra ihtilal komutanları, hükümetin ne olacağı ve kimin eline teslim edileceği konusunda kendi aralarında ihtilafa düşmüşlerdi. Ekserisi, hükümetin sol kanattaki "Cumhuriyet Halk Partisi"nin başkanı İsmet İnönü'ye teslim edilmesini, Demokrat Parti Başkanı Adnan Menderes ve arkadaşlarının da idam edilmesini zaruri görüyordu. Bazıları ise, devletin askerî idare altında muhafaza edilmesini ve askerî bir hükümetin tesis edilmesini daha uygun görüyorlardı. İşte böyle düşünenlerden birisi de Talat Aydemir'di. Allah'ın takdiri, devletin solcu Cumhuriyet Halk Partisi'ne teslim edilmesi şeklinde gerçekleşti. Ardından denizin ortasındaki bir adada (Yassı Ada), Demokrat Parti Hükümeti'ne yönelik utanç verici idamlar infaz edildi. Öte yandan, muarız subaylar ülke dışındaki sefaretlere askerî ateşe olarak tayin edilerek sürüldü ve merkezden uzaklaştırıldılar. Bu arada Talat Aydemir unutulmuştu. Bunun üzerine o kinini bir süre içinde saklamış, 1960 ihtilalinden yaklaşık bir yıl sonra, daha dün beraber ihtilal yaptığı arkadaşlarına karşı ihtilal yapmaya karar vermişti.

1961 yılında Talat Aydemir, Mamak'taki askerî birliklerin en üst komutanı olmuştu. Bütün kışlalar, okullar ve subaylar idaresi altındaydı. Emri altında yaklaşık 15.000 asker ve subay vardı. İhtilal teşebbüsünü bütün bu askerlerle gerçekleştirdi. Fethullah da bu tehlikeli dönemde kendini askeri isyanın ortasında buldu.

İhtilal hazırlıkları bir ay öncesinden başlamıştı. Askerlere gerçek mermi dağıtılmış ve doğrudan temas olmadan savaşma üzerine eğitimler veriliyordu.

İhtilalden önceki son gece, bütün kışla geceyi pür heyecan ve tarifi imkânsız bir tedirginlik içinde geçirdi. Silahlı bir birlik çıktı ve radyoevini gece teslim aldılar. Bu haber hükümet taraftarı subaylara ulaşır ulaşmaz süratle hareket ederek radyoevini geri teslim aldılar. İki askeri gurup arasında şiddetli bir mücadele başlamıştı. Radyoevi iki grup arasında salıncağa dönüşmüştü. Bir ihtilalci grup ele geçiriyor ve ihtilal olduğunu ve İsmet İnönü Hükümeti'nin düştüğünü duyuruyor.. bir hükümet taraftarı askerler ele geçiriyor ve ihtilalin bastırıldığını, bütün ihtilalcilerin yakalandığını ilan ediyorlardı. Diğer tugaylar/tümenler hükümetle birlikte hareket ediyordu. Tıpkı uçak üssü gibi ki, oradakiler de ihtilale karşıydılar. Mamak'taki askeri birliklerde görev yapan askerler işin aslını bilmeden sadece komutanlarının emirlerini yerine getiriyorlardı. Onlar, ihtilalin bütün askerî birliklerce birlikte gerçekleştirildiğini zannediyorlardı. Askeri uçaklar tepelerinde uçmaya başlayınca, bir birlikten öbürüne savaş nizamında hareket ettiklerini gördüler. Yerdeki birliklerin komutanları, hava kuvvetlerinin komutanlarının Mamak askeri birliklerini bombalama, hatta tamamen yerle bir etme tehdidini öğrendiklerinde teslim oldular. Birliğin askerlerinin tamamı teslim olurken silahları da diğer askeri gruba teslim edildi.

Öyle bir korkunç geceydi ki, Fethullah, hayatında hiç böyle bir gece yaşamamıştı.

Sabahın ilk ışıkları kışlaya sızarken büyük komutanlar birliğin içine girdiler. Umumi içtima emri verdiler. Askerlerin bütün silah mekanizmalarını sökmelerini ve teslim etmelerini istediler. Emir en hızlı şekliyle yerine getirildi. Demir borularının dışında ellerinde hiçbir şey kalmamıştı. Ardından komutan, (Mamak) askeri kışlalarındaki bütün askerlerin iki ay boyunca çarşı izinlerini yasakladı. İki ay boyunca muharebe ve temel eğitim kurslarıyla onları meşgul ettiler. Askerler için geniş bir boş vakit anlamına geliyordu bu uygulama. Bu güzel fırsatı çok iyi değerlendiren Fethullah, yepyeni bir ruhî devreye girdi. Uzun kış gecelerini kışlanın mescidinde ibadet, tazarru ve niyazla geçiriyordu. Tâ ki, içinde tamamen manevi bir yenilenme ve yapılanma hissetmeye başladı.

Günlerden bir gün, subaylar genel içtima emrettiler. Askerler toplanınca şöyle dediler: "Bugün size müjdeli bir haberimiz var!" Herkes merakla bu iyi haberi bekliyordu. Tabi, silahlarının mekanizmalarının geri kendilerine iade edileceği haber verilince, hepsi büyük hayal kırıklığına uğradı. Bu onlar için sevinçli bir haber değildi. Zira her sabah onları temizlemek için canları çıkıyordu. Ayrıca silahı tekrar askerin elinde görmeleri, daha önce ihtilalci subayların emirleri yüzünden başlarına gelenleri hatırlatmış ve kötü yorumlar yapmalarına sebebiyet vermişti.

## *YENİ GÖREV*

Ravi, derince bir nefes aldı, sonra uzak ufuklara doğru baktı ve:

"Askerlik hizmetinde, işaretleri bir araya getirmek öyle herkesin becerebileceği bir şey değildir. Fakat onun ayrı bir hikâyesi vardır. Manevi işaretleri okumayı bilmesi onun askerlikte telsiz bağlantılarındaki şifreleri okumasında başarılı olmasına sebep olmuş ve bu durum komutanını dehşete düşürmüş, hayrette bırakmıştı. Ses şifresinin nur şifresine kıyasla durumu, ancak denizde bir damla veya koskoca zamanda bir ân-ı seyyâle gibidir. Şimşeğin, semanın sırlarını keşifte gök gürültüsünün önüne geçmesi garipsenecek bir durum değildir. Ancak şu ifritten asırda, şu nankörlük çağında sadece basiret ehli olanlar şimşeklerin işaretlerini okuyabilirler." dedi ve anlatmaya devam etti.

Dört aylık genel eğitim alıp imtihanını kazandıktan sonra "Yüksek Sürat" kısmına tayin olmuştu. Bu yüzden dört ay daha yeni bir eğitime tabi tutulmuştu. On parmak yazmayı, "mors" alfabesini, ses aletine vurmayı ve gelenleri kaydetmeyi öğrenmişti. Özellikle gelen mesajı okumada büyük maharet kesbetmişti. Öyle ki, askerler içinde –sivilde hızlı posta ve telgraf işleri yapmış olanlar dahil– işi en hızlı kavrayanlardan biriydi. Fakat mesaj göndermek için telsizin parmaklarla vurulan kısmında diğer arkadaşları kadar iyi değildi. Gelen mesajı ve şifreyi okumada, mors alfabesiyle gelen mesajı normal yazıya çevirmede onun kadar hızlısı yoktu. Belki de bileğinin ve parmaklarının yaratılışı sebebiyle morsu yazmada yavaş kalıyordu, sesli rumuzları almada hızlıydı, hiçbir şeyi kaçırmıyordu. Bu zihnindeki cevvaliyetten ve ses hafızasının güçlü olmasından kaynaklanıyordu. Şifreleri kusursuz ve eksiksiz olarak son derece dikkatli ve anlamlı bir şekilde tercüme etmesinin yanında üç dakika içinde on parmak beşyüz harf yazabiliyordu. Bundan öte, sesli vuruşlarla gönderilen mesajları okumada neden geciksin veya ağır kalsın.

Şifreli mesaj gönderme görevi, gerçekten çok ciddi ve önemli bir işti. Fakat sesli şifreleri alıp hızlı bir şekilde tercüme etme görevi çok daha önemliydi. Çünkü bir sesin kaçırılmasıyla haberin tamamına ait anlam kaybolabilirdi veya hakikat tahrif edilir ve tam aksi bir mana ortaya çıkabilirdi. Asker mantığına göre bu iş tam bir felakete sebebiyet verebilirdi. İşte, asker Fethullah, böylesine önemli ve tehlikeli işi tam hakkını vererek, asla bir şey kaçırmadan ve herkesten hızlı bir şekilde yapıyordu. Bu yüzden komutanı onu, ikinci eğitiminin sonuna kadar "Yüksek Sürat'te" tuttu.

## *ACI HATIRALAR!*

Ravi, yüzümdeki mutluluk alametlerini fark etti ve hüzünlü bir ses tonuyla devam etti:

Öyle veya böyle Ankara'daki askerlik günleri genç adamın hafızasında çok kötü hatıralar olarak yer etti. Mamak'ta geçirdiği sekiz ay boyunca türlü türlü ezalara ve sıkıntılara maruz kalmıştı. Kaç defa içtima saati namaz vaktiyle çakışmış, abdest almaya gittiği ve içtimaya birkaç dakika geç kaldığı için acımasızca dövmüşlerdi. Koskoca bölükte beş vakit namazını kılan sadece iki kişi vardı. Birisi o, diğeri de Anadolu'nun doğusundan gelmiş bir gençti. Namazını mescitte eda ettikten sonra içtimaya yetişmek için âdeta zamanla yarışırdı. Fakat bir veya iki dakika geç kalsa ellerini patlatıncaya, kan çıkarıncaya kadar döverler, küfürler savururlar, hatta dine ve mukaddesata yönelik yürekleri ağza getirecek hakaretlerde bulunurlardı. Bununla birlikte sabredip Allah'a dayanmaktan başka çaresi de yoktu.

Anlatımın burasında dostumun gözleri doldu ve sustu.. dayanamayıp sordum:

– Fethullah'a vurdular mı? Bunun üzerine:

– Ey dostum! Ebdâllerin kaderi de, bu risalet yükünü taşıyan, sıkıntılara göğüs geren, mücadelelere giren peygamberlerin yolu üzere yürümektir. Onlar insandı, lakin tahammülfersa ibtilalar, imtihanlar başlarına gelmiştir!.. Kimi peygamber dayak yemiş, kimisi şehit edilmiştir! Şayet o bin kere dövülseydi, bu ona dinine ve peygamberine sövülmesinden daha hafif gelirdi.

– Askerden neden kaçmadı, diye sordum.

– Kaçmaz!.. Kaçsaydı, onu yakalarlar ve askerlik hizmetine baştan başlatırlardı! Fakat onun gibiler kaçmaz. Bilakis o, bu atmosferi bizzat tecrübe edip öğrenmesi gerektiğini çok iyi biliyordu. Müstad'afîn, yani zayıfların, gariplerin hayatını yaşayacak, zulmün, azgınlığın acısını tadacak ve bu sayede karanlıklar âlemine doğru uçacak hicret kuşlarının nur mesleğini nasıl resmedeceğini, nasıl şekillendireceğini öğrenecekti.

Komutanlar kaç defa hafta sonu dışarı çıkma iznini iptal etmişlerdi. Askerler kışlada âdeta hapis hayatı yaşıyorlardı, haftalarca hiç dışarı çıkmamışlardı. Fakat genç adamın daha çok medenî toplumda hür bir şekilde imanî hayatı teneffüse duyduğu iştiyak sebebiyle içi daralıyordu. Bu yüzden, bir ara o da Allah için sevdiği dostu Salih Özcan gibi bir takım arkadaşlarını ziyaret veya şehrin camisinde namaz kılmak için kışladan sıvışanlar arasına karışabilirdi.

Ravi, derince nefes aldı, sonra uzunca geri verdi ve sözlerine devam etti:

Günlerden bir gün, cami imamı ve bazı dindar askerlerle caddede yürüyorlardı. Askeri inzibat birden karşılarına çıktı. İçlerinden birisi imama güçlü bir yumruk vurdu, adamcağız boylu boyunca uzandı. Sonra askerleri birbirine bağlayarak götürdüler ve inzibat merkezine teslim ettiler. İnzibat merkezinde bu askerlerin önüne çok eski, yılların pisliği birikmiş kap kacak ve tencere koydular, hepsini güzelce yıkamalarını istediler. Oradaki görevlilere de bu cezai işin yaptırılmasını emrettiler. O, tabiatı gereği yaptığı her işi ciddiye alır, hakkını vermeye çalışırdı.. isterse bu iş ona bir ceza olarak verilmiş olsun, fark etmezdi. O eski kapları büyük bir özveri ve ihlâsla temizlemeye başladı. Nihayet tamamen temizledi. Bu durum oradaki görevli başçavuşun dikkatini çekti. Onun salıverilmesi için gayret sarf etti. Hapsedilenler listesinden onun ismini sildiler. Bütün diğer askerlerin isimlerini yazıp kalan cezalarını kendi birliklerinde çekmek üzere gönderdiler. Belki de çok daha şiddetli ve zor bir cezadan bu şekilde kurtulmuştu. Ankara'daki askerlik hayatı işte böyleydi. Hep acılar ve hüzünlerle dolu hatıralar...

## *İSKENDERUN'A YOLCULUK*

Hicret, onun ebedî kaderi... Bu kader askerlik hizmeti sürecinde de onu terk etmedi. Hicret, onu mesleğidir, yoludur. Hicret, onun halvetidir, celvetidir, uzak geleceğe doğru giden yoludur.. O, şehirlerin burçlarında ve kale duvarlarında toplanmış göçmen kuş sürülerini gördü.. kanatlarını rüzgârda açmak ve karanlık diyarlara doğru uçup gitmek için kendisinin işaretini bekleyen, gagalarında küçük nur tohumcukları taşıyan kuş sürülerini!

Sekiz aylık zorlu bir eğitim süresinin bitiminde Ankara dışına tayin edildi. Tayinler âdet gereği kura ile oluyordu. Genç adam, kurayı çekti ve Erzurum çıktı. Komutan:

– Hoca, senin memleketin Erzurum. Askerlik hizmeti orada olmaz. Yeniden çek, dedi. Genç adam, bir daha kura çekti ve komutana verdi. Yine Erzurum çıkmıştı. Yine kabul etmediler. Üçüncü kez kurayı çekti. Bu sefer de Diyarbakır çıktı. Komutan:

–Bu da olmaz. Bu sana zulüm olur. Sana zulmetmek istemeyiz. Dördüncüyü çek, dedi. Diyarbakır, Anadolu'nun en doğusunda, sarp dağların olduğu, zaman zaman Arap, Türkmen ve Kürtler arasında etnik kavgaların yaşandığı bir şehirdi. Yaşam koşulları o dönemde orada gerçekten zordu. Bu yüzden subayların tamamı orayı sürgün yeri olarak görürlerdi. Dördüncü kurayı çekip komutana teslim etti, İskenderun çıkmıştı. Komutan onunla tokalaşıp tebrik etti. İçlerinden birisi "Ne mutlu sana delikanlı!" dedi. Zira, İskenderun Akdeniz sahilinde, Anadolu'nun güneyinde bir şehirdi. Suriye sınırı boyunca uzanan şehir, bazen sıcak rüzgârlarla kavrulurken bazen de tatlı, hafif esen rüzgârlarla serinliyordu. Güzel bir tabiata, bol suları olan çok mümtaz bahçelere, geçmiş dönemlere ait tarihî eserlere sahipti ki, bunların bir kısmı Roma dönemine, bir kısmı da Abbasi dönemine aitti. Bu yüzden dünyanın dört bir yanından turistler burayı ziyarete gelirlerdi. Fakat subayın genci tebrik etme sebebi açık saçıklığın dünyanın pek çok turistik şehirlerinde olduğu gibi burada da olmasıydı. Bu genç "Hoca" için ne kadar üzüntü verici bir şeydi. Kırık kalp ve yaralı bir ruhla oradan ayrıldı.

Uzun bir yolculuktan sonra şehre ulaştı ve askeri birliğine teslim oldu. Edirne'de karşılaştığı aldatıcı fitneler sebebiyle, tekrar Yusufvârî bir imtihana maruz kalmanın korkuları vardı içinde. Fakat birliğine varıp askerler arasına karışıp da askeri birliğin etrafındaki mahallelerde yaşayan insanların ekseriyet itibariyle dindar insanlar olduğunu öğrenince hüznü sevince, korkuları itminana, sekîneye ve ruhunun ilhamlarını paylaşabileceği bir kısım sâlih insanlar bulma emeline dönüştü. Daha sonra, buradaki askeri muamelenin Ankara'dakinden çok farklı, daha güzel olduğunu öğrenince mutluluğu kat kat arttı.

İlk iki ay, subayları ona herhangi bir er gibi muamele etti. Oraya gönderilirken onbaşı ve nöbet çavuşu olarak gönderilmesi ve on askere hükmetmesi gerekirken günlük hizmetler ve nöbetlerle mükellef tutuluyordu. Daha sonra kendisine bu görev verilince, bu görevi tam anlamıyla yapamadı, başarısız oldu. Çünkü askeri idarede üslup, küfür ve hakaret kültürü üzerine bina edilmişti. O bu hususta bir metod bilmiyordu. Onun yolu, vicdanlara yönelmek, kalplerin terbiyesine yol bulmaktı. Oysa asker katiyen bu yolla eğitilmiyordu. Onların ruh sultanına boyun eğmeleri için aylarca belki de yıllarca uzun uzun sohbetlere iştirak etmeleri gerekiyordu. Bu yüzden, askerî düzen için, askerliğin gerektirdiği şekilde, askerleri kendisine itaat ettirememişti. Ne tekmil vermeyi ne de askere iş gördürmeyi becerebilmişti. İster günlük işleri gördürme, isterse kendisine ulaştırılan kararları uygulatmada başarısız olmuştu. Yüksek edebi, kendisine muhalefet eden, emrini dinlemeyen askerleri cezalandırmasına mani oluyordu. Komutanları ondan bunu beklemiyorlardı. Bu yüzden çok taaccüp etmişlerdi. Belki de, orduda ve ordu dışında insanı sevmekten çok ona hükmetme, ona emretmeyi âdet edindikleri için bu durum onlara garip gelmişti. Bu hal, yine de onlar tarafından korunmasına, nispî olarak ona şefkat göstermelerine ve çok zorluk çıkarmamalarına vesile oldu.

## *BİR BAŞKA PENCERE!*

O, halvete, yalnız başına bir köşede uzlete düşkündü. Ne vakit bir fırsat doğsa hemen halvete girer, ferdî olarak ruhî miracını gerçekleştirirdi!.. Edirne'de pencerede kaldığı günlerde vicdanı daima müşâhede ve keşif menzillerinde şevk nimetlerini tadar, gıdasını alırdı. Askerî kışlada da kendine göre başka bir inziva mekânı bulacağını, fikrî ve ruhî alıştırmalara ve teemmülâta dalacağını düşünüyordu. Derken, büyük bir sürpriz hadise oldu. Ona, askerî bir aracın içinde çalışması teklif edildi. Araç kışlanın içine, telsizle haberleşmeyi sağlama adına kurulmuş sabit bir istasyon gibiydi. Genç adamın, bununla ilgili de ayrı bir hatırası vardı…

Arif komutan, birliğin başçavuşuydu. Onu çok seviyordu. Bu yüzden onu zor işlerden muaf tutuyordu. Kendisini telsiz muhabere kısmında vazifelendirmiş, sonra da en modern telsiz cihazlarıyla donatılmış bir arabayı ona tahsis etmişti. Telsiz aletlerinin yanında arabada bir yatağı alacak kadar bir yer de vardı. Böylelikle, orayı hususi bir mesken edinmişti. Orada çalışıyor, orada yiyor, orada uyuyordu. Hatta küçük bir gaz ocağı edinmiş, onunla patates haşlıyordu. Fakat arabanın içinde bulundurulması yasak olduğu için onu bir başka yerde muhafaza ediyordu. Dışarıdan ekmek, zeytin alıyor ve arabanın içinde yiyordu. Fakat hepsinden de önemlisi arabayı halveti için kendine has bir inziva yeri edinebilmişti.

Telsiz haberleşme görevine verilmesi sebebiyle nöbet tutmaktan ve içtimaya çıkmaktan muaftı. Rabbiyle irtibatını tazeleme, güçlendirme ve pek çok kitabı mütalaa etme adına bu onun için altından daha kıymetli bir fırsattı. Orada ciddi anlamda, birçok farklı sahada, edebiyattan tarihe, ondan da felsefeye kadar pek çok kitap okudu, batı felsefesine derince ıttıla kesbetme fırsatı buldu.

Bir keresinde nöbetçi bir subay, arabanın içinde gizlenmiş çok sayıda kitabı görmüş ve kitapların isimlerini, konularını incelemişti. Ekserisinin Felsefe ve Edebiyata dair olduğunu görünce:

- Aferin! Gençlerin dünya kültürüne karşı açık olmaları gerekir, demişti.

Bu komutan, genç adamın dinî kitaplar okumak üzere itikâf hayatı sürüyor olmasından endişe ediyordu. Fakat o, dinî kitapları yanında bulundurmayacak kadar zekiydi. Nasıl ki, her makamın bir sözü vardır, öyle de her halvetin de kendine göre bir miracı vardır!

Telsiz cihazlarının alış gücü çok kuvvetliydi. Dolayısıyla dünya radyolarını da çekiyordu. Bu ona, İslam ülkelerinin radyolarından yayınlanan en güzel Kur'ân kıraatlarını dinleme imkânı veriyordu. Hemen yanında, yine aynı maksatla konulmuş ikinci bir araba daha vardı. Onda da yine dinî yönü olan bir arkadaşı duruyordu. Bu iki arkadaş, iyilikte ve sırlarını tutma noktasında yardımlaşıyorlardı.

Kitap okumayı delicesine seviyordu. Bu kitaplar onun dünya üniversitesiydi ve ondan mezun oluyordu.. çünkü o hayatı boyunca sınırlı ekollere yönelmeye razı olmamış, her ufuktan, her türlü düşünce dünyasından okumalar yapmıştı.. böylelikle kitap raflarının arasından bir imam, bir âlim, bir müfekkir, bir edip ve büyük bir şair çıkıyordu.. hayatı boyunca –iradi-gayri iradi– gerçekleştirdiği halvetleri ona, kitapların yüksek burçlarında uzun seyahatlere çıkma, farklı zaman dilimlerine uğrama, ulema ve fukahanın meclislerinde hazır bulunma, tarih boyunca gelmiş geçmiş büyük müçtehitleri ziyaret etme, uzun geceler boyu hikmet denizi büyük hekîmlerin, mutasavvıfların, felsefecilerin ve edeb abidesi zatların ders halkasında sessizce oturup dinleme imkânı vermişti. Her meşrepten tabiatına uygun olanına uğrar, hacetini ifade eder, asrının ve zamanın ihtiyaçlarına cevap arardı. Nihayet o halvetlerinden döner, hayata ve mesleklerine ait her şeyi haber verir, medeniyet müdafaası meydanına, üniversite camiasının, içtimai ve fikrî liderlerin, hatta siyaset ve istihbarat adamlarının karşı koyamayacağı silahlarla girerdi. Elde ettiği müşahedelerle müşahede ehlinden olan arkadaşlarını geride bırakmıştı.

## *ASKERLİKTE YAPILAN VAAZLAR*

Haftalık izin günlerinde İskenderun ahalisinden insanlarla tanışmaya başlamıştı. Yavaş yavaş onlara yaklaşıyordu. Nihayet bazılarıyla kuvvetli bağlar kurdu. Onda vaaz verme konusundaki mevhibe-i ilâhiyeyi keşfettiler ve kendisinden cuma günleri, şehrin merkez camiinde vaaz vermesini istirham ettiler. Onu bir asker değil de şehrin efradından biri olarak gördüklerinden böyle istiyorlardı. Hâlbuki o, bunun orduda görev yapan bir askerin yapamayacağı yedi şeyden biri olduğunu biliyordu. Ancak o, ruhunun heyecanını coşturacak bu talebe en hızlı şekilde cevap vermek istiyordu.. camilere karşı duyduğu iştiyakın yanında, kendisinin hararetli yanlarını alevlendirecek ve onu cıvıl cıvıl, mamur gönül bahçelerine doğru yönlendirecek vaaz meclislerine karşı duyduğu aşk u şevki olduğu müddetçe…

Genç Hoca, kendini tehlikeye attı ve İskenderun Merkez Camii'nde sivil elbiselerle defaatle vaaz verdi.

Daha sonra ikinci kez kendini tehlikeye attı ve askeri birliğin içinde askerler için bir mescit açma cüretini gösterdi. Orada küçük bir alanı gözüne kestirmişti, kum getirtip döktürmüş, bazı salih arkadaşlarının da yardımını isteyerek, etrafını çerçevelemek için sınır veya duvar görevi görsün diye otlar dikmişti. Bu arkadaşlarının sayısı çok azdı. Orada önceleri sadece altı veya yedi kişiyle namaz kıldı. Derken sayı gitgide arttı ve otuza ulaştı. Bazıları hayatında hiç namaz kılmamış, orada namaza başlamıştı. Bir bölük yaklaşık iki yüz kişiden oluşuyordu. Bu yüzden otuz rakamı o gün, o şartlarda büyük bir orandı. Açık alanda gözler önünde namaz kılıyorlardı. Onların hali pek çok celâl ve cemâle sahne oluyordu… Bir cuma günü, cuma namazını kışlada sinema salonunda kıldırdı. Fakat dine ve dindara karşı olan bazı komutanlar buna tahammül edemediler ve onları mescit edindikleri, çiçek dikip bir bahçeye çevirdikleri yerde namaz kılmaya zorladılar.

## *SÜRPRİZ İZİN*

Genç adam, askerin karavanasından yemek yemekten çekindiği için gıdasız kalmış ve vücudu buna daha fazla dayanamamıştı. Kötü beslenme sonucu ikinci kez hastalanmış, hayli bitkin düşmüştü. Ayakta duracak hali yoktu. Onu her gören: "Gözünde sarılık var!" diyordu. Askeri tabibe çıktı. Tabip hiçbir ilaç vermeden onu gönderdi ve "Senin bir şeyin yok!" dedi. Fakat birkaç gün geçmemişti ki, bu sefer bütün vücudu sarardı. Bu yüzden ikinci kez tabibe çıktı. Doktor onu görünce dehşete kapıldı ve "Bu çok tehlikeli bir hastalık!" deyip, onu hemen hastaneye sevk etti. Birkaç gün müşahede altında kaldı ve ilaç tedavisi gördü. Ardından doktor üç ay istirahat izni verdi. Hastalığın şiddetini atlatması ve iyice istirahat etmesi için Erzurum'daki baba ocağına gitmesi gerekiyordu. Birden içini, hastalıklarını ve elemlerini unutturan bir sevinç kapladı. Evinden ve ailesinden ayrılalı tam dört yıl olmuştu. Bu dört yıl Edirne ve askerlikte geçmişti. Sürpriz bir şekilde kendisini Erzurum'a dönüş yolunda buluvermişti.

## *MESİH'İN SUSKUNLUĞU*

Hüzün ravisi bana çok acayip bir şey anlattı:

Tren İskenderun Garı'ndan ayrılırken, genç adam sevdiklerine kavuşma iştiyakıyla, uzun yıllar ayrı kalmanın verdiği hüzün arasındaki bir berzahta yaşıyordu. Hem kendi kalbindeki hem de annesinin ve kardeşlerinin kalbindeki acılar nelere sebebiyet vermişti. Anneciğinin, yavrusundan ayrı kalmanın yüreğinde hasıl ettiği yaraları hangi âhlarla, hıçkırık ve inlemelerle sarıp tedavi etmeye çalıştığını Allah'tan başka kim bilebilirdi! Hatta üzüntüsü ona galebe çalınca kendini ağlamaya salarak küçük ailenin bütün fertlerinin sevgi ve hasret yaralarını tekrar kanattığını...

Fethullah, kardeşleri arasındaki bağdı, onların onunla –veya onun onlarla da diyebilirsin– irtibatı tıpkı ruhla ceset arasındaki irtibat gibiydi. Bu bağ, sadece aynı anne babadan dünyaya gelmeden kaynaklanan saygı, takdir veya hakları ve görevleri yerine getirme şeklindeki bilindik kardeşlik bağı değildi. Ailenin fertleri arasında çok daha derin bir alâka vardı.. kabz ve bast hallerinde, yani sevinç ve hüzün hallerinde aralarındaki vicdanî şuur hep birdi. Gencin kardeşleri isimlerinin rumuzlarıyla ve hallerinin simasıyla bir nabız, bir nefes teşkil ediyorlardı. Biri bir duygu yaşasa ötekinin kalbi de onunla atıyordu. Ramiz Efendi, çocuklarının isimlerinden kendine göre Allah'a giden yolda bazı rampalar edinmişti. Allah ona sadece ruhun özünden gıdalanan, sadece muhabbet kevserinden içen bir nesil nasip etmişti... Azığı zühd, elbisesi takva... "Nûru'l-hayat" (Nurhayat) ailenin en büyük kızı idi, sonra Fazilet, sonra Fethullah, sonra Sıbgatullah, sonra Mesih, sonra Fakirullah, sonra Hasbî, sonra Salih, sonra yine Fazilet –birinci Fazilet'in vefatından sonra–, sonra Nizameddin ve zincirin son halkası Kutbeddin.

Eğer insan, şu manevi mübarek isimlerin anlamlarına şöyle bir göz gezdirse, hakikatini zevk etse, emellerini ve elemlerini keşfetse, hiç farkına varmadan kendisini hüzün makamları arasında dolaşıyor olarak görür.

Fazilet daha bebekken, Fakirullah ve Nizameddin ise çocuk yaşta iken vefat ettiler. Allah'ın inayetiyle geri kalanlar yaşadılar.

Küçük kardeşlerinden birisi vefat edince geride kalan bütün kardeşler, kendilerini sanki yürekleri sökülüp atılmış gibi hissediyordu. Aylarca kendilerine gelemiyor, hayata yeniden sarılamıyorlardı. Fethullah, küçük kardeşi vefat ettiğinde -kendisi de henüz çocukken- nasıl onun kabri başına gidip ellerini kardırarak "Ya Rab, beni de öldür de kardeşimi göreyim!" diye yalvardığını hâlâ ter u taze hatırlamaktadır.

Gülen ailesindeki kardeşler büyüdükçe, bu acayip ruh haleti de büyüyordu. Erzurum'u terk edip, uzak diyarlara doğru ayrılıp gittiğinde, kardeşleri bu sefer ayrılık acısından farklı bir anlam yudumladılar. Şayet bir kere Erzurum'a geri gelse bile, acı gerçeği, yani artık Erzurum'dan çıktığını ve bir daha asla kalıcı olarak dönmeyeceğini anlamışlardı. Mesih'in tavırları biraz değişikti. Kardeşinin seyahate çıkmasıyla ruhunda sessizliğin dayanılmaz cazibesini yaşıyordu. Kendini de sürekli bir sefer içinde bulmuştu. Fakat ayrılık elemiyle iyice alevlenen bu psikolojik durumlar, onun takatinin ve vicdan kuvvetinin fevkinde olduğunda konuşarak veya ağlayarak halini ifadeye dönüşüyordu. Fakat birden boğazına doğru sanki bir lav püskürtülmüş gibi acı bir yanma hissediyor, dili bağlanıyor ve konuşmada bebek kadar âciz hale geliyordu. Görüyor ve işitiyordu; fakat dudakları hareket etmiyordu. Bu garip haline ne ilaç ne de doktor fayda etti. Sonunda sessizlik inzivasında tam dört sene geçti. Bu müddet, abisinin Erzurum'dan uzaklaşıp, ebedî seferinin ilk merhalesini gerçekleştirdiği zaman dilimiydi. Bu sebeple, ailenin bütün fertleri Yusuf'un gömleğinin gelmesini beklemeye koyulmuşlardı. Gerçekten, genç adam gelip kapının tokmağına dokunur dokunmaz Mesih konuşmaya başladı.

Ailenin Erzurum'daki evi bir çıkmaz sokağın köşesindeydi. O askerî elbiseler içinde sokağa girdiğinde mahallenin çocukları "Asker geldi, asker geldi!" diye bağırmaya başladılar. Genç adam kapıyı çaldı.. kapıyı onun için insanların en azizi açmıştı: Annesi. Onun rüyalarının ve arzularının kaynağı annesi!

Fakat Refia Hanım şaşkın bir vaziyette kapıda donup kaldı. Az kalsın ya dönüp gidecek veya kapıyı kapatacaktı. Derken, birden sevgili yavrusunun kokusunu aldı. Dört yıl önce, oğlunun çocuksu siması gözünün önüne geldi ve: "Sen Fethullah mısın gerçekten? Evet, sen Fethullah'sın!" diye bağırıverdi.

Şehrin bahçelerinin üzerinde yağmurlu fırtınalar esiyordu. Şimşekler alevli parlaklığıyla ağaçların omuzlarını dövüyordu. Yağmur yapraklar üzerine ayrılık gözyaşlarını sağanak sağanak indiriyordu. Bütün kuşlar şimdi küçük yuvalarında ağlaşıyorlar, gök gürültüleri zaman zaman korkunç sesle yüreklerin surlarına çarpıyordu. Ey martılar susun, ey alçaklar şahit olun! Anne kendini yavrusunun kollarına attı, boynuna sarıldı ve kendini ağlamaya saldı.. Fethullah da annesini çok özlemişti, o da ağlıyordu. O gün, göz pınarları kurumadı, hep ağladılar.

Onun dört sene önce evden çıkıp gitmesinden dönüşüne kadarki zaman dilimi fizyolojik feveran dönemiydi. Vücut yapısı, özellikle de yüz hatları değişmişti. Bu yüzden annesi ilk anda onu tanıyamamıştı. Zira hiç beklenmeyen bir zamanda ve annesinin görmeye alışık olmadığı askerî elbiseler içinde çıkıp gelmişti. Annesi onda çok büyük değişikliklere şahit olduğu gibi o da bütün kardeşlerinde aynı şeyleri görmüştü. Gençlerdeki değişim, zaman çarkı içinde korku ile dolan bakışlardı.

## *MAKSADINI AŞAN BİR VAAZ*

Ravi, kederli hikâyesine başladı:

Derken Erzurum'da sosyal ve dinî hayata çok hızlı daldı. Kadîm medreselerden modern camilere geçiyor, hocalarını ve arkadaşlarını ziyaret ediyor, Risale-i Nur talebeleriyle irtibatını ve bağlarını yeniliyor, meclislerde coşup heyecana gelmek için oradan oraya koşturuyordu. Bu şekilde üç ay dolunca askerlik şubesine gitti. Oradaki görevliler, izin sebebini öğrenince bir ay kadar da onlar müsaade verdiler. Ramazan ayı da tam bu izninin ortasına denk geldi. İskenderun'daki gurbetinde asla bulamadığı o Ramazan'ın ruhundaki güzellikten ve neşeden istifade etti.

Oruç ayı, Fethullah için camilerde vaaz u nasihate başlamaya bir vesile oldu. Bu vaazları sürprizler ve maceralardan hali kalmadı. O mübarek günlerde Vaiz Fethullah, sinema salonunda bir filmin gösterime gireceğini haber almıştı. Film İslam'ın ilk dönemlerine ait hadiseleri konu ediniyordu. Tabi, sahabe-i kiram efendilerimizi de bazı artistler canlandırıyordu. Bunlar arasında Hz. Aişe de (r.anhâ) vardı. Duyurusu gösterimden bir hafta önce yapılmış, insanlar biletlerini erkenden almışlardı. O, vaazında bu filmi çok sert bir dille eleştirdi. Senaryonun gerçek anlamda dine hizmeti hedeflemediğini, bilakis mukaddesatla alay ettiğini, siyere ait olayları maddi düşünceyle ele aldığını ve konunun içinden ruhaniyâtı ve mukaddesatı söküp attığını öğrenmişti. Filim gerçekten pozitif bir şekilde konuyu ele alsaydı, o gün için Türkiye'deki bütün sinema salonlarında gösterimine müsamahayla bakılabilirdi. Fakat o, hakkı beyan adına kısaca şunları dile getiriyordu: "Eşya misliyle temsil edilir. Dine hürmet etmeyen birisinin sahabe-i celili canlandırması nasıl olabilir?" kabilinden sözler etmişti.

Onun film hakkındaki eleştirilerinin hedefi sadece insanları onu seyretmekten alıkoymaktı. Yalnız, filmin gösterileceği gün gelince hisleri iyice coştu. O gün vaazının konusu "Yakın Gelecek"ti. Vaizin kalbi, insanların bu çirkin filmin gösteriminin durdurulması konusundaki gevşeklikleri ve sâmit infialleri sebebiyle üzüntü ve kederden çatlayayazdı. Hem ağlıyor hem de insanlara haykırıyordu: "Yazıklar olsun size! Onlar bu gece sizin dininizle, Peygamberinizle alay edecekler, ecdadınızın ve büyüklerinizin aziz ruhlarıyla eğlenip onlara ezâ edecekler. Siz de böyle eli kolu bağlı oturacaksınız, öyle mi? Nerde sizin izzetiniz? Nerde sizin Müslümanlığınız?" O anki niyeti insanları heyecanlandırmaktı ve sadece, mahalli idareye, bu filmin gösteriminin men edilmesi yolunda baskı yapmaları için eleştiri şuurlarını uyandırmaktı.

Fakat kelimeler maksadı aştı. Cemaat galeyana geldi. Bağırıp çağırarak yollara döküldüler. İnsanları bu tür bir davranıştan çevirmek, onlara engel olmak için bütün gayretini sarf etti fakat hiçbir şey başarısızlığı engelleyemedi. Sel bütün kuvvetiyle sökün etmiş, geliyordu. Oradan buradan karışanlarla kalabalık uzayıp gidiyordu. Bazıları filmin gerçek yüzünü ve senaryonun asıl maksadını anlatıyorlardı. Haber bütün Erzurum'a bir anda yayıldı. Çok kısa bir zaman sonra sinemanın önünde büyük bir kalabalık toplanmıştı.

Hatta "Kanlı Fuat" bile oradaydı. Bu adam hakikaten vasfettikleri gibi kanlı biriydi. Dinle diyanetle hiç alâkası yoktu. Korkutucu ve sinirli bir mizacı vardı. Biriyle kapışsa ve vuruşsa, kan akıtmadan bırakmazdı. Bu yüzden "Kanlı" diye lakap vermişlerdi. Dinin kurallarına ayak uyduramasa, hudutlarını muhafaza etmese de dinî değerlere ve mütedeyyin insanlara karşı hürmetliydi.

Kızgın insanlar sinema binasına saldırdılar. Film oynatan aleti parçaladılar. Sinemanın sahibi korku ve dehşet içinde kalmıştı. İnsanlar arasında "Kanlı Fuat"ı görünce birden sevindi, çünkü o zaman zaman buralara takılır, şarap içerdi.. hemen ona yaklaştı ve şikâyetvârî hüzünlü bir edada dert yanmaya başladı:

– Bu Fethullah Hoca, filmi tenkit etmiş diyorlar, halbuki filimde hiçbir şey yok. Müftü Sakıp Hoca izin verdi.

Adam daha cümlesini tam bitiremeden Kanlı Fuat buna bir bağırdı: "Fethullah Hoca, filmi eleştiriyormuş diyorlar öyle mi? Bu filim o halde kesinlikle kötüdür!" Sonra iki eliyle yakasından yapıştı ve adamın üzerine çullandı, yine kan döktü.

Fethullah, Allah'ın sözlerinin yaptırım gücünün resmi belgeden daha kuvvetli olduğuna şahit olmuştu.

## *DECCAL'IN HİKAYESİ*

Ravi dedi ki:

Genç imam, bu vaaz ettiği dönemde Ramazan ayı içinde "Deccâl" konusunu ele alacağını kürsüden duyurmuştu. "Deccâl" ismi, o dönemin idarecilerini tedirgin ediyordu. Genç vaiz, tutuklanıp, derslerden mahrum kalma endişesiyle bu konuyu Ramazan'ın sonlarına bıraktı. Eğer tutuklanacaksa, Ramazan'ın sonunda tutuklanması başında tutuklanmasından iyiydi.

Sohbet vakti yaklaştıkça cami ağzına kadar cemaatle dolmuştu. Herkes Deccâl konusunu merak ediyordu. İlgi alâka çok büyüktü. Başlar vaaz kürsüsüne doğru dönmüş, gözler fal taşı gibi açılmış genç vaize odaklanmıştı.

Vahdettin Bey, âdeti üzere ilk saftaki yerini almıştı.. coşkun halleri olan, heyecanlı bir insandı. Vaiz sözlerine başlar başlamaz o da derin bir ağlamaya salardı kendisini. Bazen o kadar hislenirdi ki, ağlama sesi bütün mescidi doldururdu. Genç adam, sohbetinde hislere dokunur ve onun hislerini de coşturdu.. Vahdettin Beyin bu hisli ağlamaları da genç vaize manevi bir destek olur, ilhamlarının coşmasına yardımcı olurdu. Genç adam Deccâl konusunda konuşmaya başladı. İstihbarat cami kürsünün dibinde yerini almış, her şeyi kaydediyordu. Fakat o vakit hiçbir şey olmadı…

Daha sonra, Ramazan ayının sonunda bir kez daha camiye vaaza gitti. Cuma hutbesindeki konusu ise "Vedâ Haccı"ydı.. hutbenin sonunu sesini yükselterek Resûlullah Efendimiz'in *"Tebliğ ettim mi? Allahım sen şahid ol!"* sözleriyle noktaladı. Bu sözleri bir kere daha halka tevcih etti, fakat kendisi hakkında bunu soruyordu. Gözü yaşlı, ağlayan adam Vahdettin Bey, halkın önünde yüksek sesle: "Allah'a şahitlik ederiz ki, sen bihakkın vazifeni yaptın, tebliğ ettin!" diyerek mukabelede bulundu. Bu sözler o kadar içten ve samimi duygularla söylenmişti ki, genç vaizin vicdanının bunları kaldırması mümkün değildi ve hıçkırıklara gömüldü.

Genç adam, caminin dışında emniyet güçlerinin kendisini tutuklamak için beklediğinin farkına vardı. Fakat camideki cemaatin taşkınlık çıkarma ihtimali onları endişeye sevk etmiş, bu endişe bir anlığına geri çekilmelerine vesile oldu.

## *MÜCADELEYE DEVAM*

O, herhangi bir imam gibi değildi... onun zamanı, karanlığın kabuslarıyla iyiden iyiye yüzleşme zamanıydı. Nur saflarında o gün az bir mumdan başka bir şey yoktu, ne yazık ki fırtına da çok şiddetliydi. Fakat genç imamın vicdanındaki alev, dört bir yanda doğuşlara vesile olacak aşk u şevkin fitilini ateşlemeye yetecek miktardaydı. Yakînen inanıyordu ki, Allah'ın harikulâde yardımında insanın içini dolduran bir sır vardı. Fakat o, bunu kimseye açmıyordu.

Genç adam, bu yüzden hava değişimi iznini bir başka fırsat için değerlendirmişti. Halk Evi Cemiyeti'ne katılmakta önceleri tereddüt etti. Zira o dönemde halkevlerine katılanlar ekseriye laik kesimdendi ve o zihniyete hizmet ediyordu. Fakat bütün Türkiye'de şubeleri olan bu kurumların bazı şubelerinde bir takım salih insanlar da hizmet ediyor ve faydalı işler görüyorlardı. O günlerde Erzurum şubesinde mütedeyyin insanlar vazife yapıyordu. O günkü bütün ilhad anlayışına rağmen onlar gençler için faydalı kültür programları organize ediyorlardı.

Bir keresinde onu da büyük mutasavvıf Celâleddin-i Rumî hakkında konuşma yapmak üzere Halk Evi'ne davet ettiler. Dinleyiciler arasında üniversite hocaları, diğer büyük zevât vardı. Konuşmacıların en sonuncusuydu.. yaşının küçük olması hasebiyle onu en sona bırakmışlardı.. âdeti üzere konuşmasını irticalî yaptı.. konuşması esnasında Farsça beyitleri ezbere okudu ve tercüme etti.. dinleyicileri hayran bıraktı. Kendisinden önce konuşların hepsine muhalefet etti. Öyle ki, onlar daha çok Celaleddîn-i Rumî Hazretleri'nin şahsiyeti üzerinden İslam akidesini tahrife yeltenmişlerdi. Fakat genç imam dinleyicilerin zihinlerinde doğru İslam inancının oturmasını temin etmişti.

Katılımcıların zihinlerinde Fethullah Gülen için genç bir âlim portresi yazılı kalmıştı, özellikle de Halk Evi Cemiyeti'nin üyeleri arasında. Bu yüzden bir sonraki halkevi meclisinin seçimleri geldiğinde o da davet edildi ve haysiyet divanına seçildi. Genç hoca, arkadaşlarıyla birlikte gençliğin ıslahı adına özel etkinlikler yapmaya, komünist fikirlerin yayılmasına karşı mücadele işlerine girdi.

Bu amaçla bazı arkadaşlarıyla beraber yeni bir merhaleye geçtiler. Komünizmle mücadele derneği kurmaya karar verdiler. Genç vaiz, vaazın arkasından camideki büyük kalabalığa böyle bir dernek açma niyetlerinin olduğundan bahsetti. Fakat Nur camiasından bazı arkadaşları onun bu garip hareketinden rahatsızlık duydular ve Nurları okumasını, ondan daha iyi bir mücadele olmayacağını söyleyerek bu işten vaz geçmesini istediler. Böyle bir dernek ve cemiyet kuracaklarını haber alan başka bir akrabası da gelerek onu bazı kanunlara muhalefet etmiş olacağı konusunda uyardı. Sistemin bazı kanunî şartlarına riayet edilmesi gerektiği konusunda onu bilgilendirdi. O vakit, ne gencin ne de arkadaşlarının bu kanunlar hakkında hiçbir bilgileri yoktu. Böyle bir dernek İzmir'de de vardı. Bu şehir Erzurum'dan her yönüyle çok uzaktı. Mesafenin uzunluğu ve sefer meşakkatine rağmen Fethullah, İzmir'deki Komünizmle Mücadele Derneği'yle ilişkiye geçmek ve benzer bir derneği Erzurum'da açmak için gerekli olan tüzük bilgilerini getirmesi amacıyla genç bir arkadaşını İzmir'e göndermişti.

Kısa sürede derneği kurdu ve aktivitelere başladı. Dernek ilk meyvelerini vermeye başlamıştı. Küfürle mücadele ve gençler arasında Risale-i Nurları neşretmek için en güçlü vesilelerden biri olmuştu. Bir müddet sonra, başlangıçta bu fikre karşı çıkan diğer Nur talebeleri durumu fark etti ve onlar da komünizmle mücadele derneği işine girdiler.

Hayatında –kısa olmasına rağmen– o günler çok bereketli, mübarek ve ciddi canlı, aktif, yoğun ve hareketli günlerdi. Her yerde Risale-i Nur fikirleri neşrediliyor, her yere yayılıyordu. Öyle büyük bir şevk vardı ki, bu onun duygularını alevlendiriyor; bir derneğe gitse nurlardan bahsetmeden orayı terk etmez veya bir mescide girse, kubbesini davet ve dualarıyla çınlatmadan oradan ayrılmazdı.

## *TEKRAR İSKENDERUN*

Ravi dedi ki:

Hava değişimi izni bitince, İskenderun'daki birliğine dönmek mecburiyetindeydi. Genç adam, orada da büyük bir aşk ve şevkle vaazlara yöneldi. O kadar ki, şiddetli kanun ve tüzüklerle mahkûm bir asker olduğunu tamamen unutuverdi. Her Cuma, merkez camiinde vaaz veriyordu. Cami, dine susamış kalabalıklarla dolup taşıyordu. Bir şehir ki, dinin sadece gizlice yaşandığı, dinî kitapların korkuyla taşınabildiği bir yer. Kalabalıklar caminin dışına taşıyor, saflar cadde ve sokaklara kadar uzanıyordu. Her Cuma trafik kilitleniyordu. Bütün ordu yönetmeliğini, askerî kanunları yerle bir ederek cübbeyi askeri elbisenin üzerine giyip vaaza öyle çıkıyordu. Hem de askerden başka bir otoritenin olmadığı bir şehirde. Bu arada, birliğindeki bazı subaylar gizli gizli ona sevgi besliyor, onu arkadan arkaya kolluyorlardı. Fakat vaaza gelen insanların sayısının çok olması, onu seven subayları zor durumda bırakabiliyordu. Tıpkı, bazı hamasi ifadelerinin, onu koruyanların elini zayıflattığı gibi, ona karşı düşmanlık besleyen diğer subayların yüzlerindeki kararlılık da artıyordu.

## *YAĞMURDAN KAÇARKEN DOLUYA TUTULMAK*

Zaman zaman babası Ramiz Hoca, İskenderun'da onu ziyarete gelirdi. Bu ziyaretlerden birisi bayram gününe denk geldi. Yine vaaz vermek üzere kışlasından camiye gelmişti. Orada büyük bir kalabalıkla karşılaştı. Fakat babasını, her zamanki yerinde göremedi. Nur talebelerinden hiç kimse de gözüne ilişmemişti. İçine bir şüphe düştü. Bayram namazını kıldıktan sonra birisi geldi ve babasının bir önceki gece diğer Nur talebeleriyle birlikte gözaltına alındığını haber verdi.

Genç adam hemen başsavcılığa çıktı. Akşam bayram gecesi münasebetiyle bir araya gelen Nur talebelerinin bazılarının orada olduğunu öğrendi. Vahdettin Bey'in evinde bir araya gelmişlerdi. O gece, aldıkları bir istihbarata göre Gülen de oraya gelecekti. Asıl hedefleri onu orada yakalayıp, izinsiz toplantı yapma suçundan hapse atmaktı. Fakat bayram vaazını hazırlamakla meşgul olduğundan o gece kendisi Vahdettin Bey'in evindeki programa katılamamıştı. Öte yandan babası, kızlarının açık saçıklığı sebebiyle kızmış ve misafir olarak kaldığı dayısının evini terk etmiş, Vahdettin Bey'in evine sığınmıştı. İman sekinesi mekânı imar ettiği anda alınıp hapse konmuştu.

Sorgu masasının arkasından Fethullah, sorgu hâkiminin babasını sorguya çektiğini duydu:

– Nereden çıktı bu nur?

Baba, kararlı ve güçlü bir sesle cevap veriyor:

– Kur'ân'dan!

– Kur'ân'ın neresinde?

*– Allâhu Nûrussemâti ve'l-ard...*

Kısa bir müddet sonra babayı salıverdiler... yolda giderlerken bu konuyla alâkalı tatlı bir nükte yaparak güldü ve:

- Yağmurdan kaçalım derken doluya tutulduk, sözleri ağzından dökülüverdi. Bununla dayısının evinden kaçmasına işaret ediyordu...

Bu olaydan sonra babası İskenderun'da birkaç gün daha kaldı. Sonra da Erzurum'a döndü.

Genç, kendisi ve babasının başına gelenler yüzünden canı çok sıkılmasa da iki aziz dostu için çok üzülmüştü: Vahdettin Bey ile Nihat Karakum Bey. Zira her ikisinin de vaiz kendisi ile alâkası ve umumi nur meclisleriyle irtibatları olduğu gerekçesiyle memuriyet görevlerine son verilmişti.

## *ALLAH İÇİN SÖYLE...*

Allah için kızmak fazilettir, Allah için kızmak yiğitliktir.. Allah için kızan, asla kızdığından dolayı pişman olmaz.

Bu yüzden genç vaiz bir keresinde yaz mevsiminde babasının kendisini ziyarete geldiğini asla unutmaz... babasını misafir etmek için temiz bir otel aramıştı.. fakat nafile.. bütün otellerde içki servis ediliyordu. Nihayet babasını misafir edebilecek yer adına kokuşmuş otellerden birini zar zor bulabilmişti. Ardından gelen cuma vaazında hislerinin dizginlerine hâkim olamadı ve şiddetli bir üslupla otelleri eleştirdi. Otellerin çerçevelerinin indirilmesi gerektiği tarzında sert konuştu, yüksek sesle haykırdı. Emniyet ricalini, fesatla, ahlâksızlıkla mücadelede gevşeklikle suçladı. Henüz asker olması, kanuna muhalif hareket etmesi ve oranın resmî vaizi olmaması sebebiyle aleyhindeki suçlamalar üst üste kondu. Hakkında otellere sözlü saldırı ve polisi eleştirmesi sebebiyle bir takrir yazısı yazıldı. Onu seven subayların kolları yanına iniverdi. Onlardan birisi, vaazında İkinci Ordunun Komutanı "Cemal Tural" hakkında onu methedici şeyler söylemesini önerdi. Cemal Tural milliyetçi/ülkücü bir adamdı. "Keşke onun hakkında pozitif bazı şeyler söylesen, belki ona hizmet edenler seni korur." dedi. Kabul edinceye kadar da ısrarla rica ettiler. Nihayet kendiyle epey mücadeleden sonra bir sonraki vaazında soğuk bir şekilde: "Komutanımız Tural Paşa için milliyetçi bir adam diyorlar... Türk askeri milliyetçi olmayacak da ne olacak? Allah milliyetçilere uzun ömür versin!" kabilinden sözler etti.

O günün akşamında askerî araca binmek isterken ayağı sürçtü ve boşluğa denk geldi. Şiddetle araca çarpıp yere düştü. Kaburga kemikleri kırıldı ve bayıldı. Uyandığında başı Başçavuş Arif Bey'in dizindeydi. Genç imam acı içinde kıvranarak ona: "Bunu bana siz yaptınız, o adamları Allah Resûlü'nün (sallallâhu aleyhi ve sellem) kürsüsünden bana methettirdiniz. Allah benim bu yaptığımdan razı değil!" diye inledi.

Kaburgalarındaki kırıklar sebebiyle tam iki ay acı ve ızdırap çekti. Hastanedeki doktorlar hiçbir şey yapamadılar. Daha sonra halk arasında kırıkçı çıkıkçı denen birini getirdiler. Adam kaburgaları kuvvetle öyle bir çekti ki, genç adam kendinden geçti.

Yavaş yavaş iyileşme hissedince yeniden vaazlara başlama arzusu depreşti.. fakat durum, bundan sonra daha da zordu. Çünkü kendisini o güne kadar savunan, koruyan subayların tayinleri çıkmış, uzak beldelere gitmişlerdi. Genç ortada sahipsiz kalakalmıştı. Şeytan ise zincirinden boşanmış, yırtıcı toynaklarıyla şehrin bahçelerini çiğniyor, pis hortumuyla kuş yuvalarını yıkıyordu.

## *ASKERÎ TUTUKLULUK*

Rabbânî ibtilâlardan birisi de Allah yolcusu dava erleri için her türlü dayanaktan sıyrılıp sadece ve sadece Allah'a dayanmadır. Kul hakiki ihlâsa ancak her işinde sadece Allah'a dayanarak ulaşabilir. Kim bu imtihanda kaybederse, önüne arkasına perdeler, surlar konur, basiret ve sırları alınır!

Garip bir nura sahip hüzün ravisi bana anlatmaya devam etti:

Kaburgalarının kırılmasından sonraki ilk Cuma'da vaaz kürsüsüne çıkmıştı. Dersini sakin bir üslupla, hikmet dolu bir anlatımla yapıyordu. Kendisini hapse atmak isteyenlere fırsat vermek istemiyordu.

Cemaat camiden çıkınca askerlerin bütün kapıları tuttuğuna şahit oldular. Bir asker şöyle bağırıyordu:

– Alçağa dikkat edin! Kaçmaya yeltenirse derhal ateş açın!

İnsanlar kendilerine hâkim olamadılar, galeyana geldiler. Asker aleyhinde bağrışmaya başladılar, ortalık iyice gerilmişti. O, hâlâ caminin içindeydi. Kendisini istediklerini öğrenince dışarı çıktı. Jandarma birliğinin komutanı az ötede ayakta duruyordu. Hemen ona doğru koştu, asker selamını ve tekmilini verip teslim oldu. Bazı askerlerin niyetleri ise büyük bir fitne ve karışıklık çıkarmak, bu sayede pek çok mütedeyyin insanı hapse atmaktı. Fakat onun hemen hızlıca gidip teslim olması çok zekice bir hareketti. Onların oyunlarını boşa çıkarmıştı. İstediklerini yapamadılar. Geldikleri gibi geri döndüler. Ertesi gün gazeteler o günkü olayı haber olarak verdiler.

Komutan halim selim bir insandı. Onu siyasi suçluların yanına değil, adi suçluların yanına koydu. Onlarla birlikte inzibat merkezine gönderildi. Orada inzibat merkezi komutanının huzuruna çıkınca, onu getiren jandarma komutanı hemen ileri atılarak asker selamını verdi ve: "Komutanım! Bu Fethullah ismindeki asker beni görür görmez hemen yanıma geldi, selam verip teslim oldu." diyerek vaiz askeri müdafaa etmeye çalıştı. Fakat öteki komutan gayz doluydu. Her ikisine de hakaret etti, küfürler savurdu. Genç adam o geceyi askerî hapishanede geçirdi. Ertesi gün saldılar. Anlaşılan oydu ki, onu seven subaylar işi öğrenmiş, çok uzaklardan da olsa o nurlu ellerini ona uzatmışlardı. Sonra genç adam gidip birliğine iltihak etti. Tabur komutanı onu çok severdi. Görür görmez suratına bir tokat aşkedip: "Takip edildiğini bile bile neden vaaz verdin?" dedi. Bir vazifeden dolayı Fethullah'ın olmadığı bir içtimada bütün askerlere: "Fethullah'a bir babanın evladına vurması gibi vurdum. Ben onu çok severim." demiş ve ağlamıştı.

Öte yandan, vaiz askerin mahkemesi devam ediyordu. Dosyası askerî mahkemeye çıkarılmıştı. Mahkeme günü geldiğinde içi daralıyordu. Gece kalktı, abdest aldı ve namaza durdu...

Sabah olduğunda genç asker askerî mahkeme heyetinin önünde ayakta duruyordu. Hâkimin rütbesi binbaşıydı. Dine ve dindara karşı kin dolu bir adamdı. Duruşmaya söverek başladı. Davalı, elbiselerini yıkamış ve omzundaki rütbeleri takmayı unutmuştu. Hâkim onu da sorun etti ve yüzüne: "Ulan nerde senin rütbelerin? Onları sana baban mı verdi? Asker misin, soytarı mı? Git yatağını caminin minaresine ser!" gibi küfür dolu hakaretler savurdu. Sonra da hapsedilmesini emretti.

Onun birliğinde yüzbaşı rütbesinde bir subay vardı. Neredeyse hiç ayık gezmeyen sarhoşun tekiydi. Bir iki kere de gencin maaşını almış, içkiye yatırmıştı. Mahkeme dava sürecinde onun şahitliğine müracaat etmiş. Hâkimin sorusuna cevaben demiş: "Bana Fethullah'ı mı soruyorsunuz? O eşi benzeri olmayan bir adamdır. Bir benzerini daha göstermeniz mümkün değildir." Zalim hâkimin kolları yanına inivermiş. Bununla birlikte zanlının tutukluluğuna hükmederek celseyi kapatmıştı.

Haber insanlar arasında yayıldı. Gencin kurtulması için her taraftan müdahaleler başladı.. cami cemaatinin ileri gelenlerinden bir grup Tümen Komutanı'nı ziyaret etmişler. Vatanperver bir adammış. Ona: "Efendim, bu Fethullah halis muhlis bir vatanperverdir. Bu konuda onun gibisi yoktur.. biz hepimiz vatanımızı, milletimizi, tarihimizi ve bayrağımızı onun sayesinde sevdik." demişler. Hatta onlardan bazıları Ankara'ya gitmiş, Genelkurmay'da görev yapan tanıdığına veya akrabasına çıkmış ve genç adam için bazı paşalarla görüşmüş.

## *BİNBAŞI TEBRİK EDİYOR!*

Necdet Bey, binbaşı rütbesinde askerî doktor.. Onun şahsında çok insanda görmediği şeyler gördü.. belki de onun sırrının bazı ışıklarını sezdi! Kim bilir? Eğer ruhun aynası ihlâs duygularıyla saflaşırsa başkalarının kalbinde onun için sevgi fenerleri yanar! Ruhlar, şevklerin tanışması ve zevklerin kaynaşması için birbirine kenetlenmiş askerler gibidir.

Binbaşı Necdet Bey, gerçekten çok cesur bir adamdı. Hapisteki bu askerin ziyareti yasak olduğu halde, askeri elbisesiyle duvarlara tırmanıp tel örgüleri atlayarak hapishane olan birliğe girdi. Nöbetçi askerler onu görünce asker selamı vererek karşıladılar ve Fethullah'ı ziyaret etmesi için kapıları açtılar... Onu karşısında görünce hemen boynuna sarıldı. Ayrılırken de yirmi lira para verdi. Nöbetçiler hayretler içinde kalmışlardı. Kendi aralarında: "Bu nasıl asker ki, komutanlar bunu ziyarete geliyor?" demişler ve ondan çekinmeye başlamışlar, bir kelimeyle bile olsa ona eza etmekten endişe etmişlerdi.

Fakat karşı görüşteki subaylar bu asker tabibi hiç unutmadılar. Bu olaydan sonra hemen onu da tutukladılar. "Nasıl olur da sen bir ere sarılırsın, askeri örf ve teamüller gereği, senin rütbenden dolayı onun sana asker selamı vermesi, saygı göstermesi gerekir." diyerek onu sorguya çekmişler. O da onlara güçlü bir edada: "Fethullah herhangi biri değil." demiş.

Allah, bu komutanı kurtardı, hiçbir şey olmadı!

## *HAPİSTE TEBLİĞ*

Onunla birlikte iki genç de hapse girdi.. birisinin gerçekten ruhî sıkıntıları vardı, hatta intihar etmeyi düşünüyordu. Diğeri ise defaetle askeriyeden kaçmış ve her seferinde de yakalanmış. Birbirinden acıklı hikâyeler başından geçmiş.

İlkini görür görmez bir psikolojik sıkıntısı olduğunu anlamış ve hemen yardımına, manevi hastalıklarının tedavisine girişmişti. Ona Allah'ı hatırlatmaya, O'nu anlatmaya, O'nun ve kazasının kaderinin güzelliklerinden bahsetmeye koyulmuştu. Adamın ufkunda güzel hayaller, tatlı ümitler yeşermeye başlamıştı. O kadar hoşuna gitmişti ki onun konuşmaları, yatağını alıp gelip Fethullah'ın yanına serdi. Oturdu ve gözlerini ona dikip sessizce onu dinlemeye koyuldu. Ruhundaki derin yaraların iyileştiğini hissediyordu. Allah'ın inayetiyle içinde yepyeni bir hayat arzusu yeşermeye başladı. Zaman zaman genç vaize: "Eğer Allah nasip eder de buradan çıkarsak, beni memleketimde ziyaret etmeni senden istirham ediyorum. O zaman daha önce hiç kimseye ikram etmediğim kadar sana ikramda bulunmak istiyorum." derdi. Genç adam onun böyle hayat dolu sözlerinden dolayı çok mutlu olurdu. Zira bu aynı zamanda onun vazifesini başarıyla yerine getirdiğini ve adamcağızın psikolojik sıkıntılarının tamamen iyileştiğini, artık intihar fikrinden vazgeçtiğini müjdeliyordu. Hapiste onunla olmaktan dolayı bir huzur hissediyordu. Sanki Allah onu oraya bu yüce vazife için sevk etmişti.

Diğerinin problemi ise, askerliğe çağrılmıştı.. fakat iki senelik askerlik hizmetini tamamlayamıyordu. Yaşı orada yirmi dokuzu geçmişti. Sebebi ise, sabrının az olması, hiç zorluğa gelememesiydi. Subayların askerlere yükledikleri sorumlulukları yerine getirmekten âcizdi. Bu yüzden askeriyede kalmıştı. Askerliğinin bitmesine bir iki ay kadar süre kalmışken sabrı tükenmiş, içi iyice daralmış ve yine askerden kaçmış. Yakalayıp getirmişler. Askerliğini yakmışlar, tâ baştan askerliğine başlamasına hükmetmişler. Fakat ilk fırsatı bulduğunda yine kaçmış. İkinci kez yakalanmış, yine aynı cezayı vermişler. Belki de kaçtığında daha evine varmadan yakalayıp tekrar hapishaneye getiriyorlardı. Kalbindeki şevk ve hüzün ateşi hiç sönmüyordu. İşte Sisifos[3] gibi mücadelesi tam ondokuz yıl devam etti. Günlerden bir gün kızından bir mektup geldi. Şöyle diyordu: "Babacığım, ben gelin oldum. Fakat sen hâlâ askerliğini bitiremedin!.." Genç vaiz onunla bir diyaloğa girdi. Ona, insanın zindanda tek başına bile olsa üns billahın güzellikleriyle nasıl yaşanabileceğini öğertti.

---

[3] Yunan mitolojisinde, yeraltı dünyasında sonsuza kadar büyük bir kayayı bir tepenin en yüksek noktasına dek yuvarlamaya mahkûm edilmiş bir kral.

## ...VE TAHLİYE

Bu salih gencin kurtulması için sivilden ve askeriyeden yardım mahiyetindeki müdahale ve baskılar hiç durmadan devam etti.. hatta Ankara'dan, başkentteki en yüksek askeri mercilerden onun salıverilmesi için talimat gelmiş: "Madem ki vatanperver bir çocuk, bir meseleden dolayı onu neden bu kadar eziyorsunuz?" şeklinde telgraf ulaşmıştı. Ona en kötü davranan subayın tutumu birden değişmiş, bizzat kendisi onun koğuşuna gelmiş ve hapisten çıkarmıştı. Onu hapishane müdürüne götürmüş, masa başına geçerek daha önce diğer subayların zorla aldıkları aleyhindeki ifadeleri değiştirmişti. Sildiği bazı ibareler içinde "Darbe girişiminde bulunma, halkı devlet aleyhine ayaklandırma..." gibi ifadeler de vardı. Genç adam o an ne kadar büyük bir tehlikeyle karşı karşıya kaldığını anladı. Nihayet yeni ifadeler kayda geçince subaylardan birisi "Bundan böyle onu hapiste tutmaya gerek yok, salın gitsin." dedi. Onu, nihai olarak tamamen salıvermek üzere, kuralları ihlal suçlamasıyla inzibat eşliğinde birkaç günlüğüne disiplin yerine havale ettiler. Orada istiklal marşının müellifi Mehmet Akif'in *Safahat*'ı eline geçti. Kaldığı on gün içinde defaatla o kitabı okuyup bitirdi.

Yeni İstiklal gazetesi, bu olayı haber yapıp müspet olarak manşete taşımış ve "Fatih'in Torunu Fethullah" şeklinde başlık atmıştı. Diğer gazeteler de kendi duygu ve düşünceleri istikametinde haberi değerlendirmişlerdi.

Genç adam için en güzel sürpriz ise ikinci bölüğün komutanı olan "Mahmud Mardin"in yanına gelip: "Fethullah, ben seni camide vaaz verirken çok dinleme fırsatı buldum. Sen büyük bir adamsın! Şimdi, seni terhis edeceğim. Gerçi bir aydan biraz fazla daha zamanın var ama seni ailene gönderiyorum. Ben terhis belgeni imzalayıp arkandan göndereceğim!" demesiydi.

## *HÜZÜNLÜ HATIRALAR*

Ravi dedi ki:

Askerlik hizmetini bitirip rahat bir nefes aldığında iki sene boyunca çektiği sıkıntıları hatırlamaya başladı. Bu dönemde yemek yemedeki zahidâne tavrından dolayı, hakkı olmadığını düşündüğü için askeriyenin yemeğinden yemediği için zayıflayıp hastalandığı günleri hatırladı. O, askerlik hizmetini tam hakkıyla yerine getiremediğini düşünüyor ve o yemeği haketmediği kanaatini taşıyordu. Aynı sebepten askeri üniformayı da bizzat kendi parasıyla temin etmişti. Hatta birliğin hiçbir malını, eşyasını kendi şahsi işleri için kullanmamıştı. Mesela, daima kağıt kalem içinde bulunduğu halde, şahsi bir işi için askeriyenin ne bir parça kağıdını ne de kalemini kullanmıştı.. hatta vaaz ve tebliğ işlerini yaparken bile en ufak bir parça kağıda tenezzül etmemiş, devletin kalemini şahsi işi için bir kelime yazmak hatta bir nokta koymak için bile kullanmamıştı.

İki sene tıpkı bir kâbus gibiydi. Bu iki sene içinde askerî darbe korkusu yaşamış, farklı imtihanlar ve çilelerle Allah onu sınamış ve o da sabretmişti. Onun sabrının sırrı, -namazlarda Rabbinden yardım niyazında bulunma, dua ve evradında bunu terdâd etmenin yanında- zamanın çilelerine katlanma gücüne ve henüz yaşanmamış geleceğin güzel hayallerine sığınmaktı. Askerlik görevi bitmeden onun nihayetinde göreceği şeylerin hayaliyle teselli oluyordu.. sıkıntının geçip gittiğini görüyor ve pek yakında uyanacağından hiç şüphe etmiyordu. Sonra da zamanına ve mekânına dönüp askerliğine devam ediyordu. Böyle böyle kendini oyalıyor ve teselli buluyordu. Nihayet iki senelik kâbus gibi günler bitti. İmtihanından başarıyla sıyrılıp çıkmıştı.

Kışladan ayrıldıktan sonra, dava arkadaşlarını ve dostlarını ziyaret etmek için birkaç gün daha İskenderun'da kaldı. Veda için yanına gittiği samimi dostlarından birisi çok zengindi. Büyük bir nakliye şirketi vardı. Onun askerden terhis olduğunu öğrenince hemen şirketinde genel müdür pozisyonu için iş teklifinde bulundu. Fakat genç adam bu teklifi tereddütsüz reddetti. Asla maddi kazanç peşinde koşma fikri yoktu. Dava adına koşturmadan, camilerden, vaazlardan bir gün bile dûr olmayı düşünemiyordu. Gençliğinin bidayetinden beri hayatını bu işe adamıştı. Sert askerlik hayatı bile ne pahasına olursa olsun onunla davası arasına girememişti.

Erzurum'a dönmeden önce dava kardeşlerini de ziyaret görevini gerçekleştirdi. Erzurum'un hicret semalarında pervaz etmek için güzel bir havaalanı vardı. Onun için yeni yolculuklara doğru pervaz edip uçma ancak oradan mümkündü.

Memleketine vardığında Ramazan ayı kapıdaydı. Ramazan boyunca camilerde vaaz vermek için izin istemeye şehrin müftüsüne gitti. Fakat müftü Sakıp Efendi, bir önceki sene sinema hadisesini unutmamıştı tabi, hemen talebini reddetti. Fethullah kalbi kırık bir vaziyette evine döndü. Şehrin sakinleri bu gelişmeyi duyar duymaz toplanıp protesto etmeye başladılar. Müftü aleyhinde bazı sert sözler sarfettiler. Hatta birisi: "Fethullah Efendi'yi vaazdan men edecek adam anasının karnından daha doğmadı!" diye bağırdı. Genç vaizin olup bitenlerden hiç haberi yoktu. Nihayet, protestocular yüzünden müftünün kararını değiştirdiği ve vaaz etmesine müsaade ettiği kendisine haber edildi. Ramazan ayı boyunca vaazlar verdi. Fakat hiçbir sıkıntı olmadı, bütün bir ay selamet içinde gelip geçti.

## HİCRET AŞKI YENİDEN ALEVLENİYOR

Onun kalbi sırlar ormanı... ne vakit şevk rüzgârları onun üzerinden esse, ağaçlar heyecana gelir, kuşlar şakımaya başlar!

Fethullah'ın bir sırrı var, kimseye açmıyor!

Fethullah'ın bir sırrı var, dünya onu bekliyor.. fakat onu kimseye anlatmıyor!

Fethullah, kalbinde taşımakta zorlandığı bir şey taşıyor; bu yüzden de durmadan ağlıyor; gözyaşı bile onun bu matemine şaşkın!

Fethullah sırrın vârisi, eğer yüce dağlar bu mirasa vâris olsalardı koca koca kayaları zirvelerinden aşağı yuvarlanır, korkudan onu ayakta tutan kaideleri yerlere kapaklanırdı.

Derken hicret şevkinin alevleri yeniden içini yakmaya başladı. Hicret, onun hayatında bir yaşam tarzı, ruhun kulvarı, Allah'a giden yol, dini tecdit yolunda sonsuz bir seyahat ve iman hakikatlerine hizmettir. Kalbine yerleşen Nur onu ehl-i iyâl ve sevdiklerinin arasında oturup kalmaktan alıkoyuyordu. Ruhun sesini duyduğundan beri ayakları şişinceye kadar mukaddes hicret yollarında koşuşturmaktan geri kalmadı.

İçinde Edirne'ye karşı bir hasret uyandı.. bu hüzünlü şehir onun yaralarını, o da onun yaralarını sarmıştı. Onunla şehrin arzuları birleşmiş ve âdeta bir bütün olmuşlardı. Oysaki annesi, oğlunun Edirne ve askerlik sebebiyle uzun bir süre uzaklarda olmasından dolayı çok müteessirdi.. oğlunu bu hasret dolu, hüzün dolu hissiyatla epey köşeye sıkıştırmıştı. Onun Erzurum'da yanıbaşında kalmasını arzu ediyordu. Bir kez daha şefkat dolu sıcak hisleriyle onu yolculuğa çıkmaması için ikna etmeye çalıştı; fakat o, annesine iltifat etti, gönlünü hoş etti ve rızasını aldı. Aslında Refia annenin başka çocukları vardı. Fakat onun, kalbinde ayrı bir tadı, aziz bir yeri vardı. Bu yüzden kendisini Erzurum'dan evlendirmek için ısrarda bulunmuştu. Oysaki, evlilik, kuş gibi pervaz edip kanat çırpan gence bir kafes, şaha kalkmış bir küheylana gem idi. Onun için her ikisi de olamazdı.

O, Allah yolunda hicret rüzgârlarına âşık bir ruhtu. Ailesinden veya şehrinden sıkılıyor muydu? Hayır hayır, asla! O, Erzurum'a ve havalisine âşıktı.. Erzurum'un bir köyünde doğdu, orada boy attı, serpildi, en aziz hatıraları, en can yakan hüzünleri orada gömüldü, dedeleri, kardeşleri, hocaları hep orda toprağa emanet edildi.

Evet, Erzurum onun için buydu; fakat kalbindeki Allah yolunda hicret aşkı daha kuvvetliydi. Dava şuuru köklü, yüce vazifesini idrak ufku son derece genişti. Zamanın omuzlarına yüklediği hamuleyi taşımaya olan iştiyakı, gençliğinin ilk yıllarından itibaren gözünü gönlünü doldurmuştu, hislerine yenik düşmesine, baba ocağının sıcaklığında yitmesine izin vermiyordu.

Kim onun taşıdığı misal bir sır taşısa, o sırla şehirler ve ülkeler dolar taşardı...

Seyahat ey Allah yolunun süvarileri, seyahat!

# ALTINCI FASIL

# YENİDEN TRAKYA YOLLARINDA

## *EDİRNE'YE İKİNCİ KEZ DÖNÜŞ*

Efendim, ben artık yoruldum, ben hasta bir adamım!

Onun seyr ü seyahati, bir anlık keşif veya bir şimşek tayfı içinde gencin gizli iksirinin bir hususiyetini ortaya koyacağı bir şey arama benim için uzadı artık. Belki de onun gizli sırrına ulaşabilirim veya onun antika anahtarlarını nasıl aldığını öğrenebilirim.. Kurtuba Camii'nin altında bir sandıkta gömülü bir eczane olduğundan.. ondaki ilacın reçetesinin de eski kağıtlara sarılı olarak Mescid-i Aksa'nın sütunlarından birinin altında saklandığından bana bahsetti, beni heyecanlandırdı.

Bana definelerin yerini gösteren harita hakkında güvenebileceğim birisini haber verdi. İstanbul'da bir yerlerde büyük kapının hazineleri arasında saklı olduğundan bahsetti.

– O halde, üçüncü bir hazine bu... kim onda yanlış yaparsa Aksa'nın yolunu bulamaz ve Tarık İbn Ziyad'ın Endülüs'e geçtiği yolu kaybeder, dedim.

Bana dedi: "O, haritanın yerini kesinlikle biliyor, eski kapıların anahtarlarını da muhafaza ediyor. Fakat ne zaman elini küçük kutuya uzatacak ve âleme vusûlün sırrını açıklayacak, bunu kimse bilmiyor.

Ben onu adım adım takip ettim, ayak izlerinde belki bir işaretin resmini veya bazı emareler bulurum diye.. kağıtlar arasında hiç de az zaman geçirmedim.. nihayet hüznüm kabardı, küheylanım yoruldu... fakat zararı yok... ümidimi yitirmedim.

Koşturan nur burağının arkasından yetişmeye kimin gücü yeter?

Onun atına ulaşman, onu idrak etmen demek, yeryüzünün âdetini delip, harikulâdeliğe erişmen ve ayağını ruhun cevelan ettiği dairenin üzerine basman demektir. Ey dostum, ondan da öte, toprak testiyi bizzat parçalamış, suyunu nur tohumlarını sulamak üzere akıtmış olursun."

Aşırı derecede istirahata ihtiyaç hissettim. Hastalığım iyice şiddetlenmişti, basiretim çıkış kapısını bulmaktan âcizdi, yerime dönmeye ve bir süre yolumu, mesleğimi düşünmeye karar verdim.

Yolculuk aldı beni Miknes şehrine götürdü. Yol yorgunluğunu atınca "Son Süvari"nin menzillerinde gidip gelmeye başladım, onun dolaştığı yüksek mertebeleri açık bıraktığı kapısından girerek ziyaret ettim.. kim bilir? Belki onun geçip gittiği yolların arasından yeni zamana doğru bir yol bulur, belki de Fethullah'ın dünyasına giden yolu gösteren bir haritaya rastlar ve onu nerede bulacağımı öğrenirim.

Son Süvari'nin, yazmam takdir olunan fasıllarından bir faslında durdum, bir işaret fişeğinden başka bir şey değildi bu. Fatih Sultan Mehmed'i gördüm. Tarık İbn Ziyad, Bediuzzaman ve Muhammed Fethullah'ın yanında ayakta duruyordu.. hepsi bir aradaydı, diğerleri de onlarla beraberdi. O vakit yüzlerindeki mimikleri tam seçemedim. Hepsinin bir gezegenden dünyaya doğru yukardan baktıklarını gördüm ve hepsinin aslında tek bir şahıs olduğunu bildim.

Burada, içimde, Akdeniz sahillerine doğru kanat çırpıp uçma arzusu coştu, hayırlı bir haber bekledim. Belki orada romanımı bitirme imkânını bulacaktım. Neden olmasın? O zaten tek bir deniz. Ebû Eyyub el-Ensârî'nin ayakları altından Boğaz'a ve oradan da Cebel-i Tarık'a uzanan bir deniz.

Nasıl olduğunu anlamadım, birden bire Tanca ile zaptedilmiş Sebte Sınır Kapısı[4] arasında atıma binmiş vaziyette, denizin ufkunda hazin Endülüs'e doğru bakıyor buldum kendimi! Âah!

Ciğerimden sökülerek çıkan bu âh sesleri uzayıp gidiyor ve karşı yamaçtaki kayalara çarparak kırılıyordu. Baktım karşımda Cebel-i Tarık'ın kendisi.. orada esir Gırnata şehri, arkasında Müslümanların uzayıp giden mezarları ve fatihler için asla fenanın kendisine uğramayacağı ağaçlar, kokusu zamanın ciğerlerini dolduran gül bahçeleri uzayıp gitmekte...

Tam bu esnada Edirne'yi, Selimiye Camii'ni, Üç Şerefeli Camii'ni hatırladım.. tekarub-i zamanla Kurtuba ile Edirne arasındaki zaman birbirine yaklaştı ve yayın iki ucu gibi oldu. Derken bana çile ve ızdırap mahalleri göründü.. rüzgârı iki boğaz arasında ağlaya ağlaya gidip gelir gördüm. Onunla orada karşılaşacağım hissi kalbime geldi. Onu orada bulamasam da ona ait bir eser veya dost atlılarla karşılaşacağımı gösteren bir alamet buldum!

Derken yolculuk arzusu beni kendine çağırdı, çantamı toplayıp yola koyuldum...

---

4 Fas'ın İspanya'ya sınır kapılarından birisi.

Hüzün açısından İstanbul ile Edirne arası neyse Kurtuba ile Gırnata arası aynı... Araba benim için yaşanmış tarihi dürüp katlıyordu. Türkiye'nin Avrupa'ya uzanan parçası üzerinde kulaklarım fatihlerin tekbirleri ve atlarının kişnemeleriyle doluyordu.. Şoför onun vaazlarından bir kaset koydu teype.. vaizin sözleri ara ara hıçkırıklarla kesiliyordu. Arabanın ön camına yağan yağmurun damlaları hüzünle vuruyor, şoför önünü tamamen göremeyecek hale gelmeden de camın sileceklerini çalıştırmıyordu.

Yol arkadaşım bana Selimiye ve Üç Şerefeli Camii'nden ve Fatih Sultan Mehmed'in doğduğu belde Edirne'den bahsediyordu.. kahramanlık hikâyelerinden bahsederken âdeta yeniden onları yaşıyordu.. büyük fethin ilk temellerini görmek arzusu iyice benliğimi sardı. Şu kadar var ki, onun Edirne'deki hatıralarını görme arzusu daha da şiddetliydi. Gayri ihtiyari, arabanın süratine rağmen ayağımı arabanın halısına basıyor ve sanki Fethullah'ın penceresinde yolun âlemetlerini görüyor gibi oldum.

Kısa bir süre sonra Selimiye Camii'nin fezaya doğru uzayıp giden dört minaresini gördüm. Zarif gövdesiyle harikulâde bir güzellik sergiliyor.. güzel boyuyla da ulaşılamayacak hissi uyandırıyordu! Acayip! Sanki bu minareler arasıra yetişen ağaçlar gibiydi.. büyük kubbeye gelince, âdeta semaya doğru ser çekmiş miraç kayası... Kubbeyle minareler arasından kaynayan ruh esintilerine ve sema kapılarına doğru yolun alametlerini gösteren ıslak topraklara, tatlı rüzgârlara şahit oldum.

Efendim, Selimiye Camii'ne girdim. Devirler taşların üzerine yıkıldı ve ben bayılıp yere yığıldım! Fethullah'ın ağlamalarını duydum.. Âah! Ben de onunla derin bir ağlamaya saldım kendimi. Kim Selimiye'nin kubbe boşluğuna bakmaya takat getirebilir!.. Acaba hüzünlü seslerini duyup da korkudan çöküp kalmayacak kimse var mıdır? Dünyada Selimiye'nin kubbesinden daha büyük kubbe yok. İsterse mimarlar istedikleri kadar mabetlerini ve kubbelerini yükseltip genişletsinler. Bu izzet ve saltanat kubbesi fatihlerin başları üstünde kıyamete kadar tecelli edecektir.

*"Onlar benim atalarım, hadi bana onlar gibilerini getir*

*Ey Cerir, toplanma yeri bizi topladığında..."*[5]

Selimiye daima Endülüs'ün acılarından mecnuna dönen rüzgârların hücumundan kaçan nura yardım edegelmiş, hicrete mecbur kalmışların inle-

---

5 Yazar, meşhur şair Ferezdak (Hemmâm b. Gâlib), bu şiirinde, sürekli hicvettiği Cerîr b. Abdulmesih isimli zata seslenmektedir. Kendi atalarının ne kadar asil, şerefli, kahraman ve yüce insanlar olduğunu dile getirerek, Cerîr'in böyle bir sülalesi olmadığına imada bulunuyor. Yazar, bütün Arap dünyasında meşhur hale gelen ve daha çok sena edilecek güzel hasletleri olan ecdâd veya selef-i salihin hakkında bir darb-ı mesel olmuş bu beyti Osmanlı için kullanmakta. (http://shamela.ws/browse.php/book-7582/page-170)

melerini ve dönme hülyaları görenlerin arzularını sımsıcak bağrına basmış, kucaklamıştır. Kurtuba burada onun eski mermerlerinin altına gizlenmiş, Gırnata sırlarını onun sütunları altına gömmüştür.

Burada her nakış, her desen dile gelmiş konuşmakta, her çizgi, her süsleme, her renk, her kıvrım, hüzün anlatan harflerin perdelerinin altından sarkan her bir püskül... hepsi ama hepsi, Rablerine rüku ve secde eder vaziyetteler.. ve ben küçük bir kuşun ağlamaları gibi derince iç dökme sesleri duyuyorum: "Allahım beni bağışla! Allahım beni bağışla! Allahım beni bağışla! Burda bütün süsler ve bütün renkler namaz kılıyor.. zamanın fışkıran dalgası benim zayıf göğsümün dayanamayacağı bir kuvvette idi.. ve ağladım!

Edirne'nin yeşil düzlüklerinden Avrupa'nın kara bulutları arasında kaybolan ışığa seslendim: "Selam sana ey mahzun Endülüs!"

* * *

Hüzünlerin tercümanı bana anlatmaya başladı:

"Bu yüzden askerliğini bitirir bitirmez onda Edirne'ye tekrar dönme arzusu belirdi.. Balkan ülkeleri hududu boyunca uzanan uzun düzlükleri onu kendine doğru çekiyordu.. Avrupa ufkunun derinliklerine doğru minareleriyle boynunu uzatan camileri onun vicdanında ürperti hasıl ediyordu. Üç Şerefeli Camii'nin onun kalbinde ayrı bir yeri vardı. Yaklaşık üç yıl onu bağrına basan penceresi de onu çok özlemişti. Bundan dolayı içinde Edirne'ye, bir zamanlar mihrabında imamlık yaptığı tarihî büyük camisine gitme adına şiddetli bir özlem uyandı. Bu cami ona, azametli kubbesiyle, dört uzun minaresiyle, mühendislik harikası mimarisiyle Türklerin gurur kaynağı ve Osmanlı döneminin en büyük sanat eserlerinden biri olan Selimiye Camii'nden daha sevimli geliyordu. Niçin bu cami ile Said Nursi'nin büyük sıkıntıları arasında bir benzerlik kurduğunu bilmiyordu. Sonra baktı ki, bu camiyle rabbânî bir kişiliğe sahip büyük sultan "II. Murad"ın –ki büyük mücahid Fatih Sultan Mehmed'in babasıdır– bütünleştiğini gördü. Birbirini çok güzel tamamlıyordu.

Bütün bu duygu ve düşünceler onu tekrar Edirne'ye dönmeye ikna etti. Edirne bir kez daha onun hicret mekânı, Üç Şerefeli Cami de ruhî miracına başlaması, tebliğ ve irşâd vazifesini ifası için bir cazibe noktası olacaktı.

Yıl 1964, aylardan Haziran'ın dördü ve günlerden de Çarşamba'ydı.. Muhammed Fethullah Hocaefendi hicret mahalline yeniden ulaştığında hemen imamlığına ve vaizliğine döneceğini umduğu camisine gitti.. fakat onun yerine atanmış yeni bir imamla karşılaştı.. onunla biraz hoş beşten ve müftülüğü ziyaret edip hal hatır sorduktan sonra hayal kırıklığına uğradı. Derdini içine atıp, yarasını hızla sarıp Allah'ın kaderine teslim olmaktan başka çaresi yoktu.

Derken, vaaz u nasihat etmeye dair Diyanet İşleri Başkanlığı'ndan aldığı başarı belgesi aklına geldi. Belgeyi Edirne Müftülüğü'ne götürdü. Onu bir Kur'ân kursunda öğretmen olarak görevlendirmeye karar verdiler. Davası adına hizmetler yapması, vaaz u nasihatte bulunması için burası ona eşsiz bir kapı olmuştu.

Fakat genç adam, insanların onu daha çok tanıyor olmalarına şaşırmıştı. Zira, askerlikte başına gelen hadiseler, mahkemeler hakkında yapılan haberler sebebiyle artık şöhreti gazete ve dergiler yoluyla hızlı bir şekilde yayılıyordu. Laik düşünceye sahip bir gazete de âdeta yangına benzin dökmüştü. Sadece Edirne'ye geldiğini ve Kur'ân eğitiminde vazife aldığını duymuş, hemen aleyhte kışkırtıcı bir haber yapmıştı. Haberde, askerlikteyken başından geçen mahkeme sürecinin özeti vardı ve başlığı şu soruyu sorarak atmıştı: "Böyle bir adam, nasıl olur da resmî olarak vazifeye devam edebilir?" Bu yüzden sadece Edirne'ye girişi bile başlıbaşına bir haber kaynağı ve siyasî bir problem halini almıştı. Aradan bir veya iki gün geçmeden emniyet güçleri onu takibe aldılar. Adım adım her yerde takip ediyorlardı. Camide derse doğru bir adım atsa veya bir dostunun evine gitse yahut ahbaplarının derneğine yönelse mutlaka arkasında onu bir gölge gibi takip ediyorlar ve izliyorlardı.

Öte yandan Kur'ân kursu idaresinde görevli olanların bazıları onu sürekli sıkıştırıyorlar, onu yalnızlığa itiyor, marjinalleştiriyorlardı. Âdeta kursta iş yapamaz hale getirmişlerdi. Bazıları bütün yetkilerini elinden almak için onun arkasından karar aldılar. Hususiyle kursun hocaları, bilindik yolla eğitim verilmesini istiyor, bu genç vaizin onları geçerek bütün öğrenciler ve çalışanlar üzerinde tesir etmesini asla istemiyorlardı. Hatta bazıları bunu açıkça ifade etmişti. Diğerleri de hal tavırlarıyla aynı şeyi söylüyorlardı. Öte yandan, emniyet idaresi açısından istenmeyen, daima kovulan bir şahıs durumundaydı. Ancak, yakınlarının zulmü ise onu daha çok incitiyor, canını daha çok yakıyordu.

Fakat Allah, onların hepsinin tuzaklarını bozacaktı. O yegane büyüktü. O sıralarda Edirne Darül Hadis Camii'nin imamı hastalanmıştı. Müftülükte görevli imam sayısı da azdı. Müftülük geçici olarak hastalanan imamın yerine genç imamı vazifelendirdi.

Genç adam yeni camiine sevinç içinde girdi. Allah'ın izniyle davası adına yeni bir yer oluşmuştu. İmam odasını hem kendisi için bir oda hem de talebelere ders vermek için bir okul haline getirdi. Onun için eğitim öğretimden daha faydalı ve sevimli bir şey yoktu. Büyük bir aşk ve heyecanla çalışmaya başladı. Bu arada onu izleyen gözler sürekli üzerindeydi. İkinci hicretini yaşadığı bu camide geçirdiği günler çok faydalı günlerdi. Ondan daha ötesi, burada nasipdâr olduğu sırlar ve bereket daha önemliydi.

O günlerde Suat Yıldırım Hoca, Edirne'ye müftü olarak tayin edildi. O dönemde şehir müftüsü idaresi altındaki imamlar, vaizler, Kur'ân kursu öğretmenleri de dahil bütün çalışanlardan mesuldü. Müftülüktekiler ona yeni bir ev kiraladılar. Fethullah, o vakit Dâru'l-Hadis Camii'ndeki imam odasından ayrılmış kendine bir yer kiralamıştı. Fakat bu yer çok hırpâniydi.

Günlerden bir gün, müftü Suat Yıldırım'ı sabah namazından sonra erken bir vakitte evinde ziyaret etti. Zira kimsenin onu görmesini istemiyordu. Müftünün evinin de kendi evi gibi hırpâni olduğunu görünce çok şaşırdı. Oturur oturmaz müftü halinden şikâyetle söze başladı: "Bu evde çok pire var.. bütün gece ısırıklar ve kaşıntı sebebiyle uyuyamıyorum!" dedi. İmam arkadaşı ona: "Benim durumum da farklı değil. Eğer arzu ederseniz beraber bir ev tutabiliriz. İki odalı olur, herbirimiz bir odasında kalırız?" diye bir teklif sundu. Müftü Efendi, teklifi hemen kabul etti.

Yoğun bir arama neticesinde kiralayacak bir yer buldular.. iki katlı bir evin iki odadan müteşekkil alt katıydı burası.. üst katta ev sahibi oturuyordu. Ev sahibinin kızları ve hanımı o dönemin Edirne'sinde genel âdet olduğu üzere alabildiğine açık saçık giyiniyorlardı. Evin tuvaleti dışarda, küçücük bir bahçenin köşesindeydi ve ev ahalisinin tamamı ihtiyacını burada gideriyordu. Bu durum bu iki salih adamı büyük sıkıntıya soktu. Öte yandan, alt katta mutfak da yoktu. Bu yüzden merdivenin altında kendilerine yemek pişirecek bir yer edinmişlerdi. Ama olsun, artık pire ısırması ve kaşıntısından kurtulmuşlardı. Sonra bu her ikisi için de Risale-i Nur medresesi adına önemli bir fırsattı. Her ikisi de külliyattan istedikleri yerleri alıyor vaazlarına konu ediniyorlardı. Fethullah ders notlarını "Tecrîd-i Sarih fî İhtisârı's-Sahîh" isimli Sahîh-i Buhârî'nin muhtasarının Türkçeye tercümesinin içinde tutuyordu. O eseri Diyanet İşleri Başkanlığı basmıştı. Bazı kelimeleri zaman zaman şifreli yazıyordu ki kendisinden başkası okuyamasın. Bunu polisler tarafından sürekli takip edildikleri için yapıyorlardı. Polisler, vaaz bitip bütün insanlar dağılıncaya kadar caminin kapısından ayrılmıyorlardı. Türkiye'deki laik düzen vaizlerin, hilâfet ülkesine nurun tekrar döneceğine dair en küçük bir ümit ışığı dahi vermelerine asla müsaade etmiyordu. Bundan dolayı, gencin camide teşekkül ettirdiği küçük sohbet meclisi âdeta kapkaranlık, kupkuru çöllerde nurdan mübarek bir vaha durumundaydı.

## *GÜZEL BİR RÜYA*

Rüya, insanı âlem-i gayba bağlayan ince bir bağ.. insanın ruhu tasaffi ettikçe onda Allah sevgisi parıldar, semaya açılan pencereleri olur ve o pek çok şeyi müşahede eder.. ve müşahede sahipleri daima üns esintileri içinde, meleklerle ve enbiyanın ruhlarıyla hemdem olur.

Ravi anlatmaya başladı:

Bir gün derse katılanlardan birisi koşarak geldi.. çok güzel bir rüya görmüş, onun müjdesini getirmişti.. bu zat gerçekten salih, sadık bir insandı. Onun konuşmasına izin verince anlatmaya başladı. Namaz kıldıkları camide Efendimiz sallallâhu aleyhi ve sellem'i görmüş, yanında da Hatice validemiz varmış. Hatice validemiz kapıda durmuş ve Efendimiz'e genç vaizi ve sohbet arkadaşlarını işaret ederek: "Yâ Resûlallah, bu gençler senden soruyorlar, onlardan razı mısın?" diye sormuş. Efendimiz de sallallâhu aleyhi ve sellem: "Evet, ben onların hepsinden razıyım. Hele birisi, hele birisi!.." diye cevap vermiş. Bu şahıs rüyasını anlatırken arkadaşları da hıçkırıklara boğulmuştu. İçleri şevk ve sevinç doluydu. Efendimiz aleyhissalâtü vesselâm'ın kendisinden daha çok razı olduğu şahsı açıkça belirtmemesi, her biri için onun kendisi olma ümidini gönüllerinde yeşertmişti. Artık bu sohbetlere katılma iştiyakı, verdikleri sözleri yerine getirme, müzakereye ve derslere katılma azimleri katlanmıştı.

Gençler günlerce kendi aralarında ne vakit bu rüyayı ansalar kalpleri ürperir ve ağlarlardı. İçlerinde başka gençleri de bu derslere çağırma heyecanı zirve yapmıştı. Henüz birkaç gün geçmişti ki, derse katılanların sayısı otuzu aştı. Camideki oda onları almaz oldu. Namaz kılınan yere çıktılar ve caminin ortasında halka yaptılar. Bu arada gizli polisler gelip kendisine çıkıştılar ve onu, camiyi basıp bütün gençleri tutuklamakla tehdit ettiler. Fakat genç, onlara şöyle cevap verdi: "Eğer böyle yaparsanız, sizi kürsüden vaaz esnasında halka rezil eder, insanlar hakkında çevirdiğiniz entrikaları bir bir ortaya dökerim!" Durumun nezaketi karşısında sessiz çekilip gittiler.

O sene Ramazan Bayramı'nda, insanların imanlarını tazelemeleri ve kalplerindeki yeisin yerine ümidi canlandırma adına çok akıllıca bir yol buldu. Bayram münasebetiyle bir tebrik kartı bastırdı. Ön yüzüne bayramı tebrik eden cümleler, arkasına da Efendimiz'in Habbâb İbn Eret'e aceleci olmaması, Allah'ın İslam'a nusretiyle alâkalı müjde verdiği hadisin tercümesini bastırdı.[6]

Matbaacı basın kanunu gereği bir nüshayı da cumhuriyet savcılığına gönderdi. Bir anda polis merkezinde ve şehir adliyesinde bir patırtı koptu. Vakit geceydi. Yavaş yavaş kar yağıyordu.. Fethullah odasındaydı.. birden dışarda bir gürültü duydu.. pencereden baktı, komiser Resül Bey ve tayfası. İmam, onların mekânı basacaklarını anladı. Elindeki onlarca kitabı ahşap kitaplığının arkasına attı. O henüz kitapları saklamıştı ki, kapı şiddetle çaldı. Kapıyı açar açmaz hepsi içeriye daldılar... Mekânı iyice aradılar, her şeyi didik didik ettiler, fakat muhzurlu bir şey bulamadılar. Sonra: "Yandaki odayı da arayacağız." dediler. Genç adam derhal: "O oda, müftü efendinin odasıdır. Benimle ne alâkası var!" Bunun üzerine teftişte ısrar etmediler ve genç adamı alıp polis merkezine döndüler.

Polis amiri Resül Bey ile iyi bir ilişkisi vardı. Edirne'deki ilk günlerinden bu yana onu tutuklanma konusunda uyarmıştı. Fakat emniyet müdürü bu sefer onun polis merkezine getirilmesini emretti. Resül Bey, bu görevi kendi üzerine aldı. Zira o, emniyet müdürünün genç, mağrur, kibirli, karaktersiz ve katı kalpli biri olduğunu biliyordu. İmam, ilk önce karakola celbinin sebebinin bayram tebrik kartı olduğunu zannetmişti. Fakat daha sonra hakiki sebebin onu kendilerine rakip görüp, talebeleri kutuplaştırmaya çalışan, çocuklarla ilgilendiğini, onları dava için eğittiğini öne süren Kur'ân öğretimindeki bazı idarecilerin emniyet müdürüne gelip şikâyet etmeleri olduğunu öğrendi. Bir takım soru cevaplardan sonra müdür bey: "Fethullah! Seni ilk ve son kez uyarıyorum! Bugünden itibaren talebeye ait işlerle uğraşmaktan seni men ediyorum. Eğer seninle alâkalı buna ters bir haber alırsam, senin derhal tutuklanmanı emrederim ve andolsun seni öyle cezalandırırım ki, hiç kimsenin akl u hayaline

---

6 Habbâb bin Eret -radıyallâhu anh- şöyle anlatır:
Bir gün Allâh Resûlü, Kâbe'nin gölgesinde iken, yanına varıp kendisine müşriklerden gördüğümüz işkenceleri şikâyet tarzında anlattık. Ardından da bu işkencelerden kurtulmamız için Allâh'tan yardım dilemesini taleb ettik.
O da bize şöyle buyurdu:
"Sizden evvelki nesiller arasında, yakalanıp bir çukura konan, sonra testere ile baştan aşağı ikiye bölünen ve demir taraklarla etleri tırmıklanan, fakat yine de dininden dönmeyen mü'minler olmuştur. Allâh'a and olsun ki, O, bu dini tamamlayacak, hâkim kılacaktır. O derecede ki, bir kişi, Allâh'tan ve koyunlarına kurt saldırmasından başka bir korku duymaksızın, San'a'dan Hadramut'a kadar emniyet içinde gidip gelebilecektir. Ne var ki siz sabırsızlanıyorsunuz!.." (Buhârî, menâkıbu'l-ensâr 29, menâkıb 25, ikrâh 1; Ebû Dâvûd, cihâd 97)

gelmez." diye tehdit etti. Fakat o, ne âciz ne de korkaktı. Daha önce bir askerî subaya daha sert çıkarak cevap vermişti. Bu yüzden hemen cevabı şiddetle yapıştırdı: "Evet, bu dünyada güce sahip olan sen olabilirsin, belki bana dilediğini yapabilirsin, fakat şunu iyi bil. Sen de öleceksin, toprak altına gireceksin, orada seninle hesaplaşacağız!.."

Genç adam, müftü Suat Yıldırım'ın bu müdüre yönelik bir tavrını asla unutamamaktadır.. müdür, müftü beyin polis merkezine gelmesini istemiş, telefon etmiş ve âmirâne bir dille, kaba bir üslupla: "Hey müftü! Bana kadar bir gel!" diyerek ayağına çağırmıştı. Fakat Suat Yıldırım Hoca kendinden emin bir tavırla: "Ben makamımdayım. Çok arzu ediyorsan sen gel!" diye cevap vermişti. Müdür zoruna giden bu durum karşısında acı acı yutkunmuş, yarasını içine gömmüş ve susmuştu. Bu olay arkadaşı Fethullah'ın kalbinde, müftü efendinin sevgisinin katlanmasına sebep olmuştu. Öyle ki, onun böyle yiğitçe duruşundan ve kendini beğenmiş müdür beyin damarına basmasından dolayı müsaadesi olsa başından veya alnından öpmek geçmişti. Müdür, müftülükten -müftü efendi dahil- dinî işlerle sorumlu insanları istediği zaman ve istediği şekilde aşağılayıcı bir mahiyette ayağına çağırmaya alışmıştı. Suat Yıldırım Hoca, onun bu âdetini güçlü bir şekilde kesmiş ve kendisine haddini bildirmişti.

Emniyet merkezinde sarhoş bir komiser vardı. Neredeyse ayık günü yoktu.. Bayram tebriği nedeniyle onu tutuklatmak istiyor, bunun basımını vatana ihanet olarak değerlendiriyordu. Sorgu esnasında ona ısrarla sorduğu soruları arasında: "Arkadaşlarının Kadir gecesinin bitiminde ağlayarak birbirlerine sarılmasının sebebi nedir, sonra Kadir gecesinde gençlerin teheccüd namazında hıçkırıklara boğularak ağlamasının sebebi neydi?" şeklinde sorular vardı.

Kısa bir müddet sonra bazı hâkim ve savcılar Dâru'l-Hadis Camii'ne gelip gitmeye başladılar. Zira, Fethullah Hoca hem imamlık yapıyor hem de halka açık bazı sohbetler veriyordu. Onun dini derslerine katılmak için geliyorlardı. Erzincanlı Selçuk isminde bir savcı vardı. Bir Cuma namazından sonra savcı Selçuk Bey'in cami çıkışında onu beklediği haber verildi. Fakat onun uygunsuz şeyler söyleyeceğini düşünerek dışarı çıkmadı. Uzun süre bekledikten sonra savcı onu adliyeye çağırmak üzere bir bekçi gönderdi. Nihayet gitmek mecburiyetinde kaldı. Bayram tebriği başta olmak üzere birçok konuda suçlamalarda bulunarak onu uzun uzun sorguya çekti. Sonunda şunları söyledi: "Sen korkunç bir sistem düşmanısın. Hükümet adamlarının isimlerini açıktan söylemiyorsun; fakat onların vasıflarını öyle bir sayıp döküyorsun ki, halkın gözünde kimlikleri netleşiyor. Hep maziyi methediyor ve şimdiki hali kötülüyorsun. Halbuki, sende çok güzel bir konuşma kabiliyeti var. İrticalen yaptığın konuşmalar çok tesirli ve güçlü. Aslında bu kabiliyetini müspet yönde de kullanabilirsin. Bazı şahısları kürsüde ve minberde methetmen akıllıca olacaktır.." gibi türlü türlü üslupla onun laik sistemin partisine katılmasını istiyordu.. türlü terğib ve terhib vesilelerini kullanarak onu yumuşatmaya çalıştı fakat ne çare!..

Sonrasında, Vaiz Hüseyin Bey'in ısrarlarıyla onun yerine Salı günleri hanımlara sohbet etmeye başladı. Kadınların sohbette yüzüne dikkatlice uzun uzun bakmaları onu çok rahatsız ediyordu. Bir keresinde onlara: "Eğer namaza durduğunuzda baktığınız yere bakarsanız, bana bakmazsanız bu benim için çok daha hayırlı olacaktır." dedi. Bu sözü bile savcının iddianamesinde yer buldu ve ona bu konu soruldu. O zaman, bazı kadınların bizzat istihbaratta aktif vazife yaptığını öğrenmiş oldu.

Bayram günü, Suat Yıldırım Hoca'nın talebi üzerine Eski Cami'de vaaz verdi. Her ne kadar sistem aleyhinde bir şey söylememeye dikkat ettiyse de birkaç cümleyle içkinin çok tüketilmesi ve fesadın umumileşmesini tenkit adına bir iki söz söylemişti. Genç kız ve erkeklerin cami pencerelerinde seviştiklerini, nasıl cami duvarlarının diplerinde içki içildiğini, adalet ve talim terbiye erbabının nasıl çaresizlik içinde kıvrandığını, yardım dilendiğini ifade etti. Bütün bu söyledikleri sebebiyle hakkında soruşturma açıldı ve sorguya çekildi. Hem de her cümlesine ciddi ithamlar yüklenerek sorguladılar.

Gariptir ki, o gün camiye gelenlerden ve imam aleyhinde mahkemeye katılıp ifade veren on beş amme şahidi vardı. Bir adam da mahkemede onun lehinde şahitlik yapmıştı. Fakat daha sonra anlaşıldı ki, o adam istihbaratın adamıymış ve aleyhte rapor hazırlayanlardan biriymiş.

Fakat aleyhte şahitlik yapanlar içinde en garibi Sanat Okulu'nun müdürüydü. Mahkemede şöyle ifade verdi:

– "Şu adamın mekânına baskın yapmalıyız, bu adamın mekânını basmalıyız, şuna şöyle şöyle yapmalıyız!"

Adam yalan ve iftiralarını sayıp döktükten sonra Fethullah Hoca mahkeme başkanından söz istedi ve:

– "Ben bu adama huzurunuzda soruyorum, 'Ben toplumun muhafazası, emniyeti gereklidir.' dedim mi? İstikarın ve umumi nizamın muhafazasının ehemmiyetini herkesin duyacağı şekilde anlatmadım mı? Neden şahitliğinde bu tür şeyleri zikretmedin?" dedi.

Müdür aptalca bir cevap verdi:

– "Hopörlör cızırtı yapıyordu. O yüzden her şeyi tam duyamadım."

Fethullah bunun üzerine:

- "Bu nasıl iş, ne oluyor da hopörler hep senin duymayı arzu ettiğin yerlerde düzgün çalışıyor? Benim aleyhime kullanılabilecek yerlerde çalışıyor, benim lehime olabilecek yerlerde ise çalışmıyor!" dedi. Ardından mahkeme heyetine dönerek:

"Muhterem Efendiler! Kendi içinde bu kadar çelişen bir adamın sözlerine itibar etmek mümkün müdür?" dedi.

Yalancı müdürün yüzü kapkara kesilmişti. Rezil olmuş ve sesini kesmişti.

Yalancı şahitlik yapanların biri de kanunları çok iyi bilen bir hazine avukatıydı.. garip olanı, çok defa onun camisine gelip namaza durmuş, birçok gece teravihi onun arkasında kılmıştı.. hatta birkaç kez onu iftara da çağırmış ve bazı has arkadaşlarıyla birlikte de oturtmuştu. Ramazandan önce, Edirne'nin eşrafı sayılacak, gün görmüş seviyeli dostlarla birlikte pek çok çay muhabbetine iştirak etmişti. Fakat mahkeme başkanı kendisine:

"Bu hocayı tanıyor musun?" diye sorduğunda, net bir ifadeyle "Hayır." diye cevap vermişti.

Ardından da, şu ifadelere yer vermişti:

"Bir keresinde camiye girdim. Askerî darbe havasını andırır korkunç bir hava vardı içeride. Bu hoca, prokovatif bir üslupla devlet idaresini eleştiriyordu. Sarığının ucunu yana sarkıtmış ver yansın ediyordu. Onun bu korkunç konuşması karşısında halk da galeyana geliyordu."

Tam bu esnada davalı, mahkeme heyetinden izin istedi fakat mahkeme başkanı söz hakkı vermeyi reddetti. Tekrar tekrar ısrar etti. Öyle ki, sonunda reis söz vermek mecburiyetinde kaldı. Konuşmaya başladı, bir yalancı avukata dönüp bakıyor, bir mahkeme heyetine bakıyordu:

- "Muhterem Efendiler! Bu beni tanımadığını iddia eden adam herkesten iyi tanır beni!.. Bu yıl teravihin çoğunu benim arkamda kılmıştır. Bütün Ramazan boyunca sadece kısa bir süre benim yanımdan ayrılmıştır. Beni bu kadar çabuk mu unutmuş? Dahası beni birçok arkadaşıyla beraber pek çok kez evine iftar yemeğine davet etmiştir. Hepsi buna şahittir. Sonra, falancanın kahvehanesinde filan ve filanla içtiğimiz çayları da mı unutmuş? Bütün bunları unutan bir adam benim aleyhimdeki konuları nasıl hatırlasın?"

Onun bu sözlerini duyan avukat çok heyecanlandı ve "Tanıyorum!" diye bağırıp kaşkolunu alıp, sağına soluna bakmadan mahkeme salonunu terk etti.

Orada Rıfat isminde birisi daha vardı. kendisinin lehinde konuşan doğru sözlü bir adamdı. Onu güçlü bir şekilde müdafaa etmişti. Onun savunması gerçekten çok müthişti. Tıpkı mahir bir avukatın savunması gibiydi. Bu zat daha önce dinden ve dini eğitimden çok uzak yaşamıştı. Nice zaman sonra Allah ona nasuh tevbe nasip etmişti ve genç vaizin derslerinin müdavimlerinden birisi olmuştu. Şehrin tanınan bilinen ve saygı duyulanlarından birisiydi. Bu yüzden onun genç imam hakkında yaptığı şehadet mahkeme heyeti üzerinde büyük tesir icra etmişti. Rıfat Bey, büyük şahsiyetlerle birlikte içerdi. Hâkimler ve savcılar da bunlar arasındaydı. Söze şöyle girdi:

"Efendiler! Beni iyi bilirsiniz. Şarap içer, sonra da çıkar şehrin caddelerinde nâra atardım.. herkes benden çekinirdi. Bu büyük şahsiyet, genç imamı tanıdım, doğruluğu, dürüstlüğü ve dini öğretme konusundaki ihlâsını gördüm.. beni çok etkiledi.. ve vaazlarına gitmeye, derslerini dinlemeye başladım.. o kötü maziye veda ettim.. camilere ve namazlara iştirak etmeye başladım. Orada kendimi buldum!"

Herkes Rıfat Bey'e hayretle bakıyordu.. uzun boylu, gür sesli, güçlü bir yapısı ve insana ürperti veren bir edası vardı.

Mahkemenin seyri Fethullah'ın suçsuz olduğu yönünde cereyan etse de, muhakeme sürecinde genç vaiz sohbet etme ve vaaz vermeden bir müddet men edildi. İdare de vaizlik sertifikasına el koydu. Aleyhinde yalan dolanlarla dolu bir dosya hazırlanarak on yıl hapse mahkûm edilmesi için çalışılıyordu. Fakat Allah onu korumuş ve bu oyunlardan kurtarmıştı. Onların bütün oyunları, aldıkları tedbiri Allah boşa çıkarmış ve onlar da bir süreliğine bu kararlarından vazgeçmişlerdi.

Sonra genç adam işin farkına vardı. Bütün bu tezgahı kuran Edirne Valisi Ferit Kubat'tı. Bu vali aşırı milliyetçi bir adamdı. Laik düşünce âdeta onun damarlarında kan gibi akıyordu. Din âlimlerini, hatip ve vaizleri görmekten hiç haz almazdı. Onların işlerini yapmalarından, vaaz verip nasihat etmelerinden fevkalade nefret eder, gayzlanır ve kinle dolardı. Belki de onun bu yönü sebebiyle 12 Mart 1971'deki askerî muhtıradan sonra onu İçişleri Bakanı yapmışlardı.

Bu kindar adam ona karşı uzun zamandan beri düşmanlık besliyordu. Genç imam, vaizlik belgesinin valinin odasında elinin altında saklandığını biliyordu. Bu valinin şehirdeki bütün din görevlilerini, âlimleri ve diyanet camiasını çağırtıp, saldırgan bir üslupla konuşma yaptığı günü asla unutamıyordu. Konuşması esnasında kastettiği kişinin kim olduğunu herkes anlamıştı, çünkü onun gözlerinin içine bakarak şöyle demişti: "Aranızda şerefsiz, aşağılık hainler var; onlar çoktan ezilip, parçalanıp yok edilmeyi hak ediyorlar!"

Bu talihsiz adamın hayatının sonu çok acı bitti. O günlerden sonra kendi ahbaplarından, dostlarından, partisindeki arkadaşlarından pek çok düşmanı oldu, ömrü onları kovalamakla geçti ve sonunda bir eşkıya gibi hazin bir şekilde öldü.

# *KIRKLARELİ'NE GÖÇ*

Onun için boğazının müsadere edilip dilinin hapsedilmesinden daha ağır bir ceza yoktu. Ders vermekten, vaaz etmekten men edilmesi hapse atılmasından daha ağır geliyordu. Gönlü eski camilerin kubbelerine ve yüksek minarelerine bağlıydı.. ne zaman onların geniş avlularına otursa etrafını hüdhüd ve güvercin sürüleri sarar, o da onlara bahar neşideleri mırıldanırdı.. tâ ki onlar dersi tam anlasınlar, onun mektuplarını dünyanın dört bir yanına uçup götürsünler, dönerken de selam yurduna da uğradıklarını ispat eden, küçücük pençelerinde zeytin dallarından ve incir tohumlarından bir miktar kapıp getirsinler.

Derken kendisine yönelik kuşatma, şiddetli bir kasırgaya dönüşmüş, kuş yuvalarını sarsmış, hülyalarını paramparça etmişti! Avcılar o kuşların camilerine konmasını ve hedeflerine girmesini dört gözle bekliyorlardı. Bütün bunları görüyor ve ağlıyor, yine ağlıyordu.

* * *

Edirne artık onun için korkunç bir kabus halini almıştı, gece gündüz uykusunu kaçırıyordu. Emniyet müdürü sürekli onu korkutmaya çalışıyor, Kur'ân talebelerine ders vermesine mani oluyordu. Vali, vaizlik belgesine el koymuş ve camilerde sohbet etmesini yasaklamıştı. Bütün bunlarla mücadele etmekten iyice daralmıştı. Yalnızdı, bir başınaydı. Bu yüzden tekrar hicreti düşünmeye başladı.

Birkaç gün sonra genç adam Ankara'ya doğru yola çıktı. Orada sürpriz bir şekilde pek sevdiği Yaşar Tunagür Hocaefendi ile karşılaştı. Yaşar Hoca, o dönemde İzmir'de görev yapıyordu. Bir iş için Ankara'ya gelmişti. İki dost oturup dertleştiler. Edirne'de kriz haline gelen durumlardan ve başına gelenlerden bahsetti. Yaşar Hoca, ona nasihat babından şunları söyledi:

"Aziz kardeşim, bak dinle beni! Şu an diyanette seni dinleyecek hiç kimse yok. Bu zor durumda senin şikâyetlerini alıp değerlendirebilecek kimse de yok!"

Fakat oradaki sıkıntısı artık dayanılmaz bir hal almıştı. Eli kolu bağlı, dili hapsolmuş bir şekilde vazife yerinde öylece kalmaya dayanacak takati kalmamıştı. Diyanetin personel işleri müdürüne çıktı. Durumunu ona anlattı ve başka bir yere tayinin çıkarılmasını talep etti. Fakat müdür bey, onun Edirne'de mevcut görevinde kalması konusunda ısrar etti. Genç imam tekrar Edirne dışında fakat Edirne'ye yakın bir başka belde de kendisine bir görev verilmesi için ısrarla talepte bulundu. Onun bu şiddetli ısrarları karşısında müdür bey, Edirne'deki görevini sona erdiren bir belge yazdı. Ardından da Edirne'ye sınır Kırklareli'ne tayinini gösteren bir belge hazırlayıp verdi. İki belgeyi de alıp, sevinç içinde Edirne'ye döndü.

O tam Edirne'ye ulaşmıştı ki, vali Ferit Kubat'ın başka bir şehre tayininin çıktığını haber aldı. Bir süreliğine yardımcısı ona vekalet edecekti. İsmi Nail Memik idi. Bu adam biraz muhafazakardı.. Cuma namazlarına gelen yumuşak tabiatlı bir adamdı. Vali yardımcısı, onun Ankara'dan getirdiği ve Edirne'den ayrılacağını gösteren belgeleri imzaladı. Bir an evvel başındaki beladan kurtulmak istercesine belgeleri hemen teslim etti. Gencin elinden vaizlik vesikasının alınmış olunmasına rağmen vali yardımcısı bunu hiç mesele yapmadı. Onun için önemli olan, bir şekilde bu hocadan kurtulmaktı. Fakat kaderin bir tatlı cilvesi olarak, bu zavallı adam kısa bir süre sonra onun taşındığı Kırklareli'ne vali olarak tayin edildi. Artık kadere boyun eğip bu garip vaizin bulunduğu şehirde çalışmak mecburiyetindeydi.

Fethullah, Kırklareli'ne vardığında 23 Temmuz 1965'ti ve burada yaklaşık altı ay kadar kaldı. Tâ 11 Mart 1966'da İzmir'e taşınıncaya kadar.

Kırklareli, Edirne gibi değildi.. eski bir asker geçidi, muhkem bir sınır karakoluydu. Geniş sinesinde bütün Anadolu'yu barındırıyordu.. Kırklareli'nin dağları yakındaki batı ülkelerine, komşu devletlere yukardan bakan bir kazık gibi yüksekten onlara bakıyor, önündeki karanlık sis dünyasına oradan meydan okuma bayrağını çekmiş, mazide kalan cenkleri hatırlatıyordu.

## *NECİP FAZIL'I DAVET*

Bu hudut şehrinde çok uzun kalmamasına rağmen, âdeti gereği oraya da hemen bir canlılık ve bir hareket getirmişti. Camideki imamlığı ve sürekli verdiği vaazların yanında bir grup genci hususi terbiye ve ders meclisinde toplamıştı. O ve arkadaşları daima içlerinden birinin evini irşad adına kullanıyorlar ve derslerini orada yapıyorlardı.

Bu dönemde, Türkiye'nin meşhur şairlerinden Necip Fazıl'ı şehirde konferans vermek üzere gelmeye ikna etti. Şair-i Şehir gerçekten de geldi.. Gençler için bu tarihî bir hadiseydi; ayrıca şehir için de öyleydi. Necip Fazıl (Allah rahmet eylesin) öyle herhangi bir şair değildi. O bir mütefekkir, büyük bir edip ve hikmet ehli usta bir hatipti. Modern Türk Edebiyatının bir efsanesiydi. Öncelikle bir Türk şairiydi. Haklı olarak da "şairlerin sultanı" ve tartışmasız "Türk Edebiyatının şefi" idi. Birbirinden değerli şiir, hikaye, tiyatro ve romanlar kaleme almış büyük bir gazeteciydi. Makaleleri siyasi ortamlarda çok büyük tesir icra ediyordu.. *Büyük Doğu* ismiyle çıkardığı gazete mahrum nesiller için tam bir okul hükmünde, dinin dört bir taraftan kuşatıldığı bir zamanda ilâhî mesajın kokusunu muhafaza eden bir bahçe yerindeydi.

Necip Fazıl, hayatını o şehirden bu şehre konferanslar vererek, insanların azimlerini tazeleyerek ve gençliğe musallat olan ye's ve evham virüsünü paramparça ederek geçirdi. İnkarcı felsefeyle ciddi kavgalar verdi. Büyük bir hırsla batı düşüncesini tabuya dönüştüren gruplara karşı cephe aldı. Kalemi her yerde savaşan bir elmas kılıçtı. Her cephede mücadele etti. Yazarken kaleminden akan mürekkebini, yaklaşık bir asır önce İslam ümmetinin başında açılan derin yaradan akan kandan alıyordu.

Necip Fazıl, Kırklareli'ne onun misafiri olarak gelmişti. Genç vaiz de her yerde bu fırsatı kovalıyordu.

O gece içlerinden birinin evinde gençler Necip Fazıl'ın etrafını sardılar.. akşam yemeğinde onunla bir araya geldiler.. orada Necip Fazıl, genç vaizi daha yakından tanımış oldu. Ona hususi alâka gösterdi. Sohbet boyunca genç adamı utandıracak kadar onun düşüncelerini ve hizmetlerini sena etti. Üstad Necip Fazıl, insanlarla meşgul olan, yoldan çıkanları hitabetiyle ve cesaretiyle şaşkına çeviren ve kendisine "Sultan Fatih'in Torunu" diye lakap takılan bu gencin yüzünü inceliyordu.. Üstad Necip -romancı şair- onun yüzünde dramatik bir roman okuyordu âdeta.. Öyle bir roman ki, tarihin akışını değiştirmede büyük tesiri olacak bir roman!

Fethullah'ın ismi gizli saklı kalmamıştı. Mahkemeler, seküler ve solcu gazeteler onun şöhretinde büyük pay almışlardı. Belki de bu yüzden dindar bir şair olan Necip Fazıl onun Kırklareli'ne davetine icabet etmişti. Kırklareli'nden ayrıldıktan sonraki günlerde Büyük Doğu gazetesinde art arda Risale-i Nur'un ehemmiyeti ve Türk toplumu için vazgeçilmez olduğunu anlatan makaleler yazdı.

Kırklareli'nde *Atayolu* isimli mahalli küçük bir gazete vardı. Sürekli Fethullah Hoca aleyhinde makaleler neşrediyordu. Sonra Üstad Necip Fazıl aleyhinde de bir makale yayınladı. Fethullah o sayının bir nüshasını da Üstad Necip Fazıl'a gönderdi. Üstad, bunun üzerine *Büyük Doğu*'da alaycı bir karikatür neşretti. Karikatürde büyük bir köpek yanında da küçük bir köpek vardı. Altında da şöyle yazıyordu: "Biz koca çomarlarla uğraşıyoruz, bu küçük fino da nerden çıktı!?"

## *YENİ BİR KÜSUF*

O dönemlerde Türkiye'de şartlar iyice kötüleşmiş, zifiri karanlık âdeta her tarafı kaplamıştı. Bir yandan da yeni bir hamleyle her tarafta nurun ışıkları artmaya başlamıştı. Karanlığın hayaletleri bütün güzel şeyleri kuşatıyordu. Kuşlar kendi gözyaşlarında boğuluyordu, bir süredir ötmeye mecalleri yoktu.. her namaz vaktinde müezzinlerin solukları boğazlarında düğümleniyordu.

1960 ihtilali zamanında, Başbakan Adnan Menderes ve bazı samimi bakanlarının idam edildikleri ve halkın gırtlağından yakalandığı o dönemde sadece şiddet ve kötülükler arttı. İhtilalin ardından bir kez daha İsmet İnönü, Başbakan olarak atandı.

İsmet İnönü, Atatürk'ün arkadaşıydı. Onun döneminde Genel Kurmay Başkanlığı (Umumî Erkân-ı Harp Reisliği) yapmıştı. Atatürk'ün 1938'de ölümünden sonra Türkiye Cumhuriyeti'nin ikinci cumhurbaşkanı olmuştu. O sene devrin iktidar partisi Cumhuriyet Halk Partisi'nin başına gelmişti. Daha sonra birkaç dönem Başbakanlık yaptı. Bir başka zaman da Dışişleri Bakanlığı yapmıştı.

Askerler tekrar ona Başbakanlığı verince –1960 ihtilalinden sonra– ülke korkunç bir cehenneme dönüştü. Öyle bir cehennem ki, bütün ağaçları yakan ve kuş yuvalarını küle çeviren bir cehennem... Artık kuşların öteceği bir mekân kalmadı. Ölümün çığlıkları bütün cadde ve sokaklarda yankılanıyordu.1960, yeni Türkiye'nin tarihinin en hazin yıllarından birisiydi. O tarihte müceddid Bediüzzamn Said Nursi vefat etmiş, seçilmiş bir idare üzerine uğursuz kanlı ihtilal gömleği o yıl giydirilmişti. Her yere dar ağaçları ve idam sehpaları kurulurken halk Türkiye'de gerçek bir yetimliği iliklerine kadar hissetmişti. Martılar sahillerin ve körfezlerin üzerinde ağlayarak kanat çırpıyorlardı.

## *HOCAEFENDİ'NİN DEVRİ GELDİ*

Genç hoca artık sırlarıyla birlikte ortaya çıkma zamanının yaklaştığını hissetmeye başladı. Atları Medine sınırlarına ulaşan süvarileri hazırlama zamanın yaklaştığını... O, şu an 26 yaşında... ve şu anda kaderin bir cilvesi, bir randevusu olduğunu biliyor...

Fethullah'ın kalbinde sır ağacı süratle büyüyordu.. dalları sinirlerine doğru büyük bir canlılıkla uzanıyordu.. gözleri her sabah ceviz ağacının çiçekleriyle güne merhaba diyordu. Coşku ve heyecanlarının dalları Türkiye'den Avrupa'ya kadar olan bütün bölgeyi dolduruyordu. Trakya bahçeleri onun yüksek fundalıklarını istiap etmeye henüz hazır değildi.. gölge Edirne Kırklareli arasında yayıldı; fakat orada onun meyveleri için daha fazla yer yoktu. Onun büyük gövdesi bir kez daha göç hüznüyle titriyordu ve ağlıyor, yine ağlıyordu...

Fethullah.. onun bir sırrı var. Ama onu kimseye açmıyor!...

Fethullah.. onun bir sırrı var.. dünya onu bekliyor.. Fakat o kimseye bunu bildirmiyor!..

Fethullah.. kalbinde kaldıramayacağı kadar ağır bir yükü taşıyor.. bu yüzden durmadan ağlıyor.. hatta gözyaşı bile onun bu matemine hayret ediyor!

Fethullah.. sırrın vârisi.. o sırra yüce dağlar vâris olsaydı, en yüksek zirvesindeki büyük kayalar yere yuvarlanır ve onu ayakta tutan direkleri korkudan yere yığılırdı.

* * *

Ravi anlatmaya devam etti:

Askerî darbeden sonra, kırk gün yıllık izne ayrıldı. O günlerini Türkiye'nin birçok şehrini ziyaret ederek geçirdi. Bazı dostlarına ve dava arkadaşlarına uğrayıp sıla-i rahim yaptı. Ankara'da çok sevdiği Yaşar Tunagür Hoca ile karşılaştı. Yaşar Hoca, o vakit Diyanet İşleri Başkan Yardımcısı ünvanıyla Ankara'ya tayin olmuştu. Ona yaşadığı sıkıntılardan, etrafına örülen duvardan, engellerden ve kendisine biçilen değersiz konumundan bahsetti. Yaşar Hoca, ona İzmir'e gitmesini tavsiye etti. Fakat o İzmir'i kendisi için büyük görüyordu. Bu kadar büyük bir şehirde nasıl vaaz vereceğini soruyor ve biraz endişeleniyordu. Zira o küçük bir şehirde görev yapan sade bir vaizdi. Fakat Yaşar Hoca bu konuyla alâkalı bir dilekçe yazması için ısrar etti. Dilekçe yazmayı reddedince, Yaşar Hoca, oradaki görevlilerden birine Fethullah Gülen ismine bir dilekçe yazdırdı. Sonra da zorla ona imzalattı. Ardından dilekçeyi Diyanet İşleri Başkanı Elmalılı'nın ofisine tasdik etmesi için gönderdi.

Yaşar Hoca, daha önce İzmir'de dinî bir okulun (Kur'ân Kursu) müdürüydü. Öte yandan İzmir'in camilerinde vaaz ve hutbe veriyordu. Doğruluğu ve ciddiyeti sebebiyle seviliyordu. Tayini Ankara'ya Diyanet İşleri Başkan Yardımcısı olarak çıkınca onun ayrılması sebebiyle sevenleri çok büyük üzüntü yaşamışlardı. Yaşar Hoca da ayrılırken onlara kendi yerine daha genç bir müdür, güçlü ve emin bir vaiz göndereceğini vaat etmişti. Zihnindeki o genç vaiz sevgili dostu Muhammed Fethullah Gülen'den başkası değildi. Öyle de oldu.

Birkaç eşyasını toplamak ve arkadaşlarına veda etmek için Kırklareli'ne döndü. Onun İzmir'e doğru yola çıkacağını ve ayrılacağını duyan bütün arkadaşları, dostları çok ağladılar. 11 Mart 1966 sabahı tekbirlerle, tehlillerle tâ Edirne'ye kadar onu uğurladılar. Diğer dostları da onu oradan uğurladılar.. ve nihayet İzmir'e doğru hareket eden trene bindi.

Fethullah'ın bütün hayatı tevafuklar ve işaretlerle dolu.. eğer hüzün tercümanı bizim ilanımıza izin vermiş olsaydı, bu fasılda kerametler sergisi mahiyetinde hepsini açardık. Yolun zahmetine sabret ey kalbim!.. Senin için artık sırların hazineleriyle seni sevindirecek haberlerin yazılı olduğu yapraklar kaldı.

# YEDİNCİ FASIL

# FETİH SÜVARİLERİNİN YENİ MENZİLİ: İZMİR

## *BATI SAHİLİNDE BİR ŞEHİR*

İzmir.. sırrın hepsi İzmir'de!

Akdeniz'in dalgaları Cebel-i Tarık ile bu şehir arasında gidip gelir.. kederde Gırnata ile İzmir'in ikiz olduğuna inanılır. Her ikisi de Nur'un mersiyesini aynı makamda okur. İzmir'de bahar boyunca her şey yolundaydı, sonra birden bütün ülkeye karanlıklar çöktü.

O zor günlerden birinde Yunan koylarından sürünerek gelen dalgalar İzmir'in sahillerine hücum etmiş ve gedikleri, oyukları su basmıştı.. Şehrin surlarında gedikler açılmış, bütün yolları ve sokakları su basmıştı. İzmir'in Akdeniz'e karışıp kaybolduğu günlerdi. Gırnata'nın batıp gittiği gibi.. ve daha önce olduğu gibi o da tarihe not düşülecek bir haber olayazdı.

Rumlar İzmir'de savaşırken, bir gaflet anında deniz kenarında şekerleme yapan bir Osmanlı prensesi buldular. Deniz kenarında yolunu kaybetmiş, katledilmiş babasını arıyordu. Hemen onu esir ettiler. Ne yazık!.. nurdan örgüleri olan küçük bir kız çocuğuydu bu. Gizli incilerini ortaya bir saçsa yeşil otlaklardaki ceylanların gözleri kamaşır. Tatlı tatlı nağme döktüren, şakıyıp duran gırtlakların sesi kesilirdi! Ve o kendi başına bir kaside ve bir nağme olurdu...

Nerdesin ey Mu'tasım!... Bu yaralı şerefli esiri kim kurtaracak? Bu yaralı temiz vatanı işgalden kim azâd edecek?

* * *

Fethullah endişe içinde İzmir'e girdi. Kale kapısına varmadan birisinin sırrını ortaya çıkarmasından çekiniyordu. Omuzlarında fetih süvarilerinin atları için kapıların iki kanadını da ardına kadar açma mesuliyetini taşıyordu. Âdeti olduğu üzere küçük çantasında Nurun tohumlarını ve esir prensesin hürriyeti için lazım olan haritayı taşıyordu; fakat bu sefer sırların anahtarları ilk kez hareket etmeye başladı.

Fethullah.. bir sırrı var, kimseye açmıyor!...

Fethullah.. bir sırrı var.. dünya onu bekliyor.. Fakat o kimseye bunu bildirmiyor!..

Fethullah.. kalbinde kaldıramayacağı kadar ağır bir yükü taşıyor.. bu yüzden durmadan ağlıyor.. hatta gözyaşı bile onun bu matemine şaşırıp hayret ediyor!

Fethullah.. sırrın vârisi.. o sırra yüce dağlar vâris olsaydı, en yüksek zirvesindeki büyük kayalar yere yuvarlanır ve onu ayakta tutan direkleri korkudan yere yığılırdı.

## *KESTANEPAZARI KURSUNUN MÜDÜRÜ*

Kestanepazarı, İzmir'in ortasında, Roma medeniyeti ve Roma insanının eseri bir mekânın adı. Burada muhteşem direkler üzerine din eğitimi veren bir okul inşa edilmişti. Diyanet İşleri Başkanlığı'nın idaresi altındaydı ve buraya, ihsan sahibi güzel insanlar nezaret ediyordu. Bu mekân, -acı ve ızdırapla geçen birkaç ay sonunda- Muhammed Fethullah Gülen'in vicdanında derin izler bırakacaktı.

Izdırap ravisi anlatmaya devam etti:

Fethullah, Kestanepazarı Camii'ne geldiğinde İsmail Türe Bey kendisini bekliyordu. Çantasını hemen elinden alıp taşıdı. Caminin avlusuna girdiklerinde ise bir grup cemaati büyük bir coşkuyla onun gelişini bekliyor buldu. Sonra Kestanepazarı Camii'ne geçti. Bu cami, tarihî ve eski bir camiydi. Bahçesinde talebelerin kalacağı bir yer vardı. Orada, hayatında dava eksenli yeni bir dönem başlayacaktı. Kemmiyet ve keyfiyet cihetiyle daha önceki merhalelerden çok farklı bir merhale...

Küçük çantasını talebelerin kaldığı yerdeki müdür odasına koydu. Az miktardaki eşyasını cam bir dolaba tertiplice dizdi. Orada bir koltuk vardı. Gündüzleri koltuk, geceleri de yatak olarak onu kullanmaya başladı. Çocukların yanına girip yüzüne bakınca gece gündüz onlarla beraber olması gerektiği kanaatine vardı. Islahları için de çok büyük bir gayret sarf etmesi gerekiyordu. Gece gündüz daima talebelerin bulunduğu yere uğramayı, sürekli odalarını, banyo ve tuvaletleri kontrol etmeyi kendine görev addetti.

Fakat işin başında gördü ki, talebeler bu genç adamı bir türlü kursun müdürü olarak kabullenememişlerdi. Hatta diğer hocaları gibi de görmüyorlardı. Bundan daha kötüsü, bazıları, talebelere seslenerek -onun da işiteceği şekilde- "Yaşar Hoca, bize müdür diye gönderecek bu küçük çocuktan başkasını bulamadı?" diyorlardı. Bu durum, duygularını rencide ediyordu. Aynı zamanda talebe karşısındaki saygınlığını zedeliyor ve işini daha zora sokuyordu. Hatta talebe yurdunun eski müdürü kendisini takdim ederken: "Öğrenciler, bu genç bundan sonra sizin müdürünüz olacak veya müdür gibi bir şey işte!" demişti. Evet işte böyleydi... Bu yüzden, ilk ve en önemli iş olarak tamamen paramparça olmuş maneviyatı ele aldı.

İzmir Kestanepazarı Kursu'nun ilk günleri böyleydi. Fakat sonundaki hikâye başka...

Kursun dernek başkanı ve en çok sözü geçen Ali Rıza Güven Bey duruma müdahale edinceye kadar işler böyle devam etti. Bu zat İzmir'de saygınlığı olan muhterem bir zattı. Çok zeki, ince görüşlü ve insanların karakterlerini çabucak kavrayıveren bir adamdı. Bu yüzden, onun şahsiyetindeki yüceliği çabucak kavradı. Ali Rıza Bey, öğrencilerin durumlarını takip etmek için her sabah erkenden yurdun önünden geçerdi. Fakat o geldikten sonra öğrencilerin durumlarında iyiye doğru bir değişme gözlemleniyordu. Ne zaman çocukların kaldıkları odaları ziyaret için girse genç müdürü ayakta, işinin başında ve işleri yolunda görüyordu. Yine bir gün çıktı geldi, baktı ki, müdür yine işinin başında vazifesini yapıyor, kendisine şunları söyledi: "Muhterem Fethullah Hocam, bu yurt artık tamamen size emanet, artık benim gelmeme gerek kalmadı!" Gerçekten de o günden sonra Ali Rıza Bey bir daha talebeleri kontrol etmeye asla gelmedi. Ondan sonra da kurs idaresindeki bütün sorumluları toplayarak onlara şöyle hitap etti:

"Bu hoca, büyük adam. Gördüm ki, büyük bir ciddiyetle çalışıyor, görevini en güzel şekilde yapıyor. Ayrıca fark ettim, talebenin yemeğinden bir lokma bile almıyor. Bu adam her türlü takdire ve hürmete layıktır. Eğer, onu rencide edici bir tavrınızı duyarsam hepinizi kovarım." Bu hadise, hocaların ve talebelerin nazarında genç müdürleri hakkındaki değişimin başlangıcıydı.

## *TAHTA KULÜBEDEN BAŞLANGIÇ*

İdare ve eğitimde altı aylık bir çalışmadan sonra genç hocanın karakteri iyice ortaya çıkmıştı. İnatçı şahsiyetler istese de istemese de artık ona boyun eğmişlerdi. Herkes onun çok güçlü bir vaiz, kuvvetli ve emin biri, büyük bir idari kabiliyet, benzerini hiç bilmedikleri bir şahsiyet olduğunu kabullendiler. Dernek yöneticileri, ona özel bir kalacak yer yapmaya karar verdiler. Avluda ikiye iki metre genişliğinde bir küçük oda bina ettiler. Tahtayla kaplı olduğu için bir küçük kulubeyi andırıyordu. Fakat kendisi orayı çok sevdi. Bu kulube, pek çok mühim buluşmalara, önemli kararlara, çizilen yol haritalarına, hedeflenen plânlara şahitlik etmişti. Önce Türkiye'yi saracak, ardından da bütün dünyaya yayılacak dava düşüncesinin temel taşları burada yerine konuyordu.

Bu tahta kulubede yeni dostlarını ağırlayacaktı. Onlardan bazıları daha sonra onun davasını sırtlayacak veya bu yolda ona çok yardımcı olacaklardı. Ali Rıza Güven, Sacid Bey, Safvet Solak ve diğerleri. Hepsi burada toplanıyorlar, onun derin sohbetlerini dinliyorlar, ruhlarını doyuruyorlardı. Hane sahibi onlara çay yapıyor ve bizzat kendisi hizmet ediyordu. Dernek Başkanı Ali Rıza Bey bu durumdan en çok müteessir olandı. Onda büyük bir hayır ve amel-i salih yapma istidadı vardı. Zaten daha önceleri de o çok faziletli bir adamdı, üzerinde evliyaullahın saygınlığı vardı.

* * *

Bir süre sonra bütün Ege bölgesinde vaaz etme izni aldı. Böylelikle pek çok il ve ilçede sohbet etme ve davası adına insanlarla tanışma fırsatı doğdu. Antalya, Aydın, Denizli, Isparta, Tire, Ödemiş, Simav, Salihli, Turgutlu ve Gediz gibi pek çok beldeyi geziyor ve vaazlar veriyordu. Bazen Pazar günleri İzmir'den uzak yerlere gidip vaazlar veriyordu. Geceleyin tekrar yola çıkıyordu ki, pazartesi sabahtan talebelerin önünde hazır oluyor, derslerine giriyordu. Çok yoğun bir çalışma programı vardı. Her tarafa yetişmek için koşturuyordu. Önceleri toplu taşıma araçlarıyla seyahat ediyordu. Fakat Yusuf Pekmezci ve Köse Mahmud ismindeki dostlarıyla tanıştıktan sonra iş değişti. Onlar hizmete gidecekleri zaman araba kiralıyorlardı ve nereye giderse yanında gidiyorlardı. Mustafa Birlik ismindeki zat da bizzat kendi hayatını ve bütün aile fertlerini tamamen onun ve davasının hizmetine adamıştı. Evini de sohbetlere tahsis etmişti. Her salı ve cumartesi günleri onun evinde özellikle terbiye ve yetiştirmeyle alâkalı dersler yapıyordu.

İzmir'de o vakitler dini şartlar çok iyi değildi. Dini ilimlere meraklı talebe sayısı da çok azdı. Onlar da Kestanepazarı talebesiydi. Ruhî seviyeleri, maneviyatları olması gerekenin çok gerisindeydi. Bu yüzden nurun süvarileriyle tanışmaları, onların ahlâklarından nasiplenmeleri ve ruhî maneviyatlarından istifade etmeleri maksadıyla onlar için İstanbul ve Edirne'ye doğru bir gezi tertip etti.

Ancak, her ne kadar hareketleri daima gizli polisin takibi altında olsa da, emniyet açısından şartlar ilk dönemde daha az kötüydü. İşin iyi tarafı, onu takip eden şahıs, dini eğitim veren bir liseden (Türk eğitim kanununda verilen ismiyle) İmam Hatip Lisesi'nden mezun Erzurumlu bir polisti. Hocaefendi ile birkaç defa görüşmüş uzun uzun konuşmuştu. Onun hakkında yazdığı raporlar hep müspetti. Genç vaiz, ne onun gizli vazifesi olduğunu ne de yazdığı raporları biliyordu. Bu raporlar daha sonra bir nüshası Diyanet İşleri Başkanlığı'na sunulduğunda ortaya çıkmıştı. Bir keresinde soruşturma için savcılığa çağrıldı Bunun sebebi, Edirne'de devam eden mahkemesine eski hâkimin yerine yeni bir bayan hâkimin atanmış olmasıydı. Bu bayana hakaret ve küfür dolu bir mektup gönderilmişti, üzerinde de Fethullah Gülen'in imzası vardı. Meseleyi tahkik etmesi için yazışma İzmir'deki savcılığa gönderildi. Güzel olanı mektup el yazısı ile yazılmıştı. Bu yüzden meseleyi araştıranlar, el yazısının Fethullah Gülen'e ait olmadığını derhal anlamışlar ve onu salıvermişlerdi.

Daha sonra Muhammed Fethullah, İzmir üniversitelerinin surlarını kırmayı, üniversiteye bağlı olan Yüksek İslam Enstitüsü sayesinde başardı. Enstitüde organize edilen seminerlere katılıyordu. Bir keresinde İslam ekonomisi hakkında, bir başka sefer de tasavvuf düşüncesi ile alâkalı birer konuşma yapmıştı. Bu sayede bir kısım medenilerin İslam hakkındaki yanlış düşüncelerini tashih etmeye imkân bulmuş ve dindar talebelerin laik düşünce karşısında sağlam bir mesnede dayanmaları adına imadada yetişmişti.

Komünistler duvarlara İslam aleyhine yazılar yazıyor, Müslüman gençlik de aynı üslupla mukabelede bulunuyordu. Kendisi, bu üslubun hiçbir faydasının olmadığı konusunda onlara nasihat ediyordu. Şehirde her hafta organize edilen konferanslara katılıyordu. Onun bu tür çıkışları büyük ilgi görmüş, gençlerin onun etrafında uzun uzun konuşmalarına sebep olmuştu. Kur'ân'la alâkalı, yaratılışa dair kevni olayları ve ilmi hakikatleri onunla tefsir etme konusunda takip edilecek metotları anlatan pek çok konferans vermişti. Bu yoğun faaliyetler gelişerek devam etti ve nihayet onu ve yaptıklarını himaye edecek resmi bir dernek kuruldu: Diriliş Derneği.. Bu derneğin azaları bazı üniversite talebeleri, bir kısım faziletli insanlar ve Gülen'di. Fakat bu dernek, görüş birliği olmaması ve düşünce açısından bazı net olmayan konular sebebiyle uzun süre devam etmedi. Sadece laf kalabalığı oluyordu. O, bizzat arkadaşlarıyla birlikte bu derneği kapattı.

Daha sonra onda, İmam Hatip Lisesi için yeni bir bina inşa etme düşüncesi oluştu. Bu bina üniversiteye bağlı olan Yüksek İslam Enstitüsü'ne ait olacaktı. O dönemde idare, dinî eğitim veren kurumları çok ihmal ediyordu. İmam Hatip Liseleri ile alâkalı akıllarından geçen tek şey, onları yerle bir etmekti. Belki de Eğitim Bakanlığı, böyle hususi bir binanın yapımını uygun görmeyecek, hatta bir blok veya bir başka fakültenin içinde bir katın onlara tahsisini bile problem yapacaktı.

Fethullah, Ali Rıza Bey ve Doktor Dursun bu iş için uygun bir arazi aramak üzere yola düştüler. Münasip bir arazi bulunca hemen satın alındı. Şimdi sıra, ihtiyaç olan paranın temin edilmesindeydi. Bu maksatla büyük tüccarların ve esnafın himmetine müracaat ettiler. Bu konuda çok acı tecrübeleri olmuştu. Fakat o acı tecrübelerden de istifade etmesini bildi. Artık mal sahibi varlıklı insanlara daha tesirli hitap etme konusunda hususi bir üslup ve tecrübeye sahipti. Onun davasının büyüyüp gelişmesinde bunun da çok önemli rolü oldu.

Bir gün büyük bir fabrikatörün çıkarıp sadece elli lira verdiği o hadiseyi asla unutamıyordu. O zaman anladı ki, konuşma üslubu, özellikle servet sahibi ve hayırsever insanlardan bir şeyler isteme, himmet toplama konusunda tek başına yeterli değildi. O, insanları bizzat yapılması istenen hizmet binasına davet etmesi ve mahallinde onları himmete davetin gerektiği kanaatine varmıştı.

Bu anlamda ilk defa Hacı Ahmed Tatari Bey'in dükkanının ikinci katında bir araya geldiler. Katılanların bazısı tüccardı. İlk olarak o, ardından da Ali Rıza Bey konuştu. Sonra da paralar toplandı. Ahmed Tatari Bey, yüz bin lira, Ali Rıza Bey yarısı kadar ve diğer katılanlar da kendi gücü nisbetinde verdiler. Fakat o, gelenler içinde en zengin ve en varlıklı adamın sadece elli lira vermesi karşısında hayrette kalmıştı. Bir de ardından: "Herkes inandığı kadar verir." demesin mi!? O zaman, hayırlarına müracaat edilirken, İslami projelerin ve dine hizmetin önemi hakkında hayırsever kimselerin önce ikna edilmesi gerektiğini anlamıştı. Bu düşünce, artık onun bu tür toplantı ve meclislerdeki hitabının ana kaynağı, temel prensibi olmuştu. Bu çalışma onun gözetiminde başladı ve gelişti. Nihayet ilk eğitim müessesesi yeni binasında açıldı. Bu, âdeta yağmalanıp talan edilmiş Türkiye'de yeni bir neslin yetiştirilmesi adına meşru olarak ortaya konmuş stratejik ilk adımdı.

## *YAYIN ALANINDA İLK ADIM*

Yayın (ilam) ve eğitim (talim); özünde aynı meslektir ve ikisi bir hakikatin iki yüzü gibidir. Bu sebeple arkadaşlarıyla birlikte İttihad isminde İzmir'de bir gazete çıkarma işine giriştiler. Eski dostu Salih Özcan, İzmir'i sık sık ziyaret ediyordu. Onunla iş birliği koordinasyonu tamamlanmıştı, tıpkı Üstad Bediüzzaman'ın talebesi Zübeyr Gündüzalp'in muvafakatı ve koordinasyonu tamam olduğu gibi. *İttihad* gazetesi haftalık olarak çıkmaya başladı. 1968 (1388 h.) yılında hac mevsimi münasebetiyle çok nüsha basıldı ve Nur talebeleri Mekke'de, Mina'da bu sayıyı çokça sattılar. O sene gazete adına bayağı bereketli olmuştu.

Gazetenin müdürü Mustafa Polat Bey'di. Bu zat onun da çocukluktan beri çok samimi dostuydu ve o da Erzurumluydu. Mesleğinde çok iyi bir gazeteciydi.. gazeteciliğe aşıktı. Fethullah, Türkiye'de onun gibi gazetecinin bulunmasının mümkün olmadığına inanıyordu. Sayfaların yerleştirilmesinde çok maharetliydi. Aynı zamanda çok sağlam bir yazardı. Yazılarını yazarken müsvedde kullandığı hiç görülmezdi. Öylece aklına geldiği gibi yazardı. Yazı yazmaya başladığı zaman etrafından tamamen kopar ve kışın soğuğunda bile terlerdi. Yazı yazarken gerçekten çok garip hallere girerdi. Ayaklarını soğuk suya sokar, daktiloyu önüne alır ve fikirlerini su gibi kağıda dökerdi. Nihayet bitirdiğinde yardımcısına döner, "Alın bunu gazetede yayınlayın!" derdi.. öylece, hiçbir tashihe ve kontrole ihtiyaç duymaksızın..

Mustafa Polat gerçekten Allah vergisi bir kabiliyete sahip mahir bir gazeteciydi ve gazeteciliğin içinde yetişmişti. Babası da gazeteciydi ve *Hürsöz* diye Erzurum'da çıkan mahalli bir gazetenin sahibiydi. Mustafa Polat daha küçük bir çocukken bu gazetede kendisinden başkasının muttali olmadığı mahlas bir isimle fikirlerini yazıyordu. Bu kabiliyet ve mevhibeler sebebiyle *İttihad* gazetesi çok güzel ve yüksek bir seviyede yayın yapıyordu.

O günlerde Mehmet Şevket Eygi, İstanbul'da *Bugün* ismiyle bir gazete çıkarıyordu, gerçekten başarılı bir gazeteydi. Günlük tirajı yüz binin üzerindeydi. Hiçbir şeyin net olmadığı o tahmini bir rakamdı. Derken *İttihad* gazetesi yavaş yavaş gelişmeye başladı. Bu durum *Bugün* gazetesinin bazı idarecilerini rahatsız etmişti. Bazıları İslami düşüncenin yegâne temsilcisi olarak *Bugün* gazetesini görüyorlardı. Yazarlar arasında muhalefet hem o tarafta hem bu tarafta gitgide arttı. Öyle ki, iki gazetenin çalışanları arasındaki çatışma günyüzüne iyice çıkmış, iki tarafın da yazarları birbirleri aleyhinde yazılar yazıyor, tenkit ediyor ve hatta bazı yakışıksız ithamlarda bulunuyorlardı. Bu durum Fethullah'ı çok kızdırmıştı. Bir keresinde telefona sarılmış ve Mustafa Polat'ı aramış:

"Yahu kardeşim! Neden bu insanlara hücum ediyorsunuz? Ben sizin bu üslubunuzla Bediüzzaman'ın yolunu yöntemini nasıl bağdaştıracağımı bilemiyorum!?"

Yazı işleri müdürü şu cevabı verdi: "Efendim! Onlar da bize saldırıyorlar!" Muhatabı buna mukabil güçlü bir tonla:

"Onlar bize on defa saldırsalar, sonra biz de onlara bir kere saldırsak biz yine zulmetmiş oluruz.. zalim oluruz. Çünkü biz dava adamıyız.. ve biz iki elimizde de yolumuzu aydınlatan nuru taşıyoruz! Mustafa Bey, eğer siz bu üslupta devam etmekte ısrar ederseniz, ben de meselenin halli için başka bir yol takip etmek durumunda kalacağım!"

Kızgın bir ses tonuyla bunları söyledi ve telefonu kapattı. Fakat Fethullah Hoca, ondan sonra arkadaşı Mustafa Bey'i hiç görmedi. Zira, bu üzücü olaydan çok kısa bir zaman sonra Mustafa Bey vefat etti. Onunla son konuşmasının böyle sert bir tonla son bulmasından dolayı büyük bir pişmanlık duydu. Allah biliyor, o sadece Allah için kızıyordu. Fakat Fethullah çok ince bir kalbe sahipti, sevgili dostu Mustafa Polat için çok üzüldü. Onunla olan son konuşmasının öyle cereyan etmemiş olmasını o kadar istiyordu ki; fakat evvel ahir işler Allah'ın elindeydi.

Sonraki günlerde *İttihad* ve *Bugün* gazetelerin arasındaki muhalefet git gide arttı. Bu durum Fethullah Hoca'yı çok üzüyordu. Zira, bu tartışma aynı yolun yolcusu dostlar arasında oluyordu.. böyle bir ortamda dava adına muvaffakiyetin bahşedilmesi nerdeyse imkânsızdı.. bu yüzden yolun selameti adına gazete işlerinden uzak durmaya karar verdi.

## *ÜNİVERSİTE YURDUNUN AÇILMASI*

Hocaefendi 1968'de hacdan döndüğünde kendisini karşılayanlar arasında bazı imamlarla İzmir Müftüsü Ahmet Karakullukçu Beyefendi de vardı. O sıralarda Ankara'daki dindar bazı üniversite talebeleri evlerde kalıyordu. Onlardan yaklaşık kırk tanesi o gece kaldıkları evlerden birinde toplanmışlar ve Fethullah Efendi ile muhterem müftü beyi de davet etmişlerdi. Gençlerin dinleri konusundaki ihlâsları ve samimi halleri müftü beyin gözlerini kamaştırmıştı. İzmir'e dönerken Fethullah Hoca'ya:

– Bizim de bu evlerden kendi şehrimizde açmamız lazım. İstediğin gibi bu evleri aç, dindar talebelerden istediğini oraya koy. Bu evlerin kirasını alıp getirmek de benim boynumun borcu olsun, dedi. Öyle de oldu.

İzmir'de ilk talebe yurdu açıldı, Müftü Efendi de tam bir yıl boyunca buranın kirasını getirip verdi. Bu yurt, Türkiye'de din ve dava adına çok büyük hayırların ve çok önemli hizmetlerin çekirdeği oldu. Bulunduğu muhit gerçekten çok kötüydü. Fakat talebe yurdu orada tıpkı sahranın ortasında bir vaha gibiydi. Orada imanî konularda dersler yapılıyor, evrâd u ezkarlar okunuyordu. Çoğu zaman o da taleberin programlarına iştirak ediyordu. Hatta içinden onlarla birlikte yurtta kalmak geçiyordu. Bazı günler gece yarılarına kadar onlarla beraber oluyor, sonra Kestanepazarı'na müdürlük yaptığı yere dönüyordu.

Bir akşamı asla unutamıyordu: Talebelerle Üstad Bediuzzaman'ın *İşârâtü'l-İ'câz* isimli eserini okuyordu. Ders iyice uzamış ve gecenin geç saatlerine kalmışlardı. Talebelerin hemen hepsi uyuyakalmış, bir tek "Muazzam" Efendi ayaktaydı. Fethullah Hocaefendi'yle ders takririne devam ediyordu. Fethullah, şefkat hisleri dolu bir ses tonuyla "Ey sevilen şefkatli zât, ey şefkatli sevgili!" ibaresine gelince, evin duvarlarından acayip bir tarzda bir inleme sesi duydu. O ses "Âaah!.. Âaah!.." diye ona eşlik ediyordu. Sanki duvar sevgilisine kavuşma arzusuyla yanıp tutuşan birisinin edasıyla inliyordu. Bu sesin tam beş kez tekrarlandığını işitti. Bu arada Muazzam da bu sesi üç defa duymuştu.

12 Mart muhtırasından az önceydi.. Fethullah daha yenice iki ev açmıştı: Birisi Buca'da diğeri de Bornova'daydı. Bornova'daki evi Mustafa Birlik satın almıştı. Onu alabilmek için babasından miras kalan dükkânları satmıştı. Dükkünların parası 85 bin liraydı. Üzerine diğer arkadaşlar da 15 bin lira eklemişler ve evi 100 bin liraya satın almışlardı. O günlerde Mustafa Birlik'in kendine ait bir evi yoktu.

Daha sonra bazı insanlar, öğrenciler için İzmir'in başka mahallelerinde başka evler temin ettiler. Buraları iman dersleri için bir araya gelinen mekânlar ve inanmış bir neslin yetiştiği medreseler haline getirmişlerdi. Buralarda yetişen öğrenciler, sonra gönül verdikleri mefkurelerini gittikleri yerlere taşımak ve ilhad düşüncesinden o beldelerin halklarını korumak için Türkiye'nin pek çok beldesine yayılıyorlardı.

## *YAZ KAMPLARI*

Ravi söze girdi:

1968 yazı Türkiye'de İslam davası adına alelâde bir mevsim değildi.. o sene yaz kamplarının oluşması adına ilk adımın atıldığına şahit oldu. O dönemde önemli bir mesele de kampların finansmanıydı. Askerin halka yüksek miktarlarda borçlandığını hatırladı. 27 Mayıs 1960 ihtilalinden hemen sonra başlayan bu uygulamanın karşılığında halka senet veya bono dağıtmıştı. Vakti içinde bu bonolar devlet hazinelerinde paraya çevrilebiliyor ve mal karşılığı değiştirilebiliyordu. Genç adam İzmir'i dolaştı ve tanıdığı bazı şahısları ziyaret ederek durumu anlattı. Bu şekilde yaklaşık 3000 liralık bono toplandı. Gülen, toplanan bonoları alıp Kestanepazarı derneğine verdi. Onlar da paraya çevirdiler. Artık elinde biraz para olmuştu. Hemen çadır sipariş etti. Bu işler bitince de arkadaşlarıyla beraber dağların yüksek tepelerinde ve uzaklardaki tabii ormanların ortasında talebelerin eğitimi için lazım olacak kampların tanzimine başladılar.

Bu kampların o dönemde ne kadar önemli olduğunu anlatırken, o işleri bir hizmet aksiyonu olarak hatırlar.. evet, gençler üzerinde bu kampların o kadar tesiri olmuştu ki, hiçbiri o günleri unutamamıştı. Bütün yıl boyunca aldıkları eğitimde hiç karşılaşmadıkları iman hakikatleri, dava düşüncesi gibi konularda yetişmeleri, bilgi sahibi olmaları temin edilmişti. Bu kamplar bu seviyede tam üç yıl art arda yapıldı. Bu kampların samimi destekçileri arasından en önde geleni Kestanepazarı Derneği Başkanı Ali Rıza Güven Bey'di.

Dağlarda, ağaçlar arasında arkadaşlarıyla yaşadığı rabbânî hayatın manevi lezzetini anlatmaya kelimeler kifayet etmez. Bahar bulutları gibi başlarının üzerinden geçen her lahza, her dakika geleceğe dair büyük ümitlerle tâ içlerine kadar onları sırılsıklam edecek "üns billah"ın güzelliklerini yağdırır, parlak ve güzel hülyalarla kalplerinin ufuklarını aydınlatırdı.. şanlı mazilerindeki günleri tekrar yaşar.. o engin görüşleriyle o günleri kendilerine has ışık, renk, desen, kostüm ve şivesiyle en canlı şekilde bir kere daha yaşarlardı.

Gençler her gün seher vaktinde, su sesi, yaprak hışırtısı ve kuş cıvıltısıyla uyanırdı. O saatte sabah rüzgârı sevgi kahramanlarının kalplerini şevk ve çoşkuyla titretirdi.. etrafa saçılmış seccadelerin kanatlarını şefkatle okşar.. hasretini çekene uğrayıp secdedekilerin inlemelerine ulaşır.. Allah karşısında boynunu büküp kıyama durmuş gençlerin silüetlerine sarılır.. onların ruhun miracı adına duyup hissettikleri şiddetli iştiyaklarıyla birlikte elbiselerini de önüne katar savururdu. Teheccüt ashabının yolu bu... Onlar tıpkı kabir ehlinin diriliş nefhasıyla korku içinde kalktıkları gibi karanlık gecenin bir diliminde yataklarından ayrılırlar... Tâ müezzin sabah ezanını okuyana kadar daima korku ve ümit arası gelgitlerle oluşan yaralarını zikir ve namazla, rüku ve secde ile sararlar. Gençler sabah namazını eda ettikten sonra halkalar halinde tesbihat yaparak, evrâd u ezkar okuyarak güneşin doğmasını, ardından da iki rekat işrak namazını kılmayı intizar ederlerdi.

Kamplarda zamanın akışını an an yaşıyorlardı. Kamp yerinde her şeyin murakabesini yapıyor, tefekkür ediyorlardı. Her öğle vakti güneşin şiddetli harareti, onlara Kur'ân'ın sıcağı bahane ederek Allah yolunda cihattan kaçan rezil münafıkları hikâye ettiği *"Bu sıcakta sefere çıkmayın!"* (Tevbe sûresi, 9/81) dedikleri âyeti hatırlatıyordu. Buna mukabil kamptaki müminler hemen arkasından, Allah Teâlâ'nın onların yakışıksız sözlerini yüzlerine çarpar mahiyetteki *"De ki: 'Cehennem ateşi, bundan da sıcak! (Ona nasıl dayanacaksınız?)' Bunu bir bilip anlasalardı!"* cevabıyla karşılaşıyorlardı. Ruhlar arınıp temizleniyor, azimler bileniyor, aşk u şevkler coşuyordu. Allah'ın kutlu nebisi İbrahim -aleyhisselâm- göklerin ve yerin muhteşem hükümranlığını tedebbür edip derin derin tefekkürlere dalarken kamp sakinleri onun arkasında yerini alıyor.. her batanın arkasından Allah'ı birliyorlar ve *"De ki: Ben böyle sönüp batanları (Tanrı diye) sevmem!"* (En'âm sûresi, 6/76) hakikatine şahit oluyorlar ve *"Ben batıl dinlerden uzaklaşarak, yüzümü, gökleri ve yeri yaratan Rabbülâlemin'e yönelttim, ben asla sizin gibi müşrik değilim!"* âyetinin coşkusunu yaşıyorlardı (En'âm sûresi, 6/79).. gençler böyle güzel bir tarzda mânevî sofralardan lezzetler alıyorlardı.. ve başkasına o anları şöyle anlatıyorlardı: "Eğer Cennet'e giden yol bu kadar tatlı ve zevkli ise ya Cennet'in kendisi nasıldır acaba!?"

Gecenin karanlığında ise hayaller gerçeklere karışırdı.. kamp sakinleri ruhanîler ve nuranî tayflar gibi velayet mertebelerinde dolaşırlar.. sanki bu masmavi nur içlerine akar ve ruh ibriklerinden doldurduklarını o nurun bardaklarıyla çay içme edasında yudumlarlardı.

Namaz ve zikir için bir araya her geldiklerinde acayip bir ruhanî üns esintisi duyuyor, tatlı bir ruhî dokunuş seziyor, kalpleri kelimelerle ifade edilemeyecek bir mutluluğa gark oluyor ve sanki melekler ince ve yumuşak kanatlarıyla onların başlarını ve yüzlerini okşuyormuş gibi hissediyorlardı.

Gündüzleri ise iş bölümü yapıyor.. herkes kendisine düşen işi dinç ve canlı bir şekilde yerine getiriyordu.. işlerini yaparken sanki, petekler arasında gidip gelen, bir elleri çiçeklerin polenlerini veya çiğ taneciklerini emen, diğer elleri ise leziz bal peteklerine uzanan, kendilerine has yollarda bir oraya bir buraya koşuşturup duran arı sürüleri gibiydiler. Aynı şekilde kamp ahalisi gençler de günlük işlerini yaparken ağaçlar arasındaki yollarda, nehirler ve su kanallarının etrafında, çadırları ile namazları ve dersleri arasında veya bazı egzersiz çalışmaları ile mutfak arasında koşuşturup duruyorlardı. Bazı köylere veya su kaynaklarına yürüyüşler tertip ediyorlar, bazı tepeleri ve ormanlık alanları keşfe çıkıyorlardı.. köylü onları çok sevmişti.. onlara ikramda ve hizmette ellerinden geleni yapıyorlardı. Bazen ağaçlar arasında gece yürüyüşü tertip ediyorlardı. Spor faaliyetlerinden alacakları zevkten geri kalmamanın yollarını da bulmuşlardı. Güreş tutma, koşu ve tırmanma gibi değişik yarışlar düzenliyorlardı.

O gün ilk hücrelerden çıkan tohumlar o baldan tatlı günlerin tadını hâlâ damaklarında hissederler. Bu tür kamplar her dönemde âdeta ötelerden getirdikleri cennet kokularıyla açılırlar. Bu saf, tertemiz manevi dakikalar, geçmişe ait malumatı elde etme ve ecdadın sahip olduğu mücadele ruhunu yakalamada çok önemli bir fırsat olduğu kadar geleceğin yol haritasını okuma, ihlâs ve inayet-i ilâhiye arasındaki ayak izlerini yakalama adına da önemli bir fırsattı. Kamp gecelerinde ağlaya ağlaya coşkuyla okunan Kur'ânlar, zikir ve ilâhilerle kaynaşan talebe sesleri, sevinç ve hüzün arası gidip gelen gönülden sözler, kalıcı sadalarıyla hâlâ gönül kapılarını dövmekte, onları uyuşukluktan kurtarmakta, İslami hayat adına büyük tecdit yolunda koşarak neşe ve canlılık adına yenilenme sağlamaktadır.

Hal böyle olunca, Muhammed Fethullah'ın vicdanında bu kamp günlerinin ömrü boyunca yaşadığı en güzel günler olmasını garipsememek gerekir. Hatta o kadar ki, ahirete giderken o güzel kampların hatıralarından bir demet çiçek alıp beraberinde götürmeyi ne kadar arzu ederdi!

Bu arada, bu kamp işlerinin, eğitim ve yetiştirme adına ne kadar güzel bir hazırlık, gayretlerin ortaya çıkarılması, kabiliyetlerin ve mevhibelerin inkişafı, liderlik sanatının ve ihlâslı fertlerin kavranması ve bütün bu hususiyetlerin, rabbânî özelliklerle bezenmesi adına ne kadar önemli olduğunu anladı.

Zorluk ve zahmet açısından en zoru, ilk kamp olsa da kalbinde hatıraları en sevimli olan günler de o günlerdi. İlk kampta öğrenciler için iki büyük çadır ve kendisi için de küçük bir çadır kurulmuştu. Bir de mutfak olarak kullandıkları küçük bir kulübe vardı. Ali Efendi onlara motoguzisiyle hizmet ediyordu. İmkânlar gerçekten çok sınırlıydı. Bazı geceleri fırtına çıkar, öğrenciler toplanarak hasırları deniz feneri gibi dürer, arkasında toplu olarak kitap müzakeresine devam ederlerdi.

İlk kampın bütün işleri nerdeyse tamamen onun omuzlarındaydı. Çadırları kurmadan ders vermeye, yemek hazırlamadan bozulan alet edevatın tamirine kadar. Bazen muhallebi yapar, bizzat kendi eliyle dağıtırdı. Sandalyeye oturur, muhallebi tenceresini önüne kor, sırası gelen için nasibi ne kadarsa kepçeyi tencereye daldırır, büyük bir sevinçle çıkarır ve yüksek sesle şöyle seslenirdi: مغرفة من الحليب، فصل على الحبيب (Muhallebiden nasibin bir kepçedir, Habibullah'a bir salavat getir...)

Jeneratör çok eskiydi.. her gün bakıma ihtiyaç duyuyordu.. bu işi de o üstüne almıştı. Sürekli tamir etmekten nerdeyse jeneratör tamircisi kadar işi öğrenmişti. Bir ara kuyunun suyu biraz çekilmişti. Kuyuyu daha derince kazmak gerektiğini düşündü ve o işi de kendisi sırtlandı. Kampın tuvaletlerini inşa etti, kuyuları bizzat kendisi kazdı. Bir keresinde kazmayla bir tuvalet çukuru kazarken hocalarını izleyen öğrencileri hiç unutamamaktadır. Yeni başlayanlardan bir tane öğrenci, hocasının başının üzerinde durmuş yukarıdan bakıyor, hoca da çukur kazıyordu. Ara sıra hocasına işaret ederek: "Hocam, biraz da şurayı kaz!" diyordu. Hocası da mutlu bir edayla: "Evet, evet..." diye cevap vermişti. Aynı öğrenci bu sefer bir kez daha "Şurayı da!" deyince hocası "Tamam, tamam" demiş ve öğrencisinin işaret ettiği yere kazmayı vurmuştu. Hoca, gelecek adına tertemiz kaynak suyu çıkması için orada kuyu kazmaktan haz alıyordu. Elindeki kazmayı her vuruşunda hocasının başında bağdaş kurmuş oturan öğrencilerin idrak edemeyeceği şeyleri yakalıyordu. Manivelanın her darbesinde Kisra'nın hazinelerinin önüne saçıldığına şahit oluyor ve Kayser'in mülkünün zelil bir şekilde onun önüne geldiğini görüyordu.

Güzel araba kullanan biri olmasa da buna mecbur kalmıştı. Bir keresinde müftülükten emaneten alınan küçük bir dolmuşu kullanmış, talebeleri Buca'dan alıp kamp yerine getiriyordu. Araba devrilerek şarampole yuvarlandı. O arabadan nasıl sağ çıktığını hâlâ anlayamamıştı. Arabanın önü büyük zarar görmüştü. Tamiri için yaklaşık dört bin liralık bir masraf açılmıştı. Talebeler ise, hafif yaralarla olayı atlatmışlardı. Bu arada müftü beyin sekreteri Mevlüt Bey'in oğu Sacit'in de başı yarılmış, çok kan akıyordu. Fethullah hemen babasına telefonla haber verdi. Babasının ona telefondaki cevabını asla unutamamaktadır:

"Hocam, benim oğlum gibi yüzlercesi sana feda olsun. Sen iyisin ya!"

Tıpkı pek çok hanım sahabenin eşlerinin, babalarının veya evlatlarının şehadet haberini aldıktan sonra Efendimiz sallallâhu aleyhi ve sellem'e dedikleri gibi!

Üçüncü sene arkadaşları bir araba almıştı. Öğrencileri getirip götürmek için bu sefer onu kullanıyor, ayrıca kampın diğer ihtiyaçlarını görüyordu. Yine bir keresinde Buca'ya gidip üniversite öğrencilerini kampa getirecekti. Yanıbaşında İsa Saraç vardı. Fethullah arabanın teybine bir Kur'ân bantı koydu. Bu arada direksiyonu bıraktığının farkında değildi. Araba takla attı. Fakat Allah'ın inayetiyle sağ salim kurtulurken araba büyük zarar görmüş ve yine büyük bir masraf çıkmıştı. Kasetle uğraşırken ses kayıt düğmesine basmış ve alet olay anındaki sesleri, bağırışmaları kaydetmişti. O, "Ya Allah" diye bağırmıştı. Daha sonra bunu öğrenince ağlamış ve arkadaşına şunu demişti:

"Bediuzzaman bir gün yüksek kayalıktayken ayağı kayıp da düşerken avazı çıktığı kadar Rabbine nidâ etmiş ve: "Davaaaam!" diye bağırmıştı. Ölüm tehlikesiyle karşılaştığında bile onun için Allah'ın davasından daha önemli ne vardı ki! Fakat ben nefsimi düşündüm!"

Her şeyiyle kamp günleri mutluluk vericiydi, meşekkatleri bile ayrı bir tat ve lezzetti. Bu yüzden yazları üç ay boyunca sadece cumaları İzmir'e gidiyor, vaazını veriyor ve hemen kamp yerine geri dönüyordu.

Kampı ziyarete gelenler tertip düzenden ve yüce bir gayeye matuf yapılan güzel aktivitelerden çok etkileniyorlardı. İlk kamp yerine Ali Rıza Bey birkaç kez geldi gitti. Pek çok yardımları dokundu. Tüccar Ahmet Tatari Bey, Mustafa Birlik Bey ve Bediüzzaman'ın iki meşhur talebesi Hulusî Efendi ve Mustafa Sungur da gelenler arasındaydı. Kamplar bu yüzden önce İzmir havalisinde çok hızlı duyuldu. Ardından Türkiye'deki bütün Müslüman gruplar arasında haberi yayıldı. Hatta bunlar arasında evlatlarını tâ Anadolu'nun en doğusundan bu kampa gönderenler oldu. İzmir ise malum Türkiye'nin en batısındaydı. Mesela, Urfa'dan, Diyarbakır'dan gelen öğrenciler vardı. Bu güzel nümune üzerine imanî kamplar Türkiye'nin dört bir yanına, denizlerle dağların arasına, ormanların güzel köşelerine kadar yayıldı. Birinci kampa katılan öğrenci sayısı yüz kadardı. Bu sayı ikinci sene iki yüze ve üçüncü sene üç yüze yükseldi. O sene kampın suyu azaldı. Bundan dolayı talebelerin eğitimi ve terbiyesine hassasiyetle eğildiği gibi arabayla uzaktan su taşıma zahmetine de katlanmıştı.

Kampın programları, ruhî donanım, bir yönüyle imanî tezkiye, ilmî alt yapıyı oluşturma ve okuma alışkanlığı kazandırma üzerine bina ediliyordu. Özellikle de o dönemin Türkiye'sinin hatta bütün İslam dünyasının, kötülükleriyle mücadele ettiği ilhadî düşünceye karşı bir hazırlıktı. Günlük spor ve egzersizler de programın bir parçasıydı. Kampın programını üç ana atkı üzerine dokumuştu: Birincisi ilmî birikimin oluşturulması, ikincisi manevi arınma, üçüncüsü ise askerî disiplin. Türkiye'de buna bedel ve bu seviyede dengeli bir eğitim daha bilinmiyordu. Bu yüzden imanî enerji birikiminden kaynaklanan bu umumi hava her yere, her beldeye yayılmıştı.

## *İLK HACCIN KERÂMETLERİ!*

1968 yılıydı. Artık otuzlu yaşlara girmişti. Hacca gitmeyi çok istiyordu; fakat bir çaresinin olmadığını da biliyordu. Zira, onu hacca götürecek kadar serveti yoktu, hatta yolun yarısına bile götürecek mala sahip değildi. Bilakis, nerdeyse içinde bulunduğu günün azığından başka bir şey kazanmıyordu. Eline geçen kısıtlı imkânları da davası adına harcıyordu. Bu yüzden çok geceler aç yatıyordu. Onun gibiler nasıl hacca heveslensin, nafaka ve masraflar için lazım olan şeyleri nasıl temin etsin? Hacca gidenlerin arkasından yaşlı gözlerle bakardı.. kalbi Resûlullah'ın (sallallâhu aleyhi ve sellem) mescidini ziyaret iştiyakıyla dopdoluydu. Bu arzu ve iştiyakı dayanılmaz bir hal almıştı ve sonunda Efendimiz'e bir mektup yazıp tanıdıklarından hacca gidenlere verdi. Muvâceheden, Efendimiz'in kabrinin parmaklıklarından içeri atıvermelerini istedi. Mektubunda Efendimiz'e duyduğu hararetli iştiyakı, vicdanının alevlerini dillendirmişti. Umulur ki, Allah onun dualarını kabul eder ve Beyt-i Haram'ı haccetmeyi, Ravza-i Tâhire'de Resûl-i Ekremi'ni (aleyhissalâtü vesselam) ziyaret etmeyi ona da nasip ederdi.

1968'in hac mevsimiydi. Türkiye'nin her tarafında harıl harıl hacca kayıt işlemleri devam ediyor, o da gıpta ile listeye yazılanlara bakıyordu. Aczinin yaralarını hüzün ve gözyaşlarıyla sarıyordu. O günlerde Kestanepazarı'nda öğrencilere ders verirken birisi birden bir soru sordu:

– Hocam, hacca gitmeyi düşünmüyor musunuz?

Sanki derin yarasına birisi tuz basmıştı... Sadece:

– Ben kim, o şerefe nail olmak kim, dedi ve ağlayarak sınıftan çıktı.

Doğru odasına gitti, kapıyı arkadan kilitledi, koltuğuna oturdu, başını iki elinin arasına aldı, dirseklerini masaya dayadı ve içini hıçkırıklarla dökmeye başladı.. uzunca ağladı, ağladı, ağladı... Ofis masasının üstünde cam ve camın altında da Mescid-i Nebevî'nin, Ravzâ-i Tâhire'nin fotoğrafları vardı. Ara ara onlara bakıyor, içi iyice yanıyor ve daha şiddetli ağlıyordu. Sanki içindeki hüznünü, şikâyetini oraya döküyordu!

Ne kadar zaman geçti bilmiyordu. O bu halde iken idarecilerden birisi kapıya geldi.. ve ona: "Hocam özür dilerim, Ankara'dan arıyorlar, sizi telefona çağırıyorlar." dedi. Hemen koştu. Telefonun öbür ucunda Diyanet İşleri Başkan Yardımcısı Lütfi Doğan Bey vardı. Bu büyük bir sürprizdi. Selam ve kelamdan sonra Lütfi Hoca: "Fethullah Efendi, biz Diyanet İşleri Başkanlığı olarak hacıların durumunu kontrol için onlarla birlikte üç görevliyi hacca göndereceğiz. Birincisi Denizli Müftüsü İbrahim Değirmenci, ikincisi Eskişehir Müftüsü Ahmet Baltacı ve üçüncüsü de siz!"

Kulaklarına inanamıyordu.. bunun bir rüya olmasından endişe ederek söylenen kelimeleri dikkatlice, kalbi hüşyar bir şekilde dinlemeye çalışıyordu. Diyanet o sene ilk defa hacılara nezaret edecek görevliler göndermeye karar vermişti. Genç adam, daha sonra görevli olarak seçilmesi düşüncesinin arkasında tamamen aziz dostu, eski Edirne Müftüsü, halihazırda da Diyanet İşleri Başkan Yardımcısı olan Yaşar Tunagür Hocaefendi'nin olduğunu anlamıştı. Bu yüzden ona çok dua etti. Bu onun ilk haccıydı. Bu yönüyle de kalbinde asla unutamayacağı derin tesirler bırakmıştı.

Hocaefendi, Mekke-i Mükerreme'de iken zaruret olmadıkça Mescid-i Haram'dan ayrılmamıştı. Gece gündüz Kabe'nin karşısında ibadet ediyordu. Gerektiğinde, açlığını birkaç hurma ve birkaç bisküvi ile geçiştiriyordu. Ardından tekrar namaz ve dualarına dönüyordu.

Sonra içinde, üzerinde din adına kimin hakkı varsa onun adına umre yapma düşüncesi belirdi. Önce Allah Resûlü (sallallâhu aleyhi ve sellem) adına bir umre yaptı. Daha sonra Hulefâ-i Râşidîn adına. Bu tür bir umrenin sahih olup olmadığını hiç düşünmeden, özellikle kendisi gibi bir gençten böyle devâsâ kametler için... Fakat Allah Resûlü'ne ve O'nun ashabına olan aşırı muhabbeti din adına kendi üzerinde onların çok büyük hakları olduğu kanaatini veriyordu. Sonra akrabaları adına umre yaptı ve davasının kurucusu, üstadı Bediuzzaman (rahmetullahi aleyh) adına da bir umre yaptı. Ardından anne, babasına ve ecdadı adına da yaptı. Her gün ortalama üç umre yapıyordu. Bütün ailesi, hocaları ve hısımları için de umre yaptı. Yorgunluk ve gevşeklik bilmeyen güçlü bir bünyeye sahipti, özellikle hac ve umre gibi manevi hizmetlere daldığı zaman...

Dedesi Şamil Ağa için umre yaparken Safa ile Merve tepeleri arasında sa'y yaptığı esnada çok garip bir his içini kapladı. Âdeta kendini uçacakmış gibi hissemişti. Sanki ayakları yerden kesilmiş de sa'yi havada yapıyordu. Derken bütün bedenini bir titreme sardı. Her yanı tirtir titriyordu. Bir anda ter içinde kalmıştı.. derken bir vecd ve şevk ruh haleti içine girdi.. ve Allah bilir ne kadar öylece kaldı...

Ruhun iştiyakla dolduğu ve kalbî müşâhedelerin yaşandığı bu tür haller her zaman insana nasip olmaz. Şevkinin incizap derecesine ulaştığı bazı halleri zaman zaman yaşadığını, ancak dedesi Şamil Ağa için umre yaparken yaşadığı o garip haletini tavsif etmenin ve kelimelere dökmenin asla mümkün olmadığını söyler. Tarih onun bu hatırasını asla unutamayacağı bir anı olarak kaydetmiştir.

Hacdan döndüğünde Ankara'da, havaalanında onu karşılayanlar arasında İzmir Müftüsü ve yanında beraber getirdiği bir imam da vardı. Hep birlikte İzmir'e seyahat ettiler. Bir müddet sonra da, ailesini ziyaret için Erzurum'a gitmeye karar verdi. Annesi ona, o hacda iken gördüğü bir rüyasını anlattı: Dedesi Şamil Ağa tıpkı melekler gibi sanki kuş olmuş bulutlar üzerinde uçuyormuş. Baktı ki, annesinin rüyayı gördüğü zamanla kendisinin dedesi adına umre yaparken Safa ile Merve arasında sa'y ettiği ve sanki ruhuyla kanatlanıp uçuyor gibi bir haleti yaşadığı zaman örtüşmekteydi. Bu tür haller bir nevi keramet letâifinden şeylerdi.. iki kalbin birleşmesi nevinden veya kendisiyle Şamil dedesi arasında ruhanî bir iletişimdi.. veya bir nevi frekans uyumuydu.. ya da diyebilirsin ki, aralarındaki derin muhabbet ve ruhî irtibat sebebiyle, dünyada yaşayan torunuyla âlem-i berzahta bulunan dedesi arasında cereyan eden latif dalgalardı... Belki de Allah, bu özel durumla ona, Şamil dedesinin ruhuna gönderdiği şeyin ulaştığını işaret ediyordu. Bu, hadiste amel defteri kapanmayacaklar anlatılırken *"Kendisine, arkasından dua eden salih evlat..."* makamından uzak değildir.

Öte yandan Fethullah, Kestanepazarı'ndaki talebelerini de unutmamıştı. Onlara bakışı çok özel ve derindi. Hepsine bütün âlem-i İslam'ın kurtuluşunda rol alacak bir kısım şahsiyetler nazarıyla bakıyordu. Bu yüzden hacca giderken hepsinin ismini bir kağıda yazmış ve tek tek, isim isim onlara dua etmişti. Ayrıca herbirine birkaç hurma, biraz zemzem ve gümüş yüzük şeklinde küçük hediyeler getirmişti.

Hacdayken farklı milletlerden insanların farklı dillerde fakat aynı coşkuyla, aynı şevk ve heyecanla Allah'ın önünde ağlaya ağlaya yalvarıp dua etmeleri onu çok etkilemişti. Yine namaz için hep birlikte saf tutup hep birlikte rükûa ve secdeye gitmeleri onda tarifi imkânsız hazlar yaşatmıştı. Orada her ne kadar derin yaraları olsa da ümmetin selamete çıkacağına, hayır ve güzellikler üzere devam edeceğine yakîni artmıştı. Mescid-i Haram namaz kılan ve tavaf edenlerle dolunca tıpkı her mevsimden farklı renk ve desenle ayrı ayrı güzelliklere sahip gül ve çiçeklerden oluşan bir bahçeyi andırıyordu.

Bu arada şeytan-ı laînin tuzaklarını da asla unutamıyordu... Mescid-i Haram'da onunla yaşadığı bir hadise olmuştu. Bir gün sabah namazını kılmak üzere Mescid'in ikinci kat mahfiline çıkmıştı. Namazdan sonra parmaklıklara yakın bir şekilde oturmuş evrâd u ezkârını okuyordu. Birden ona:

– Fethullah! Hele kendini buradan aşağı bir at, at kendini aşağı, şeklinde emreden net bir ses duydu. Bu ses birkaç defa tekrar etti. Ona sordu:

– Kendimi buradan atmamın ne faydası olacak?

O ses cevap verdi:

– Sen at sadece...

Genç adam yine sordu:

– İyi ama niçin?

O ses cevap verdi:

– Olsun, sen at...

O zaman o sesin şeytana ait olduğunu anladı ve hemen Allah'a sığındı. Derhal geri geri parmaklıklardan uzaklaştı. Geriye çekilirken arkadaşı Hacı Kemal'i gördü. O da aynı anda kendisi gibi geriye çekiliyordu. Aralarında elli metre kadar bir mesafe vardı. Daha sonra karşılaştıklarında ona niçin geriye çekildiğini sordu. O da, kendisini oradan aşağı atmasını emreden şeytanın sesini duyduğunu söyledi. Hacı Kemal de aynı sırada şeytan aleyhilla'ne'nin kendisine vesvese verdiğini anlattı. Her ikisi de şeytanın avanelerinden birilerinin aynı zaman ve mekânda onların etrafında dolaştığını, onların aşk u şevklerini söndürmek, heyecan ve coşkularını öldürmek ve ihlâslarına halel getirmek istediğini anladılar. Evet, her ikisi de dini tecdît ve hak davanın kervanındaydılar. Eğer her ikisi de Allah'ı bilip tanımasalardı helak olup gideceklerdi. Bu yüzden hac günleri boyunca bu iki adam hiç ayrılmadılar. Haccın her safhasında, her parçasında beraber hareket ettiler.

## *ACI AYRILIK*

Kestanepazarı'nda bulunuşunun beşinci yılının sonlarında kursa nezaret eden dernek idarecileri tarafından büyük baskı görmeye başlamıştı. Onun aleyhinde oldukları iyice ortaya çıkmıştı. Onun üzerine bir müdür getirdiler ve elindeki idarî yetkileri aldılar. Ondan sadece talebeye ders vermesini istiyorlardı. Ardından kursa ona düşmanlık eden hocaları getirdiler. Fakat yeni göreve getirdikleri müdür dürüst bir insandı. Dernek üyelerinin niyetleri ve talepleri karşısında bir dirayete sahip değildi. İsmi Sıtkı Şenbaba'ydı. Fethullah onu çok severdi. Dostlukları da gayet iyiydi, daha önce Fethullah'ın babası geldiğinde onun evinde misafir olmuştu. Sonradan anlaşıldı ki, dernek üyelerinin bu yaptıklarında istihbaratın parmağı vardı. Zira, bu üyelerden bazıları İzmir istihbaratına yakın kimselerdi ve Fethullah Hoca'nın İzmir eşrafı, Kestanepazarı veya üniversite öğrencileri arasında tutulmasını, saygı görmesini asla istemiyorlardı. Tüccar ve işadamlarını saymıyorum bile...

O sene Gediz'de çok büyük bir deprem oldu. İzmir'de de insanlar yardım topladılar. O da bu yüce insanî hizmete katılanlar arasındaydı. Bu yüzden mağdurlara yerinde yardımları dağıtmak için bir süreliğine İzmir'den ayrılmıştı. O İzmir dışında bu insanî hizmetlerle meşgul iken Kestanepazarı'nda talebeler yeni müdür Sıtkı Bey'e karşı ayaklanmışlardı. Ona kaldıramayacağı ağır laflar etmişler, Sıtkı Bey de orayı terk etmiş ve bir daha geri dönmemişti. Dernek görevlileri, bu hadisenin arkasında Fethullah Hoca'nın olduğunu düşündüler. Halbuki onun bu olayla hiçbir alâkası yoktu. Bilakis, öğrencilerin yeni müdürlerine yönelik böyle bir tavır sergilemelerinden dolayı çok üzülmüştü. Ardından dernek yöneticileri Sıtkı Bey'in yerine yeni bir müdür görevlendirdiler. Fakat dernek yöneticilerinin su-i zanları sebebiyle Fethullah Hoca'yla olan ilişkileri iyice kötüleşti.

Bu olaydan sonra, Kestanepazarı'nda bir gelecek olmadığını gördü. Özellikle idaredekiler onunla öğrencilerin arasını bozmak için ellerinden geleni yapıyorlardı. Genç adama hayat veren şey öğrencilerle birlikte yaşamaktı. Öğretmenlerin çoğu ise tanımadıkları ve bilmedikleri için onu çekemiyorlardı. Ona karşı ağızlarından tek bir güzel kelime çıkmıyordu. Aksine kötü muamelede bulunuyorlardı. O ise, onların bütün bu yaralayıcı sözlerine sabrediyor, içine atıyor ve sanki acı "sabır otu"nu çiğniyordu. Sonunda kurstan ayrılmaya karar verdi. Umulur ki, Allah ona bu zorluktan sonra bir kolaylık lutfeder...

Eşyalarını Kestanepazarı'ndan gece vakti taşırken öğrencileri ona yardım ediyordu. Kalpleri kırık ve mahzundu, yüz hatlarında farklı bir soru gizliydi:

– Hocam nereye gidiyorsunuz? Bizi kime bırakıyorsunuz?

Onun da iki gözünden yanaklarına yaşlar süzülüyordu. Talebeler sanki ondan bir parça olmuşlardı.. küçük tahta kulubesi de tıpkı onun bir yanı gibiydi.. işte şimdi, hepsinden ayrılıyordu.. ayrılıyordu ve sanki bazı azalarının cesedinden ayrıldığını hissediyordu. O tahta kulube yeni İslami hareketin kuruluşunu görmüş, davanın prensiplerinin oluşumuna şahitlik etmişti. Türkiye'nin dört bir yanına yayılan bu hizmetlerde o kulübenin de büyük tesiri vardı. Orada pek çok geceler toplantılar tertip ediliyor, hizmet plânları yapılıyor, kampların programı çıkarılıyor, yine üniversite talebelerine yönelik pek çok sohbetler tertip ediliyor ve imana hizmet görevini yüklenecek nesiller hazırlanıyordu.

Hacı Ahmet Tatari Bey, derneğin bir üyesiydi ve onu çok severdi. Hocalarını neden talebelerinden ayırdıklarını bir türlü anlamıyordu. Anlaşılan bazılarının hazırladığı bir komplo sözkonusuydu veya bu, istihbaratla hemdem olan bazı kimselerin işiydi. Nihayet Fethullah bazı dostlarıyla birlikte çok odalı büyük bir ev kiraladı. Güzelyalı'daki bu ev kırk öğrenciyi alacak büyüklükteydi. Evin odalarını öğrencilerin kalacağı ve ders göreceği mekânlar olarak ayrı ayrı dizayn ettiler. Ali Rıza Güven Bey, dernek üyelerinin düştüğü büyük hatayı anladı. Derneği kötü bir yola sürüklenmişti. Hemen Hoca'ya koştu ve Kestanepazarı'na dönmesi için ricada bulundu. Hem de geçmişteki tatsızlıkları unutma ümidiyle idarî ve eğitime dair bütün eski yetki ve sorumluluklarıyla birlikte.. fakat ok yaydan çıkmıştı bir kere. Kurbanın ciğerine isabet eden etmişti, artık o saatten sonra artık kursa geri dönemezdi. Birkaç gün geçmeden yeni okulu (yurdu) öğrenci doldu. Kestanepazarı kursu ise çatısı yere geçmiş, harabeye dönmüştü. Kestanepazarı dernek üyeleri yaptıklarına çok pişman olmuşlardı. Aslında hepsi biliyordu ki, Fethullah aralarındaki en samimi, en ihlâslı çalışandı.. yönetiminde de ileri derecede takva ve verâ sahibiydi.. kursun bir küçük lokma ekmeğini dahi yemez.. bir kağıdını şahsı için kullanmaz.. hatta abdesthaneye konan sabunları bile –ki bunu herkes zamanla öğrenmişti- kendi kesesinden satın alırdı.. bütün ihtiyaçlarını kendi parasıyla görürdü, gerçi çok iktisatlıydı.

Yazıklar olsun onun hakkında aşırılığa kaçıp da haksızlık edenlere! Ne büyük bir bereketi kaçırdılar.. ne büyük bir kayıp, ne büyük bir hasaret!

Fethullah Hoca'nın şöhreti her tarafa yayılmaya başlamıştı. İzmir ve civarındaki fazilet ehli salih insanlar onun etrafında toplandılar.. hatta o dönemde bazı siyasiler onu kendi saflarına çekmek istediler.. çok yüksek payeler teklif ettiler.. fakat o, bunun için yaratılmadığını gayet iyi biliyordu. Onun için en büyük hediye, talebeleriyle oturmak ve ruhunun ilhamlarını onların vicdanlarına boşaltmaktı. Öyle ki, öldüğünde Kestanepazarı'nın avlusunda bir köşeye defnedilmeyi arzu ediyordu. Kursa yakın olsun ki, kabrinden ders yapan talebelerin seslerini işitebilsin.

## *FİTNE ATEŞİ*

Hizmet çalışmalarını üç ana kısma ayırmıştı. Birincisi: Talebelere dinî ilimlerin tedrisi. İkincisi: Camilerde vaaz verme. Üçüncüsü de: Her akşam o işe tahsis edilmiş evlerde imanî terbiyeye dair sohbet meclisleri oluşturmak. Üniversite talebeleri ya camilerdeki vaazlara katılıyor ya da evlerdeki derslere iştirak ediyorlardı. Bu işlerin dışında âdeti olduğu üzere kendini kitap okumaya salıyordu.

O dönemlerde Türkiye'deki Müslüman cemaatler ayrılık ve ihtilaf fitnesiyle tahammül edilmez derecede imtihan oluyorlardı. Onun gayreti fitneleri savuşturma ve ihtilaf ateşini söndürmeye matuftu. Siyasî tercihleri olan cemaatler çok sertti. Provakasyonlara çok çabuk kapılıyorlar ve olaylara reaksiyon mantığıyla hareket ediyorlardı. Nur talebelerine gelince, hareketin ilk kurucusu Üstad Bediüzzaman 1960 yılında vefat ettikten sonra genel anlamda hizmetlerini sakin ve sessizce yürütmüşlerdi. Prensipleri gereği siyasetten de uzak durmuşlardı. Bununla birlikte onlar da ihtilaf hastalığına müptelâ idiler. Bütün bunlar ülkedeki İslami hayata olumsuz tesir ediyordu. Daha henüz Bediüzzaman'ın vefatından on yıl geçmeden fitne ateşi hemen her tarafı sarmıştı.

Aynı şekilde genel anlamda partiler ve siyasî gruplar arasında da, meşrepleri ve özellikleri farklı olduğundan büyük çekişmeler vardı. Bazı gizli eller Müslüman gruplarla aşırı sağcılar arasında fitne ateşi tutuşturuyor, bazıları da aynı gruplarla komünistler arasında aynı şeyi yapıyordu. Sokaklar ve caddelerde duvarlara yazılar yazan gündelikçiler vardı. Bir gün bu taraf aleyhinde küfürler ve hakaretler yazar, ertesi gün diğer zıt grup hakkında küfür ve hakaretler yazarlardı veya bugün bu grubu savunan sloganlar yazar, ertesi gün öbür grubu... Hatta iş karşılıklı cinayetler işlenmesine kadar uzanmıştı. Hava kan ve intikamla kirlenmişti.. durum iyice tehlikeli hale gelmişti. O, bu metodların aksine hareket eden ve galeyana getirici slogan atmanın asla faydasının olmayacağına inanan bir avuç hizmet insanından biriydi. İster özel ortamda isterse genel ortamda daima hikmeti, akıllı davranmayı, itidali ve iyi ölçüp biçmeyi tavsiye ederdi. Tarih kaydetmiştir ki -bütün zorlamalara ve zulümlere rağmen- nur talebeleri asla bu tür taşkınlıklara ve yanlışlıklara girmemişlerdir.

Olayları doğru okuyanlar, olup biten hadiselerin pek yakında bir askerî darbeyi hazırladığını da görüyorlardı. Siyasi arenada ve partiler arasında farklı yönleriyle cerayan eden hâkim dil, siyasiler arasındaki sert konuşmalar, hatta suikaste kadar varan tehditler.. hepsi, ihtilali haklı göstermek için onu gerçekleştirecekler tarafından körüklenen bir yangındı. Altmışlardaki ihtilali yaşayanlar aynı kara bulutların yetmişlerin başında da ülkenin semasını kapladığını görüyorlardı.

## *1970 ASKERİ İHTİLALİ VE HAPİS HAYATI*

İkinci askeri ihtilal, birinci ihtilalden tam 10 yıl sonra gerçekleşmiş ve sebepleri ne olursa olsun Türkiye'deki İslami gruplara kuvvetli bir darbe vurmuştu. O grubu şiddetli bir şaşkınlığa sokmuştu; fakat daha saf ve güçlü bir vizyonla uyanmasına da vesile olmuştu.

Ravi anlatmaya devam etti:

1971 yılının 12 Mart'ı Cuma günü, öğle vakti saat 13:00 civarıydı. Radyolardan ihtilal haberi duyuruluyor, ordunun idareye el koyduğu ve sıkıyönetim ilan edildiği haber veriliyordu.

İhtilal ilanından kısa bir süre sonra tutuklamalar başladı. Daha çok sol düşüncenin önderleri, İslami cemaatlerin liderleri ve her iki grubun önde gelen aksiyonerleri tutuklanıyordu. Tutuklamalar aralıksız devam etti ve hapishaneler kadın ve erkeklerle doldu.

Müslüman devletler Batı'nın kendi üzerindeki hâkimiyeti sebebiyle çok büyük zarar gördüler. Allah geçmişte Cengizhan, Timurlenk ve Hülagü'yü onlara musallat ettiği gibi bugün de Batıyı musallat etmişti. Belki de bu sayede gafletlerinden, hevâ ve şehvet sarhoşluklarından uyanıp asıllarına dönerler. Hemen her yerde İslami cemaatler hakkında ilâhî âdet böyle cereyan ediyordu, o zaman Türkiye'de de öyle oldu. Farklı cemaatlerin üyeleri arasında korkunç bir gıybet yayılmıştı. Hatta bir cemaatin kendi üyeleri arasında da oluyordu. Farklı düşüncelere sahip olanlar arasında, karşı taraf fazilet ve hayır ehli olsalar bile ilişkiler su-i zan üzerine bina ediliyordu.. Ayrılıklar genişliyor, boşluklar derinleşiyordu.

Gıybet konusu İslam'ın mücadele ettiği en mühim afetlerden birisidir. İslam, kendi toplumunun terbiyesinde bu konuya odaklanmıştır. Kur'ân gıybeti Müslüman bir insanın etini yemeye benzetir. Türkiye o dönemde, gereksiz konuşmalardan, ağır tenkitlerden, siyasi gruplar ve İslami cemaatler arasında birbirlerine karşı haddi aşan ifadelerin kullanmasından muzdaripti. Askeriye güvenliği temin etme ve anarşinin önünü alma bahanesiyle darbe yaparak siyasi hayata müdahale etmişti. Bütün ülkeyi demir bir elle boğuyor ve vatan evladı, askeri ihtilalin zararından nasibini alıyordu.

Şartlar böyleyken Ramiz Efendi oğlunu ziyaret için İzmir'e gelmişti. 1971 Mayıs ayının başlarıydı. Erzurum'a dönme vakti yaklaşmıştı, vakit geceydi. Babasının çantasını kendi eliyle hazırladı. Az sonra arkadaşı Mustafa Asutay Bey geldi ve her ikisini alarak otobüs terminaline götürdü. Babasını uğurladıktan sonra arkadaşıyla birlikte eve doğru yola çıktılar. Bu arada yol üzerinde öğrencilerin kaldığı bazı evleri ziyaret ettiler. Buralarda kalan gençleri, emniyet güçlerinin her an bir sürpriz yapabileceği ve onları kitaplarıyla birlikte her an alabilecekleri konusunda uyardı. Sonra oradan ayrıldılar, arabalarıyla giderken siyah bir köpeğe şiddetle çarptılar. Hayvancağız oracıkta öldü. Bunu, başlarına daha büyük bir bela geleceğine işaret olarak yorumladı. Mustafa Birlik'in evine doğru yöneldiler. Eve 200 metre kala, Mustafa Asutay'ınn arabayı durdurmasını istedi. Yanlarında Mustafa Asutay'ın oğlu Rıdvan da vardı, henüz ilkokula giden bir çocuktu. Ondan eve gitmesini ve orada birilerinin olup olmadığını öğrenmesini istedi. Çocuk geriye döndüğünde:

– Evde adamlar var, bir şey arıyorlar, dedi.

İki arkadaş, polisin Mustafa Birlik'i tutuklamak için geldiğini anlamışlardı. Ardından, Mustafa Asutay'dan kendisini evine götürmesini istedi. Giderken yolda ikinci kez siyah bir köpeğe çarptılar. Bu sefer polisin kendi evinde olduğunu tahmin etti. Gerçekten öyleydi. Evine girdiğinde emniyet güçlerinin karış karış evi aradıklarını gördü. Pek çok eşyayı evin ortasına yığmışlardı. Evde Salih Atalay isminde bir talebeyi onu beklerken buldu. Bu genç genellikle hafta sonu onu ziyarete gelirdi ve gece yanında kalırdı. Hocası için bir tabak pilav hazırlayıp getirmişti.. Polislerin, odalardan birinde seslerini duydu. Ona "Merhaba" dediler ve aramaya devam ettiler.

Türkiye bir süreçten geçiyordu.. sadece Kur'ân okumak bile suç sayılıyor ve okuyanlar kanunen cezaya çarptılıyordu. Uzun yıllar Risale-i Nur Külliyatı yasaklanarak tedavülden kaldırılmıştı. Bu yüzden kendisinde hassas bir güvenlik şuuru oluşmuştu. Sohbet meclislerinde veya evinde hiçbir delil, en ufak bir iz ve aleyhinde kullanılabilecek herhangi bir şey bırakmıyordu. O sıralarda Risale-i Nur'dan bir tek kağıt parçasını dahi kütüphanesine koymuyordu. Eyvah! Kütüphanede Mevdûdî'nin kitabı gözüne ilişti. Yavaşça cübbesini onun üzerine attı, hafifçe aldı ve tuvalete gitme bahanesiyle onu evin bir köşesine gizledi.

Arama tamamlandıktan sonra polisler 40 tane kitabı incelemişler fakat içlerinde suç unsuru hiç bir şey bulamamışlardı. Arama esnasında onlara sordu:

– Az bir şeyler atıştırmamda bir mahzur var mı?

Alaycı bir şekilde cevap verdiler:

– Bilakis bolca ye. Zira ne zaman döneceğin belli olmaz, dediler.

Askerî cezaevinde onu bir odaya koydular, saçını ve bıyığını tıraş ettiler. Önden arkadan ve yandan fotoğrafını çektiler. Görevli askerden abdest için bir miktar su istedi. Demir bir kapta sıcak ve az bir su getirdiler, sert bir şekilde uzattılar. Genç imam orada yatsı namazını eda etti. Daha sonra onu geniş bir koğuşa aldılar. Mustafa Birlik, Şaban Düz Hoca, Harun Reşit Tüylü ve bazı ülkücü gençlerin orada olması onun için sürpriz olmuştu. Hepsi üzüntülü ve kederliydi.. hiçbirinin diğerinden farkı yoktu; hepsinin saçlarını ve bıyıklarını tıraş etmişlerdi.. ancak Şaban Hoca'nın başını tıraş etseler de sakalına dokunmamışlardı. Fethullah, dava arkadaşlarının hüzünlü olduğunu görünce onları neşelendirmek, hapishanenin korkunç atmosferini kırarak bir üns ve eğlence havasına çevirmek istedi. Gerçekten kıvrak zekası ve süratli kavrayışı sayesinde başarılı da oldu.. o gece hayatları boyunca asla unutamayacakları güzel bir gece oldu.

Onları hapishaneye sokarken Kur'ân, Cevşen, dua vs. adına ne varsa her şeylerini ellerinden almışlardı. O hafız olduğu için gece gündüz Kur'ân terennüm ediyordu; fakat Cevşen dualarını ezberlememişti. Buna çok pişman oldu.

Takip eden günlerde hapishaneye iki adam daha getirdiler. Bunlar ülkücü kökenli idiler. Daha sonra mütedeyyin öğretmenler ve İmam Hatip Lisesi'nde görevli hocaları getirdiler. Onlar arasında Nizamettin Bey ve beden öğretmeni Recep Bey de vardı. Recep Bey, Fethullah ile birlikte komünistlere karşı mücadele vermiş birisiydi. Metin Bey ise hapishane şartlarından çok etkilenmiş, iyice sarsılmıştı. Buna ilave olarak kalp rahatsızlığından muzdaripti. Onun tutuklanmasından kızı çok etkilenmiş ve intihara kalkışmıştı, onun haberi de hüznünü ve rahatsızlığını artırdı. Fethullah ve arkadaşları ona destek verdiler ve onu rahatlatmaya çalıştılar.

Bir başka gün doktor Kâid'i tutukladılar. Koğuş biraz kalabalık olunca onları aldılar, mutfak gibi bir yere koydular. Fethullah, talebesi İsmail Büyükçelebi'ye gizli bir mektup gönderdi ve Cevşen dualarını istedi. O da bir akşam gizli bir yolla Cevşen'i ona ulaştırdı. Fethullah derhal Cevşeni açtı, hemen okumaya başladı ve kendini ağlamaya saldı...

Bu grup yargı karşına çıkmadan bir müddet hapishanede kaldı. Orada sürekli küfreden bir komutan vardı. Mustafa Birlik Bey'e kafayı takmıştı. Halbuki

Mustafa Birlik onun babası yaşındaydı. Ona geliyor: "Hey alçak, sen nasıl olur da oturduğun yerden benim gibi bir komutanla böyle konuşursun. Sen askerlik yapmadın mı? Sana orada benim gibi bir komutanla senin gibi bir alçağın nasıl konuşması gerektiğini öğretmediler mi?" gibi laflar ediyordu.

Kötü şartlara rağmen bu askeri hapishane zikir, ibadet ve namaz adına rabbânî bir mekâna dönüşmüştü. Müslümanların genel hali şöyleydi; namazlarını daha bir huşu, iç duyuş ve saygıyla eda ediyorlar, iman dolu temiz fıtratları uyanıyor ve ruhları besleniyordu. Ülkücü kökenli o iki öğretmen de yavaş yavaş kardeşlik basamaklarını tırmanıyor ve derken namazda onlarla birlikte saf tutuyorlardı.. onların bu haline diğer ülkücüler ise kin ve nefretle bakıyordu.

İlk duruşmada ülkücülerin hepsi salıverildi. Tıpkı beden öğretmeni Recep Bey ve kalp rahatsızlığı olan Nizamettin Bey gibi... Duruşma sonrasında o da, Doktor Kâid Bey, Mustafa Birlik Bey ve Harun Reşit Tüylü Bey'le birlikte hapse gönderildi. Arkadaşları Osman Kara Bey'i gördüler, mahkeme salonunda ileri geri yürüyordu. Anladılar ki, bu oturumda onun şahitliğine müracaat edecekler, duruşmanın neticesinde onu da tutukladılar.

Bir sonraki oturumda her birine farklı sürelerde hapis cezası verdiler.. Harun Reşit, Mustafa Birlik, Doktor Kâid Bey, İmam Şaban Düz farklı sürelerle hapis cezasına çarptırıldılar. Bundan sonra Fethullah Hoca'nın duruşması tamamlandı. O da kendisi için diğerleri gibi bir hüküm bekliyordu. Bu yüzden de savcının karşısında birkaç söz dışında fazla konuşmadı. Savcının önünde ise onun, arkadaşlarına ve akrabalarına değişik vesilelerle göndermiş olduğu tebrikler ve mektuplarla dolu dosyalar vardı. Bunların çoğu savcı tarafından soruşturmaya mevzu kılınmıştı. Ayrıca bu dosyalarda, onun değişik zamanlarda camilerde yapmış olduğu vaaz ve sohbetlerin içeriği, katıldığı sohbetler ve içerikleri, tutuklanan bazı arkadaşlarının tüm suçları onun üzerine attıkları ifadeler bulunuyordu. Tüm suçu ona yüklemişler ve topun ağzına onu koymuşlardı. Savcı ona baktı ve dedi ki:

- Bütün bunlar karşısında ne diyorsun?

Fethullah gayet serinkanlı ve alaycı bir üslupla cevap verdi:

- Vallahi, istihbarat görevlilerine iş lazımmış, oturmuş bütün hayal güçlerini kullanarak bunları yazmışlar.

Savcı öfkelendi. Teker teker incelemeye konu olan belgeleri ve ifadeleri okudu. Savcı okuyor, o da büyük günün hesabını düşünüyor ve uhrevi âlemlerde fikren dolaşıyordu. Nihayet savcı sözünü bitirdi, savcının konuyu özetleyen son sözlerinde kendine geldi. Birçok iddia ve suçlamalara rağmen ciddi hiçbir delil yoktu. Yalnız bazı arkadaşlarının onun aleyhindeki itirafları müstesna. Ağır olan şey de bu itiraflar sebebiyle suçlanma ihtimaliydi. Belki de bir takım vaatler ve tehditler altında bu ifadeleri imzalamaya zorlanmışlardı.

Bu arada Fethullah garip bir rüya görmüştü: Bu olaylardan birkaç ay önceydi; fakat o vakit te'viline bir anlam verememişti.. Kestanepazarı'ndan ayrılmıştı. Bir ikindi namazından sonra Yüksek İslam Enstitüsü öğrencilerine hadis dersi yapıyordu. Güzelyalı Camii'ndeki bu derse İmam Hatip öğrencileri de geliyordu. Katılım çok yüksekti. Bu derslerin olduğu günün gecesinde bir rüya gördü. Rüyasında bu camide insanlara ikindi namazı kıldırıyordu. Sağ tarafına selam verince Efendimiz aleyhissalatu vesselam'ı gördü.. Efendimiz'in iki gözünde yaş vardı. İçinden, neden Efendimiz aleyhissalatu vesselam'ın yüzü öyle ağlamaklıydı diye geçirdi. Sonra anlaşıldı ki, o günkü ders, hadis derslerinin en son halkasıydı. Zira bir kere daha fırsat olmadı. Askeri ihtilal oldu ve birçok arkadaşı tutuklandı. İşte o zaman Efendimiz aleyhissalatu vesselam'ın rüyada neden hüzünlü olduğunu anladı.

Suçlama, hapis cezası öngördüğü için Fethullah Hoca'yı ilk tutuklandığı yere geri götürdüler, daha sonra da başka bir hapishaneye naklettiler.

Başlangıçta dindarlarla solcular aynı koğuşta kalıyordu; fakat dindarların sayısı artınca herbir grubu ayrı ayrı koğuşlara aldılar. Dindarların sayıları arttı, arttı ve 50 kişiyi buldu.

Bundan sonra aslen Ürdünlü olan Doktor Kâid Bey'i salıverdiler. Bazı konularda ülkesinin elçiliğine yardım ediyordu. Fethullah onu sabırlı ve hesabını iyi bilir biri olarak tanıdı. Yabancı memlekette bir garip gibi tutuklu olduğu halde, hem eşi aşırı sıkıntı sebebiyle bebeğini düşürdüğü halde onun bir kılını dahi kıpırdatamamışlardı. Bu durum onun sadece sebatını, sağlamlığını ve kararlılığını artırmıştı.

Harun Reşit Tüylü Bey ise fevkalâde nüktedan ve neşeli bir insandı. Bir keresinde Fethullah'a "Hocam, hapishane dışında asgari müştereklerde birleşemeyince, Allah bize askeri musallat etti ve hapishanede askeri müştereklerde birleştik." demişti.

Şaban Hoca hapishanede rahatsızlanmış, hatta yatağa düşmüştü.. Doktor Kâid onunla yakından ilgilenmişti. Şaban Hoca, evinin kütüphanesinde Risale-i Nur'a dair birkaç eser bulunması sebebiyle tutuklanmıştı.

Bekir Berk ise kudretli bir avukattı.. hapishanedeyken savunmalarına geceleri çalışırdı. İddianameye cevaplar hazırlar, bitirmeden de uyumazdı. Mahkeme sürecinde günde bir saat uyur veya uyumazdı.. bütün meşgalesi delil toplama ve delileri tertip etmekti.. gecenin bir saatinde de olsa eğer bir delil bulursa hemen Fethullah Hoca'yı uykusundan uyandırır ve:

- Hocam, dinle bak bu delili, işte bununla onların sesini keseceğim, derdi.

Bir kitabı okurken bazen bir satırın altını on kez çizerdi.. Bekir Bey, çok hareketli, düşüncesi istikrar kazanmış, dipdiri vicdana sahip bir insandı. Sahabe efendilerimizi (radıyallahu anhum ecmain) çok seviyordu. Bu yüzden bazen Fethullah'a şu acayip soruyu sorardı:

- Hocam, sen sahabe efendilerimizin hallerini daha iyi bilirsin. Allah için söyle, beni en çok hangisine benzetebilirsin? Veya en çok hangisini hatırlatıyorum sana?

Bu acı tecrübeden Fethullah şunu anlamıştı. İnsanın karakteri imtihan zamanında daha iyi anlaşılıyor. Bu yüzden daima şöyle derdi:

- Raşid halife Ömer İbn Hattâb (radıyallahu anh), insanları tanımada bazı ölçüler koymuş. Bunlardan bazıları; onunla sefere çıkmak veya dirhem ve dinarla onunla bir alışveriş yapmak var.. ancak ben buna bir başka ölçüyü daha ekliyorum. O da, onunla hapishanede beraber yaşamak.

Fethullah ilhama mazhar, temiz fıtrat sahibi ve hadisatın işaretlerini güzel okuyan birisiydi. Hapishanedeyken bir gün Şaban Hoca mahkemeye çağırıldı. Fethullah koğuşta sırtüstü yatıyordu. Şaban Hoca'nın başının üstünde beyaz bir kelebek vardı. Biraz sonra Şaban Hoca ayağa kalkınca kelebek başından uçtu ve pencerenin parmaklıklarından çıkıp gitti. Bu olayı, dostunun salıverileceği şeklinde yorumladı. Öyle de oldu. Mahkemeden sonra hemen döndü, elbiselerini topladı ve çıktı. Bir başka gün, Fethullah mahkemeye çağırıldı. Öncesinde koğuşta sırt üstü yatmış, "Acaba beni de salarlar mı?" diye düşünüyordu. Tavanda kahverengi bir kelebek gördü.. uzunca ona baktı, acaba koğuşun penceresinin parmaklıklarından çıkar mı, diye bekledi; fakat maalesef çıkmadı, olduğu yerde öylece kaldı. Dindarlardan pek çoğunu saldılar. Sadece o ve sevdiği birkaç insan kaldı, onları da solcularla beraber aynı koğuşa koydular.

Komünistlerin sayısı mütedeyyinlerin sayısından çoktu. Bu yüzden dindarlar onlarla olan muamelelerinde ne kadar yumuşak davranırsa davransınlar, komünistler kaba ve sert bir şekilde mukabelede bulunuyordu.

Fethullah koğuşa gizlice kitap sokmaya başlamıştı ve hepsini gizlice okuyordu. Koğuşun zemininde çıkarılabilen bir tahta vardı. Kitapları onun altında saklıyordu. Tuvaletler, koğuşun dışında küçücük bir yere sıkıştırılmıştı. Gardiyanlar kapıları akşam saat 9'da kilitlerler, sabahın 7'sine kadar da açmazlardı. Bu mahkûmlara büyük zorluk teşkil ediyordu. Zaruretler insanı kaşif yaparmış. Bu duruma sabredemeyenlerin bazıları naylon torbalar ve şişeler tedarik ettiler. Artık geceleri, idrar ihtiyacını bu seyyar tuvaletlere yapıyorlardı. Sonra da onları pencerenin önüne diziyorlardı. Pencerenin önü, eczane vitrinine dönüyordu. Bu hem acı, hem utandırıcı hem de çok komik oluyordu. Fethullah çay gibi sıvı olarak ne varsa ikindiden sonra içmiyordu. Zira, sıkışmak ve o utandırıcı şeyi yapmaya mecbur kalmak istemiyordu. Hapishanede kaldığı sürece Allah onu korudu. Hapishane müdürü albay biriydi ve mahkûmları bunu yapmaktan men ediyordu. Fakat kimse dinlemiyordu. Eee... zaruretin kendine has bir ahkamı vardır. Banyo imkânı ise ancak haftada bir kez veriliyordu.

Günlerden bir gün Fethullah'a yemeğinde yumurta verildi. Vücudu aşırı tepki verdi, neredeyse ölecekti. Karnında müthiş bir ağrı ve nefesinde şiddetli daralma hissediyordu. Onu kendi kaderiyle başbaşa bıraktılar. İlaçlarını da tutuklanırken almışlardı, bunu bile bile doktor çağırmadılar. Solcular içinden birisi de aynı şekilde yumurtadan rahatsızlanmıştı. Az da olsa onun koğuşun dışına çıkmasına ve nefes almasına müsaade etmişlerdi. Fethullah'ın sağlık durumu iyice kötüye gidince askeri bir doktor çağırdılar. Tevafuk, doktor onu önceden tanıyordu. Buna gerçekten çok sevindi. Onu muayene ettiğinde, ismini her hafta onu görmesi gereken doktorun yerine yazıyordu.

Çöp atma mahkûmların sorumluluğuydu. Haftanın günleri kendi aralarında bölüştürülmüştü. Herkes âdeta sıranın kendisine gelmesini iple çekiyordu. Çünkü bu onların gökyüzünü görebilmeleri ve birkaç dakikalığına bile olsa, temiz havayı derin derin içlerine çekebilmeleri için tek fırsatlarıydı.

Bir gün sıra avukat Bekir Bey'e gelmişti. Fakat onun ismiyle seslendiklerinde o uyuyordu, bu yüzden onu uyandırmamışlardı. Daha sonra bu duruma çok içerlemişti. Zira, o gün temiz hava alma fırsatını kaçırmıştı.

Mahkûmlar, özellikle yaz aylarında sivrisinek ordularının hücumundan muzdariptiler. Pencereleri kapattıklarında sanki alevli fırına girmiş gibi sıcaktan pişiyorlar, açtıklarında da karasinek, sivrisinek Allah ne verdiyse koğuşa doluşuyordu. Gültekin Bey, hacetini gidermek için tuvalete gittiğinde havaya sinek ilacı sıkıyordu. Eğer azıcık geç kalırsa sivrisinek sürüleri hücum ediyor ve intikamlarını daha acı bir şekilde alıyorlardı. Daha yerinden kalkmadan sivrisinekler derisini mahvediyorlardı. Mahkûmlar sabah olup da uykudan kalkınca elleri yüzleri, bütün vücutları yüzlerce sinek sokmasından dolayı kabarmış oluyordu.

## *MECZUPLARLA MÜCADELE*

Hapishaneye gelişlerinden üç ay kadar sonra koğuşlarına bir grup meczup getirildi. Türkiye'de "Meczuplar" cemaati, Karmatîler ve Şiî Râfizîlerin tarihteki rollerini tekrarlıyorlardı âdeta. Bu grupların hepsi Hz. Ali'nin muhabbetiyle dolu olduklarını iddia ediyorlardı ama bütün heva ve arzularını dinin temeli haline getirmişlerdi. Yeni gelenler de tamamen onlara benziyordu. İmamları ve tarikatlarının şeyhi olduğunu düşündükleri birinin etrafında toplanıyorlardı. Minhâc-ı Muhammediye'den, Allah Resûlünün çizdiği yoldan uzak kalışları sebebiyle sadece kendilerini sırat-ı müstakim üzere zannediyorlar, diğerlerine karşı ise yabancılık ve vahşet hissediyorlardı. Bu yüzden bunlarla aynı hapishanede yaşamak gerçekten büyük sıkıntıydı. Fethullah ne vakit onlara yaklaşmaya çalışsa daha da uzaklaşıyorlardı. Belki Müslümanların mücerret haklarını bile önemsemiyorlardı. Bu yüzden namazda kendilerinden başkasının imamlığa geçmesine müsaade etmiyorlardı, başkasının getirdiğini de yemiyorlardı. Aradaki ihtilafları azaltmak için Fethullah, arkadaşlarından onlara cemaat olmalarını istedi. Fakat imamları tam bir cahildi. Kevser sûresini bile doğru bir şekilde okuyamıyordu. Rüku ve secdeleri de tadil-i erkana uygun değildi. Arkadaşları önce fitnenin önünü almak için onlarla beraber cemaat halinde namaz kılıyor, ardından kendi başlarına tek tek iade ediyorlardı. Fakat bir müddet sonra bazı arkadaşları meczupların arkasında namaz kılmaya karşı çıktı. Namaz vakti gelince onlar bir köşeye çekilip, orada cemaat yapıp ayrı kılmaya başladılar. Bu da ihtilafların artmasına sebebiyet verdi. Gerginlikler iyice arttı. Fethullah, onlara yaklaşmak ve kalplerini telif etmek için meczuplarla diyalog kapıları açmaya çalıştı. Fakat bütün ilmî birikimi ve mazhar olduğu mevhibelere rağmen hiçbir şey yapamadı. Ne vakit, imanî ve Kur'ânî bir hakikatten veya Sünnet'e dair bir konudan bahis açsa, delilleri tamamen siyâkından kopararak çok farklı ele alıyorlardı. Konuşmaları ve getirdikleri delillerin çoğu cinler ve onların yaptıkları üzerine bina ediliyordu. Sabah akşam konuşmaları cinler hakkındaydı. Kör cehalet onların fikirlerinin temeliydi. Bu yüzden onlarla konuşurken elbette hiçbir netice alamayacaktı.

Yine bir gün Bekir Bey ile meczuplardan birisi arasındaki tartışma hararetlendi ve nihayet büyüyerek kavgaya dönüştü. Diğer meczuplar olup biteni dikkatlice izliyorlarmış. Kavga başlar başlamaz hepsi birden Bekir Bey'e hücum ettiler ve onu yere yıktılar. Altı kişiydiler. İçlerinden birisi sandalyeyi kaptığı gibi kafasının ortasına indirdi. Ardından kendi arkadaşlarından bazıları da kavgaya karıştı ve ortalık ana baba gününe döndü. Fethullah ile diğer arkadaşları kavgayı ayırmaya çalışıyorlardı. Onlar da tekme, tokat ve yumruklardan nasiplerini aldılar. Koğuşun içi gerçek bir harp meydanına dönmüştü. Fethullah, hemen pencereye koştu ve nöbetçilere seslendi. Gardiyanlar kapıyı sertçe açınca bütün meczuplar köşelerine çekildiler. Gardiyan hepsine kızgın nazarlarla baktı ve hakaretvâri bir üslupla: "Müslümanlar böyle mi oluyor?" dedi. Bu ağır lafın meczuplar üzerinde en ufak bir tesirinin alâmeti görünmüyordu. Fakat Fethullah sanki tâ can evinden vurulmuştu. Bu acı sözün ızdırabını yıllarca içinde yaşadı. Tek tesellisi ise muhtemel bir cinayetin önünü almış olmasıydı.

Hadiseden sonra kavgaya sebebiyet verenlerin hepsi hücrelere atılmış, sebebiyet vermeyenlere ise ilişilmemiş, hepsi koğuşta kalmıştı. Fethullah ise dört asırdır İslam dünyasının yaşayageldikleri şeylerin aynısını tekrar yaşadığını hissediyordu. Kendi kendine, "Tarih tekerrür ediyor." deyip yutkunuyordu.

Meczupların içinde Arif isminde birisi vardı. Olabildiğince yumuşak tabiatlı birisiydi. Hapishaneden çıktıktan sonra birgün Fethullah'la karşılaşmışlardı. Koşarak boynuna sarılmış, "Ne olur bizi affedin, Hocam. Size çok kötülük yaptık." demiş ve gitmişti. Fakat arkadaşları çok sertti, hatta vahşiliğe daha yakındılar.

## *KOMÜNİSTLERLE AYNI MEKÂNDA*

Onlardan pek azı aklı başındaydı. Koğuş arkadaşlarını ara ara tehdit ediyorlar, sabah akşam da alay ediyorlardı. Müminlerin abdestlerini, namazda hareketlerini aleyhlerine bir malzeme olarak kullanıyorlardı. Secdeye gittiklerinde yerin sarsılmasından şikâyet ediyorlardı. Bir diğer şikâyet konusu ise sabah namazı veya teheccüt namazıydı. Buna rağmen Fethullah havayı onlarla yaşanır hale getirmek için uğraştı. Fakat aleyhlerinde alenen yapılan bazı şeyler karşısında zorlandığı da oluyordu. Mesela, bir defa onlardan birinin Allah celle celâlühe ve Resûlullah sallallâhu aleyhi ve selleme küfrettiğini duymuştu. Avukat Bekir Berk Bey de aynısını duymuştu. Bekir Bey, derhal o adamı idareye şikâyet etti. Komünist, kendisine isnat edilen şeyi inkar etti. Fakat Bekir Bey, Fethullah'ı şahit yazdırmıştı. O da, onun aleyhine görevlilerin önünde şahitlik etmişti.

Namaz vakti girince bir köşeye çekilip namaza dursalar ve imam Kur'ân okumaya başlasa komünistler bitişik koğuşlardan kuvvetlice duvarlara vurup ses çıkarıyorlar, müziğin ve şarkıların sesini sonuna kadar açmaktan da geri durmuyorlardı. Dine, vatana ve bütün mukaddesata lanet okumaktan çekinmiyorlardı.

Bir süre sonra mahkûmlara haftada bir gün hapishane bahçesine çıkıp hava almaya izin verilirdi. Bir gün arkadaşları radyoda bir haber duymuşlardı. Endonezya'da sağcılar solculara galip gelmişti. Avukat Bekir Bey hemen lafı yapıştırdı:

– İnşallah burda da biz galip geleceğiz onlara!

Bu sözü komünistlerden bazıları duydu ve ortam çok korkunç gerildi. Toplu olarak dindarlara saldırmanın plânlarını yapmaya başladılar. Fakat Allah müminleri korudu ve ötekilerine istediklerini yaptırtmadı. Eğer yapsalardı, idare ancak kavganın bitiminde olaya müdahil olurdu. Bu yaptıklarından dolayı da onları katiyen bir hesaba çekmezlerdi. Atmosfer her an ateş almaya hazırdı. Her iki taraftan da ölüme neden olabilirdi. Fethullah, bu havanın dağılması için çok büyük gayret gösterdi. Fitneyi sürekli körükleyen taraf ise komünistlerdi.

## *TEHLİKELİ MAHKÛM*

Hapishanedeki son günlerinde mütedeyyinlerin yanına "Kadir Kaymaz" isimli bir mahkûm getirildi. Çok tehlikeli bir adamdı. Banka soyan bir çetenin üyesiydi. Dört milyondan fazla para gasp etmişti. Bir yönüyle şerrinden korunmak, bir yönüyle de kalbini kazanmak için Fethullah ona yaklaştı. Yatağını kendi yatağının yanında hazırladı. Bu adam başkasının elinde her zaman manipüle edilebilecek bir piyondu. Fethullah, böyle yapmakla komünistlerin onu dolduruşa getirmelerine engel olmuştu. Onda dine karşı bir meyil de sezdi. Kadir, yavaş yavaş dine ait konuları öğrendi. Sonunda abdest alıp namaz kılmaya başladı. Daha önce hayatında hiç namaz kılmamış ve oruç tutmamıştı. Sonra işlediği günahına pişman olmuştu.

## "BEYAZ KÖŞK" HAPİSHANESİ

Bademli'deki hapishanede geçirilen günlerden sonra onları Şirinyer'deki askerî hapishaneye sevk ettiler. Bu binanın her tarafı bembeyazdı. Mütedeyyinler bunu espri konusu yapıyor ve "Beyaz Köşk" diye isimlendiriyorlardı. Dışardan bakılınca modern ve güzel bir mimari yapı göze çarparken içerde durum hiç de öyle değildi. Havalandırma yeri dar ve derin dehlizlerden ibaretti.. öğlenin ortası hariç hiç güneş girmeyen bu karanlık mekânda güneşin doğmasıyla batması âdeta bir olurdu.. tek kişilik hücre hapisleri için inşa edilmişti.. bu yüzden de gardiyanlar yemekleri kapıların altından veriyordu. Tuvalet içerdeydi, su çok azdı. Bu yüzden de aşırı pis koku vardı.. açık hava teneffüsü için çıkma ümidi de yoktu.

Burada kendi arkadaşlarından sadece iki kişi kalmışlardı. Fethullah Gülen ve Mustafa Birlik. Bu yüzden koğuşta onların yanına Kadir Kaymaz ve bir de solcu koymuşlardı. Ramazan ayı girmişti. İkisi oruç tutuyordu. Kadir de onlarla oruç tutmaya başladı. Komünist arkadaşları bunu haber aldıklarında onunla bütün alâkalarını kestiler.

Kadir'in bir Yahudi kız arkadaşı vardı. Bir gün onu ziyarete gelmişti. Onun oruç tuttuğunu öğrenince Yahudi arkadaşı da bütün alâkasını kesti. Bütün bunlar Kadir'i derinden sarstı. Manevi olarak çok hırpalandı. Gülen, en büyük destekçisiydi. Hatta dışarı çıktıktan sonra bile onu unutmamış, iki defa hediyelerle ziyaretine gitmişti.

## *BİR KOMÜNİSTİN ÜZÜNTÜSÜ*

Günlerden bir gün, solcular gerçekten çok mahzundular. Her geçen dakika ağlama sesleri daha da artıyordu. Hatta gardiyan onların yanına girince onu kovdular ve arkasından kapıyı kapayıp yatakları kapıya dayadılar. Mustafa Birlik, kulağına yaklaşarak:

- Korkarım bunlar bizi rehin alacaklar, dedi.

Buna cevaben Fethullah:

- Bizi rehin alıp da ne yapacaklar. Bizim idarece bir değerimiz yok ki, rehin almakla onlara bir iş yaptırsınlar, dedi.

Günler sonra neden bu kadar ağladıklarını öğrenmişlerdi.

Türkiye'nin aşırı sol fraksiyonları arasında çok sevilen İbrahim ve Nedim adında iki kardeş aranmakta imişler. İbrahim İstanbul'da polislerle çatışmaya girmiş ve vurularak ölmüş. Onlar Nedim'in de aynı çatışmada öldürüldüğünü duymuşlar. Bütün üzüntüleri bundanmış. Hapishanelerdeki komünistler çok ağlamışlar. Fakat aradan birkaç gün geçince Nedim İzmir'de yakalanıp Bademli hapishanesine getirilmişti. Nedim anarşistti, kanunlar umurunda değildi. Disiplin kelimesinin anlamını bilmiyordu. Bu sebeple sorgusu işkence altında alınmıştı. Fakat Nedim kuvvetli ve dayanıklı bir adamdı. Ağzından bir kelime dahi alamamışlardı. Acısını artırmak için yaralarına tuz basmışlar, fakat fayda etmemişti. İki veya üç ay aldığı darbeler ve yaralar sebebiyle yürüyememişti. Tıpkı kurbağa gibi zıplayarak hareket ediyordu. Gülen, aralarındaki derin fikir ve inanç ayrılıklarına rağmen yapılanlardan dolayı üzülüyor ve ona şefkat duyuyordu.

## *KOMEDİ MAHKEME*

Mahkeme zamanında sinirler geriliyordu. O esnada bazı ucuz kahramanlar türemişti. Bunun arkasında iki şey vardı: Birincisi, kardeşler diğer mümin kardeşlerini karalıyor ve geçmiş hesaplarının intikamını alıyorlardı. İkincisi, solculara isnat edildiği gibi onlara isnat edilen cürümleri velev ki istihbarat elemanlarının zorlamasıyla da olsa kabul ediyorlardı. Bu sebeple Fethullah'ın mahkemesi başlayınca birkaç tane istihbarat elemanıyla onlara boyun eğmiş bazı kimseler de onun aleyhinde şahitlik yapmak üzere orada hazır bulundu. Bu durum Fethullah'ın duygularını çok yaralıyordu.

Bazı vefalı avukat dostları onun savunmasını ücretsiz yapıyorlardı, tıpkı bazı şahsiyetlerin yalan yere onun aleyhinde şahitlik yaptıkları gibi... Meczuplar mütedeyyinlere bu konuda en çok zarar verenlerin başında geliyordu. Mahkemede yalan yere şahitlik yapıyorlardı. Hatta tertemiz adamları bizzat İslam'a hizmet suçuyla suçluyorlardı. Bazıları mutlaka birkaç vaaza, sohbete ve irşada katılmıştı.

Fakat daha acı olanı ve Fethullah'ın asla unutamadığı hadise, Kestanepazarı Derneği'ndeki bazı dostlarının mahkemeye gelip aleyhinde şahitlikte bulunmasıydı.

Hapishanede, mütedeyyinlerin hareketlerini sürekli takip eden iki meczup vardı. Ne görüyorlarsa her şeyi doğrudan hapishane idaresine ulaştırıyorlardı. Bu iki ahmak, yaptıklarının kendilerine fayda sağlayacağını zannediyorlardı. Halbuki, mahkeme heyeti bu ikisi hakkında çok ağır hüküm vermişti. Yıllarca hapishanede kaldılar. Dava arkadaşları ne zaman mahkemeye çıksalar meczuplar yalan yere şahitlikleriyle sayısız problemlere sebebiyet verdiler. Hatta her yerde onların kabusu olmuş, eziyet ediyorlardı. Öyle ki, meczupların ahmakça tuzaklarına galip gelme adına çözüm yolları bulmaktan da âciz kalıyorlardı.

Mahkemede Mehmet Çatalkaya isimli emekli bir komutan da vardı. Kestanepazarı Kursu'nun idarî heyetinde bulunuyordu. Mahkeme heyeti onun kamplar hakkında şahitliğine müracaat edince öyle bir konuşma yaptı ki, Fethullah'ı ve bütün sevenlerini gözyaşına boğdu. Samimiyet ve ihlâsla yaptığı konuşmasında ağzından şunlar dökülüyordu:

– Bu kamplar bize bağlı olarak yapılmıştı. Hocaefendi bizim tarafımızdan görevlendirilmiştir. Ben bu kamplara gittim. İmam ve müezzinin dışında kimsenin başında sarık falan görmedim.

Soruşturma heyeti, daha önce Fethullah Hoca'nın kamplarda çekilmiş, başında sarığıyla fotoğraflarını görmüşlerdi. Bunun izahını istemişlerdi. O da, "Kamplarda sadece imam ve müezzin sarık sarıyordu." demişti. Komutanın bu izahı daha önce Gülen'in verdiği ifadeyle tam bir mutabakat arzediyordu. Daha sonra emekli komutan şahitliğine şu sözlerle devam etti:

"Fethullah Hocaefendi, ders vermek üzere İzmir'e geldiğinden beri onun yanında oturdum. Ondan çok istifade ettim. Allah'tan onu en kısa zamanda hapisten çıkarmasını ve yeniden vaazlarından istifade etmeyi diliyorum." Fethullah, bu adamın şehadetini asla unutmadı. Asker emeklisiydi ve güvenlik durumu son derece tehlikeliydi. Fakat varlığı pek çok Müslümana büyük izzet kazandıran büyük bir cesaretle, kahramanca sözünü söyledi.

## *SEVGİLİ AMCANIN VEFATI*

Fethullah, Bademli Hapishanesi'ndeyken babası Ramiz Efendi onu ziyarete gelmiş ve Erzurum'a dönmeden oğlunu hapisten çıkarabilme ümidiyle İzmir'de bir ay kalmıştı. Dört mahkemeye katılmıştı. Oğlunu salmadıklarını görünce Erzurum'a, ailesinin yanına mahzun bir şekilde dönmeye mecbur kalmıştı.

İlk ziyareti Fethullah için acı ve hüzün doluydu.. bu ziyaretin arkasından çok ağlamıştı. Zira babasına dokunamamış, elini öpememişti. Aralarında yüksek duvarlar ve demir parmaklıklar vardı. O soruyor, ötekisi de mahkûmlar ve ailelerinin oluşturduğu kalabalığın arasında cevap vermeye çalışıyordu:

– Nasılsın baba? Annem nasıl?

– Annen köye gitti...

– Ne oldu?

– Enver amcan çok hasta.

Bu sözü söyledi sonra gözleri yaşlarla doldu babasının. Fethullah çok sevdiği amcasının vefat ettiğini anlamıştı. O da babasıyla beraber çok ağladı. Enver amcasını çok severdi. Babasından sekiz yaş kadar küçüktü. Vefat ettiğinde altmışa yaklaşmıştı. Amcasının, onun hapishaneye düşmesi sebebiyle hüznünden hastalandığını öğrendi. Zira, Fethullah onun için öz evlatlarından daha kıymetliydi. Bu yüzden koğuşuna döndü. Fakat babasının ağlamaklı siması gözünün önünden gitmiyordu. Hıçkırıklarına hâkim olamıyordu. Onun bu hali arkadaşlarını iyiden iyiye endişeye sevk etmişti.

Bu arada kardeşi Mesih, defaatle onu ziyarete gelmişti. Aynı şekilde pek çok arkadaşı ve akrabası da…

## *SÜRPRİZ TAHLİYE*

Temmuz ayında, mübarek Ramazanın 26'sına denk gelen gün bir kez daha mahkemeye çıktılar. O esnada hiç hesapta olmayan bir şey oldu. Soruşturma hâkimi ayağa kalktı ve:

– Diğer şahısları salıverdiğim gibi Fethullah Hoca'yla Mustafa Birliğ'i de salıvermeme mani bir şey yok, deyiverdi.

İkisi de çok şaşırmıştı. Anladılar ki, mahkeme onların salıverilmesine karar vermişti.

O günlerde Fethullah rüyasında Üstad'ı gördü. Üzerinde siyah bir cübbe vardı.. hapishanenin önünde durmuş, onun dostlarını art arda kaleye benzer bir yere sokuyordu. Fethullah ve arkadaşı salıverilmeden az zaman önce gördüğü bir başka rüyada Üstad yüksek bir yerden inmiş ve ikisini alıp Kâbe'ye götürmüştü.

Mahkeme bitince iki arkadaş beyaz köşke döndüler. Koğuşa girdiklerinde yüzlerinde bir sürur vardı. Onları gören her gardiyan ve mahkûm durumu anladılar ve "Hayırlı olsun" diyerek tebrik ettiler. Zaruri ihtiyaçlarını aldılar ve geri kalan bir sürü eşyayı mahkûmlara bıraktılar. Sonra da selametle çıktılar. O gece Kadir gecesiydi.

Sadık Bey, onları alıp evlerine götürmek için dışarda arabasıyla bekliyordu. Fethullah arabaya binince kendi kendine sordu: "Nereye gideceğim?.." O vakit, İzmir'de barınacağı bir evi kalmamıştı. Şüphesiz, kira süresi bitince ev sahibi evini geri almıştı. Azıcık eşyasını nereye koyduklarını bile bilmiyordu. O gün, Mustafa Birlik'in evinden başka gidecek hiçbir yeri yoktu. Fakat Fethullah çok ince bir insandı ve arkadaşını ailesiyle başbaşa bırakmayı daha uygun buluyordu. Bu yüzden onunla gitmedi. O anda ağlayan annesi ve yaralı babası gözünün önüne geldi. Doğruca tren garına yöneldi. Geceyi Erzurum'a giden trende geçirdi.

Genç adam, İzmir'den tıpkı girdiği gibi çıkmıştı. Elinde küçük bir çanta ve yaralı bir kalb...

Onu salıverdikleri gün, büyük ablası Nurhayat, Erzurum'daki evinin önünde hüzünlü bir şekilde oturuyordu. Önünden iki adam konuşarak geçtiler. Onlardan birinin şöyle dediğini duydu: "Bugün kurtuluyorlar!" Bu sözü Fethullah'ın salıverilmesine tevil etti. Koşarak annesine gitti ve oğlunun tahliye olacağı müjdesini verdi. Öyle de oldu.

Uzun süren bir yolculuğun ardından ailenin hepsi, oğulları Fethullah'ın kapının önünde ayakta durmasıyla şok yaşadılar. Sevinç hayrete, gülmeler göz yaşlarına karışmıştı. Hep birlikte bol bol ağladılar. O seneki Ramazan Bayramı, Fethullah için hayatında, ruhun en çok ferahladığı, vicdanın en çok sevindiği bir bayramdı.

# SEKİZİNCİ FASIL

# ÜLKELERİN FETHİ VE ALLAH'IN YARDIMI

## *SÜVARİLERİN ATLARINA DAHA GÜÇLÜ BİR DÖNÜŞ*

Fethullah, muzaffer olmadan atından inmeyen bir akıncı.. Fethullah, ruhun güneşi parlamadan kılıcını kınına sokmayan bir lider.. gizli sırrı onu karanlığın yarasalarına teslim olmaktan alıkoyuyor.

O öyle bir lider ki, korkunç gecenin fırtınalarına dalmış, hemen önündeki ufukta gelecek olan fethin şimşeklerini görüyor.. Kisra'nın hazinelerinin, önüne saçıldığını, Kayser'in mülkünün zelil bir halde ayaklarına geldiğini görüyor.. Sancıları artıp, dört bir yandan muhasara edildiği zaman, Batı'nın sisine dumanına her yandan dalan ve orada güneşe pencereler açan çok büyük fetihler ona nasip oldu.. Ve Sibirya'nın soğuğunu sıcak nefesleriyle eriten, Maverâünnehir memleketlerinde donmuş kalpleri ısıtan gayretkeş süvariler gördü. Sonra onların tıpkı sağlam bir bina gibi birbirine kenetlenip saf tutarak bağırlarını açıp, Atlas okyanusunun hırçın dalgalarına daldıklarını gördü.. Büyük bir duvar gibi kuvvetlice yüzüyorlardı. Nihayet "Yeni Rûmiyye"ye ayak bastıklarını, şehirlere girip sevgi ve barış sancaklarını yükselttiklerini gördü. Diğer taburlar Afrika içlerinde yoğunlaşmış, her yerde fakirlere Nur somunundan dağıtıyorlardı. Esmer tayflarla selamet ve merhametle çarpan saf gönlü keşfetmek için bütün kabilelerin içine dalıyorlar, ruhun sesini duyuyorlar ve ormanların derinliklerinden fışkırıyorlardı. Bütün ağaçlar minareleri, bütün çadırlar da cami ve kubbeleriydi.

Bütün kıtaları önünde bir tek bahçede birleşmiş olarak görüyordu. Resûlullah Efendimiz sallallâhu aleyhi ve sellem'in nesiller için emr-i teklif olarak, yapmalarını emreder mahiyetteki müjdesini okuyordu.. ve ağlıyordu!

Ravi dedi ki:

1971'in Kasım ayının 9'unda tahliye olduktan sonra, tekrar hizmet kervanına dönmek için girişimde bulundu. Yeniden vaaz kürsülerine dönebilmek ve

İzmir'de daha önce olduğu gibi resmi bir izinle hizmet edebilmek için Diyanet İşleriyle yazıştı. İzmir onun hizmet fidanlarını bağrına basmıştı. Bu yüzden fidanlarını gözetip kollama, kudret ve imkânlarını geliştirmek için İzmir'e dönmeyi arzu ediyordu. Fakat cevap çok gecikti. Bu yüzden Erzurum'da bir süre kaldı ve gayr-i resmi olarak vaazlar verdi. Ancak Diyanet İşleri Başkanlığı tarafından Ankara'ya çağrılmayı beklemiyordu. Orada tayinlerden sorumlu zat özellikle onun için askerin, İzmir'den sürülmesi ve başka bir mekâna tayin edilmesi konusunda çok büyük baskı yaptığını anlattı. Bu sebeple İzmir'den uzak Edremit şehrine, 23 Şubat 1972 tarihinde tayini çıkmış oldu.

İlk talebelerinin bulunduğu yerden uzak olmasına rağmen bu taşra kasabasında İzmir'de yetiştirdiklerine destek verecek yeni bir fidan yetiştirebilirdi. Orada iki sene dört ay kaldı ve oradan Manisa'ya merkez vaizi olarak tayin edildi. Bu tayin Fethullah'ın hizmet dünyası adına büyük bir çıkış oldu. Manisa, İzmir'e de uzak değildi, ilk talebeleriyle olan irtibatını yeniden sağlayabildi. Yeniden güçlü bir şekilde yapısal etkinliklere başladı. Daha sonra Manisa'dan İzmir'e geçerek bir kere daha imanî hizmetlerin ruhunda bir yeniliğe gitti. Eğitim meclisleri gelişti, hizmet için bir araya gelip gitmeler çoğaldı, kamplarda kazanılan canlılık ziyadeleşti, çok kısa bir zaman içinde hizmetin keyfiyet ve kemmiyet cihetiyle gelişmesini temin eden okullaşma projeleri de gelişti.

## *MUHTEREM BABANIN VEFATI*

Fethullah ile babası arasındaki derin ruhî irtibat vardı. Bu yüzden babasının vefatıyla meydana gelen ayrılık hakikatini hayatı boyunca atlatması çok kolay olmadı. 1974 senesi Eylül ayının yirmisiydi. Fethullah, o seneyi hüzün senesi olarak isimlendirdi. Babasından bir ay önce de çok samimi dostu Necmettin Güvenli'yi kaybetmişti. Bu olaylardan önce, rüyasında iki uçağın dikey olarak semaya doğru uçtuğunu, yükseklere çıkarak gözden kaybolduğunu görmüştü. Bazı rüyaları tekrar tekrar görüyordu. Bu yüzden babasıyla dostunun aynı sene vefat etmesi onda büyük sürpriz olmadı.

Fethullah'ın kalbi sürekli babasının ayrılığı sebebiyle alev alev yanıyordu. Bu olay, vaiz olarak Manisa'ya tayini çıktığı sıralara denk gelmişti. O vakit, babasının elini öpmüş ve göreve gitmek için kendisinden izin istemişti. Fakat hasta baba, oğlunun Perşembe gününe kadar yanında kalmasını istiyordu.. Fethullah susmuştu. Babası oğlunun çalışma arzusunu çok iyi biliyordu, onun herhangi bir vaizden daha fazla işlerinin olduğunu da biliyordu. Derin bir nefes aldı ve:

– Git oğlum! Burada seni bir çift göz bekliyor fakat orada binlerce göz bekliyor, dedi.

Fethullah görevine dönmek üzere yola çıktı.. bir hafta sonra muhterem babasının vefat haberini aldı. Öğrendiğine göre Perşembe günü vefat etmişti, o zamana kadar beklemesini istediği gün... tekrar Erzurum'a döndü. Uzun yolu kat ederken içi içini yiyor ve Perşembe'ye kadar beklemediği için büyük pişmanlık duyuyordu. Babasına veda etme fırsatı bulamamış ve son anlarında başında ona refakat etmekten de mahrum kalmıştı.

## *RASTGELE TAYİNLER*

Zalim idare, bu hizmet insanının düzensiz ve istikrarsız bir hayat yaşaması hususunda hırs gösteriyordu. Rastgele değişikliklerin, bir şehirden öbür şehre ani tayinlerin kırbacıyla üzerine saldırıyorlardı. Çok kısa aralıklarla oluyordu bu tayinler. Hatta bir yerdeki görevi tam netleşmeden yeni tayin bildiriliyordu. Onun işlerini takip edenler onun hareketlerini izliyorlardı. Ne zaman bulunduğu yerdeki insanlarla sıcak bir alâka kurup halka sevgiyle kalbi atmaya başlıyor, hemen onu alıp bir sürgüne göndererek önceki yerinde oluşan sevgi bağlarını koparıyorlardı. Yalnız Fethullah onların kötü emellerini boşa çıkarıyor, onların zannettiğinden daha hızlı hareket ediyordu. Onun sözleri denizlerdeki göçmen balıkların yumurtaları gibiydi, yumurtalarını mercan adacıklarına bırakıyor ve ayrılıp gidiyordu. Aradan kısa bir süre geçtikten sonra yavrucukları dünyaya geliyor, büyüyor, sonra da ilk sürüleri neredeyse onları bulup sürüye katılıyorlardı. O henüz yeni bir yer edinmeden yeni bir sürgüne, ardından yeni bir sürgüne.. hicretten yeni bir hicrete koşuyordu.. eski yerler hizmeti ve davası adına yardım ve destek kaynağı oluyordu.

Bu yüzden, Manisa'dan Bornova'ya taşınırken zorlanmadı. Daha önce zikrettiğimiz kin ve nefret nazarları onun davasına zarar veremedi ve onu parçalayamadı. Bilakis, Bornova'ya gitmesi davası adına yeni dönüşümlere ve daha kök salmasına vesile oldu. Bu yeni şehir İzmir merkeze uzak da değildi.

Bu tayinler ve yer değişiklikleri olurken, namaz kılmayan kitlelere ulaşmak maksadıyla cami dışında konuşmalar yapmaya başladı, tıpkı kahvehanelerde sohbet etmeyi de ihmal etmediği gibi. Nerede olursa olsun, gençlerin sorularına cevap veriyor, İslam düşmanlarının ortaya attıkları şüpheleri gideriyordu. O dönemde inkar düşüncesine sahip felsefi yaklaşımlar özellikle üniversite hocaları, üniversite talebeleri ve kültürlü insanlar arasında yayılmış ve iyice azmıştı. Vaiz, Batı felsefe kitapları arasından farklı düşüncelere sahip olanlarından bir kepçe alıyor, sonra bu ağır yüklerin üstesinden gelecek farklı kitaplar okuyor, asrın getirdiği tereddütlere cevaplar veriyor, dine ve dindara yöneltilen hücumları göğüslüyor, açık deliller ve sağlam mantık üzerine bina ettiği şeylerle Yaratıcıyı inkara dayanan evrim teorilerini paramparça ediyordu. Kur'ân-ı Kerim temel kaynağıydı ki, onu âdeta yutmuştu. Allah'ın enfüsî ve âfâkî âyetleri onun için âdeta harfleri ve kelimeleri apaçık okunan kitaplar halinde tecelli ediyordu. O kitaplardan hem vaazlarında hem de konferanslarında dinleyenleri hayretlere düşüren bilgiler anlatıyordu.

O dönemde, çeşitli konularda konferans ve vaaz vermesi için memleketin dört bir yanından art arda davetler geliyordu. Öyle ki, artık nerdeyse doğudan batıya gitmediği şehir kalmamıştı. Hatta, 1977 yılında Türklere sohbet etmek üzere Almanya'ya gitti. Pek çok şehri dolaştı ve vatan evladına dinleri ve kültürleri adına sahip oldukları asaleti tazelendirici konuşmalar yaptı.

Bunun yanında aynı dönemde –iç bünyeye yönelik– talebelerinin çıkardığı, farklı konu ve seviyelerde bazı dergilere başyazılar yazmakla meşgul oluyordu. Bu makaleler daha sonra kitap haline getirilerek basıldı ve diğer dillere çevrildi.

## *GERÇEK MÂNÂDA OKUL*

İzmir, yeni Nur medresesinin beşiğiydi... Onun yetmişlerde kurduğu yeni okul geçen asırdaki bilinen okullardan değildi... Asla! Evet ilkokul, ortaokul bölümleriyle dışardan devletin kanunlarına bağlı, Milli Eğitim Bakanlığı'nın ders programını takip eden okullardı. Fakat onları diğer okullardan ayıran en önemli cevher, öğretmendi. Yani eğitimci, yani muallim, yani müderristi genel anlamda. İşte işin püf noktası burasıydı. Fethullah Gülen'in okullarındaki müderris, gerçek bir muallimdir. Onun eğitim halkasından çıkan ve bir yerden başka yere koşturup duran eroğlu erleri ağızlarıyla konuştukları kadar, belki de daha fazlasını gözleriyle konuşurlardı. Kalp dillerini güzelleştirmişlerdi.. büyük üstadlarından aldıkları kalplere işleyen nurun ışıklarıyla çocukların, öğrencilerinin veya gençlerin gözlerine nazar ederler ve onların ruhlarını yüce ruhun pencerelerine uyandırırlardı.. hemen boyunlarını semaya doğru uzatırlar ve kalpleri üzerine sarkan cennetin üzüm salkımlarını görürlerdi. Sonra hakkın ve güzelin suretlerine âşık olurlar ve kalpleri oradan nur kandilleri alırdı. Okullar taşlaşmış ders programları ve katı kanunlara rağmen hayır şelaleriyle coşuyordu.. binlerce kalp insanı mezunla kaynayıp coşuyordu.. öyle ki bunlar her yere yayılıyorlar ve yeni zaman medeniyetinin inşasının yüksek altyapısını kuruyorlardı.

İzmir'de yeşeren okul tecrübesi her yere yayıldı.. bunlar sevgi dalları ve müjde mektuplarıydı. Öğrencileri bu işi omuzluyor, onu seven iş adamları da finanse ediyordu. Bina yapmada, satın almada ve kiralamada birbirleriyle yarışıyorlardı. Nihayet Anadolu'nun bütün şehirleri bu okulların imarıyla şeref buldu.

Ankara zor bir şehirdi. İlk olarak teessüs eden bu okullardan birisi İzmir'den sonra Ankara'daydı. Orada bir yanda cehennem ormanları, öbür tarafta hiç bitmeyen bir gönül denizinden kaynayıp gelen barış ve selamet şelaleleri vardı. Ankara, korkutucu ve ürkütücü bir şehir olmaktan çıkmış; manevi ışıklar yayan, sevgi ve esenlik güvercinleri gönderen bir şehir haline gelmişti. Birkaç sene geçmemişti ki, bütün Anadolu'da güller açmaya başladı.

## *BEŞİNCİ KAT*

"Beşinci Kat" aslında beş katlı veya daha yüksek binaların en üst katıdır. Fakat bu ibarenin Fethullah Hoca'nın talebelerinin ıstılahında hususi bir delâleti vardır.. derin içeriğe sahip ruhî hakikatleri, imanî delilleri, talim, terbiye ve onun davasının esrarını içinde barındıran bir delâlet..

"Beşinci Kat"ta, seçilmiş talebelerine tefsir, hadis, fıkıh, Arapça vesair ilimleri ders veriyordu. Saklandığı, ortada kaldığı ve arandığı dönemlerde bile ders okutmaktan vaz geçmemişti. "Beşinci Kat"ın onun gönlünde de özel bir yeri bulunuyordu, onunla derince bir vicdanî bağı vardı. Yine onun gönlünde öyle bir makamı vardı ki, sanki onun balkonlarından ruhun nurları doğuyordu. Güvenlik sebebi ve benzeri bir zaruret durumu olmadıkça oradan ayrılmıyordu. "Beşinci Kat" onun için sanki bir Hira Mağarası, bir Sevr Mağarası, bir Erkam İbn Erkam'ın evi hükmünde veya Mekke'deki Şi'b-i Ebî Tâlip (Ebû Talib mahallesi) idi. Halveti oradaydı, celveti oradaydı, sürgünü oradaydı, hapsi oradaydı, sohbeti oradaydı, meclisleri oradaydı... Aylar ayları takip ediyordu ve hep oradaydı, hep yuvasında kalıyordu, orayı terkedip bir başka yere gitmiyordu; tâ ki bir işaret, bir uyarı gelinceye veya yolculuk ve mekânı değiştirmesi için bir zaruret söz konusu oluncaya kadar.

Hayatında "Beşinci Kat" buydu. Hatta şöyle denebilir: Türkiye'de, dini tecdit hizmetlerine ait ne varsa buradan yapıyordu. Hizmetin kapılarını bütün âleme hem de bütün âleme buradan açıyordu.

Orada otururken samimi ve ihlâslı talebelerine müessir konuşmalarını yapıyordu, iş adamlarından ve imkân sahibi insanlardan kendisini ziyarete gelenlere ufak bir işareti, orada burada okul fideleri dikmelerine yetiyordu ve sınıflar çocukların gençlerin cıvıltıları ile doluyordu. Kara tahtalara resimler çiziyor, yeni ümit levhaları resmediyorlardı. Yine onun bir tek sözüyle üniversiteler inşa ediliyor, yüksek kalitede hastaneler yapılıyordu. Bu hastaneler her yerden gelen hastalara, ihtiyaç sahiplerine kucak açıyordu. Hak namına mücadele edecek medya, gazete ve televizyonlar inşa ediliyor, insanları kötü görüntülerden koruyup güzel ve hayırlı görüntüleri yayınlayacak uydu kanalları kuruluyordu.

Henüz davasının 25 yılı geçmemişti ki, hizmet birçok büyük iktisadî müesseselerle, güçlü medya kurumlarıyla, yüksek karakterli, ihlâsla hizmete sarılmış dava adamlarından oluşan barikatlarla çepeçevre sarılmıştı. Öyle ki, bunlar yeni dönemde, hayatî her sektörde ümmetin bayrağını yükselten sağlam direkleri omuzlarında taşıyorlardı.

## *1980 ASKERİ İHTİLALİ*

Modern Türkiye'de askeri inkılapların tarihini araştıran birisi on yılda bir tekrar ettiğini görür. Yani yaklaşık her on yılda ordu, halka ve siyasilere genel anlamda devlet idaresinde birinci sözün silahlı kuvvetler ait olduğunu hatırlatmak için kanlı darbeyle müdahale eder. Bunu iyiye doğru değiştirmek de mümkün değildir.

Ravi anlatıyor:

1980'in 12 Eylül'üydü.. o gün Başbakan, Süleyman Demirel'di.. ihtilalin komutanı ise General Kenan Evren'di. İhtilal zalimce ve barbarca idi. İhtilal sebebiyle arananlar listesine 1.000.683 şahıs kondu.. bunlardan 650 bini tutuklandı.. 230.000 şahıs uzun müddet hapis yattı. Bunlardan 517 adam idam cezasına çarptırıldı ve onlardan ellisi idam edildi.7

Sağcılarla solcular arasındaki kavga o günlerde iyice kızışmıştı.. radikal Marksist-Leninist grupların sloganları her tarafa yayılmıştı. Amerika ile Sovyetler Birliği arasındaki kavganın adı artık soğuk savaştı ve savaşın faturası Türklere kesilecekti. İster onlardan olsunlar ister bunlardan...ve etrafta delice bir slogan yükseliyordu:

"Hele önce bir yıkalım sonra düşünürüz ne bina edeceğimizi..."

Farklı ülkelerdeki sivil çatışmaların sloganı buydu.. gizli eller üniversitelerde ve sokaklarda toplumun gençlerini korkunç askeri ihtilalin gerçekleşmesine zemin hazırlayacak faaliyetlere sürüklemek suretiyle onlarla âdeta oynuyorlardı ve yaşın yanında kuru da gidiyordu.

Gülen, olup bitenin çok iyi farkındaydı.. bu sebeple arkadaşlarını ve diğer İslami hareketlerdeki gençleri, gelişmelerin sonuçları ve onun ateşiyle yanma tehlikesi karşısında uyarıyordu.

---

[7] Zaman Gazetesi, 12 Eylül 2009 tarihli baskı.

İhtilalin hemen akabinde emniyet güçleri İzmir ve civarında dava adamı vaizi aramaya koyuldular. Öyle ki, büyük sıkıntı içinde hatta boğuluyor hissetti kendisini.. ve Diyanet İşleri Başkanlığı'ndan tayinini talep etti.. bu talebin ardından Çanakkale'ye tayini gerçekleşti. Fakat ihtilalciler sıkıyönetim ilan ettiği için durum gittikçe kötüleşiyordu. Arananları tutuklamaya başladılar. Gülen de askeri istihbarat tarafından vatanın her karış toprağında aranıyordu... Ve resmi -sanki tehlikeli bir teröristmiş gibi- askeri binaların ilan tahtalarına asılmıştı.

O, toplumun derinliklerine dalmıştı.. sığınılacak yerler ile barınılacak yerler arasında gidip geliyordu.. yaklaşık altı sene aranan ve kaçan bir insan gibi yaşadı. Fakat bu zaman zarfı içinde hiçbir zaman hizmet çalışmalarına, tam bir ihlâs ve ısrarla iman hizmetine koşturmalarına fütur getirmedi. Bazen bir yerde gizleniyor bazen diğer bir yerde.. talebeleri onun yanına hususi bir nizamla giriyorlardı ve aylarca orada hep birlikte çıkmadan itikaf hayatı yaşıyorlardı. Kur'ân ilimleriyle meşgul oluyorlar ve hizmete dair işleri görüşüyorlardı. Tâ ki emniyet güçlerinin mekâna baskınını takip için görevlendirdiği kimselerden bir uyarı veya işaret gelinceye kadar.. Böyle bir durumda hemen arkadaşlarıyla beraber bir başka mekâna veya başka bir mahalleye hatta başka bir şehre intikal ediyordu.

# *İŞARETLER*

Bir gün, İstanbul'daki Beşinci Kat'ın pencerelerinden karanlık ufka doğru bakıyordu. Birden bir kısım uçakların binanın üstünde döndüğünü gördü. Gidip geliyorlar ve sonra da onların bulunduğu mekânın üstünde garip bir şekilde dönüyorlardı. Bir süre bu manzara karşısında öylece düşünceye daldı. Sonra birden talebelerine seslendi:

"Hadi hemen burayı terk ediyoruz!"

Hep birlikte o mekândan ayrıldılar ve gizlice başka bir yöne doğru yöneldiler.. biraz sonra polis Beşinci Kat'ı bastı, her tarafı didik didik aradı; fakat bir şey elde edemedi.

Yine arandığı günlerden birisi. Bütün vücudu alerji sebebiyle yara bere içinde ve çok acı çekiyor hatta hareket etmekte dahi zorlanıyordu.. ders vermek için sandalyeye oturmak istediğinde bile ciddi ızdırap duyuyordu. Talebelerinden birisi koşarak geldi ve derhal mekânı boşaltmaları gerektiğini söyledi; fakat hasta haliyle nasıl hızlı hareket edecekti ki! Talebelerine hemen Beşinci Kat'ın odalarına dağılıp gizlenmelerini söyledi.. geniş ders salonunda tek başına kalmıştı. Sonra da bir perdenin arkasında saklandı. Fakat o kısa süre âdeta seneler gibi geçti. Acı bütün vücudunu sıkıyor, ter baştan ayak topuğuna kadar iniyordu. Henüz birkaç dakika olmuştu ki, polis mekânı bastı. Beşinci Kat'ın bütün odalarını köşe bucak didik didik aradılar. Bir kapıdan öbürüne koşuyorlardı; fakat orada talebeden başka bir şey bulamıyorlardı. Öbür odada da talebe vardı, ötekisinde de. Ancak onlar Gülen'i arıyorlardı, o an için talebeye ihtiyaçları yoktu. Ders salonunu dönüp dolaşıyorlar, ileri geri gidip geliyorlar ve onun bir anda kaybolması hakkında hayretler içinde konuşuyorlardı. Çünkü ellerindeki istihbarat bilgisi onun orada olduğu hususunda kat'iydi. Perdenin arkasında onların konuşmalarını ve kalın ayakkabılarının çıkardığı sesi duyuyordu. İçlerinden birisi azıcık eğilse veya elini uzatıp perdeyi azıcık sıyırsa onu çömelmiş oturuyor vaziyette, kan ter içinde ve gizlendiği küçücük yerin teriyle ıslandığını görecekti. Arama süresi uzadı, gizlendiği yerde zor nefes alıyordu ve teri gittikçe artıyordu, hatta elbiseleri bedenine yapışmıştı. Allah, polislerin perde arkasındakine uyanmaları konusunda âdeta gözlerini kör etmişti. Nihayet tamamen ümitsizliğe kapıldılar ve perişan bir vaziyette çıkıp gittiler. Ardından o, gizlendiği yerden çıktı. Salonda biraz yürüdü ve daha kolay hareket edebildiğini farketti. Baktı ki, vücudunda kendisine elem veren yaraların hepsi kaybolup gitmişti.

Kendi hakkında ilâhî inayetin bulunduğu ve onu bir haşere vasıtasıyla hata yapmaktan koruduğu bir hadiseyi asla unutamıyordu. Kamp günleriydi. Talebelerine marifetullah hakkında ders yapıyordu.. ders halkası ormanın içinde ağaçlar arasındaydı. Delillerle, izahlarla ve şerhlerle konuyu derince anlatmaya dalmıştı.. o esnada konuya açıklık getirme ve konuyu daha anlaşılır kılma maksadıyla rububiyet hakikatine dair bir kısım misaller vermek aklına geldi. Daha ağzını yeni açmıştı ki, tırnakları ve kanatları olan garip bir haşere (dana burnu) ormanın ortasından çıktı, kalabalığın başlarının üstünden uçtu, döndü dolaştı. Sanki birini arıyordu. Sonra doğrudan Fethullah Hoca'nın ağzına yöneldi, ayaklarıyla ve tırnaklarıyla alt ve üst iki dudağını birbirine yapıştırdı. Tamamen konuşamaz hale getirdi. Hemen onu kovmak istedi ve elini ağzına götürdü; fakat haşere iki dudağına yapışmıştı. Kuvvetle onu yerinden kopardı ve uzağa fırlattı. Sonra da hiçbir şey olmamış gibi tekrar dersine döndü. Yine aynı ibarelerle konuyu anlatmaya başlıyordu ki daha ilk harf ağzından çıkar çıkmaz o garip haşere havada halkalar çizerek yeniden belirdi. Talebeleri haşerenin ikinci defa hocalarına zarar vereceğinden endişe ettiler. Ve yine korktukları şey oldu. Haşere bir ok gibi onun yüzüne yöneldi, ikinci kez yine tırnaklarıyla onun ağzını kapattı. Bunda bir işaret gördü; kullandığı sözlerin, tabirlerin rububiyet makamına uygun olmadığını düşündü ve kendini ağlamaya saldı. Rabbine istiğfar ediyor ve cahillerden olmaktan Allah'a sığınıyordu.

Onun hayatında bu ve benzeri şeyler çoktu. O içli dualar ve münacatlar sahibi birisiydi. Rabbinin huzurunda bolca gözyaşı döken birisiydi. Geceleri yalnız başına Allah'a kulluk eder, küheylanına bindiğinde de misk tozlarına dalar, dava ve cihad bölüklerine kumandanlık ederdi.

Daima yüksek bir verâ makamında durur, şüpheli şeylerin en küçüğünden dahi sakınır, hatta zaman zaman kendine zarar dokunsa da bazı mubahlardan bile uzak dururdu. Ancak temiz ve helal şeyle gıdalanır veya tedavi olurdu. Talebelerinden bazı ileri gelenleri Beşinci Kat'ta onun ders verirken rahatsızlandığı günü asla unutamazlar. Zaman zaman böyle olurdu. Yan tarafına hafifçe baygın vaziyette uzandı. Talebeleri ilacını getirmek için şimşek gibi odasına koştular; fakat baktılar ki ilaç bitmiş. Kolları yanlarına inivermişti, bu esnada hocaları yarı baygın vaziyette talebelerin hareketlerini izliyordu. Derken bir talebesi koşarak yanına geldi, elinde bir hap vardı. Hocasına uzattı, ilacı eline bıraktığında hocası kısık bir sesle ona sordu:

"İlacı nereden aldın?"

Beşinci Kat'ın duvarındaki ilk yardım kutusundan aldıklarını söylediler. Bu kutu herkesin kullanması için hazırlanmış küçücük bir eczane hükmündeydi. Durumunun zor olmasına rağmen ilacı almaktan vazgeçti. Neden böyle yapmıştı? Zira bütün hayatı boyunca vakıf malından hiçbir şey yememiş ve vakıf malını kullanma selahiyetini kendinde görmemişti. Böylece yarı baygın bir vaziyette Cenab-ı Allah'ın ondan bu sıkıntıyı gidermesini beklemişti.

## *HZ. MUSA'NIN TABUTUNDA*

"Beşinci Kat"ın dışında kalırken, onun gizlendiği yerleri bilen talebesinin sayısı gerçekten çok azdı. 80 ihtilalinden sonraki günler bunu gerektiriyordu. Bu bazen bir boş daire veya bir okul oluyordu. Bir keresinde çok sevdiği bir dostunun evindeydi. Bu dostu ileri gelen bir iş adamıydı. O iş adamının bir annesi vardı ki, kendisini kendi evladı gibi sever, ona çok ilgi gösterir, ihtiyaçlarını takip ederdi. Bazı zamanlar, dışarı çıkıncaya kadar orada kendisi için hazırlanmış, hususi bir odada kalırdı.

Bir gün, meçhul bir gizlenme yerindeydi.. Beşinci Kat'tan oldukça uzaktaydı, şartlar gerçekten çok zordu. Vakit geceydi, hizmete müteallik çok önemli bir mesele zuhur etti. İşin halledilmesi için has talebeleriyle bir araya gelmesi gerekiyordu.. Henüz kesin karar vermeden buna bir yönüyle istişare etmek, diğer yönüyle de kendisine gelen bazı haber ve bilgileri pratiğe geçirmek için ihtiyacı vardı. Kardeşlerin hepsi Beşinci Kat'taydı, O ise gizlendiği yerde... Bir araya gelmeleri mümkün gözükmüyordu.. Buluşmayı Beşinci Kat'ta yapmaya karar verdi.

Gecenin bir yarısı gizli mekânının kapısının önünde bir küçük kamyonet durdu. Arabadan onun sırrını ve durumunun hususiyetini bilen üç talebesi indi ve onun yanına girdiler. Orada açıldığı zaman yatağa dönüşen bir kanepe vardı. Toplanınca da oturmalık koltuk oluyordu. Kalktı, kanepenin altını açtı. İçine yastıklar ve yorganlar konmuştu. Onların hepsini çıkardı ve boylu boyunca yan tarafı üzerine kanepenin içine uzandı. Üzerinin kapatılmasını emretti. Yine koltuk gibi bir hal almıştı. O, kanepenin içinde kalmıştı. Talebeler kanepeyi omuzlarında taşıyıp küçük kamyonete yüklediler. Sonra da kanepenin üzerine oturdular. Oturulacak yerinde Mustafalar, altında da hocaları... Kamyonet hareket etti, İstanbul'un sokaklarını kat ediyor, orada burada emniyet güçlerinin önünden geçiyorlardı. Fakat kimse onlardan şüphelenmemişti. Nihayet toplantı yeri olan Beşinci Kat'ın kapısına ulaştılar. Talebeler hemen indiler ve kanepeyi bir kez daha omuzlayıp binaya girdiler. Hususi merdivenin kapısına gelince kanepeyi açtılar. O, süratle içerden çıktı ve hemen Beşinci Kat'a yöneldi. Bir araya geldikleri arkadaşlara, hiç akıllarının ucundan geçmeyecek bir sürpriz yaptılar ve Allah'ın izniyle toplantı gerçekleşti.

## *GİZLİCE VERİLEN DERSLER*

Bütün bu olanlardan daha garibi, bu üstadın her şartta ilmi müzakereler ve ders verme konusundaki ısrarıydı. Kaç kez arandığı dönemde arabada ders anlatmıştı. Talebeleriyle bir arabaya biniyor, dersini bir dönem öyle veriyordu. Talebelerinden birisi arabayı sürüyor, diğerleri arkada veya önde hocalarını dinliyordu. Kendisi, konuları şerh ve tefsir ediyordu. Tıpkı, camide veya Beşinci Kat'ta halkada ders verir gibi. Mücahit muallim, tâ Burdur'da 12 Ocak 1986'da yakalanacağı ana kadar da bu acayip hal üzere dersini vermeye devam etti.

Yakalandıktan hemen sonra, hizmetinin merkezi konumundaki İzmir'e yargılanmak üzere sevk edildi. Fakat Allah'ın kaderi işin içine girdi ve hemencecik salıverildi.

Ordu o sıkıntılı yıllarda demokrasinin üzerindeki kontrollerini azaltmış ve bir kez daha idareyi sivillere teslim etmişti. Genel seçimler yapılmış, başbakanlığa Turgut Özal seçilmişti.

Turgut Özal, kalbi hayırla atan bir idareciydi. Onunla eskiden gelen bir gönül bağları vardı. Daha önce bu vaizin, sohbet meclislerinde vaaz şerbetinden kâse kâse yudumlamıştı. Onun vaazlarından aldığı manevi basiret esintileri kalbindeki gizli imanı ortaya çıkarmıştı. Öyle ki, bu iman bütün siyaset hayatı boyunca ona yoldaş olmuştu. İster başbakanken isterse daha sonra cumhurbaşkanıyken... Resmî olarak açıktan cuma namazı kılan ilk başbakandı. Siyasî tecrübesi ve Batı devletleriyle kurduğu özel ilişki sayesinde orduyu kontrol edebiliyordu. Kısmen orduyu kışlasına sokmayı başarmıştı. Bu sayede Türkiye'de özgürlükler üzerindeki sınırlamalar kaldırılmıştı. Onun siyaset yaptığı dönemin İslami hizmetlerde ve her tarafta hayır işlerinin yayılmasında büyük tesiri olmuştu. Ta ki, ansızın garip bir şekilde vefat edeceği zamana kadar.

Allah onu rahmetiyle kuşatsın.

Fethullah Hocaefendi'nin tutuklanma haberi Başbakan Turgut Özal'ın ofisine ulaştı. Gece yarısıydı, hemen bakanları topladı. Emniyet güçlerinin acilen uyması emriyle Fethullah Gülen Hocaefendi'nin suçsuzluğunu dile getiren bir hükümet bildirisi çıkardı. Bunun üzerine İzmir Emniyet'i hemen onu salıverdi.

O, bu geçici rahatlığı iyi değerlendi, bütün ülkeyi dolaşmaya başladı. Şehirden şehre geçerek arkadaşlarını ziyaret ediyordu. İslami hizmetleri geliştiriyor ve onu âdeta yok etme veya sindirmenin tepesinde bir sopa haline getiriyordu. Nihayet aynı senenin 6 Haziran'ında hayatında ikinci kez Beytullahi'l-Harâm'ı ziyaret etmek üzere yola çıktı. O, hacta iken Türkiye'de siyasî hava gerildi. İslami hizmetlerin gelişmesinde büyük payı olan bazı şahısların başı sıkıntıya girdi. Emniyet güçleri aynı sebeple Fethullah'ı da aramaya başladılar. Yeni beraat etmiş olsa da hakkında ikinci kez yakalama kararı çıkardılar.

Arkadaşlarından ve talebelerinden yanında olanlar ısrarla Medine'de kalmasını tavsiye ettikleri halde kendisi kabul etmedi ve Türkiye'ye dönmeye karar verdi. Suriye sınırından geçerek, karayolu ile gizlice Türkiye'ye girdi. Sonra doğrudan gizli bir şekilde İzmir'e gitti ve emniyete teslim oldu. Fakat mahkeme çok kısa bir sürede beraatla neticelendi. Sonrasında tekrar camilerde vaazlar vermeye başladı.

Hizmet düşüncesi artık bütün Türkiye'ye kök salmıştı. Artık onu bitirme, yok etme imkânı yoktu. İlmî, iktisadî ve medyaya dair müesseseleriyle hemen her alanda söz sahibiydi. O, basiret gözüyle karanlık ahtapotun, tekrar onu yakalamak için yavaş yavaş her yere uzandığını görüyordu. Zaman uyusa da o sürekli uyanık kalarak korunmaya çalışıyordu.

## KAHRAMANLIK VE HÜZÜN ŞAİRİ

O, zor dönemlerde çok halvet yapıyor, ümmetin halini teemmül ediyor ve çareler düşünüyordu. Osmanlı'nın şânını yâd ediyor ve daha sonra iç ve dış düşmanlar tarafından başına örülen çoraplarla ne üzücü bir sona maruz kaldığını düşünüyordu. Daha sonra Türk halkının maruz kaldığı korkunç belaları düşünüyordu. Bazı hikmet incileri yakalıyor ve ağlıyordu... Bu dönemde birçok şiir yazdı.

Bir halvette çoşkun bir ruh haletiyle kanlı günleri hatırlamaya başladı. Yarasına yeni yaralar eklendi. Sonra o yaraların kanı ve gözyaşlarıyla alevli bir şiir yazdı.. Osmanlı hilafetinin süvarisi hakkında... Bu kahraman Nemçe hududuna kadar Batı'nın kapılarını açmıştı. Orada İslam dinini yerleştirmiş ve oraları karanlıklardan çıkarıp nura gark etmişti; fakat Batı güçleri duvarlarının arkasından sürekli onu izliyordu. Azıcık gafletini görür görmez kılıcını çekti ve onu kalbinden avladı ve Osmanlı hilafetini düşürdü. Fakat din uğruna dert çekip inleyen zat Türk halkının ileri gelenlerini uyandırdı ve kaybedilen hazineyi tekrar geri almak için mücahedeye başladı. Daha yolun başındayken 1960'ta ilk askeri ihtilal gerçekleşti. Çoğunluğun hayallerini paramparça etti ve Fethullah buna çok ağladı... Bu ve bunun gibi sâikler sebebiyle (ona kavuşma hasretiyle) yanık "Millet Ruhu" şiirini yazdı:

*Bir yiğit vardı gömdüler şu karşı bayıra*
*Arkadan kefenini, gömleğini soydular*
*"Aman kalkar!" deyip üstüne taşlar koydular*
*Bir yiğit vardı, gömdüler şu karşı bayıra.*

*Yiğidim, hele anlatıver olup biteni*
*Sen dertli, vatan dertli, oturup ağlayalım*
*Ağlayıp sinelerimizi dağlayalım*
*Yiğidim, hele anlatıver olup biteni.*

*Ses ver yiğidim, yoksa beni duymuyor musun*
*Yıllar var ki hep hayalinle oynaşıyorum*
*Kalkıp geleceğin ümidiyle yaşıyorum*
*Ses ver yiğidim, yoksa beni duymuyor musun?*

*Sırtımda ardan bir gömlek, yılların vebali*
*Ümitle ışıldayan gönlüm, seni bekliyor*
*Kah göklerde uçup, kah yerlerde emekliyor*
*Sırtımda ardan bir gömlek yılların vebali.*

*Her tarafta harap eller, baykuşlara bayram*
*Köprüler birbir yıkılmış ve yollar yolcusuz*
*Gelip uğrayanı kalmamış çeşmeler, susuz*
*Her tarafta harap eller, baykuşlara bayram.*

*İradelerde çatırtı, ruhlarda müthiş şok*
*Tarihi yağmaladı bir düzine talihsiz*
*Değerler alt üst oldu, mukaddesat sahipsiz*
*İradelerde çatırdı, ruhlarda müthiş şok.*

*Tıpkı rüyalarda olduğu gibi diril, gel*
*Beyaz atının üzerinde bir sabah erken*
*Gözlerim kapalı ruhumda seni süzerken*
*Tıpkı rüyalarda olduğu gibi diril, gel!*

M. Fethullah Gülen, "Millet Ruhu", *Kırık Mızrap.*

## *ORTA ASYA*

Sovyetler Birliği dağılıp paramparça olunca Türki Cumhuriyetler özgürlüğüne kavuştu. Öyle ki, demir çarkları arasında bir dönem zorluklar içinde, korku ve ızdırap çeke çeke ezilmişlerdi. Fethullah Hoca, bu hususa erken uyandı. 1989'un Kasım ayında İstanbul Süleymaniye Camii'nde tarihî dersini verdi. Hizmet insanlarının ve mütevelli olarak hizmete gönül vermiş iş adamlarının, Orta Asya'ya hizmetlerin götürülmesi, Özbekistan, Azerbaycan ve Tataristan gibi ülkelere hicret edilmesi konusunda hissiyatını coşturdu. Hususiyle, daha önceden Osmanlı ile irtibatı olan devletlere.. ve kısa bir zaman zarfında bu ülkelerin pek çoğuna hatta Rusya içlerine kadar Türk okulları ve şirketleri kuruldu. Moskova'da ve dünyanın her yerinde bu okullardan açıldı.

## *YENİ BİR HÜZÜN SENESİ*

1993 senesi Nisan ayının 17'sinde, sevgili dostu Ali Katırcı'nın evinde kaldığı odada yatağa yaslanmış oturuyordu. Uzun yoldan gelmiş, bir miktar dinlenme imkânı arıyor, biraz güç toplamak istiyordu; zira yarını inşa adına gerekli hazırlıkları yapmak için hazırlanıyordu. O bu halde iken pencerede hafif bir tıkırtı, gagalama gibi bir şey işitti. Önce kaldığı yerin çocukları zannetti. Herhalde odanın önünde oynuyorlar, pencereye de vuruyorlar diye düşündü. Fakat gagalama sesi ısrarla devam ediyordu. Art arda ve intizamlı bir şekildeydi. Kafasını kaldırdı ve pencereye yöneldi. Gördü ki dışarda bembeyaz bir güvercin pencereyi gagalıyor. O ona, o da ona baktı. Sonra kuş uçtu gitti. Az sonra bir haber geldi. Biraz önce Cumhurbaşkanı Turgut Özal'ın vefat ettiğini haber verdiler. Daha sonra üzüntü ve kederini ifade eden bir taziye telgrafı gönderdi. Öyle ki, o gün Cumhurbaşkanının vefatı, ümmetten daha önce hiç kimsenin vefatının üzmediği kadar onu üzmüştü.

Aynı senenin Haziran ayının 28'inde ise validesi Rafia Hanımefendi diğer çocuklarıyla birlikte kaldığı İzmir'de vefat etti. Derhal oraya giderek annesinin cenaze namazını kıldırdı. Elbette, mümtaz bir mürebbiye olan annesinden ayrılmak onun için hiç de kolay olmadı. Evet, Kur'ân ruhunu içinde imar eden annesinden ayrılmak hiç de kolay değildi. Bu elim kayıp için şöyle desek sezadır: O günden sonra -yaşına ve olgunluğuna rağmen- bir açıdan kendini hep yetim hissetti. O sene, gerçekten onun için tam bir "hüzün yılı"ydı.

## İSTANBUL'UN FETHİ

İstanbul... Medeniyetlerin anası. İstanbul'a sahip olan bütün yeryüzüne sahip olur, İstanbul'u kaybeden bütün yeryüzünü kaybeder...

Fatih Sultan Mehmet onu muhasara ettiğinde, dünya kadar zorlukla karşılaştı.. sonra Allah'ın yardımı ve fethi geldi. Ondan önce sahabe, tabiîn ve asırlarca Müslümanlar onu fethetmek için savaştılar, mücadele ettiler; fakat Allah'ın takdirinin gerçekleşmesi için henüz vakit gelmemişti.

Karanlık asrı çözüldüğünde, İstanbul nurdan bir çığlığa muhtaç durumdaydı...

Bu zamanda ağlayan sadece Muhammed Fethullah Gülen'di... ağlaması bir âcizin itirafı veya ümitsiz birinin pişmanlığı değildi; o, başka bir dildi... öyle bir dil ki, yüksek dağların tepelerinden bütün âleme doğru uzanmış kayalıklarda nuru çakardı ve kuşlar, insanlığı karanlık dönemden çıkaracak müjde şimşeklerini şakıyorlardı.

1977 senesi Ağustos'un 26'sıydı... İstanbul'da ilk şimşeğin çakma zamanı gelmişti.. güvercin Fethullah'ın "Yeni Cami" deki ağlamalarıyla birlikte buluşma yerinin üzerine konmuştu. Orası İstanbul boğazının kenarındaydı. Eski onlarca minare ve geçmiş elemleri içinde saklayan kubbelerin arkasından Fethullah son karanlıklar asrındaki ilk nur çığlığını attı... Martılar o ilk alevli parlaklığı yakalayınca tarihin hüzünleri heyecana gelivermişti.. ve "şimşek" İstanbul'un bütün ufuklarında çakmış, her yerde karanlığın yarasaları korkuya kapılmıştı!

Bu ilk yudumdu.. sonra Fethullah İzmir'deki ilk mekânına döndü... Fakat İstanbul bir kez "Nur"un güzelliğini tatmıştı.. minareler ve kubbelerin kanatları o içli ağlayışlara iştiyakla titriyordu. O ise merhametli bir baba gibiydi. Zayıfların inlemeleri onu sarsardı.. kalp duvarlarını delip geçen her çağrıya kulak vermeden başka bir şey yapamazdı:

"Ey Allah'ın süvârileri at bin!"

Fethullah gecenin korkularına biniyor ve bir kere daha İstanbul'a doğru yola çıkıyordu. Selatin camilerinden birinin avlusuna bir misafir olarak iniyordu. Sultan Ahmet Camii, Süleymaniye Camii, Vâlide Sultan ve diğerleri... Sonra susamış mümin kalabalıkları, vaaz kürsüsüne ellerini uzatmış nur musluğunun coşmasını bekler vaziyette buluyordu.. Onun camideki hıçkırıklarından, iç çekişlerinden avuç avuç alıyorlardı. Onun o güzel, o yanık ağlamalarını bilmeyen güvercin ve martı kalmadı. Fethullah'ın davası İstanbul'un dört bir köşesinde sürgünlerini verdi, ağaçları dallanıp budaklandı ve şehirlerin sultanının binaları arasındaki bütün hayır okullarını kucakladı. Oradan "Nur" bütün Anadolu'ya uzanmaya başladı.. artık neredeyse hiçbir mekân kalmadı ki, o mekânın sakinleri sabahın doğuşunu iştiyakla beklemesin. Şehirler, kasabalar hatta köyler büyük bir heyecanla coşuyordu. Yankılar doğudan batıya, kuzeyden güneye dağlar ve sahiller arası gidip geliyordu.

Sonra, İstanbul, gerçekten bir başkent oldu ve yeni emir yeniden büyük bir kapı açtı. Her ülkede dine hizmeti sevk ve idare etmek için liderlik makamını ancak ruhun başkenti barındırır. Bu yüzden 1995 yılında Fethullah Hoca nihaî olarak İzmir'den İstanbul'a taşındı. Beşinci Kat'taki müstesna ikamet yerinde, ders takriri yapacağı koltuğa yerleşti. Bütün ışık ordusunun birlikleri ve onların seriyyeleri burada oluştu, İstanbul'dan yola çıkarak gazaya gittiler. Sabahın sesini bütün dünyaya ulaştırmaya İstanbul'dan başka hangi şehrin gücü yeterdi ki?

## *ULUSAL DİYALOG*

O şimdilerde ulusun yetiştirdiği büyük bir şahsiyet. Düşmanları ona karşı türlü tuzaklar ve onun aleyhine çeşitli komplolar kurmaktan asla ümitlerini kesmemelerine rağmen ona zarar vermek çok kolay değil, hürriyetini elinden almak da öyle... Bu yüzden 1996 yılında büyük çaplı bir ulusal diyalog hareketini Türkiye çapında başlatmayı başardı. Bu hedefle Türkiye'de azınlıkta yer alan diğer din mensuplarından gruplarla bağlantılar kurdu.. mesela, Katolik, Protestan ve Ortodokslar, Ermeni Cemaati ve diğerleriyle... sağdan sola bütün siyasi parti liderlerine bağlantıları uzandı. Bu diyalog görüşmelerinin Türkiye'de İslami hizmetlere uygulanan baskıların hafiflemesinde ve imanî hizmetlerin her yere ulaşmasında çok büyük rolü oldu. Bu dönemde, bütün bu diyalogların, buluşmaların gerçekleşmesinin, fikir alışverişlerinin oluşmasının ve farklı bakış açılarının ortaya konmasının arkasında organizatör kurum olan "Gazeteciler ve Yazarlar Vakfı"nı kurdu. Bu mekân –onursal başkanlığını kendisi yürütüyordu– Türkiye'nin en ileri gelen birçok fikir ve kültür adamını, her yönden fikri, siyasi düşünceye sahip insanı bir araya getiren bir şemsiyeydi. Türkiye tarihinde bu tür insanlar bu vakıf kurulmadan önce asla böyle bir maksat için bir araya gelmemişlerdi. Bu yüzden farklı kesimlerden ona karşı büyük saygı duyuluyordu. Uzaklıkların arası yaklaştırılıyor, farklı ideoloji, siyasi ve mezhebe mensup olan zıt gruplar arasında barış içinde yaşama atmosferi oluşuyordu. Sadece Türkiye içinde ve sadece fikri ve siyasi ortamlarda saygı görmüyor, hem Türkiye'de hem de özellikle Avrupa ülkelerinde, hizmet insanı bu vaizin şahsiyeti, farklı medya kuruluşlarında, konferans ve seminerlerde ortaya konuyordu.

## *DOSTUN ATTIĞI GÜL*

Mümin kişiliğin derinliklerinde koşturmayı iyi bilen bir süvariydi, tıpkı bütün insanlığa açılmayı iyi bildiği gibi... Ülke içinde ve yurt dışında yapılan bu diyalog faaliyetleri, Türkiye'de iman hizmetlerine vurulan sert darbelere ve baskılara karşı koruyucu, güçlü birer bariyer oluyordu. Hatta içerde ve dışarda pek çok kapalı kapının açılmasına vesile oluyordu. Fakat o dönemde bunu pek az insan anlayabilmişti. İslam'a hizmet ettiğin düşünen bazı kimseler, hatta bazı cemaat liderleri, İslami partiler ve bazı sufi tarikatların şeyhleri de anlayamamıştı. Kalabalık topluluklar içinde ve gazete sayfalarında acımasızca eleştiriyorlardı. Hele, Papa II. John Paul ile tarihî görüşmesini yaptığında onu tekfir ettiler, Hristiyanlığa hizmet etmekle itham ettiler; tıpkı daha önce laiklikle barışma ve zalimlere itimat etmekle de itham ettikleri gibi... Amerika'ya yolculuk yapınca hemen Amerikan istihbaratının bir ajanı olmakla suçlamışlardı. Ancak, Papa ile açıktan görüşmesi iman hizmetleri adına Türkiye'deki laik kesimin hücumlarına ve dine karşı saldırılara bir kalkan olduğu gibi Avrupa ülkelerinde ve Amerika'da hayırlı kapıların açılmasına da bir anahtar oldu.

O, iki kesim tarafından zulme uğramıştı. Bir taraftan azmış, yoldan çıkmış gruplar zulmediyor, diğer taraftan da İslam'a hizmet eden diğer gruplardaki kardeşleri zulmediyordu. Fakat en acı zulüm kardeşlerinin yaptığı zulümdü. Izdırapları eski Arap şairinin şu hikmetli sözüyle dile geliyordu:

> *"Yakının zulmü acının en şiddetlisi,*
>
> *Keskin kılıç darbesinin ta kendisi..."*

## *ŞUBAT FIRTINASI*

Yıl 1997, Şubat ayının 28'i.. Türkiye tarihinde sıradışı bir gün.. daha doğrusu korkunç siyasi bir fırtınanın patladığı gün... Silahlı Kuvvetler'in körüklediği bu fırtına kapsamlı bir ihtilal suretindeydi. Seçilmiş hükümete musallat olan farklı mahiyette bir ihtilal... hükümete zorla kanunlar yaptırtan, kararlar çıkarttıran, kendisinden buyruklar aldıran ve her alanda İslami hizmetleri muhasara eden bir ihtilal... Türk toplumundaki dindarlığın aldığı nefesler kesildi. Bu kesilme fedakarlıklar ve mücadeleler neticesinde İslam'a hizmet adına uzun zamanda kazanılan müktesebatın çoğunun yerle bir olmasına sebebiyet verdi.

Bu dönemde Cumhurbaşkanı, daha önce Demokrat Parti lideri Süleyman Demirel'di. Başbakan ise meşhur İslamcı Parti'nin lideri Necmettin Erbakan'dı. Süleyman Demirel orduya sadıktı. Fakat Necmettin Erbakan, tehdit ve zorlamalar altında din ve vatan hakkında pek çok zalim kanunun altına imza atarak siyasi hayatının vergisini ödedi. Aynı şekilde namaz kılıyor diye, eşi veya annesi başörtülü suçlamasıyla ya da velev ki uzaktan bile olsa dinle irtibatı olduğuna dair herhangi bir şüphe bulunduğu iddiasıyla yüzlerce subay askeriyeden atıldı. Yüzlerce aile keyfi olarak yerinden edildi. Başörtülü bir kadının veya dindar bir insanın devlette herhangi bir yerde görevlendirilmesi veya bir müessesede çalışması yasaklandı. Başı kapalı kızların liseden üniversiteye kadar okuma hakları ellerinden alındı. Genç kızlar başörtüsünü çıkarıp atmakla, eğitimine son verme arasında seçim yapmaya zorlandılar.

Pek çok doktor, üniversite hocası, yargıç ve savcı ve farklı bakanlıklarda idari konumda bulunan insan işini kaybetti. Daha sonra (Erbakan'ın) Refah Partisi kapatıldı.. hatta bir kısım sufi tarikatların faaliyetleri durduruldu. Fırtınanın ateşi eğitim programına, üniversite ve okulları ilgilendiren kanunlara vardı ulaştı. Orada yeşil yaprak adına ne kalmışsa hepsini kavurdu. Türkiye'de hayat dayanılmaz bir cehenneme dönüşmüştü. Bazı âlimler ve dava adamları, yangının merkezinde kalmaktansa sürgünde yaşamayı tercih ederek vatanı terk ettiler. Kalanlar aleyhine davalar açıldı.. Farklı cemaat ve gruplardan İslam hizmetinde aktif olan pek çok insana kelepçe takıldı.

Bu kötü fırtınada Türkiye çok şey kaybetti ve bu fırtına tesirleriyle beraber uzun süre devam etti. Bu gelişmeler bazı Müslümanların sekülerizmi kışkırtan sloganlar atarak saldırgan tavırlar sergilemelerine neden oldu.. boş zırıltılarla tehlikeli bir düşmana ateşli tehditler savuruyorlardı.. Hem de mahalli ve devlet çapında silahlı bir ahtapot düşman.. elbette onların o düşmana bir saat bile karşı durmaları mümkün değildi. Yine o grupların liderlerinin, sınırlı ve çok kısa bir süre için, evet kısa bir zaman içinde devlet işlerinin idaresinde kendilerine bir fırsat verilmesiyle hesap etmeden yaptıkları hareketler ve aktiviteler korkunç kapsamlı bir ihtilali netice vermişti!

Muhammed Fethullah'ın hizmetlerine gelince ülke çapına yayılan hizmetleri dört bir taraftan muhasara altına alındı. İnşasını teşvik ettiği okullar ve müesseselere teftişler arttı. Bu arada kalp damarlarındaki rahatsızlığı da ilerledi ve 1997'nin Mart ayında tedavi maksadıyla Amerika'ya gitti. Yedi ay kadar orada kaldı. Ülkesinde siyasi hayatta bir nevi çıkış yolları olduğunu hissetti ve hizmetlerine isabet eden ızdırap ve sıkıntıları takip etmek ve mücadelesine devam etmek üzere vatanına geri döndü. Bu arada karanlığın yarasaları tekrar onun peşine düştüler. Onun aleyhine davalar açtılar.. bu arada bu zatın hayatına nihai olarak son vermeye yönelik tehditler arttı. Bu bir suikast şeklinde veya bir zalimin onu idam etmesi şeklinde gerçekleşebilirdi, tıpkı daha önce pek çok siyasi ve ruhani lidere yapıldığı gibi.

İşaretler ve tehditler bu sefer çok tehlikeliydi, sanki plânlı bir suikast, "kâbe kavseyni ev edna" seviyesine gelmişti (çok yaklaşmıştı). Bu yüzden, sürgün yeri olan Amerika'ya bir kere daha seyahat etmeye karar verdi. Tedavi maksadıyla ülkesini terk etti. Tarih 1999 senesinin Mart ayının 21'iydi. Fakat bu defa bir daha dönmeyecekti...

## *SÜRGÜNDE BEŞİNCİ KAT*

Uzakta bir dağın tepesinde sürgünde. Amerika Birleşik Devletleri'nde, ağaçlıklar arasında bir kamp yeri, Pensilvanya Eyaleti'nde... Muhammed Fethullah sadece Anadolu'ya değil bütün dünya kıtalarına nazar ediyordu. Gözünü dikip uzaklara baktığı sürece onun idrak sahibi kuşları göç ediyor, mücahede birlikleri iştiyakla Cennete doğru yarışıyorlardı.

Pensilvanya kampı yine Beşinci Kat'tı... Her ne kadar binanın katları olmasa bile.. Beşinci Kat, onun talebeleri için ıstılahî anlamı olan bir kavramdı... O nerede yaşarsa orası Beşinci Kat'tı.. velev ki, küçücük bir tahta kulübe bile olsa. Çünkü Beşinci Kat'ın bütün görevleri oraya intikal ediyordu.. nur, dünyanın dört bir tarafına oradan yayılıyordu... İster onun talebeleri, ister iman hizmetinin erleri ve isterse de iş adamları heyetler halinde yolculuklarını oraya yapıyordu. Yine muhtelif gruplar, Atlas okyanusunu geçen göçmen arıların kovanı gibi bu mürebbi üstadı ziyarete geliyorlar, o ise her zamanki gibi, aynı saffetle talebeleriyle Kur'ân ilimleri etrafında derslerine devam ediyordu.

Dava adamı Fethullah'ın ilişkileri arttı ve ilmi müesseselere, Amerikan üniversitelerine kadar ulaştı. Akademisyenlerle diyaloglar gerçekleştirirken sık sık üniversite hocalarıyla bir araya geldi. Akademisyen talebeleri vesilesi ile Cleveland şehrinde John Carrol Üniversitesi'nin İslami İlimler bölümünde Türk araştırmacıların nezaret ettiği "Bediüzzaman Said Nursi" ismiyle ilmi bir kürsü açıldı. Bu vesileyle doktora ve master çalışmaları, birçok ilmi seminer ve konferansların tertibi gerçekleşti.

Kalp rahatsızlığını kontrol ettirmek üzere hastane için oradan ayrılmanın dışında, bu küçük sürgün yerinde kalmaya devam ediyor, büyük akademisyen grupları ağırlıyor, onun şahsiyetini merak eden bazı Hristiyan din adamlarını, derin fikir sahibi ve büyük ruh yüceliğine sahip insanları kabul ediyordu.

Başlangıçta Amerika'da kalması hiç de kolay olmadı. Zira orada pek istenen birisi değildi; fakat idare onun tedavisinin devam ettiği gerekçesiyle mazeretini kabul ediyor ve kalmasına izin veriyordu. İzni bir uzatılıyor, bir iptal ediliyordu. O günlerde küçük vesilelerle tekrar müracaatlar yapılıyor ve kısa bir müddet için tekrar oturum izni alınıyordu. Böylelikle ülkeyi terk etmesi hususunda bir baskı yapılıyordu. Bu kararın alınmasında Türkiye'deki gizli güçlerin ve sürekli duvarlar arkasından harbeden karanlık odakların tesirinin olduğu akıldan uzak değildi. Siyah ahtapotun gizli silahları her yerde bu zatın karşısına çıkıyordu.

Tecrübeli hizmet insanı, eğitim veya ticaret maksadıyla Amerika Birleşik Devletleri'ne gelen insanlarla ve hicret etmiş muhacir iş adamlarıyla buluşmaya devam etti. Sonra Amerika'nın dört bir tarafında okullar açma, ilmi ve akademik müesseselerle, kültür ve fikir adamlarıyla, din adamlarıyla ve Amerika'da saygınlığı olan grupların ileri gelenleriyle bağlantılar kurma konusunda onları teşvik etti.. Müslüman Türk toplumunun uzlet bariyerlerini kırmak ve bizzat hizmet ehli üstad Muhammed Fethullah Gülen'in inşa etiği barışçıl medeni dava fikrinin etrafındaki surları yıkmak için bu hizmetleri teşvik etti. Orada bu zatın fikirlerini anlama, dini kavrama, yol ve yöntemlerini ortaya koyma adına bir kısım seminerler ve forumlar gerçekleştirildi. Buna Türk araştırmacılarla Amerikalı akademisyenler de iştirak etti.

Evet, bütün bunlara rağmen, o da şiddetli gurbeti içindeyken, Türkiye'deki bir kısım hasetçi gruplar bilindik âdetleri üzere, vatan toprağına dönmeye dair bütün emellerini keserek onu yargılamak ve mahkûm edebilmek için aleyhinde dosyalar üstüne dosyalar hazırladılar. O zat ne zamandan beri döndü; fakat onlar hissetmiyorlar. Onun hayali Anadolu beldelerinin caddeleri üzerinde dolaşıyor; fakat onlar görmüyorlar. Onun sesi Türklerin bir araya geldiği meclislerde salonları doldurdu. İmana dair hiç bir oturum olmasın ki, o orada hazır bulunmasın. Böyle bir zatı karanlığın yarasaları nasıl muhasara etsinler?

## *BÜYÜK FETİH VE SIRRIN AÇIĞA ÇIKMASI*

Musa'nın annesinin yüreğinde yalnızca çocuğunun tasası kaldı!

Hocaları Üstad Muhammed Fethullah'ın Türkiye'den çıkmasına katlanmaları İstanbul'da veya Anadolu'da bulunan öğrencileri için hiç de kolay olmadı. Yolculuk gerçekten çok çetin, ilk andaki tesiri de sarsıcıydı; fakat bütün bunlara rağmen davanın direkleri gayet kuvvetliydi, burada olduğu gibi şiddetli darbelere, çatlama ve kırılmalara karşı gayet sağlamdı.

Evet İstanbul'daki bazı yapılar ve kubbeler sallanıyordu fakat düşmüyordu.. Fethullah iman hizmetini müesseselerin oluşturulması üzerine bina etmiş, kalplerin Allah sevgisiyle ve marifetullahla atmasını sağlamış, sonra da onları semayla irtibatlandırmış ve ayrılıp gitmişti. Onun şahsiyetinin, hizmetin fikri açıdan ana çerçevesini teşkil ettiği, öte yandan bir nevi manevi beslenme kaynağı, aşk u iştiyak menbaı olduğu ve milyonlarca susamış gönlün susuzluğunu ondan giderdiği doğrudur. Fakat o; Allah'tan başka hiç bir şahsın bâkî olmadığının şuurundaydı. Bu yüzden de davasını tamamen Allah'a bağladı ve kaybolma elemi içinde huzurun lezzetini yaşadı.

İstanbul'dan Anadolu'nun her yerine "Hocaefendi"nin kasetleri dağıldı.. bu tabir, Türklerin Üstad Muhammed Fethullah Gülen'e verdikleri saygıdolu bir lakaptı.. anlamı da "muhterem Hoca" veya ona benzer bir ibaredir. Kasetler cadde ve sokaklara yayıldı, CD'ler kütüphanelerin raflarını doldurdu. Hatta içine girmediği ve onların içinde şevk ateşini, iştiyak arzusunu tutuşturmadığı hiç bir ev veya dükkan kalmadı. Fethullah'ın iman hizmetini başlattığı günden beri selâtin camileri veya diğer mekânlarda vermiş olduğu dersler ve vaazların sesi, tâ o hicret edip gideceği âna kadar her yerde yankılandı ve ülkenin semasında yaşadı.

Efendim hayret ediyorum, onun coşkun kelimelerle seslendiği eski sadaları nasıl öyle canlı vaazlar doğurdu ki, sanki şu veya bu caminin minberinden şu an konuşuyormuş gibi taptaze.

İnsanların grup grup büyük camilerin kapılarına geldiklerini ve kuşların minarelerin şerefelerine ve kubbelere acayip bir tarzda saf tutarcasına konduklarını gördüm.

Fethullah'ın binbir tayfı oldu.. ve vaazları dünyadaki milyonlarca Türk'ün ruhunun gıdası oldu! Cimrilerin eli yanına indi ve nurun fışkırmasından rahatsız olan karanlığın yarasaları deliklerine geri döndü.

Bunlar öyle mücerret vaazlar değildi; bilakis vaazın sahibi onun içinde etrafa hüzünler saçıyor, geçmiş zamanın kendisinde yansıdığı aynalar sunuyor ve bütün canlılığıyla bugünün uyanışı kaynıyordu... Tarih, toplanmış binlerce dinleyenin kalbinde yeşil bahçeler halinde Davud'un, gönlü zikirlerle mamur kuşu gibi sadaların temelleri üzerinde çiçekleniyordu. Vaizin ağlamaları asil atların nefeslerine heyecan katıyor ve her tarafta tekbir getiren kişneme sesleri yükseliyordu.

Ve Emir, birliklerini bir biri ardınca sıraya diziyordu...

İşte onun önünde ayakta duruyorlar, ona itaat içinde selam çakıyorlar ve Allah'ın geniş yeryüzüne doğru ayrılıp gitme işaretini bekliyorlar. Şimdi kalplerin fethiyle ülkelerin fethi zamanı. Şimdilerde tarih, binlerce müjdeyle parlak bir geleceğe doğru akıp gidiyor!

Sonra Fethullah tekbir getirdi!

Allâhu Ekber!..

Asil atlar ayrıldılar... Abdest suyu cennet kokusuyla savrulan yelelerinden dökülüyordu. Her bir birlik izin alarak ayrılıyordu, birinin arkasından bir diğeri...

Gördüm Efendim, gördüm...

Himmeti yüce atlılardan oluşan birlikler gördüm. Alınları parlak... Yeryüzünün her bir kıtasına ayrılırlarken gördüm onları..

Halid İbn Velid'in birliği, Ali İbn Ebi Talib'in birliği, Ka'kaa İbn Amr et-Temîmî'nin birliği, Amr İbn 'Âs'ın birliği, Ebu Ubeyde İbn Cerrah'ın birliği, Sa'd İbn Ebi Vakkâs'ın birliği ve ilk nur neslinden diğer birlikler... onları benden saklayan sadece yoğun bir ışık halesiydi...

Sonra Ukbe İbn Nâfi'nin birliğini gördüm ve Atlas okyanusunun dalgalarını ayaklarıyla döven mübarek atlarının kişnemesini işittim.. Târık İbn Ziyâd'ın atlarını gördüm, Endülüs'ün kayalıklarına tırmanan gemilerini gördüm ve sonra da hezimete uğrayıp kaçan yelkenlerinin yanışını gördüm. Yeni zamanda bütün âleme emniyet ve selamet getiren Allah'ın yardımını da gördüm.

Selahaddin'in birliğini gördüm, yanı başında iki Filistinli genci de... Buzağının küllerini denize savuruyorlar ve var olan kâbusun hırıltılarını kesiyorlardı.

Fatih Sultan Mehmed'in birliğini de gördüm.. Muhammedî vaadin tahakkukunu ilan ediyordu.. ve dünyanın dört bir tarafından kaynayan "Nur"a şahit oldum.. öyle bir nur ki... hiç bir bedevînin çadırı veya medenînin evi yoktu ki, o güzel ışıklar ona girmiş olmasın...

Sonra gördüm..

Kalabalığın arasında Fethullah'ı gördüm.. parmağıyla sırların kaynağına doğru yüksekleri işaret ediyordu.

Yeni zamanın doğuşları sebebiyle gözlerinden sevinç gözyaşları dökülüyordu... Eski anahtarlarını ve onun küçük çantasını da taşıyordu.. sonra atından indi, saflar arasında yavaşça yürümeye başladı ve nihayet minberine çıktı ve her bir taraftaki doğuşların birliğini ilan etti.

Burada Fethullah bütün âleme sırrını ilan etti..

– Ey hüzün ravisi bana haber ver.

Dedi:

– Beşinci Kat'taki meclislerden birinde ona şöyle soruldu: Efendim, gördüğünüzü nasıl gördünüz?

Dedi:

– Eğer gözyaşı kirlerinden arınırsa, iştiyak sadece Bâri-i Hakîkî'ye olursa, nurların üzerindeki perdeler açılır.. Ve yolcular için yolun işaretleri apaydınlık olur..

0308-12020201308